novum pro

P.R. MOSLER

Zeuge
auf vier Pfoten

Ähnlichkeiten mit lebenden oder
verstorbenen Personen sind
rein zufällig und nicht beabsichtigt.
Alle Namen sind frei erfunden.

novum pro

Bibliografische Information
der Deutschen Nationalbibliothek:

Die Deutsche Nationalbibliothek
verzeichnet diese Publikation in
der Deutschen Nationalbibliografie.
Detaillierte bibliografische Daten
sind im Internet über
http://www.d-nb.de abrufbar.

Gedruckt in der Europäischen Union
auf umweltfreundlichem, chlor- und
säurefrei gebleichtem Papier.

ISBN 978-3-99131-506-3
Lektorat: Mag. Eva Reisinger
Umschlagfotos: Joana Santos, Edvin
Barcic, Dmitry Kobzev, Andrei Vasilev,
José Lledó | Dreamstime.com
Umschlaggestaltung, Layout & Satz:
novum Verlag
Innenabbildungen:
siehe Bildquellennachweis S. 6

Die von der Autorin zur Verfügung
gestellten Abbildungen wurden in der
bestmöglichen Qualität gedruckt.

www.novumverlag.com

Climate neutral
Print product
ClimatePartner.com/16547-2201-1002

Tiere hören unser Herz, wenn es flüstert,
manche Menschen nicht einmal, wenn es schreit.
Einem Tier ist egal, wer du bist.
Schenkst du ihm dein Herz, schenkt es dir seins.

Bildquellennachweis:
S. 56, 201, 222: © P.R. Mosler,
S. 15: Tony Campbell | Dreamstime.com,
S. 43: © Rikstock | Dreamstime.com,
S. 85: © Oleg Dudko | Dreamstime.com,
S. 104: © Paul Shiels | Dreamstime.com,
S. 138: © Tobias Arhelger | Dreamstime.com,
S. 152: © Gurinaleksandr | Dreamstime.com,
S. 185: © Newlight | Dreamstime.com,
Fototocam | Dreamstime.com,
S. 307: © Joana Santos | Dreamstime.com,

1 Prolog

25. September 2006

Die Schule ist schon eine Weile lang aus, doch Henry zieht es absolut nicht nach Hause. Ihre Mutter ist noch bis heute Abend an ihren verschiedenen Arbeitsstellen unterwegs. Die gelernte Steuerfachgehilfin bessert mit den zahlreichen Hilfen bei Steuererklärungen für Privatpersonen so oft es geht die Haushaltskasse auf. Und ihr Vater? ‚Der ist schon extrem!', beurteilt Henry sein Verhalten. Vor drei Jahren, Henriette wechselte gerade von der Grundschule auf das *Luisen-Gymnasium* in Düsseldorfs Stadtmitte, kam er eines Tages früher nach Hause. Der zu diesem Zeitpunkt vierzig Jahre alte Zerspanungsmechaniker hatte von einem Tag auf den anderen seine Arbeit verloren, da die Firma, in der er arbeitete, schließen musste. Eine Weile bemühte er sich noch darum, eine andere Arbeitsstelle zu finden, doch mit der Zeit steigerte sich die Mutlosigkeit, er gab sich auf. Schließlich war es viel einfacher, seinen Unmut in Alkohol zu ertränken. Mittlerweile hat er sich mit diesem Leben arrangiert, genießt die Bequemlichkeit, sein Dasein auf dem heimischen Sofa zu verbringen, während sich die Frau darum kümmern kann, wenigstens den notwendigen Bedarf an Geld nach Hause zu bringen. ‚Im Haushalt mitzuhelfen ist unter seiner Würde, Einkaufen und Kochen sind Frauenarbeit', erklärte er Frau und Tochter, bevor er begann, die Tage an sich vorbei ziehen zu lassen.

Gefrustet wandert der Teenager um den *Spee'schen Graben* bis zum Spielplatz. Seit langem ist die Bank am Rande des Spielfelds ihr Lieblingsplatz. Von der Schule aus sind es gerade einmal zehn Minuten zu dem Gewässer in der Düsseldorfer *Carlstadt*.

Oft hängt sie nach der Schule stundenlang hier herum. Selbst ihre Hausaufgaben macht sie auf dieser Bank.

Henriette musste schwer darum kämpfen, dass sie zusammen mit ihrer besten Freundin Melissa Braun auf das angesagte Gymnasium wechseln durfte. Paul Grossmann hatte für seine Tochter die nahegelegene Gesamtschule ins Auge gefasst, da eine Schullaufbahn dort seiner Meinung nach um etliches preiswerter sein würde. Doch Henry setzte sich durch! Sie hatte mehr als nur gute Schulnoten, das Gymnasium wurde von der Lehrerin empfohlen, zudem beabsichtigten viele ihrer Klassenkameraden ebenfalls auf diese Schule zu gehen. Sie bettelte so lange, bis ihr Vater letztendlich mit einem Lächeln einwilligte. Zu diesem Zeitpunkt war ihre Welt noch in Ordnung.

Heute, drei Jahre nach dem Wechsel auf die höhere Schule, hat sich alles verändert. Ihr Vater wurde zu einem arbeitslosen Säufer, ihre Mutter zu einer verzweifelten, leidgeprüften Frau, die aufgegeben hat, und ihre Klassenkameraden haben sich von ihr abgewendet. Selbst Melissa hat sich von ihr zurückgezogen, denn durch den Umgang mit der mittellosen Freundin könnte sie den Anschluss an ihre Clique verlieren. Henry nimmt ihr das nicht übel, sie versteht die Freundin sogar, doch es tut weh!

Von alldem unberührt sind ihre herausragenden Schulnoten. Henry liebt es, zu lernen, ist wissbegierig und allem Neuen gegenüber aufgeschlossen. Besonders an Fächern wie Biologie, Chemie und Geschichte ist sie interessiert. Auch Politik ist ihr wichtig, obwohl sie sich nie in diese Richtung orientieren würde, aber man sollte immer wissen, welche Entscheidungen gerade wieder getroffen werden, denn das betrifft die gesamte Menschheit.

Auf der Bank lehnt sie sich mit ausgestreckten Beinen bequem hinten an. Das Gesicht mit geschlossenen Augen der Sonne entgegenhaltend, genießt sie einfach nur die Stille. Zuhause wird sie so schnell noch nicht erwartet, da sie regulär erst nach der achten Stunde, also um vierzehn Uhr fünfundzwanzig Schulschluss hat. Doch heute fielen die letzten beiden Stunden aus, wodurch sie bereits vor der Mittagspause gehen durften.

Noch ist es angenehm warm, so dass man ohne Jacke herumlaufen kann, die wenigen Regentropfen, die hin und wieder fallen, sind eher eine Wohltat. Sollte sich das Wetter irgendwann verschlechtern, besucht sie wie schon so oft das Stadtmuseum *Spee'sches Palais*. Die Angestellten, die dort ihre Arbeit verrichten, kennen sie mittlerweile und sind ihr wohlgesonnen, da sich das wissbegierige Mädchen an die Vorschriften, ruhig und unauffällig verhält. Sie hat sogar einmal eine kostenfreie Führung durch das ganze Museum bekommen, als Dankeschön, weil sie einem der Männer beim Aufwischen geholfen hat, nachdem einem kleinen Jungen schlecht geworden war. Sie kennt sich in dem Gebäude besser aus als jeder andere, auch darf sie bei Regenwetter dort ihre Hausaufgaben machen.

Karl Brennecke, einer der Wärter in dem Museum, kümmert sich rührend um den Teenager, seit Henry ihm auf seine drängende Frage hin beichtete, warum sie nicht nach Hause gehen wollte. Nachdem er erfuhr, wie die vorherrschenden Familienverhältnisse sind, begann er, das Mädchen bei den schulischen Anforderungen sowie den alltäglichen Belangen zu unterstützen. Auch versorgt er sie regelmäßig mit der neuesten Tageszeitung, die sie sich immer gern bei ihm abholt, nachdem er sie gelesen hat. Jedes Mal liegt eine Kleinigkeit für sie dabei, angefangen bei einem Haargummi bis hin zu einem Pausenbrot.

Schon oft hat Henriette sich vorgestellt, dass Karl Brennecke ihr Vater wäre und nicht Paul Grossmann, denn dann könnte sie immer bei ihm im Museum sein. Er würde bestimmt nicht so herumbrüllen wie es ihr Vater ständig macht, wenn ihm etwas nicht passt. Sie müsste dann auch sicher nicht mehr in diesen alten verdreckten Klamotten herumlaufen. Aus der Jeans ist sie schon längst herausgewachsen, ihre Turnschuhe sind an mehreren Stellen mit Isolierband geklebt und das graue verwaschene Kapuzensweatshirt endet knapp unter dem Bauchnabel. Es ist keine zwei Stunden her, da haben sich ihre Klassenkameraden über ihre Bekleidung lustig gemacht. Klar, das ist sie mittlerweile gewohnt, doch es versetzt ihr immer wieder einen Stich.

Urplötzlich setzt sich Henry kerzengerade auf. Sie weiß nicht, was ihre Gedankengänge unterbrochen hat, aber sie hat definitiv irgendein Geräusch gehört. Sie schaut sich nach allen Seiten um, lässt ihre Augen aufmerksam über den zur Mittagszeit menschenleeren Spielplatz gleiten, über den See, der von der *Düssel* sein Wasser bekommt, über Bäume und Buschwerk. Nichts!

Doch dann hört sie es erneut.

‚Ich habe mich nicht verhört', versichert sie sich.

‚Da, da war es wieder! Es klingt wie ein ganz feines Piepen. Ein Vogel vielleicht', überlegt sie aufstehend. Langsam wandert sie die Fläche um die Bank herum ab.

„Es kommt vom Wasser", stellt sie nach ein paar Schritten fest. Stückweise nähert sie sich der Uferböschung, darauf bedacht, nicht den steilen Rand hinunterzurutschen.

Neben ihr wächst ein dicker Baum halb in den See hinein. In den Ästen der Trauerweide, die bis in das Wasser hineinragen, hat sich ein alter brauner Lappen verfangen, ansonsten ist auf dem ganzen See nichts zu sehen.

‚Wahrscheinlich sitzt der Vogel in dem Baum', vermutet Henry.

Sie will schon wieder zurückgehen, als sie noch einen Blick auf den Lappen wirft, der von den Ästen des Baumes gehalten plötzlich heftig im Wasser hin und her wackelt. Auch das leise Fiepen hört sie wieder. Schlagartig begreift sie, was hier vor sich geht.

„So eine Schweinerei!", flucht sie wütend.

Ohne weiter darüber nachzudenken, steigt sie über den modrigen Boden, der den See säumt, in das Wasser. Schritt für Schritt arbeitet sie sich zu dem zappelnden Gebilde vor, was sich schwieriger darstellt, als sie dachte. Obwohl sie kaum drei Meter vom Ufer entfernt ist, reicht ihr das Wasser bereits bis zur Brust. Zudem ist sie auf ihrem Weg schon zweimal in dem matschigen Untergrund ausgerutscht, sodass sie sich, komplett untergetaucht, nur durch das Abstützen ihrer Hände im Schlamm wieder aufrichten konnte. Verbissen kämpft sie sich vorwärts, bis sie den Baum erreicht. Ihren Körper ausbalancierend löst sie die Henkel des braunen Leinensacks aus den Ästen, um sich im Anschluss mit ihrer Last auf den Rückweg zur Bank zu machen. Ihr Sweatshirt, die Jeans und ihre Schuhe triefen, Hände und Kleidung sind schlammbedeckt. Aus den schulterlangen rehbraunen Haaren läuft ihr das Wasser über das Gesicht. Rasch beginnt sie ihr Sweatshirt vor dem Bauch auszuwringen, doch als sie merkt, wie wenig Erfolg sie damit hat, gibt sie dieses Vorhaben wieder auf. Nur ihre Haare schiebt sie nach hinten unter die nasse Kapuze, damit sie ihr nicht in die Augen fallen.

Mit dem verschlammten Ärmel wischt sie sich das Wasser aus dem Gesicht, dann starrt sie unschlüssig auf den Sack, der jetzt neben ihr auf der Bank liegt. Beherzt greift sie nach der kräftigen Kordel, die den Sack verschließt. Als sie den dicken Knoten endlich aufbekommt, fällt der Sack fast von allein auf.

„Ja, wer bist du denn?“, staunt sie verblüfft, als die kleine zerzauste Katze ihren Kopf herausstreckt. Vorsichtig nimmt sie das zitternde und wimmernde Fellknäuel auf den Arm. „Hab keine Angst, ich tue dir bestimmt nicht weh“, verspricht sie.

Als ob das Kätzchen sie verstanden hätte, schmiegt es sich ganz eng an Henry und schenkt ihr einen vertrauensvollen Blick, während es von dem Mädchen liebevoll gestreichelt wird.

Die Dreizehnjährige hat keine Ahnung, was sie jetzt machen soll. Mit nach Hause nehmen kann sie die Katze nicht. Ihr Vater würde ausrasten! Sie hier allein lassen geht auch nicht, da würde die Kleine nicht überleben. ‚Sie ist auch noch viel zu klein für festes Futter‘, schätzt Henry. ‚Sie braucht Milch!‘

Lange muss sie nicht überlegen, bis ihr Entschluss feststeht. Sie hat kein Geld, ihren Vater braucht sie gar nicht zu fragen, also muss sie sich die Milch anderweitig besorgen. Sie hat noch nie geklaut, im Gegensatz zu ihren Klassenkameraden, die so etwas als Mutprobe bezeichnen. Das würde sie nie mitmachen, doch hier liegt die Sachlage anders, denn ohne die Milch wird die kleine Katze sterben. Sie wird mit allen Mitteln dafür sorgen, dass so etwas nicht geschieht! Keine fünfhundert Meter von ihrer Wohnung auf der *Kapellstraße* gibt es einen *EDEKA*-Markt, doch der ist so klein und übersichtlich, da würde sie sofort erwischt. Außerdem kennt man sie dort.

„Nein, ich muss mir etwas anderes ausdenken“, flüstert sie halblaut. Wahrscheinlich wird sie in jedem Laden entdeckt, da sie keine Erfahrung darin hat, wie man so etwas richtig macht. ‚Aber es gibt eine andere Möglichkeit‘, fällt ihr ein.

Ein Stück entfernt befindet sich ein großer Supermarkt mit einem noch größeren Parkplatz vor der Tür. Dahin gehen immer ihre Klassenkameraden mit den Neulingen, die ihre Mutprobe absolvieren müssen. Das ist Henrys Meinung nach genau der richtige Ort für ihr Vorhaben. Sie muss nur genau aufpassen, welche Leute Milch einkaufen, dann kann sie auf dem Parkplatz danach greifen und anschließend schnell verschwinden. Da Henry diese Idee gut findet, macht sie sich umgehend auf den Weg dorthin. Dafür schiebt sie die Katze in die Bauchtasche ihres Sweatshirts, wo sich das Tier friedlich zusammenrollt, die Wärme des Mädchens genießend.

Nach zwanzig Minuten Fußweg steht Henry auf dem Parkplatz. Ihr Glück hält an! Ein älteres Ehepaar schiebt seinen Einkaufswagen vor sich her bis zum Kofferraum des geparkten *Opel Astra 1,8l Caravan*. Das Paar diskutiert lautstark über die Essensplanung, weshalb es kaum auf seine Umgebung achtet. In dem Einkaufswagen steht vorne ein ganzer Karton mit H-Milch. ‚Das wird ein Kinderspiel, eine der Packungen aus dem Karton zu ziehen‘, freut sich Henry.

Sie schlendert auf das Ehepaar mit dem Einkaufswagen zu, während sie sich vorsichtig umschaut. Ein gutes Stück entfernt laden ein Mann und eine Frau ihre Getränke in den Kofferraum ein, mehrere Personen sind mit ihren Einkäufen oder den Einkaufswagen beschäftigt. Niemand kümmert sich um die anderen. ‚Perfekt!‘

Den Streifenwagen, der langsam von der anderen Seite her über den Parkplatz rollt, sieht sie nicht.

Im Gegensatz dazu fällt Henry den Polizisten sofort ins Auge.

„Siehst du den Jungen da drüben?“, fragt der Fahrer seinen Kollegen.

Die beiden Polizeimeister Joschka Mahler und Linus Schwabe sind sich darin einig, dass mit dieser Person etwas nicht stimmt.

Nicht nur, dass die Kleidung des Teenagers komplett nass ist, erkennt man vor lauter Dreck kaum sein Gesicht. Es gibt nicht einen sauberen Fleck an seiner Gestalt und die Kapuze auf seinem Kopf wirkt wie ein matschiger Klumpen.

„Den sollten wir uns einmal näher ansehen", stimmt Linus zu.

Noch ehe sie reagieren können, stürzt sich Henry auf den Einkaufswagen. Sie zieht die erste Milchpackung, die sie zu fassen bekommt, aus dem Karton, kann ihr Vorhaben aber nicht beenden.

Obwohl der alte Mann mit Sicherheit nicht mehr richtig fit ist, wirbelt er schnell genug herum, um Henry am Handgelenk zu packen. „Halt! Hiergeblieben!", brüllt er auf. „Hilfe", schreit er laut, sich nach allen Seiten umschauend. „Hilfe! Diebe!"

Auch die Augen von Henry wandern über den Parkplatz. Sie erblickt den Streifenwagen, der am Rand hält und aus dem jetzt zwei Polizisten springen, um ihnen entgegenzulaufen. Zudem stürzen aus dem näheren Umkreis mehrere Passanten herbei, um dem alten Mann beizustehen.

Panisch reißt sich Henry von der Hand des Mannes los. ‚Ich wusste, dass das schief geht', macht sie sich klar. ‚Ich muss hier weg!' Sie stürmt davon, die Polizisten hinter sich.

„Er wollte meine Milch stehlen", ruft der alte Mann den Uniformierten zu, während diese mit gezogenen Pistolen an ihm vorbeistürmen, dem Dieb hinterher.

‚Was soll ich nur machen?', überlegt Henry verängstigt. Sie wirbelt um die nächste Ecke parkender Fahrzeuge, wirft einen Blick zurück, der ihr zeigt, dass ihre Verfolger noch nicht in Sichtweite sind. Schnell lässt sie sich zu Boden fallen, um unter das nächste Auto zu rutschen. Dabei achtet sie sorgsam darauf, mit dem Rücken am Boden zu bleiben, damit das Kätzchen unversehrt bleibt, zudem durch ihre Hände sicher gestützt ist.

Überrascht sehen sich die beiden Polizisten an, als sie nur Sekunden nach ihrer Zielperson das erste Auto, einen *Mercedes Sprinter* umrunden, in der Ansicht, Henry unmittelbar gegenüberzustehen. Doch der Gang ist leer.

„Wo ist der Kerl hin?", staunt Linus.

„Er kann nur unter einem der Fahrzeuge liegen“, begreift Joschka. „Wir teilen uns auf. Du gehst rechtsherum, ich gehe hier weiter. Am Ende treffen wir uns. Sieh unter jeden Wagen! Wenn du ihn findest, ruf mich.“

„Klar!“

Während sich die beiden Streifenpolizisten aufteilen, um Henry in die Enge zu treiben, versucht das Mädchen, ihre Panik abzuschütteln. ‚Was soll ich nur machen?‘, überlegt sie umschauend. Liegen bleiben kann sie hier nicht, sondern muss dringend weg von den Männern, die ihr bedächtig nahekommen. So schnell es geht rutscht sie von einem Auto zum nächsten, bis sie unter einem Wagen stoppt, neben dem zwei Paar Füße zu sehen sind.

„Ich bringe den Einkaufswagen weg“, hört sie die Frau sagen. „Sorge du bitte dafür, dass im Kofferraum nichts umkippen kann.“

„Wo soll denn da etwas umkippen? Bei dem, was du alles eingekauft hast, kann da nichts mehr umkippen“, entgegnet der Mann vergnügt. Die Füße verschwinden aus ihrem Blickfeld.

‚Jetzt oder nie!‘, denkt Henry. Sie kriecht unter dem Fahrzeug hervor, nur um entsetzt auf die beiden Gesetzeshüter zu starren, die sich jeder von einer Seite ihrem Standpunkt nähern.

Durch die geöffnete Kofferraumklappe kann sie der Mann an dem Wagen nicht sehen, auch die uniformierten Polizisten haben sie noch nicht entdeckt. Sie befindet sich auf der Fahrerseite neben dem Auto, dessen hintere Tür weit offensteht. Henry reagiert spontan, denn viele Möglichkeiten hat sie nicht. Sie klettert in den Wagen und kauert sich im Fußraum hinter dem Fahrersitz so gut es geht zusammen. ‚Was mache ich, wenn sie mich finden?‘, grübelt sie voller Panik. ‚Vater bringt mich um!‘

Gerd Bach, der Projektleiter eines Teams hochqualifizierter Mitarbeiter der *Staller Industrie Werke,* kämpft mit den Berichten zu dem letzten Einsatz, den sie gerade erfolgreich abgeschlossen haben. Der Siebenundzwanzigjährige sorgt mit seinen Leuten nicht nur für die Entwicklung und Installation aller Sicherheitssysteme und Alarmanlagen, die als Sonderprojekte von Kunden erwünscht werden, sondern ist gleichzeitig die rechte Hand des Konzernchefs Peter Staller. Bereits in der sechsten Klasse freundete er sich mit Andreas Staller, dem Sohn des Unternehmers, an. Gemeinsam bauten die beiden diese Freundschaft zu etwas Einzigartigem aus. Die ganze Familie Staller nahm Gerd bei sich auf, sie boten ihm ein Zuhause und ihre Freundschaft, waren für ihn da, wenn er sie brauchte, und standen ihm jederzeit zur Seite. Daran hat sich bis heute nichts geändert.

Schlanke *1,86* Meter groß, mit dichten braunen Haaren und honigfarbenen glänzenden Augen ist er für die Damenwelt eine Augenweide. Die Andeutung feiner Lachfalten um seine Augen sowie das charmante Lächeln, gepaart mit seinem Humor, verleihen ihm eine warme Ausstrahlung.

Nach dem Studium holte der Konzernchef Gerd mit einem einmaligen Angebot in seine Firma, während Andreas es vorzog, sein abgeschlossenes Geologie-Studium mit einer Stelle als Doktorand an der Aachener Universität zu vervollständigen. Doch ihrer Freundschaft und ihren gemeinsamen Aktivitäten steht dies nicht im Weg. Obwohl er mittlerweile mit Emma zusammenlebt und Andreas in der Hoteldirektorin Linda Kettler die passende Partnerin für sich gefunden hat, schaffen es die beiden Männer, sich regelmäßig zu treffen.

Bei dem Gedanken an seine Freundin lächelt er. Die ehemalige Geheimagentin gab ihren aufregenden Beruf nur seinetwegen auf, wechselte nach Düsseldorf zum Landeskriminalamt, wo sie mit ihrem Rang als Hauptkommissarin die Stellvertretung für ihren Vorgesetzten Mark Sievers übernahm.

Gerd begegnete Emma Wolf erstmals vor wenigen Monaten, als sie von ihrem Boss den Auftrag erhielt, eine Diebesbande zu unterlaufen, die großangelegte Gemäldediebstähle in Museen beging, indem sie die Alarmanlagen austricksten, was der Firma von Peter Staller enorm zusetzte. Auch wenn Gerd sie für eine der Diebinnen hielt, die den Unternehmer in den Ruin trieben, verliebten sie sich gleich zu Anbeginn ineinander. Erst nachdem sich Emma und ihr Bruder Stefan den Freunden anschlossen, um Andreas' Vater aus den Händen brutaler Nazis zu befreien, erfuhr Gerd, wer sie wirklich ist.

Das Klingeln seines Telefons unterbricht seine Gedankengänge. „Na, kann es sein, dass du mich vermisst?“, erkundigt sich Gerd, nachdem er den Anruf angenommen hat. Da er momentan allein in seinem Büro ist, kann er sich die Zeit für ein Telefonat mit seiner Freundin nehmen, aber auch wenn es anders wäre, könnte ihn niemand so schnell davon abhalten. Er hört Emmas vergnügtes Lachen, bevor sie ihm antwortet.

„Das tue ich bereits, wenn ich mich von dir verabschiede“, gesteht sie ihm. „Aber deswegen rufe ich nicht an, oder nicht nur.“

„Was gibt es denn?“

„So wie du heute Morgen Anna mit zur Firma genommen hast, hat Stefan mich zum Präsidium mitgenommen. Für mich heißt das allerdings, nachher mit öffentlichen Verkehrsmitteln nach Hause zu fahren. Dazu habe ich ehrlich gesagt keine Lust. Deswegen habe ich mir eine hervorragende Alternative überlegt.“

„Kann es sein, dass deine Überlegung meine Wenigkeit in den Plan mit einbezieht?“

Noch einmal lacht Emma ungeniert auf. „Oh ja, du hast die Hauptrolle bekommen. Was hältst du davon? Du machst heute etwas früher Feierabend, dann kannst du mich pünktlich abholen. Von hier aus fahren wir dann zusammen einkaufen. Die Geburtstagsfeier, die wir am Samstag für Anna ausgerichtet haben, hat ein riesiges Loch in unsere Getränkevorräte gefressen. Der Kühlschrank weist ebenfalls eine gähnende Leere auf.“

„Da hast du unwiderruflich Recht.“ Auch er erinnert sich an die Feier, die eigentlich schon vor zwei Wochen stattfinden sollte. Aber wenn man mit Mitarbeitern der Polizeibehörden liiert ist, gibt es so etwas wie eine geregelte Planung nur in den seltensten Fällen.

Anna Zerlinski ist viel mehr als einfach nur eine Freundin, sondern hat gemeinsam mit Gerd in der Firma *Staller* angefangen. Nicht nur, dass die achtundzwanzigjährige Blondine ihm als seine Sekretärin tatkräftig unter die Arme greift, hat sie ihm und Andreas schon mehr als einmal geholfen, schwierige Situationen heil zu überstehen. Seit sie ohne Rücksicht auf ihr eigenes Leben zu nehmen ausschlaggebend an der Befreiung des Konzernchefs aus den Händen der Nazis beteiligt war, ist sie mit Emmas Bruder Stefan liiert.

Der neunundzwanzigjährige rotblonde Hauptkommissar wechselte ihr zuliebe von Berlin nach Düsseldorf, wo er als Truppenführer einer Einheit von Elite-Polizisten seinen Dienst verrichtet. Dass sich seine Schwester kurz nach ihm für die gleiche Stadt und ein Leben an Gerds Seite entschied, machte den Wechsel für die Geschwister leichter.

Beide, Emma und Stefan, waren vor zwei Wochen bei einem gemeinsamen Einsatz der Düsseldorfer und Duisburger Polizeibehörden im Kampf gegen brutale Mädchenhändler unabkömmlich, so dass Anna ihren Geburtstag ausfallen ließ. Gerd ist bewusst, dass dies auch ihm jederzeit passieren kann. Umso mehr verstand er, wie Anna sich gefühlt haben musste.

Gemeinsam mit Emma beschloss er, spontan am Samstag Freunde und Verwandte zu einer Überraschungsparty einzuladen. Annas strahlende Augen bewiesen ihnen, dass die Party ein voller Erfolg war. Die sonntäglichen Aufräumarbeiten gingen sie zu viert an, um im Anschluss das restliche Wochenende gemeinsam zu verbringen. Die daraus resultierenden Fahrgemeinschaften am Montagmorgen sind ausschlaggebend für Emmas Anruf.

„Siehst du!“, freut sich Emma über Gerds Zustimmung. „Das meine ich auch. Übrigens, damit du es gleich weißt, deine Rolle besteht aus Chauffeur, Einkäufer, Geldgeber und Schleppdienst. Klar soweit?“

Jetzt muss auch Gerd lachen. „Was machst du dann in der Zeit?“

„Ist doch ganz einfach, ich bestimme, was, wann, wo und wie!“

„Natürlich!“

„Dann holst du mich also ab?“, bettelt Emma. „Bitteee.“

„Wann hast du denn Schluss?“

„Um vierzehn Uhr.“

„Sagtest du nicht gerade etwas von ‚ein bisschen früher Schluss machen‘?“, verhört Gerd sie, wobei er die Betonung auf die Worte ‚ein bisschen‘ legt.

„Ja, genau“, stimmt sie möglichst ernst zu, doch Gerd kann das unterdrückte Lachen heraushören. „Dafür bekommst du in mir Hilfe bei der Einkaufsberatung.“

„Wie könnte ich da ‚Nein‘ sagen?“, lacht Gerd. „Bis gleich!“

Pünktlich fährt er mit seinem Wagen auf den Parkplatz vor dem Düsseldorfer Polizeipräsidium. Emma kommt ihm bereits mit festen Schritten entgegen, sodass er sie ausgiebig betrachten kann. Noch immer erstaunt es ihn, dass sich die bildhübsche Frau für ein Leben mit ihm entschieden hat. Sechsundzwanzig Jahre alt, schlanke *1,79* Meter groß, mit strahlend grünbraunen Augen in einem atemberaubenden Gesicht. Die wilde Mähne langer Haare besteht aus einer Mischung von Burgunderrot, dunklem Mahagoni bis hin zu einem kräftigen Rotton. Jeder, der diese Frau betrachtet, denkt mit Sicherheit sofort an ein Modell aus einem Herrenmagazin oder an eine Filmschauspielerin. Niemand würde glauben, dass sie zu den besten Kriminalbeamten zählt, die es im weiten Umkreis gibt.

Emma lässt sich auf den Beifahrersitz plumpsen. „Super, dass du mich abholst“, freut sie sich.

„Das ließ sich bei deiner Planung irgendwie nicht vermeiden“, stichelt Gerd gutgelaunt. „Wo willst du denn hin?“

„Hier.“ Die Beamtin zieht den Werbeprospekt eines Einkaufszentrums aus der Tasche. „Die haben genau die richtigen Produkte im Angebot und der Laden ist gleich um die Ecke.“

Eine Stunde später verlassen sie mit einem vollgeladenen Einkaufswagen das Geschäft, um alles in Gerds *Audi Q7* unterzubringen.

„Gut, dass wir nicht deinen Wagen genommen haben“, witzelt Gerd in Gedanken an Emmas *Coupé* der *Mercedes Benz CL-Klasse*. „Dann müssten wir jetzt eine Anhängerkupplung installieren.“

„Mein Auto ist ein Luxusschlitten“, erklärt Emma ihm ernst. „Damit macht man keinen Großeinkauf, sondern genießt die Fahrten. Dein *Audi* ist das Arbeitstier, das dafür herhalten muss.“

„Dann lass uns das ‚Arbeitstier‘ einmal vollladen“, stimmt Gerd fröhlich lachend zu. Gemeinsam stapeln sie ihren Einkauf im Kofferraum des *SUV* auf, selbst auf den Rücksitzen landen diverse Pakete und Tüten.

„Ich bringe den Einkaufswagen weg“, bietet sich Emma an. „Sorge du bitte dafür, dass im Kofferraum nichts umkippen kann.“

„Wo soll denn da etwas umkippen? Bei dem, was du alles eingekauft hast, kann da nichts mehr umkippen“, behauptet Gerd vergnügt, schaut sich aber auf ihre Bitte hin alles einmal kritisch an, ehe er die Heckklappe durch Betätigung des Schalters schließt.

Während hinter ihm die geschlossene Klappe in der Vorrichtung einrastet, erblickt Gerd die beiden Gesetzeshüter, die von zwei Seiten auf ihn zukommen, ihre Waffen schussbereit in den Händen.

„Kann ich Ihnen behilflich sein?“, erkundigt er sich freundlich.

„Vielleicht“, antwortet Joschka Mahler. „Wir suchen einen jungen Mann oder Teenager, der sich auf diesem Parkplatz versteckt hält. Etwa *1,60* Meter groß, blaue Jeans, Turnschuhe und graues Sweatshirt mit Kapuze. Alles nass und ziemlich verdreckt.“

„Tut mir leid, so jemanden habe ich nicht gesehen. Was hat er denn verbrochen?“

„Er ist ein Dieb.“

Emma erscheint an seiner Seite. „Hast du etwas ausgefressen, von dem ich nichts weiß?“, erkundigt sie sich beim Anblick der beiden Polizisten, die ihre Pistolen vorerst mit dem Lauf nach unten senken. Das überaus gute Erscheinungsbild der jungen Frau lenkt sie einen Moment lang ab.

„Sie suchen einen Teenager, der etwas gestohlen hat“, gibt Gerd die erhaltene Auskunft weiter. „Er hat sich wohl hier irgendwo versteckt.“

„Einen Teenager?“, staunt Emma mit einem Blick auf die schussbereiten Pistolen der Uniformierten. „Was hat er gestohlen?“

„Milch.“

„Wie bitte?“ Die Beamtin glaubt sich zu verhören. Anhand der Abzeichen erkennt sie den Rang ihrer Kollegen aus dem Bereitschaftsdienst. Sie erblickt die Schriftzüge, die ihr die Familiennamen der beiden Uniformierten preisgeben. ‚Auch wenn die beiden Polizeimeister noch recht jung sind, dürfen Sie sich solche Fehler nicht erlauben‘, urteilt sie. „Und dafür laufen Sie mit Ihren Waffen im Anschlag hinter ihm her?“

„Das verstehen Sie nicht“, behauptet jetzt auch Linus Schwabe, läuft aber gleichzeitig rot an. „Das gehört zu unseren Pflichten.“

„Also ist dieser Junge bewaffnet?“, verhört Emma die beiden scharf. „Haben Sie das genau gesehen?“

„Nein, das ist auch nicht nötig.“

„Und was machen Sie, wenn Sie den Jungen finden? Nehmen Sie ihn dann unter Beschuss?“, braust Emma auf.

„Halten Sie sich da besser heraus“, verlangt Joschka Mahler. „Sie sollten unsere Arbeit nicht behindern, sonst könnten Sie genauso viel Ärger bekommen wie dieser Dieb.“

‚Auweia‘, denkt Gerd. ‚Emma auf diese Weise zu drohen kann ins Auge gehen.‘ Er bemüht sich darum, das mitleidige Grinsen schnellstens zu unterdrücken.

Die Augen der Hauptkommissarin blitzen wütend auf. „Wollen Sie mir drohen? Sie benehmen sich wie zwei wildgewordene

Stiere, die nicht in der Lage sind, ihre Gefühle unter Kontrolle zu halten! Statt diesen Jungen aufzufordern, sich zu ergeben, damit niemandem etwas passiert, richten Sie Ihre entsicherten Waffen auf ihn. Da würde ich auch schnellstens abhauen!"

„Das dient lediglich der Eigensicherung", verteidigt sich Joschka Mahler.

„Ach wirklich? Dabei schießen Sie aber reichlich über das Ziel hinaus", faucht Emma.

Am liebsten würde er dieser arroganten Frau Handschellen anlegen, um ihr zu zeigen, wer hier das Sagen hat, doch dafür ist keine Zeit. „Wir wissen, was wir zu tun haben!", beteuert der Polizeimeister abschließend.

„Das sehe ich anders!", widerspricht Emma heftig. Die Hauptkommissarin hält den beiden Draufgängern ihren eigenen Ausweis unter die Nase. „Hauptkommissarin Wolf! Ich will Ihre Dienstausweise sehen! Sofort!"

Statt einer heftigen Entgegnung starren die beiden Uniformierten auf den Ausweis der hochrangigen Kollegin.

‚Das gibt es doch gar nicht!', staunt Joschka Mahler. ‚Sie ist höchstens ein paar Jahre älter als ich, wie kann sie da einen solchen Rang bekleiden?', grübelt der Polizist perplex. ‚Allerdings scheint der Ausweis echt zu sein.'

„Wollen Sie ihn überprüfen?", erkundigt sich Emma mit einem spöttischen Blick. „Nur zu! Sie scheinen ja reichlich Zeit zu haben."

Bedeutend kleinlauter reichen die beiden Streifenpolizisten der Beamtin ihre Ausweise.

„Stift!", fordert sie mit ausgestreckter Hand von Linus Schwabe, der gar nicht auf die Idee kommt, ihr das Verlangte vorzuenthalten. Mangels Papier benutzt sie ihren Kassenbon, um sich die beiden Dienstnummern und Namen aufzuschreiben, die sie gerade von den Ausweisen abliest.

„Gehen Sie davon aus, dass ich morgen Früh eine Meldung an Ihren Vorgesetzten machen werde", verspricht sie den zwei Polizisten. „Anscheinend brauchen Sie beide dringend eine Auffrischung darüber, wie man sich bei einem solchen Einsatz zu verhalten hat. Jetzt gehen Sie mir besser aus den Augen! Kümmern Sie sich um die Bestohlenen und nehmen Sie die Anzeige auf!"

Während die Uniformierten sich schnellstens aus ihrer Reichweite entfernen, wirbelt Emma auf dem Absatz herum. Schon beim Einsteigen in Gerds Audi öffnet sie das Handschuhfach, in dem sie einen Notizblock findet, auf den sie die erhaltenen Daten überträgt, ehe sie diesen einsteckt.

Währenddessen trotten die zurechtgewiesenen Polizeimeister in Richtung des alten Ehepaares davon.

„So eine Ziege", urteilt Joschka Mahler. „Wieso musste die sich unbedingt einmischen? Das sollten wir nicht auf uns sitzen lassen."

„Was willst du denn machen?", hält Linus Schwabe dagegen. „Leg dich besser nicht mit ihr an. Du hast doch ihren Ausweis gesehen, die ist vom *LKA*, da hast du keine Chance!"

„Doch, wir müssen uns nur genau überlegen, wie wir unseren Bericht verfassen. Die lernt mich noch kennen!", murrt er sauer.

Gerd schaut den jungen Männern nachdenklich hinterher, dann wendet auch er sich seinem Fahrzeug zu. Die hintere Tür auf der Fahrerseite steht immer noch offen. Im Vorbeigehen will er die Tür schließen, hält aber mitten in der Bewegung inne. Er blickt in zwei ängstlich aufgerissene bettelnde Augen in einem vollkommen verdreckten Gesicht. Die Lippen des blinden Passagiers formen sich zu einem kaum vernehmbaren „Bitte."

Gerds Erinnerung wandert schlagartig zurück zu der Zeit, als das Jugendheim sein Zuhause war. Gemeinsam mit Andreas übersprang er damals die sechste Klasse, wodurch sie die jüngsten Schüler der siebten waren, aber mit den besten Noten. Das rief die Neider unter ihren Klassenkameraden hervor, gegen die sich Andreas und er gemeinsam zur Wehr setzten. Alle gaben ihm die Schuld an den Geschehnissen, bis Peter Staller erschien, ihm zuhörte und ihn verstand. Das Verhalten des Unternehmers änderte Gerds ganzes Leben. ‚Milch', denkt er. ‚Warum stiehlt jemand Milch? Bestimmt nicht, weil er sich daran bereichern will. Irgendjemand sollte diesem Jungen vielleicht einmal zuhören!' Beruhigend nickt er dem Teenager zu, ehe er die Tür schließt.

Hinter dem Steuer Platz nehmend überdenkt er seine gerade getroffene Entscheidung noch einmal, nur um zu dem gleichen Ergebnis zu kommen. ‚Die Polizei kann dem Jungen nicht helfen, aber wir vielleicht', urteilt er.

„Kannst du dir vorstellen, warum jemand Milch stiehlt?", erkundigt sich Gerd bei seiner Freundin, während er den Wagen vom Parkplatz herunterlenkt.

„Keine Ahnung! Vielleicht weil er Durst hatte?"

„Und dafür muss er dann ins Gefängnis?"

„Wohl kaum. Wenn es wirklich noch ein Teenager ist, also ein Minderjähriger, kann das glimpflich ausgehen. Es kommt natürlich darauf an, warum er das gemacht hat. Jedenfalls war dieses cowboyhafte Verhalten meiner Kollegen vollkommen fehl am Platz."

„Das denke ich auch."

Vor dem Haus in Düsseldorf-*Stockum* hält Gerd in der für seinen Wagen reservierten Parkbucht an. Die einhundertvierzig Quadratmeter große Fünf-Zimmer-Wohnung, die er gemeinsam mit Emma bewohnt, liegt im obersten Stockwerk. Insgesamt gibt es drei Parteien, von denen zwei im Erdgeschoss genau gegenüber liegen. Da die einhundertzwanzig Quadratmeter großen Wohnungen über zwei Etagen angeordnet sind, gibt es im ersten Stock keine Türen zum Treppenhaus. Erst in der zweiten Etage findet man den Zugang zu der Wohnung des jungen Paares.

„Ich kümmere mich gleich um das Ausladen", versichert er Emma. „Doch vorher müssen wir noch etwas anderes erledigen."

„Was denn?"

„Das hier!" Gerd öffnet die hintere Wagentür, so dass auch Emma erkennt, wer da auf dem Boden des Fahrzeugs hockt.

„Du hast gewusst, dass der Junge hier drinnen war?", verhört sie Gerd erstaunt.

„Ja."

„Du hast es nicht für nötig gehalten, den Polizisten das mitzuteilen?" Langsam wird sie sauer. „Weißt du, in was für eine Situation du mich damit bringst? Ist dir klar, dass ich das umgehend melden müsste? Was hast du dir dabei gedacht?"

„Milch!“, antwortet Gerd nur.

Emma wirft einen Blick auf das angstvolle Gesicht, von dem man außer den panisch aufgerissenen Augen so gut wie nichts erkennen kann. Irgendetwas rührt sich in ihr, als sie das Flehen, die Angst und die Unsicherheit des Kindes wahrnimmt. „Meinetwegen!“, gibt sie nach, wendet sich ab, öffnet den Hauseingang und bleibt auffordernd stehen. „Nun kommt schon!“

„Du hast es gehört“, lächelt Gerd. „Komm mit. Ich verspreche, dass dir nichts passieren wird.“

„Das versprach man den Juden auch, als man sie zum Duschen schickte“, erwidert Henry vorlaut, klettert aber aus dem Fahrzeug heraus.

Erstaunt mustert Gerd den Teenager. ‚Ungebildet ist er jedenfalls nicht.‘ „Na, komm schon“, lächelt er. „Wir sollten Emma nicht verärgern, wo sie sich gerade einverstanden erklärt hat, uns zu helfen.“

„So, wie du aussiehst, lasse ich dich nicht in unser Wohnzimmer“, bestimmt Emma und zieht Henry mit sich in die Küche, wo sie auf einen der Holzstühle weist. „Setz dich da hin!“

„Danke!“, flüstert Henry. „Wieso helfen Sie mir?“

„Das ist noch gar nicht heraus!“, widerspricht Emma. „Wenn du wirklich gestohlen hast, ohne mir einen Grund dafür zu nennen, findest du dich ganz schnell auf der nächsten Polizeiwache ein. Das garantiere ich dir! Also, was für Gründe gibt es dafür, jemand anderen zu bestehlen?“, verhört sie Henry heftig.

„Ich …, ich …“, stottert der Teenager eingeschüchtert. „Ich wollte das ja auch gar nicht, aber ich wusste mir einfach nicht anders zu helfen“, platzt es aus ihr heraus. „Es war ja auch gar nicht für mich.“

„Sondern?“

Henry steht auf, beugt sich über ihr Sweatshirt, lässt ihre Hände in der Bauchtasche verschwinden und holt das kleine Fellknäuel hervor, das sich zitternd in ihre Hände kuschelt. Vorsichtig setzt sie sich auf den Stuhl, die Katze auf ihrem Schoss. „Ich wollte nicht, dass sie verhungert“, erklärt Henry. „Ich habe sie am *Spee'schen Graben* aus der *Düssel* gezogen. Jemand hatte sie in einen Sack gesteckt, ihn zugeknotet und in den See geworfen. Ich musste ihr doch helfen."

Die beiden sehen so erbärmlich aus, dass sich Gerd und Emma nicht gegen das Mitleid wehren können, das sich in ihre Herzen schleicht. Sie tauschen nur einen kurzen Blick, um zu erkennen, dass es dem anderen genauso geht.

„Dann sollten wir vielleicht einmal sehen, ob wir etwas Milch für den kleinen Kerl finden können", lächelt Gerd.

„Sie darf aber nicht zu kalt sein", behauptet Henry. „Es ist auch besser, wenn sie mit Wasser verdünnt wird. So hat sie weniger Schwierigkeiten, die Milch zu verdauen. Es ist übrigens eine sie."

Gerd lächelt vor sich hin, während er das Gewünschte in der Mikrowelle aufwärmt. Er reicht die Schale an Henry weiter.

Obwohl die Katze Hunger haben muss, beginnt sie nicht zu schlecken, als sie den Teller unter die Nase gehalten bekommt. Sie fängt lediglich erbärmlich an zu fiepen.

„Sie haben nicht zufällig eine Babyflasche da?", fragt Henry.

„Damit können wir leider nicht dienen", entgegnet Emma gereizt. Sie hat keine Ahnung, warum sie bei dem Gedanken an eine Babyflasche Panik in sich aufkommen spürt.

„Haben Sie vielleicht einen Handschuh? So ein Teil, das man einmal anzieht und dann wegwirft?"

„Ja, solche Dinger haben wir."

Gerd kann sich schon denken, was der Junge vorhat und hält dem Teenager bereits eine Schere entgegen.

Henry macht nur einen kleinen Schnitt in den Mittelfinger des Handschuhs, drückt diesen aber erst einmal fest zu, bis die Milch eingefüllt ist. Als sie dem Kätzchen den Finger an die Schnute hält, beginnt das Tier erst zaghaft, dann fester zu saugen. Die Augen des Teenagers strahlen zufrieden auf. „Langsam, sonst verschluckst du dich noch!", empfiehlt sie der Katze sanft.

„Wie heißt du eigentlich?", erkundigt sich Emma mittendrin.

„Henry."

„Also, Henry, was sollen wir deiner Meinung nach jetzt machen? Immerhin wirst du von der Polizei gesucht."

„Gesucht? Ich werde gesucht?" Erschrocken starrt sie Emma an.

„Sicher. Es gibt eine Anzeige wegen Diebstahls. Das ist ein Verbrechen und wird sehr ernst genommen. Alle Polizeistreifen werden angehalten, nach dir Ausschau zu halten. Deine Beschreibung haben sie ja. Solange du dich nicht freiwillig dort meldest, werden sie dich suchen."

„Das hat doch noch ein bisschen Zeit", widerspricht Gerd, der mit einem Pappkarton und einer Wolldecke in die Küche kommt. „Genau richtig", bemerkt er lächelnd beim Anblick der Katze, die sich, genüsslich die Augen schließend, von dem Teenager den Bauch massieren lässt. Kaum liegt sie auf der Decke, rollt sie sich friedlich zusammen. Übergangslos schläft sie ein.

„Sie ist höchstens vier Wochen alt", erklärt Henry. „Sie kann noch nicht allein fressen. Außerdem ist sie unterernährt. Sie sollte alle zwei Stunden mit ein paar Löffeln Milch gefüttert werden. Anschließend muss man ihr den Bauch massieren, damit die Darmfunktion angeregt wird. Das macht normalerweise die Katzenmutter, indem sie den Bauch mit ihrer Zunge ableckt. Sie wird nicht viel ausscheiden, solange sie noch so geschwächt ist. Wenn Sie Traubenzucker vorrätig haben, wäre das nicht schlecht. Er muss ihr in Wasser aufgelöst auf die Zunge geträufelt werden. Nur ein paar Tropfen. Aber das hilft."

„Woher weißt du das?"

„Ich interessiere mich halt dafür. Und ich lese viel?"

„Das kann nie schaden", stimmt Gerd zu. Sein Blick wandert von der schlafenden Katze zu Henry. „Ich würde sagen, Emma kann auf sie aufpassen, während wir beide dir erst einmal ein heißes Bad einlassen. Einverstanden?"

Bis jetzt fand Henry es ganz witzig, dass man sie für einen Jungen hielt, doch nun muss sie wohl Farbe bekennen. „Geht das vielleicht auch andersherum?", erkundigt sie sich verlegen.

„Was meinst du?"

„Na ja, kann vielleicht Ihre Freundin mit mir ins Bad gehen und Sie passen hier auf?"

„Wie bitte?", staunt Emma. ‚Kaum haben wir dem Knirps geholfen, fängt er schon an, mich anzubaggern', denkt sie kopfschüttelnd.

Ehe Emma oder Gerd etwas darauf erwidern können, zieht Henry die Kapuze von ihren schulterlangen Haaren. Auf die verblüfften Gesichter des Paares hin erklärt der Teenager mit einem schelmischen Lächeln: „Henry ist die Kurzform von Henriette."

„Wir sollten dringend den Dreck abwaschen", kommentiert Emma den Anblick. „Komm, sorgen wir dafür, dass man dich wieder erkennen kann."

Dankbar folgt Henry der jungen Frau.

Während sie es genießt, in dem heißen Wasser zu liegen, ohne dass sie zur Eile angetrieben wird, wie es bei ihr zuhause gängig ist, überlegen Gerd und Emma beim Ausladen ihrer Einkäufe, wie sie dem Mädchen helfen können.

„Ich hätte da eine Idee", äußert Gerd nachdenklich. „Allerdings weiß ich nicht, wie weit wir damit kommen." Er erklärt Emma, was er sich vorstellt.

„Einen Versuch ist es auf jeden Fall wert", stimmt die Beamtin zu.

„Dann sollten wir beim Essen mit ihr darüber reden. Es ist noch nicht zu spät, um anschließend zur Polizei zu gehen."

„Einverstanden. Aber erst einmal plündere ich meinen Kleiderschrank."

Gerd schaut ihr lächelnd hinterher, bevor er sich in die Küche begibt, wo er mit der Zubereitung eines frühen Abendessens beginnt.

Emma klopft an, steckt den Kopf durch den Türspalt und überzeugt sich davon, dass sie nicht ungelegen kommt, ehe sie das Bad vollständig betritt. „Na, hast du die Zementschicht abgekratzt?"

Auf die lustige Frage lacht das Mädchen fröhlich auf. „Ich glaube, es ist alles sauber."

Sie lässt sich von Emma aus der Wanne helfen und in ein dickes Handtuch wickeln. „Ich habe hier ein altes *Longshirt* von mir. Mit dem Gürtel kannst du es bestimmt als Kleid tragen. Versuch es einfach einmal. Dazu die 7/8-Leggins. Sie müsste von der Länge her passen, ohne dass du sie umkrempeln musst."

Henrys Augen strahlen begeistert auf. „Danke."

„Wahrscheinlich hängst du an deinen Sachen, aber ich glaube nicht, dass du die wieder sauber bekommst. Deine Schuhe sind sicher hin."

„Hmm", nickt Henry bedrückt. Sie mag gar nicht darüber nachdenken, was ihr Vater sagen wird, wenn er erfährt, dass sie neue Schuhe braucht. ‚Das gibt reichlich Ärger.'

„Ich habe gesehen, dass du Schuhgröße neununddreißig hast, genau wie ich."

„Ja. Meine Mutter sagt immer, ich lebe auf großem Fuß."

„Das kann sich noch ändern. Auf jeden Fall habe ich die gleiche Größe und noch ein paar Laufschuhe übrig, die ich nicht brauche. Willst du die vielleicht einmal anprobieren?"

„Im Ernst?", staunt das Mädchen. „Die sind für mich?"

„Wenn sie passen."

„Wahnsinn! Wieso tun Sie das? Ich habe Ihnen bisher doch nur Ärger gemacht."

„Vielleicht schaffen wir es ja zusammen, diesen Ärger zu bereinigen. Was meinst du?"

„Geht das denn?"

„Ich mache dir einen Vorschlag, zieh dich an, dann sprechen wir beim Essen darüber."

„Beim Essen?"

„Also, Gerd und ich haben Hunger. Wenn du nichts willst, setzt du dich einfach dazu. Du kannst aber gern mitessen."

„Ja, ich habe auch Hunger", strahlt Henry.

„Dann wäre das geklärt. Wir warten in der Küche auf dich."

„Verblüffend", behauptet Gerd lächelnd, als er die Verwandlung kurz darauf in Augenschein nimmt. „Aus dem Dreckspatz ist ja ein bildhübsches Mädchen geworden."

Verlegen windet sich Henry. ‚So etwas hat außer Karl Brennecke noch niemand zu mir gesagt', erinnert sie sich. „Kann ich vor dem Essen bitte noch die Katze füttern? Geht das?"

„Natürlich." Emma streckt die Hand nach dem Karton aus, der neben ihr auf einem Stuhl steht. Obwohl die kleine Katze noch nicht gänzlich wach ist, faucht sie einmal kurz, wobei sie ihre Krallen ausfährt, mit denen sie Emma quer über den Handrücken kratzt. „Au!“, schnauzt Emma. „Was soll denn das?“

„Katzen sind wählerisch“, belehrt Gerd sie mit übermütig blitzenden Augen. „Die mögen noch lange nicht jeden.“ Er beugt sich über Emma hinweg, um nach dem Tier zu greifen. Auch er wird mit einem wilden Fauchen gewarnt, bevor die kleine Katze mit einem festen Biss ihre kleinen Milchzähne in seinen Zeigefinger schlägt. „Autsch!“, stöhnt auch Gerd auf.

„Anscheinend bist du ebenfalls unter ihrer Würde“, stichelt nun Emma.

„Darf ich?“ Henry tritt neben die beiden. Langsam streckt sie der Katze ihre Hand mit der Handfläche nach oben entgegen. „Na, komm, du kennst mich doch. Komm her“, lockt sie das Tier. „Du hast doch bestimmt Hunger.“

Das Kätzchen schnuppert einmal an ihrer Hand, um rasch darauf zu klettern, sodass Henry sie an sich ziehen kann. Sofort kuschelt sich das Tier bei ihr an. Lächelnd beobachten Gerd und Emma, wie fürsorglich das Mädchen mit dem Tier umgeht.

„Muss ich wirklich zur Polizei gehen?“, erkundigt sich Henry während des Essens. „Mein Vater rastet aus, wenn er das mitbekommt.“

Gerd blickt fragend zu Emma. Sie haben bereits geklärt, wie es weitergehen könnte, aber er überlässt Emma die Entscheidung.

„Wir werden dich nicht dazu zwingen“, erklärt die Hauptkommissarin. „Aber wir können dir einen Vorschlag machen, bei dem es für dich einfacher wird. Natürlich nur, wenn du bereit bist, deinen Fehler einzugestehen.“

Der Teenager nickt bedrückt. „Das werde ich wohl müssen. Alles andere ist falsch. Schließlich hat mich keiner zu diesen Handlungen gezwungen. Das war meine eigene Entscheidung und die war falsch.“

„Schön, dass du das so siehst. Deine Einsicht wird sicher helfen. Pass auf, wir beide fahren zum nächsten Polizeirevier, du wirst deine Aussage machen, erklären, worum es dir ging, und dich entschuldigen. Ich bleibe an deiner Seite, versprochen. Man wird mich bestimmt danach fragen, was ich mit der Geschichte zu tun habe. Ich werde nicht lügen, für niemanden! Ich werde ihnen sagen, dass du uns um Hilfe gebeten hast, weil die beiden Uniformierten mit gezogenen Pistolen hinter dir hergelaufen sind, womit sie dir ziemliche Angst eingejagt haben. So kriegen die beiden dann gleich noch ihr Fett ab. Vielleicht geben die uns ja die Adresse von dem Ehepaar, das du bestehlen wolltest. Wir könnten hinfahren, du erklärst ihnen alles und entschuldigst dich. Ob das ausreicht, kann ich dir nicht sagen, aber es ist ein Anfang. Was sagst du dazu?"

Henry denkt über den Vorschlag lange nach. „Ich habe Angst, doch ich glaube, das ist der richtige Weg. Wird mein Vater davon erfahren?", erkundigt sie sich ängstlich.

„Ja, das wird sich nicht vermeiden lassen. Aber vielleicht können wir ja einmal mit ihm reden", bietet Gerd an.

„Das würden Sie tun? Warum?"

Gerd tippt ihr lächelnd mit dem Finger auf die Nasenspitze. „Weil du mich an jemanden erinnerst."

„An wen?"

Sie erhält keine Antwort.

Emma ist schon klar, an wen das Mädchen Gerd erinnert, ihr ist auch klar, dass er sich zukünftig um sie kümmern wird, wenn Henry es zulässt. „Dann lass uns fahren. Auf dem Weg zur Wache besorgen wir dir auch rasch ein paar saubere Anziehsachen."

3

Dadurch, dass Emma sie begleitet, bleiben die diensthabenden Polizisten in der zuständigen Dienststelle äußerst friedlich. Das ordentliche Erscheinungsbild des höflichen Mädchens, das in nagelneuer Jeans, Turnschuhen und weißer Bluse vor ihnen steht, trägt noch einmal mehr dazu bei. Sie hören sich Henrys Bericht bis zum Ende an, ohne sie zu unterbrechen, auch ihre Entschuldigung wird zur Kenntnis genommen.

Der zuständige Polizeioberkommissar Edgar Lautenschläger verrichtet in der Düsseldorfer Dienststelle seit einunddreißig Jahren seinen Dienst. Dem Neunundvierzigjährigen sind schon viele Verbrecher untergekommen, Kleinkriminelle, Rauschgifthändler, Schmuggler, auch Mörder, aber dass diese junge Dame eine professionelle Diebin sein soll, so wie es im Bericht der beiden Polizeimeister steht, kann er nicht glauben. Er hat selbst zwei Töchter, die ihm im Laufe ihres Heranwachsens zu so manch einem grauen Haar verholfen haben, weshalb er diesem Mädchen liebend gern helfen würde.

„So leid es mir tut, ich muss mich an die Vorschriften halten“, beteuert er fest. „Der Bericht, den die beiden zuständigen Kollegen der Anzeige hinzugefügt haben, hat sich gewaschen. Darin heißt es, dass … Moment.“ Er liest nach kurzem Suchen die Begründung, um die es ihm geht, von seinem Bildschirm ab: „Ja, hier, … äußerst raffinierte Vorgehensweise. Es ist klar zu erkennen, dass auf weitreichende Erfahrungen zurückgegriffen wurde. Trotz der Unterstützung durch eine Kollegin konnte der Täter unerkannt entkommen.“ Edgar Lautenschläger schaut die Kollegin grinsend an.

„Das war ja klar“, stöhnt Emma. „Sie versuchen ihren Kopf aus der Schlinge zu ziehen. Aber mit der Retourkutsche kommen sie nicht weit.“

„Wahrscheinlich nicht, doch solange die Anzeige nicht zurückgezogen wird, kann ich nichts machen. Selbst dann wird sich die Staatsanwaltschaft damit befassen. Immerhin geht es hier um Diebstahl. Sie wissen doch, wie das läuft“, wendet er sich an Emma.

„Ja, sicher. Aber wenn Sie uns die Anschrift der Geschädigten geben, könnten wir einmal mit ihnen reden. Henry wird sich bei den beiden entschuldigen.“

Einen Moment lässt sich der Oberkommissar die Worte durch den Kopf gehen. ‚Immerhin ist hier eine hochrangige Kollegin involviert. Die wird schon aufpassen, dass da nichts schief geht.‘ „Einverstanden. Wenn Sie versprechen, dass Sie mitgehen und aufpassen, bin ich bereit, Ihnen die Adresse auszuhändigen.“

Eine halbe Stunde später stehen sie in Düsseldorf-*Vennhausen* auf der *Cardaunstraße* vor der Haustür von Hansjörg und Bianca Rosendahl. Der neunundsiebzigjährige Rentner lässt die beiden ohne Widerstand eintreten, nachdem sich Emma bei ihm ausgewiesen und sich für die späte Störung entschuldigt hat.

„Kommen Sie wegen meiner Anzeige?“, erkundigt er sich bei der Beamtin. „Haben Sie den Dieb gefunden?“

„Nein, nicht wirklich, aber der Dieb, oder vielmehr die Diebin hat sich selbst gestellt.“

„Tatsächlich?“, staunt der alte Mann. „Es geschehen noch Zeichen und Wunder“, äußert er in Richtung seiner Frau.

„Was passiert denn jetzt mit ihm, ihr oder …?“ Die Rentnerin weiß nicht genau, wie sie ihre Frage formulieren soll. „Sie sagten Diebin. War das eine Frau? So verdreckt?“

„Ein Mädchen. Ja“, bestätigt Emma ihr. „Ich habe sie mitgebracht. Diese junge Dame hier ist Henriette Grossmann. Warum sie Sie bestehlen wollte, soll sie Ihnen selbst erklären. Würden Sie ihr dazu die Gelegenheit geben?“

Ehe der mürrisch dreinblickende Hausherr einen Ton sagen kann, ergreift Bianca Rosendahl die Hände des Teenagers und zieht sie ins Wohnzimmer. „Aber natürlich. Ich bin viel zu neugierig, als dass ich mir eine solche Geschichte entgehen lassen würde“, versichert die gelernte Schneiderin mit einem fröhlichen Augenzwinkern.

Halbwegs erleichtert beginnt Henry erst stockend, dann immer fließender, die Vorkommnisse des heutigen Tages zu schildern.

Keine der Frauen bemerkt, wie sich die Miene des alten Herrn verfinstert, als er hört, was Henry da aus dem See gefischt hat. Er erfährt von ihren Gewissensbissen, ihren heimischen Verhältnissen und dem verzweifelten Verlangen, der Katze zu helfen. Ein Blick zu seiner Frau reicht aus, um zu wissen, was sie zu tun haben. „Henriette, so heißt du doch, oder?“, fragt er, spricht auf ihr Nicken hin aber rasch weiter: „Also, Henriette, wir werden die Anzeige zurückziehen, es ist ja auch nicht wirklich zu einem Diebstahl gekommen. Ich finde es gut, wie du dich für ein wehrloses Tier eingesetzt hast, auch wenn Diebstahl natürlich keine Lösung ist.“

„Ja, ich weiß. Es tut mir leid. Ich war einfach so verzweifelt, ich konnte an nichts anderes denken, als an das Kätzchen, das ohne Milch nicht hätte überleben können. Dass Sie mir helfen, ist wirklich klasse. Vielen Dank.“

„Was hast du denn mit der Katze gemacht? Wo ist sie jetzt?“, erkundigt sich die Rentnerin neugierig.

„Im Augenblick ist sie bei Herrn Bach, dem Freund von Frau Wolf“, erklärt Henry mit einem Wink auf die Beamtin. „Ich weiß noch nicht, wie es weitergeht. Mit nach Hause nehmen kann ich sie nicht. Meine Mutter verdient viel zu wenig, als dass ich sie behalten dürfte. Mein Vater würde sofort einen Tobsuchtsanfall bekommen.“

„Ich verstehe“, nickt Hansjörg Rosendahl. „Mit Futter allein ist es noch lange nicht getan. Sie braucht eine ärztliche Untersuchung, die üblichen Impfungen und einiges mehr. Wahrscheinlich muss sie auch noch entwurmt werden. Alles zusammen kostet eine ganze Menge.“

„Ich weiß“, stimmt das Mädchen ihm traurig zu.

„Hast du ihr schon einen Namen gegeben?“, fragt Bianca Rosendahl sanft.

„Nicht wirklich. Ich wusste ja nicht, ob ich sie behalten darf. Aber ich wüsste schon, wie ich sie nennen würde."

„Wie denn?"

„Artemis, nach der griechischen Jagdgöttin. Sie zählt zu den zwölf großen olympischen Göttern, ist eine der wichtigsten Gottheiten in der griechischen Mythologie und eine Tochter des Zeus. In der römischen Mythologie erhielt sie den Namen Diana. Symbolisch steht sie unter anderem für Stärke, Kampfgeist und Mut. Diese Eigenschaften hat das Kätzchen doch heute bewiesen, als es mit aller Macht gegen sein Ertrinken angekämpft hat."

Nachdem sie ihren Vortrag beendet hat, ist es mucksmäuschenstill im Raum, da sich die Erwachsenen verblüfft ansehen. ‚Alle Achtung', denkt Emma, als sie die begeisterten Augen des Rentners wahrnimmt, der erfreut aufstrahlt.

‚Diese Kind hat es verdient, dass man ihm hilft', urteilt Hansjörg Rosendahl, der sich nun direkt an den Teenager wendet: „Was hältst du davon, wenn du deine Katze fürs Erste mir überlässt? Im Gegenzug biete ich dir einen Job an."

Henry macht große Augen. „Einen Job? Sie meinen so richtig mit Geld verdienen und so?"

„Ja, mit und so!", lacht der alte Herr auf. „Du musst wissen, dass ich vor meiner Pensionierung viele Jahre als Referent im Tierschutzverein tätig war. Jetzt arbeiten meine Frau und ich ehrenamtlich im Tierheim in Düsseldorf-*Vennhausen*. Dort gibt es momentan eine festangestellte Mitarbeiterin, die ein Baby erwartet. Wir suchen schon seit einer Weile jemanden, der ihr einen Teil ihrer Arbeiten abnimmt."

„Das würde ich wirklich gern machen, aber ich wohne in Düsseldorf-*Pempelfort*, auf der *Kapellstraße*. Zu Fuß brauche ich bestimmt drei Stunden bis nach *Vennhausen*. Die Schule geht auch fast immer bis halb drei Uhr, einmal sogar länger."

„Tja, dann musst du halt so viel verdienen, dass die Monatsfahrkarte davon finanziert werden kann", verkündet der Rentner lächelnd. „Übrigens ist es kein Problem, die Arbeiten am Samstag oder über das Wochenende verteilt zu erledigen, dann brauchst du dich nach der Schule nicht abzuhetzen. Also, wenn du Lust hast, bring deine Katze morgen bis Mittag zum Tierheim, dort bekommt sie die richtige Hilfe und Zuwendung, du schaust dir die Einrichtung an und überlegst dir mein Angebot. Aber auch, wenn du nicht zusagst, kannst du deine Katze jederzeit besuchen kommen. Was sagst du?"

Henry springt mit einem Jubelschrei auf, stürzt auf den alten Mann zu und schlingt strahlend ihre Arme um ihn.

Die Augen des Rentners treffen auf Emmas zufriedenes Lächeln. „Also, das nenne ich einmal eine enthusiastische Zustimmung", kommentiert er fröhlich.

Lachend beginnen sie mit der Planung der nächsten Schritte.

„Es wird garantiert zu einer Anhörung kommen", vermutet Emma in Bezug auf die Strafanzeige wegen Diebstahls. „Aber wenn Henry die Sachlage schildert, sich entschuldigt, Sie ihr obendrein zur Seite stehen, schließen die ihre Akte sicher schnell."

„Das machen wir gern", versichert das Ehepaar.

Auf der Rückfahrt spricht Henry kein einziges Wort, sondern grübelt still vor sich hin.

„Welchem Anlass verdanken wir es, dass du solche Trübsal bläst?", versucht Emma sie aufzumuntern, was ihr aber nicht gelingt.

„Ich weiß nicht, wie ich das Ganze meinen Eltern erklären soll. Mein Vater wird ziemlich ausrasten. Er hört mir sowieso nie zu, sondern brüllt immer gleich los, wenn ihm etwas nicht passt."

„War das schon immer so?"

„Nein, das hat erst vor drei Jahren angefangen, als er arbeitslos wurde und keine neue Stelle fand. Mit der Zeit hat er einfach aufgehört, sich zu kümmern. Verstehen Sie das?"

„Ja. Das passiert häufiger als du vielleicht denkst. Viele Menschen greifen dann aus Frust zu Alkohol oder anderen Drogen. Dadurch werden sie dann aggressiv."

Henry nickt heftig mit dem Kopf. „Genauso ist es bei uns auch. Früher war er anders, hat mit mir gespielt und gelacht. Sein Lachen vermisse ich am meisten, es war ansteckend, man konnte nie traurig sein, wenn er lachte. Er reißt mir bestimmt den Kopf ab, weil ich so spät komme."

„Ich werde nachher mit ihm reden. Sehen wir doch einmal, ob er mir zuhört. In Ordnung?"

„Ja", versichert das Mädchen erleichtert. „Danke."

„Schon gut. Jetzt holen wir Gerd ab. Bevor wir dich nach Hause bringen fütterst du noch einmal die Katze. Deine Eltern machen sich bestimmt schon Sorgen. Ich habe mehrfach versucht, auf der Rufnummer, die du mir genannt hast, jemanden zu erreichen, aber das Gespräch wurde nie angenommen."

„Das ist typisch für meinen Vater. Er will nicht gestört werden. Mutter ist arbeiten, also geht er einfach nicht dran, wenn es klingelt." Henry kaut nachdenklich auf ihrer Unterlippe. „Frau Wolf? Morgen soll ich zum Tierheim kommen, aber die haben bestimmt nur vormittags auf. Ich habe keine Ahnung, wie ich das machen soll. In der Schule will ich nicht einfach schwänzen. Die Katze muss ich auch mitnehmen. Wo soll die bis dahin bleiben?"

Emma hört die Verzweiflung in der Stimme der Dreizehnjährigen. „Ich mache dir einen Vorschlag. Wir behalten die Katze bei uns. Gerd kann sie morgen mitsamt Karton mit zur Arbeit nehmen. Vielleicht schreiben dir deine Eltern eine Entschuldigung, ansonsten kann ich auch mit deinen Lehrern sprechen. Was hältst du davon?"

„Das würden Sie tun? Für mich?", staunt Henry und beginnt ganz allmählich zu strahlen. „Super!" Sie kaut auf ihrer Unterlippe, dann schaut sie Emma beschämt an. „Eigentlich sollte ich mich nicht darüber freuen, dass ich beim Stehlen erwischt wurde, aber ansonsten hätte ich Sie beide doch nie kennengelernt."

Emma lacht fröhlich auf. „Lass das bitte nicht zu einer Gewohnheit werden."

Es ist schon nach dreiundzwanzig Uhr, als Henry die Tür zu der fünfundsiebzig Quadratmeter großen Drei-Zimmer-Wohnung auf der *Kapellstraße* in Düsseldorf-*Pempelfort* aufschließt.

Die mehrfachen Versuche der Hauptkommissarin, Henrys Eltern telefonisch zu erreichen, blieben den gesamten Nachmittag und Abend lang erfolglos, auch gab es keine Möglichkeit, eine Nachricht auf dem Anrufbeantworter zu hinterlassen.

In Begleitung des jungen Paares betritt Henry den Hausflur. Viel weiter kommt sie aber nicht, da ihr Vater bereits auf sie zustürzt.

„Kannst du mir einmal verraten, wo du um diese Uhrzeit herkommst?", schnauzt er seine Tochter heftig an. „Nicht nur, dass du dich herumtreibst, hältst du es anscheinend auch nicht für nötig, deine Arbeiten zu erledigen. Deine Mutter musste alles allein machen. Findest du das so richtig?" Noch ehe Henry eine Antwort geben kann, brüllt er los. „Was hast du dir dabei gedacht? Hast du überhaupt gedacht? Hier wird um sieben Uhr gegessen. Glaub nicht, dass wir deinetwegen eine Ausnahme machen." Erst jetzt bemerkt er die jungen Leute, die hinter Henry zur Tür hereinkommen. Drohend baut er sich vor dem Mädchen auf. „Was soll das? Wieso bringst du fremde Leute hierher? Ich dachte eigentlich, ich hätte dich Besseres gelehrt!"

Ohne sich durch die drohende Haltung des Familienvaters einschüchtern zu lassen, tritt Gerd schützend vor die Dreizehnjährige. „Wie soll Sie Ihnen antworten, wenn Sie sie nicht zu Wort kommen lassen?"

„Was geht Sie das an?", faucht Paul Grossmann. „Ich will hier keine Fremden, verschwinden Sie. Sonst rufe ich die Polizei!"

„Es steht Ihnen selbstverständlich frei, dies zu machen", erklärt Emma ihm ruhig. „Aber vielleicht kann ich Ihnen den Anruf ersparen." Die Beamtin hält ihm ihren Ausweis vor das Gesicht. „Ich bin Hauptkommissarin Wolf vom Landeskriminalamt Düsseldorf. Wir haben Ihre Tochter nach Hause gebracht, weil ich mich mit Ihnen über sie unterhalten möchte. Würden Sie mir dafür ein paar Minuten Ihrer Zeit opfern?"

Wütend wendet sich der Mann seiner Tochter zu. „Wieso bringst du mir die Polizei ins Haus? Was hast du angestellt? Was?", brüllt er so laut, dass das Mädchen sichtlich erschrocken zusammenzuckt, während sich ihr Vater wieder an Emma wendet. „Wenn meine Tochter etwas ausgefressen hat, buchten Sie sie ein, dann lernt sie wenigstens daraus. Ich habe dazu nichts weiter zu sagen!" Auf dem Absatz macht er kehrt, stürmt ins Wohnzimmer, wo er auf das Sofa plumpst und sich die angefangene Bierflasche vom Tisch schnappt.

„Ist ja ein netter Zeitgenosse", flüstert Gerd seiner Freundin zu.

Emma antwortet nicht, ihr Blick wandert zu Henrys Mutter, die eingeschüchtert im Türrahmen stehen geblieben ist. „Frau Grossmann, ich würde mich gern mit Ihrem Mann allein unterhalten. Besteht die Möglichkeit, dass Sie, Henry und mein Begleiter sich so lange in einen anderen Raum zurückziehen?"

„Wir können in die Küche gehen", bietet die verängstigte Frau an. „Aber Sie werden nichts erreichen. Er wird Ihnen nicht zuhören."

„Überlassen Sie das mir."

Emma wartet ab, bis die drei die Küchentür hinter sich geschlossen haben. Sie atmet noch einmal tief durch, dann begibt sich zu dem Hausherrn. „Interessiert es Sie wirklich so wenig, was mit Ihrer Tochter passiert?", erkundigt sie sich in einem ruhigen Ton. Ganz bewusst bleibt sie stehen, um ihn nicht noch mehr zu reizen. Sie wird sich erst dann setzen, wenn er ihr einen Platz anbietet.

„Was soll ich denn Ihrer Meinung nach machen? Sie anbinden? Oder sie an die Hand nehmen und zur Schule begleiten?", braust Paul Grossmann sauer auf. „Das geht schon lange nicht mehr. Ich kann es ihr nur immer wieder vorkauen. Aber hören tut sie trotzdem nicht!"

„Weil Sie ihr etwas anderes vorleben. Sie zeigen ihr jeden Tag aufs Neue, wie wenig das Leben wert ist. Wollen Sie ihr das wirklich so vermitteln?"

Der Familienvater zuckt nur die Schultern. Ihm ist es egal, was diese Polizistin von ihm denkt. Schließlich ist sie nicht hier, um an seiner Situation etwas zu ändern. „Ich kann tun und lassen, was ich will!", schnauzt er Emma an. „Ich bin schließlich mein eigener Herr! Außerdem bin ich niemandem Rechenschaft schuldig. Wie ich mein Kind erziehe, müssen Sie schon mir überlassen."

‚Ihn darauf hinzuweisen, dass es auch dafür Gesetze gibt, wird nicht viel bringen', überlegt Emma. ‚Im Gegenteil wird es ihn nur umso wütender machen.' Da sie aber seine Zustimmung braucht, verzichtet sie auf eine scharfe Zurechtweisung. „Sie haben Recht", stimmt Emma ihm deshalb ruhig zu. „Außerdem zeugt Ihr Verhalten vorhin davon, dass Sie sich um Ihre Tochter sorgen."

Obwohl er sie heftig angeschnauzt hat, bleibt sie ruhig, das verfehlt seine Wirkung nicht. „Das tue ich tatsächlich!", behauptet er fest. „Ob Sie es nun glauben oder nicht!"

„Henry hat mir erzählt, wie sehr sie Ihr ansteckendes Lachen vermisst."

Überrascht hebt Paul Grossmann den Kopf, um die Beamtin ungläubig anzuschauen. Er hätte mit allem gerechnet, Vorwürfen, Drohungen, Zurechtweisungen, eventuell sogar mit einer Anzeige wegen *wer weiß was*, aber nicht mit dieser Aussage. „Daran erinnert sie sich? Sie hat Ihnen das gesagt? Wieso?"

„Weil sie ihren Vater liebt. Henry ist ein erstaunliches Mädchen", beteuert Emma. „Sorgen Sie dafür, dass Sie ihre Zuneigung nicht verlieren."

„Wenn Sie meine Tochter so toll finden, wieso sind Sie dann hier?"

„Das würde ich Ihnen gern mitteilen, aber es ist eine längere Geschichte."

Einen Augenblick ist er still, dann greift er nach der Fernbedienung, mit der er den Fernseher ausschaltet. Mit der freien Hand weist er auf den gegenüberstehenden Sessel. „Meinetwegen!"

Emma atmet auf, das erste Eis ist gebrochen. Nach und nach schildert sie dem Mann, der still zuhört, wie tapfer sich seine Tochter verhalten hat, welche Fehlentscheidung sie im Anschluss traf und dass sie bereit war, für ihre Fehler einzustehen. „Ich denke nicht, dass allzu viel passieren wird. Zudem hat sie für die Zukunft eine Aufgabe, die sie ausfüllen könnte. Lassen Sie ihr die Möglichkeit, diese Arbeit zu übernehmen, wenigstens zweimal die Woche, oder noch besser am Wochenende. Geben

Sie Ihr Einverständnis dazu", bittet Emma. „Das könnte Ihnen Ihre Tochter ein gutes Stück näherbringen."

„Von mir aus", gibt Paul Grossmann nach. „Gegen eine geregelte Arbeit habe ich gar nichts. Sie soll mir nur sagen, wann sie wo ist."

„Ich habe heute mehrfach versucht, Ihnen telefonisch mitzuteilen, wo sich Ihre Tochter befindet. Meine Anrufe wurden aber nicht angenommen", informiert Emma den Mann, dessen Augen wütend aufblitzen, während er rot anläuft. „Anscheinend war Ihr Anrufbeantwortet nicht eingeschaltet", spricht sie rasch weiter, sodass er sich nicht beschuldigt fühlen muss. „Das passiert mir auch schon einmal."

Bei ihrer Erklärung, die ihn zufrieden aufatmen lässt, beruhigt er sich rasch wieder.

‚Gerade noch einmal gut gegangen', stellt Emma erleichtert fest. Sie wagt einen weiteren Vorstoß. „Ihre Tochter leidet unter den familiären Verhältnissen, unter der Entfremdung von Ihnen und darunter, dass Sie ihr die richtigen Werte nicht mehr vermitteln können."

„Ach", braust er sofort wieder auf. „Sie glauben, das liegt alles an mir, ja?"

„Nicht nur, aber zum Teil schon", bestätigt Emma die Frage. „Viel wichtiger ist doch, dass nur Sie etwas an Ihrer Situation ändern können. Denken Sie einmal darüber nach!", empfiehlt sie ihm abschließend.

Indessen schildern Gerd und Henry der erstaunten Helga Grossmann, was ihre Tochter an diesem Tag erlebt hat. „Du meine Güte!", flüstert sie erschrocken. „Henriette, wie kamst du denn auf die Idee, die Milch stehlen zu müssen?"

„Ich wusste mir nicht anders zu helfen", gibt das Mädchen kleinlaut von sich.

Immer noch schüttelt ihre Mutter ungläubig den Kopf. Als sie von Hansjörg Rosendahls Angebot hört, beginnt sie zu lächeln. „Henry hatte schon immer einen guten Draht zu Tieren, sie ist warmherzig und mitfühlend, das spüren die Tiere. Sie hat schon verletzten Tieren geholfen, an die sich sonst niemand heranwagen durfte", berichtet Helga Grossmann stolz.

„Frau Grossmann, würden Sie uns vielleicht helfen?", bittet Gerd die Frau, bei der Idee, die ihm jetzt in den Sinn kommt. „Darf Henry heute Nacht bei Emma und mir übernachten? Es steht ihr dafür ein eigenes Gästezimmer zur Verfügung. So kann sie sich um die kleine Katze kümmern, an die außer ihr niemand herankommt. Ich werde Henry morgen Früh pünktlich zur Schule fahren. Versprochen."

„Au ja", strahlt Henry. „Mama, bitte."

Überrascht mustert Helga Grossmann ihre Tochter. ‚Wann hat sie das letzte Mal ‚Mama' zu mir gesagt? Das ist schon Ewigkeiten her.' Trotzdem zögert sie. „Nehmen Sie mir das bitte nicht übel, aber ich kenne Sie nicht. Ihre Freundin ist zwar eine Polizistin, aber auch sie ist mir unbekannt. Ich habe keine Ahnung, wie ich mich da entscheiden soll", gesteht sie bedauernd. Das betrübte Gesicht ihrer Tochter versetzt ihr einen gewaltigen Stich.

„Ich kann Sie verstehen", stimmt Gerd der Mutter zu. „Darf ich Ihnen einen Vorschlag machen? Kommen Sie mit, sehen Sie sich bei uns zuhause um, wenn Sie wollen, bleiben Sie auch da, ansonsten fahre ich Sie im Anschluss gern wieder hierher. Wie wäre das?"

Helga Grossmann bleibt lange still. ‚Dieses junge Paar hat meiner Tochter zur Seite gestanden, als sie Hilfe nötig hatte. Obendrein haben sie Henriette bei sich aufgenommen, haben sie kurzerhand neu eingekleidet, ohne dafür etwas zu verlangen.' Die beiden machen auf sie einen freundlichen Eindruck. Der junge Mann schaut ihr offen in die Augen. Sie ist versucht, ihnen zu vertrauen.

„Mama?"

Den bettelnden Augen ihrer Tochter kann sie nicht widerstehen. Konnte Sie noch nie! „Also schön, ja, ich bin einverstanden! Aber du rufst mich heute Abend noch an und morgen direkt nach dem Aufstehen!"

„Juchhu! Danke!" Henry schlingt ihre Arme um den Hals ihrer Mutter, kuschelt sich fest an sie und drückt ihr einen dicken Schmatzer auf die Wange. „Danke!"

„Schon dafür hat es sich gelohnt!", lächelt Helga Grossmann. „Ich rufe morgen in der Schule an und melde dich für einen Tag ab“, verspricht sie dem glücklich strahlenden Mädchen. „Aber ich werde nicht lügen, sondern der Direktorin die Wahrheit sagen.“

„Natürlich.“

„Dann geh, und pack deine Tasche.“ Die Hausfrau schaut ihrer Tochter hinterher, bis sie hört, dass die Zimmertür hinter dem Mädchen ins Schloss fällt.

„Ich habe keine Ahnung, wie mein Mann darauf reagieren wird“, gesteht sie Gerd. „Aber ich stehe zu meinem Entschluss. Passen Sie auf mein Kind auf.“

„Das werden wir“, verspricht Gerd, der Henrys Mutter seine Visitenkarte reicht. „Zusätzlich zu der Firmendurchwahl steht auch meine private Mobilfunknummer auf der Karte. Darüber können Sie mich jederzeit erreichen. Ich werde darauf achten, dass Henry Sie anruft. Machen Sie sich bitte nicht allzu viel Sorgen.“

Henrys Mutter lacht auf. „Haben Sie auch Kinder? Oder woher wissen Sie, dass es mir unmöglich sein wird, nicht daran zu denken?“

„Nein, keine Kinder, aber eine genauso großartige Mutter, wie Sie es sind“, lächelt Gerd verschmitzt. Während Helga Grossmann vor Freude rot anläuft, sieht er in Gedanken Karola Staller vor sich, wie sie ihn in den Arm nimmt, sich um ihn sorgt, seit er sie im Alter von elf Jahren kennenlernte.

4

In der gleichen Nacht schleichen drei dunkel gekleidete Gestalten im Schatten der Häuser die *Bismarckstraße* in Mettmann entlang. Über eine Entdeckung brauchen sie sich um zwei Uhr morgens keine Sorgen zu machen. Obwohl die hohen Mehrfamilienhäuser aneinandergereiht die Straße zu beiden Seiten säumen, herrscht vollständige Stille. Der Transporter, ein *Mercedes-Benz Sprinter T1N* mit *105 kW* Leistung, steht gleich um die Ecke, in der ersten Parkbucht, keine dreißig Meter entfernt. Unbemerkt erreichen die drei maskierten Männer das Geschäft, auf das sie es abgesehen haben.

„Los, Emilio, mach schon!“, fordert der Anführer seinen Kumpan auf.

Dieser Befehl war überflüssig. Mit dem passenden Werkzeug macht sich der Mann unverzüglich an der Eingangstür zu schaffen. Ein paar Sekunden später beweisen das laute Knacken sowie die nach innen aufschwingende Tür, dass das Schloss dem Angriff keinen Widerstand bieten konnte.

Nun stürmt in aller Eile Vincent Knoch, der dritte Mann, an den beiden vorbei. Er weiß, dass es nur ein paar Sekunden dauert, ehe die Alarmmeldung abgesetzt wird, aber noch ist es nicht so weit. Er benötigt nur wenige Handgriffe, um die Schaltung der Sicherheitsanlage freizulegen. Genauso schnell zerschneidet er die Kabel, die er dank seiner Ausbildung als die Richtigen identifiziert. Zufrieden hebt er danach den Kopf, um seine Kameraden arrogant anzuschauen. „Wenn ihr mich nicht hättet", lobt er sich selbst. „Ihr könnt loslegen."

Leise machen sich die drei auf den Weg zu der Abteilung mit den zum Verkauf angebotenen Kleintieren. Das Fachgeschäft für Kleintierbedarf und Aquaristik bietet dem Kunden nicht nur eine vielfältige Produktauswahl rund um sämtliche Tiere, es ist auch immer ein Vorrat an Kleintieren wie Hunde, Katzen, kleine Nagetiere, Amphibien und Reptilien vorhanden. Im Augenblick liegen die meisten Tiere eingerollt in ihren Käfigen, teilweise allein, oder mit mehreren zusammen.

„Hey, Boss, du hast die Liste", behauptet Emilio Mancini seinem Anführer gegenüber. „Also los, was brauchen wir?"

Samuel Finkbeiner zieht einen Zettel aus der Tasche, den er auseinanderfaltet, bevor er liest, was darauf vermerkt ist. „Alle Meerschweinchen, Hamster und Mäuse, die Schildkröten, Wellensittiche und ein paar der größeren Vögel." Sein Blick fällt auf einen in der Nähe stehenden Käfig. „Das Frettchen nehmen wir auch mit! Voran, macht schon!"

Ungehemmt machen sich die drei Diebe an den Schaukästen mit den Tieren zu schaffen. Von Kopf bis Fuß in Schwarz gekleidet fallen sie in der Dunkelheit kaum auf. Sie tragen Skimasken, in die lediglich für Augen, Nase und Mund Schlitze geschnitten wurden, so können sie durch die Aufnahmen der Überwachungskameras nicht erkannt werden. Zudem tragen sie feste Handschuhe, die verhindern, dass ihre Fingerabdrücke sie im Nachhinein verraten.

Der Anführer der Diebesbande wandert an den Schaukästen entlang, sieht sich sämtliche vorhandenen Tiere genau an, nur um sauer mit der Faust gegen einen Käfig zu schlagen.

„Hey, Boss, was ist denn mit dir los?", will Vincent neugierig wissen.

„Wir brauchen noch sechs Katzen und vier Hunde, alles Jungtiere. Die sollen auch hier sein. Kann mir einer von euch sagen, wo die sind?"

Suchend sehen sich die drei überall um, selbst in dem angrenzenden Büro des Ladenbesitzers, doch nirgendwo gibt es eine Katze oder einen Hund zu finden.

„Da ist nichts!", behauptet Emilio überzeugt. „Kaspar muss sich verlesen haben."

„Scheint so", stimmt Samuel zu. „Verschwinden wir von hier!"

In Windeseile packen die drei Männer Käfige, Kartons und Kisten auf den mitgebrachten Rollcontainer, um schleunigst mit ihrer Beute zu verschwinden. Beim Verladen sehen sie sich immer wieder gründlich um, ohne dass es Grund zur Besorgnis gibt. Die menschenleeren Straßen kommen ihnen dabei sehr gelegen. Selbst wenn ihnen beim Wegfahren noch jemand hinterherschaut, macht das nichts, da die in Krefeld geklauten Nummernschilder keine verfolgbaren Spuren zu ihnen hinterlassen. Nach beendetem Auftrag werden die Nummernschilder wieder da angebracht, wo sie hingehören. Bisher hat das jedes Mal problemlos funktioniert.

Keine Viertelstunde benötigen sie durch die Stadt hindurch, bis sie nach Düsseldorf-*Ludenberg* gelangen. Geprägt durch Wälder und landwirtschaftliche Flächen in hügeliger Landschaft grenzt der Düsseldorfer Stadtteil an *Grafenberg, Gerresheim, Hubbelrath, Mörsenbroich* und *Rath.*

Nachdem sie von der Bundesstraße *B7* in die *Rennbahnstraße* abgebogen sind, geht es noch ein gutes Stück weiter, bis der Fahrer schließlich nach links in den *Trotzhofweg* hineinfährt. Eigentlich ist dieser Waldweg für den Nahverkehr gesperrt, doch Anliegern steht es frei, den Weg als Anfahrt zu nutzen. Knapp siebzig Meter legen sie zurück, um anschließend in einen angrenzenden

Waldweg abzubiegen, der nach zweihundert Metern vor einem hohen, unüberwindbaren Betonzaun endet.

Das abgelegene Haus, eine alte Klinik in Privatbesitz, besteht aus einem großen Hauptgebäude, einem kleineren Verwaltungsgebäude, einem Laborkomplex, mehreren kleineren Anbauten und Garagen. Insgesamt eintausendvierhundert Quadratmeter nutzbare Wohnfläche auf einem drei Hektar großen Waldgrundstück, von außen nicht einsehbar mit unüberwindbaren Zäunen und Mauern, bestückt mit spitzen Stacheldrähten.

Samuel Finkbeiner steuert die Rückseite des Grundstücks an, wo er den Transporter vor dem massiven Eisentor stoppt. Nachdem er dreimal kurz die Lichthupe betätigt hat, wartet er ab, bis sich das Tor, das die Lieferantenzufahrt begrenzt, öffnet. Direkt hinter dem durchfahrenden Sprinter gleitet es lautlos in seine Ausgangsstellung zurück, um ungebetenen Gästen den Zutritt zu untersagen. Der Dieb rangiert mit den rückwärtigen Ladetüren nah an einen der Seitentrakte heran, bevor die drei das Fahrzeug verlassen.

Fritz Kaspar kommt ihnen bereits mit wehendem Arztkittel entgegen. „Wieso hat das so lange gedauert?“, will der Sechsundfünfzigjährige atemlos wissen.

„Hey, wir haben nicht getrödelt, wenn Sie das meinen“, braust Emilio Mancini auf. Der kleine Italiener nimmt seine Arbeit äußerst wichtig und lässt sich von niemandem hineinreden. Schon gar nicht von so einem Wichtigtuer, der keine Ahnung hat.

Fritz Kaspar reagiert gar nicht erst auf den Ausbruch des Italieners, sondern gibt umgehend den Code für die elektronische Türverriegelung an dem Lager ein, das sie zur Zwischenlagerung für die neuen Versuchstiere benutzen. „Bringt die Käfige herein“, fordert er befehlend.

In dem festen gemauerten Lagerhaus warten große Stahlregale an der Wand darauf, die Käfige mit den geklauten Tieren aufzunehmen. Der bis unter die Decke geflieste Raum ist steril gehalten und nur mit dem spärlichsten Mobiliar bestückt.

Während die drei Handlanger sämtliche Kisten, Boxen und Käfige in den Regalen verstauen, sortiert Fritz Kaspar anhand seiner Bestandsliste die Ware. Mitten in seiner Arbeit hält er plötzlich inne. „Wo sind die Katzen und Hunde? Ich wollte die Jungtiere haben!"

„Niente. Da gab es keine Katzen oder Hunde, auch keine kleinen. Das Einzige in der passenden Größe war das Frettchen", klärt der Italiener ihn auf.

„Dann müssen Sie noch einmal los, sonst kann ich nicht arbeiten."

„Aber nicht mehr heute Nacht", widerspricht Samuel Finkbeiner. „Schon gar nicht ohne saubere Vorbereitung. Wenn wir *hops* genommen werden, ist niemandem geholfen."

„Ja, stimmt schon. Aber lange darf das nicht dauern. Ich kann sonst meine Versuchsreihe nicht abschließen, dann ist die ganze Forschung umsonst."

„Schon gut, Doc", beruhigt der Dieb den Wissenschaftler. „Wir machen das wie immer. Sie suchen den Laden aus, geben uns die Liste, wir kümmern uns dann um den Rest. Aber jetzt wollen wir erst einmal Kohle sehen."

Fritz Kaspar gibt sich vorerst zufrieden. Aus seiner Kitteltasche zieht er einen Briefumschlag, den er öffnet, um ihm zweitausend Euro zu entnehmen. Erst danach reicht er den Umschlag an seinen Handlanger weiter. „Hier."

„Hey, was soll das?", schnauzt jetzt auch Vincent Knoch. „Wir haben alles geliefert, was da war, also zahl gefälligst die ganze Summe."

„Kommt nicht in Frage", widerspricht der Wissenschaftler. „Es waren sechs Katzen und vier Hundewelpen eingeplant. Zweihundert Euro das Stück. Wenn ihr mir die bringt, bekommt ihr euer Geld. Ihr könnt euch aber gern beim Chef beschweren."

Murrend ziehen alle drei die Köpfe ein. Keiner von ihnen möchte sich mit Graf Leander von Weihrauch anlegen.

Der zweiundfünfzigjährige Adelige ist Geschäftsmann durch und durch. Mit seinen exklusiven Immobilien im In- und Ausland hat er sich durch zahlreiche Vermietungen die Grundlage für ein sorgenfreies Leben geschaffen. Allerdings reichte ihm das noch lange nicht aus. In den sonnigen Ländern Spaniens, auf den Malediven und in Kroatien eröffnete er diverse Hotels, die ihm zu weiterem Reichtum verhelfen. Durch seine vielen Reisen traf er mit Geschäftsleuten zusammen, die ihm dubiose Angebote machten, auf die er nach kurzem Überlegen skrupellos einstieg. Die alte *Ludenberg*-Klinik, die er für die geringe Summe von zweieinhalb Millionen Euro erwarb, war in katastrophalem Zustand. Doch das störte ihn nicht. Für sich selbst ließ er das große Haupthaus in eine Luxusimmobilie mit achtzehn geräumigen lichtdurchfluteten Zimmern, acht Bädern, drei mit allen Schikanen versehenen Küchen, diversen Fitnessräumen, Sauna, Pool und mehreren Entspannungsräumen umbauen. Alle Anbauten, Garagen und Lagerhallen ließ er instand setzen, das Labor wurde runderneuert.

Um seine Geschäftsleute jederzeit zufriedenstellen zu können, begannen nun die Umbauten, die ohne Wissen Dritter von ihm selbst entwickelt wurden. Durch geheime Zugänge gelangt man jetzt unter dem Labor in neu angelegte Kellerräume, die dem Zweck dienen, ins Land geschmuggelte Drogen zum Weiterverkauf zu verarbeiten.

Häufig erhält er große Warenmengen an Bekleidung, die er unverzüglich an seine Mitarbeiter weiterleitet, damit diese im Anschluss die eingearbeiteten Drogen durch die passende Behandlung vom Gewebe trennen. Mittlerweile ist dieser Geschäftszweig hervorragend ausgebaut, was ihm umgerechnet jährlich rund sieben Millionen Euro Profit einbringt. Fritz Kaspar, den er schon seit seiner Studienzeit kennt, ist sein leitender Wissenschaftler für die geheimen Aktivitäten.

Vor circa einem Jahr traf er auf einen Mann, der ihm während einer seiner Reisen auflauerte. Bis heute hat er nicht erfahren, wer dieser Mann ist, geschweige denn wie er heißt. Mit Waffengewalt wurde er in ein Kellerloch ohne Fenster gebracht. Die Hände hinter dem Rücken gefesselt starrt er voller Angst auf den Mann, der als Einziger keine Maske trägt.

„Sie werden für uns arbeiten“, bestimmt der südländisch aussehende Mann in sehr gutem Deutsch. „Wenn nicht, endet Ihr Dasein jetzt in diesem Loch.“

Leander ist bewusst, dass er mit einer Kugel im Kopf hier zurückgelassen und wahrscheinlich nie gefunden wird, wenn er diese Forderung ablehnt. „Was soll ich denn für Sie machen?“, erkundigt er sich vorsichtig.

Bei dem, was er dann zu hören bekommt, reißt er entsetzt seine Augen auf. Einen solchen Auftrag hätte er nie angenommen, wenn er eine Wahl gehabt hätte. Doch die gab es nicht!

Fritz Kaspar, den er mit ins Boot holen musste, zeigte sich da von einer ganz anderen Seite. Auf so eine Chance hat er sein Leben lang gewartet. „Klar, ich bin dabei“, versichert ihm der Freund, nachdem er erfahren hatte, worum es sich handelt.

Die Hände in den Hosentaschen schaut Leander kopfschüttelnd aus dem Fenster. Sicher, seine Skrupel sind nicht sehr hoch angesiedelt, aber Biowaffen? Damit sind seine Grenzen überschritten. ‚Wie soll das enden?‘

Seit dieser Zeit arbeitet Fritz Kaspar an einer speziellen Mutationsform der Geflügelgrippe und dem passenden Impfstoff. Der Wissenschaftler hat keine Probleme damit, an diesem Auftrag zu forschen. Er verschwendet nicht einen Gedanken daran, dass der Erreger, den er in ausreichender Menge erhalten hat, tatsächlich als Waffe benutzt werden könnte, sondern geht davon aus, dass der Impfstoff das Ziel des Auftraggebers ist. Immerhin hat sich der Mann ihm als Mitarbeiter der Regierung vorgestellt. Für welche Regierung er angeblich arbeitet, äußerte er zu keiner Zeit.

Die höchst gefährliche, mutierte Abart des Erregers konnte er recht schnell entwickeln und in großen Mengen produzieren. Als nächsten Schritt benötigte er Versuchsobjekte, um die Wirkung des Erregers zu testen. Hier kam ihnen der Zufall in Form von Samuel Finkbeiner mit seinen Kumpanen zu Hilfe. Die drei Männer begingen den Fehler, auf der Suche nach Diebesgut in Leander von Weihrauchs Anwesen einzusteigen. Statt sie der Polizei zu melden, machte ihnen der Adelige einen lukrativen Vorschlag, der die zukünftige Zusammenarbeit besiegelte.

„Ich mache euch einen Vorschlag“, bietet der Wissenschaftler den drei Dieben an. „Unsere Verbrennungsanlage ist vorgestern krepiert. Die Versuchstiere müssen aber dringend entsorgt werden. Ich kümmere mich darum, dass die Kadaver für den Abtransport vorbereitet und verpackt werden. Ihr bringt sie dann im Anschluss auf die Müllverbrennung. Ich habe mit dem Chef darüber gesprochen, er bietet euch pro Fahrt einen Tausender extra. Für jeden!"

„Wie sollen wir denn das hinbekommen? Tierkadaver dürfen doch nicht im normalen Hausmüll abgegeben werden", staunt Samuel. „Da gibt es gesonderte Müllverbrennungen, die diese Arbeit übernehmen."

„Ja, aber dort werden die Kadaver vor der Verbrennung begutachtet. Das können wir uns auf keinen Fall leisten."

„Ich verstehe das Dilemma, aber die städtische Müllverbrennung kontrolliert mittlerweile akribisch alle abgegebenen Artikel. Das schaffen wir nie."

„Eine andere Möglichkeit haben wir aber nicht", behauptet der Wissenschaftler.

„Ich hätte da eine Idee", mischt sich Vincent ein. „Ein Freund von mir leitet ein Krematorium, das einem privaten Unternehmer gehört. Wir könnten Mikolaj, das ist mein Freund, mit ins Boot holen."

„Die Idee ist nicht schlecht", überlegt Fritz Kaspar. „Sind Sie denn sicher, dass sich der Mann von uns überzeugen lässt?"

„Hey, was denken Sie denn? Er ist mein Freund, und er ist Pole. Wenn der Preis stimmt, gibt es keine Probleme."

„Das muss Herr von Weihrauch selbst entscheiden."

„Was muss ich entscheiden?", erkundigt sich der Hausherr beim Näherkommen. Der Wissenschaftler reicht ihm die zweitausend Euro, während er ausführlich Bericht erstattet.

Leander von Weihrauch mustert den polnischen Handlanger überlegend. „Also schön, sprechen wir mit dem Mann. Machen Sie für morgen einen Termin mit ihm aus. Wir beide werden zu ihm fahren." Mit einem guten Deal könnten sie ihre Probleme schlagartig loswerden. Er schaut auf das Geld in seiner Hand, zuckt die Schultern und drückt es Vincent Knoch in die Finger. „Ein guter Tipp ist mir die volle Summe wert."

Zufrieden verlassen die drei Diebe das Anwesen.

„Vincent hat mir zwar gesagt, dass es sich um leicht verdientes Geld handelt, aber er hat mir nicht gesagt, was ich für die schnelle Kohle machen muss“, berichtet Mikolaj Salewski, der Freund von Vincent Knoch am nächsten Tag.

„Ihnen sollte von vornherein klar sein, dass es kein Zurück gibt, wenn Sie sich darauf einlassen“, erklärt ihm Leander vorsichtig.

„Schon klar. Dass es sich hier nicht um legale Arbeiten handelt, ist mir bewusst. Aber das ist mir schnuppe, solange ich nicht meinen Job hier gefährde und mich keiner dafür belangen kann.“

„Wenn Sie sich an die Absprachen halten, wird Ihnen nichts geschehen“, verspricht Leander dem Mann. „Ich biete Ihnen Folgendes an, per Vertrag, schriftlich, damit beide Seiten abgesichert sind. Dafür, dass Sie auf Abruf parat stehen, erhalten Sie tausend Euro monatlich, zahlbar jährlich im Voraus. Hinzu kommt dann der ausgehandelte Betrag für die diversen Aufträge.“

Mikolaj Salewski reißt die Augen auf. „Habe ich das jetzt richtig verstanden? Ich bekomme jedes Mal Anfang des Jahres zwölftausend Euro auf die Kralle, nur damit ich darauf warte, dass Sie mir Arbeit zukommen lassen?“

„Ganz recht. Die einzelnen Aufträge werden extra entlohnt.“

„Darüber würde ich gern mehr erfahren. Was sind das für Aufträge?“ Schweigend hört der Leiter des Krematoriums dem Geschäftsmann zu. Je mehr er vernimmt, umso größer wird sein Begriffsmangel. „Moment“, unterbricht er den Mann deshalb. „Warum wollen Sie die Tierkadaver für so viel Geld hier verbrennen lassen, wenn Sie die in jeder Verbrennungsanlage für tote Tiere kostenfrei abgeben können?“ Noch während er seine Frage stellt, begreift er, was der Grund für diese Aktion ist. „So langsam verstehe ich“, nickt Mikolaj. „Es liegt an der Art, wie diese Tiere zu Tode gekommen sind. Niemand darf erfahren wer oder was die Tiere getötet hat. Habe ich Recht?“

„Ja. Wir sind in der Forschung und Entwicklung von neuen Impfstoffen tätig. Mehr darf ich Ihnen dazu leider nicht mitteilen, nur so viel, dass alles streng geheim abzulaufen hat. Das ist der Grund, warum wir nicht immer die legalen Wege beschreiten können.“

„Gut, damit habe ich keine Probleme. Wann soll es denn losgehen?“

„So schnell wie möglich. Unsere eigene Anlage ist vor einigen Tagen ausgefallen. Irreparabel! Jetzt haben wir einen Rückstau.“

Eine Weile lässt sich der Pole die Aussage durch den Kopf gehen. „Ich könnte den regelmäßigen Kontrollcheck des Ofens vorziehen. Der wäre sowieso in ein paar Tagen fällig. Von wie vielen Kadavern sprechen wir denn in diesem Fall?“

„Etwa fünfzig Kleintierkadaver. Das sind rund einhundertfünfzig Kilogramm.“

„Okay“, überlegt Mikolaj nachdenklich. „Das schaffe ich bei einem Brennvorgang. Aber Sie müssen mir zwei oder drei Leute zum Ofenreinigen besorgen. Ich kann schließlich nicht auf mein reguläres Personal zugreifen. Außerdem muss die Asche anschließend entsorgt werden. In diesem Fall werde ich das nicht machen, dafür ist die Menge zu groß. Das sind bestimmt drei bis fünf Kilogramm. Ich möchte nicht gleich beim ersten Mal auffallen.“

„Verständlich. Ihr Freund wird Ihnen mit seinen Kollegen zur Hand gehen.“

„Klar“, verspricht Vincent Knoch. „Können wir die Asche denn einfach so entsorgen?“

„Ja. Niemand kann mit bloßem Auge erkennen, woher die Asche stammt. Dafür müsste sie bedeutend genauer untersucht werden“, versichert Mikolaj.

„Gut. Dann machen wir das so“, bestimmt Leander. „Pro Kadaver zahle ich zweihundert Euro. Wenn Sie bereit sind, den Vertrag zu unterzeichnen, wird Ihnen Ihr Freund morgen die passende Summe zuzüglich Ihres Jahresbonus für *2006* mitbringen.“

„Sie zahlen mir den vollen Betrag für dieses Jahr, obwohl wir schon September haben?“, staunt Mikolaj.

„Mir ist die Loyalität meiner Mitarbeiter wichtig. Sie können Ihren Freund fragen, ich stehe grundsätzlich zu meinem Wort.“

„Das stimmt“, bestätigt Vincent Knoch. „Und kleinlich ist er auch nicht“, fügt er augenzwinkernd hinzu.

„Also, sind wir im Geschäft?“, fordert Leander eine Entscheidung.

„Aber sowas von!", lacht Mikolaj, die ausgestreckte Hand des Adligen fest ergreifend.

Am nächsten Morgen fährt der Transporter mit den Kadavern durch bis in die Garage, die an das Krematorium angrenzt. Für Samuel Finkbeiner und seine Kollegen ist es ein Leichtes, die Säcke ungesehen bis zum Ofen zu transportieren. So viele wie möglich schichten sie in den alten, zum Verbrennen vorgesehenen Sarg, der vorerst noch auf der Waage steht, damit das Höchstgewicht keinesfalls überschritten wird.

„Wie läuft denn so eine Verbrennung ab?", will Emilio Mancini neugierig wissen.

„Nun, das ist recht einfach erklärt", beginnt Mikolaj Salewski. „Wir arbeiten seit ein paar Jahren mit einem modernen erdgasbefeuerten Flachbettofen. Sarg und Leichnam bleiben während der Einäscherung in der Hauptbrennkammer liegen. Wenn der Einäscherungsvorgang abgeschlossen ist, werden die Reste in die Ausbrennkammer verbracht und später in die Auskühlzone des Ofens gelegt. Der gesamte Vorgang dauert etwa sechzig bis neunzig Minuten. Die Temperaturen sind durch Normen und Verbrennungsrichtlinien genauso vorgeschrieben wie die Zeiten. Wir heizen auf neunhundert Grad Celsius vor. In der Hauptbrennkammer ist das Minimum sechshundertfünfzig Grad, in der Ausbrennkammer achthundertfünfzig Grad. Allerdings können wir mit dieser Anlage bis auf tausendzweihundertfünfzig Grad aufheizen. Je nach Körpergewicht ist eine Anpassung der Temperatur oder eine längere Brennzeit notwendig. Normalerweise wird ein Gewicht von zweihundert Kilogramm nicht überschritten, aber unsere Anlage ist für Gewichte bis zu dreihundertzwanzig Kilogramm ausgelegt. Übrigens nutzen wir durch eine hochmoderne Anlage die bei der Verbrennung entstehende Abwärme teilweise zur Gewinnung von elektrischer Energie, womit wir unter anderem unsere Klimaanlage und die Kühlhäuser betreiben."

„Nicht schlecht", staunt der Italiener beeindruckt.

Sie schieben den Sarg auf dem Transportgestell bis an die Laufschiene heran.

„Laufschiene und Ofen sind aus *Schamottsteinen* gemauert“, berichtet Mikolaj weiter. „Der Sarg wird, nachdem er per Lastenkran auf der Schiene abgestellt wurde, automatisiert eingefahren. Er entzündet sich durch die abgegebene Hitze von selbst. Zudem bringt er die notwendige Energiemenge auf, um die Verbrennung am Laufen zu halten. Wir unterstützen den Prozess lediglich durch das Hinzufügen heißer Luft. Nach fünfundvierzig Minuten wird die Asche von Sarg und Kleidung abgeblasen, bevor dann die Temperatur auf tausendzweihundert Grad erhöht wird. Während der Einäscherung verbrennen die Organe und die weichen Gewebeteile, sodass nur mineralische Knochenbestandteile und Zähne verbleiben. Anschließend wird der Ofen auf etwa sechshundert Grad abgekühlt. Mit einem Stahlbesen werden Asche und Knochenreste in einen Aschenkasten gekehrt, Eisenteile und Implantate aussortiert und größere Knochenfragmente in einer Knochenmühle zu einem feinen Pulver vermahlen. Dann ist das Mahlgut klein genug, um mit der Asche in die Aschekapsel gefüllt zu werden. Diese Kapsel wird dann für die Beisetzung in eine repräsentative oder dekorative Urne eingesetzt, welche der schlicht gestalteten Aschekapsel ein würdiges, pietätvolles Aussehen gibt.“

Als Mikolaj Salewski dann endlich den Schalter betätigt, nimmt der Elektromotor mit einem leisen Summen seine Arbeit auf.

„Ich habe mir Gedanken darüber gemacht, wie wir die Verbrennungen zukünftig händeln könnten. Dazu habe ich einen Plan aufgestellt, den wir uns während des Verbrennungsprozesses in Ruhe ansehen können.“ Er breitet den Plan vor den drei Männern aus. „Diese Tabelle zeigt Ihnen die angemeldeten Aufträge der nächsten vier Wochen. Im Durchschnitt haben wir pro Tag vier bis fünf Einäscherungen. Aber diese Zahl steigt stetig an, was dafür sorgt, dass wir mittlerweile mit Terminplänen arbeiten müssen. Das Beerdigen der Angehörigen per Urne auf den, den Krematorien angeschlossenen Friedhöfen oder Kolumbarien wird zunehmend interessanter für die Hinterbliebenen. Heutzutage hat niemand mehr Zeit oder Lust, die aufwendige Pflege auf einem Friedhof zu übernehmen, ganz zu schweigen von den

Besuchen. Die städtischen Krematorien können auch nur auf einen bestimmten Platzbedarf zurückgreifen, sodass die privaten Unternehmen immer mehr zu tun kriegen. Ich stelle mir das so vor, dass Sie die Kadaver bei sich lagern. Immer am Abend vor den Einäscherungen bringen Sie mir die passende Menge hierher. Nach Feierabend wohlgemerkt! Wir packen sie direkt in die für den nächsten Tag vorbereiteten Särge. Maximal ein Kadaver pro Sarg, dann dürfte das nicht auffallen. Damit erledigt sich die weitere Entsorgung von selbst."

„Eine gute Idee", stimmt Samuel Finkbeiner ihm zu. „Geben Sie mir eine Kopie von dem Plan mit. Ich bespreche das mit Herrn von Weihrauch und unserem Laborleiter."

Mitten in der Nacht finden sich drei vermummte Männer an einer stark bewaldeten Stelle mitten im Grafenberger Wald ein. Unbeobachtet graben sie ein tiefes Loch, in das sie den mitgebrachten Sack entleeren, bevor sie die ausgehobene Erde wieder darüber verteilen.

„Das wäre geschafft", flüstert Samuel Finkbeiner.

„Dann ab nach Hause", fordert Vincent Knoch. „Wird Zeit, dass ich in die Falle komme."

Mit einem Nicken stimmt ihm der Italiener zu, dann verschwinden sie, so unbemerkt, wie sie gekommen sind.

Henry räkelt sich noch einmal in dem bequemen Bett. Gerd hat ihr gesagt, dass sie früh aufstehen muss, aber eigentlich ist das gar nicht so früh. Um zu ihrem Schulbeginn pünktlich zu erscheinen, muss sie sogar eine halbe Stunde eher aufstehen, da sie den Schulweg zu Fuß zurücklegt. Plötzlich spürt sie die Bewegung neben sich, schlägt die Decke zurück und starrt auf die kleine Katze, die sich neben ihr eingerollt hat.

„Was machst du denn hier?"

Der Blick nach unten zeigt ihr, dass der Karton, in den sie die Katze zum Schlafen gelegt hatte, noch genau dort steht, wo sie ihn abends hingestellt hatte. Vorsichtig nimmt sie das kleine Fellknäuel auf und legt es in den Karton zurück.

Mit einem leisen Fiepen bekundet das Kätzchen seinen Unmut. Rasch klettert es aus dem Karton heraus auf Henrys Rucksack, der genau passend zwischen Karton und Nachttisch liegt. Vom Rucksack aus geht es weiter über den Nachttisch auf die erste Ecke des Kopfkissens. Ohne zu pausieren arbeitet sich die Katze anschließend weiter in Richtung Bettmitte vor. Erschöpft rollt sie sich neben Henry zusammen, als sie endlich ihr Ziel erreicht hat.

„Na, du bist mir vielleicht eine", lächelt Henry, während sie das Tier liebevoll streichelt.

So findet Emma die beiden, als sie nach einem kurzen Anklopfen ihren Kopf in das Zimmer steckt. „Guten Morgen, hast du gut geschlafen?"

„Ja", strahlt das Mädchen. „Wie ein Murmeltier."

„Du solltest die Katze aber nicht bei dir im Bett schlafen lassen", empfiehlt Emma ihr. „Nicht nur, dass ich das unhygienisch finde, könnte sich die Kleine dabei auch verletzen, wenn du dich aus Versehen auf sie legst. Gewöhn ihr das am besten gar nicht erst an."

„Habe ich auch gar nicht", widerspricht Henry der ungläubig dreinschauenden Polizistin. „Warte, ich zeige es dir."

Nachdem Henry das Kätzchen in dem Karton abgelegt hat, beginnt dieses unverzüglich mit einer erneuten Klettertour, um ihren auserwählten Lieblingsplatz zu erreichen. Über den Rucksack geht es zum Nachttisch, wo sie sich Beine strampelnd hinaufzieht, um ohne Verschnaufpause zum Kopfkissen zu wandern. Mit dem Kopf voran rutscht sie darüber hinab, bis sie sich auf ihrem angewärmten Lieblingsplatz ausstrecken kann. Übergangslos schläft das erschöpfte, aber zufriedene Tier ein.

„Das macht sie jedes Mal", grinst Henry.

Auch Emma lacht auf. „Da wirst du noch Freude kriegen. Was haltet ihr beiden davon zu frühstücken?"

„Au ja."

Mit Gerd und Emma zu frühstücken genießt der Teenager rundherum. Nicht nur, dass sie miterleben kann, wie gut die beiden zueinander passen und wie sehr sie sich lieben, akzeptiert das junge Paar sie, so wie sie ist. Schon gestern Abend haben sie Henry angeboten, sie zu duzen. „Wir sind schließlich nur ein paar Jahre älter als du selbst", behauptete Gerd mit einem schalkhaften Augenzwinkern.

„Wie wird denn der Ablauf heute sein?", erkundigt sie sich neugierig.

„Zuerst einmal rufst du, wie versprochen, deine Mutter an", verlangt Gerd. „Da ich heute dringend ins Büro muss, packen wir gleich deine Katze ein, um sie mitzunehmen. Dadurch kannst du dann auf deinen Vierbeiner aufpassen. Ich kann heute leider nicht den ganzen Tag fehlen, daher musst du dich eine Weile mit dir selbst beschäftigen. Nimm so viel Milch und alles andere mit, wie du heute über den Tag brauchst. Im Internet steht, dass das Tierheim erst um vierzehn Uhr öffnet. Aber ich werde nachher noch mit Herrn Rosendahl telefonieren, um eine feste Zeit auszumachen. Er sagte ja etwas von vormittags, richtig?"

„Ja", bestätigen ihm Emma und Henry gleichzeitig.

Helga Grossmann freut sich darüber, dass sich ihre Tochter wohl fühlt. ‚Sie war schon lange nicht mehr so aufgekratzt. Hoffentlich geht das mit dem Aushilfsjob gut', wünscht sie sich für Henriette. Dass Gerd Bach und seine Freundin Wort gehalten haben, sich zudem rührend um Henry kümmern, stärkt sie in dem Glauben, dass sie die richtige Entscheidung getroffen hat, auch wenn ihr Mann gestern Abend ausgerastet ist, wobei sie die Leidtragende war. Für ihr Kind würde sie sich jederzeit ihrem Mann in den Weg stellen!

Henry klappt der Mund auf, als sie den großen Gebäudekomplex der *Staller Industrie Werke GmbH* sieht. „Hier arbeitest du?", staunt sie.

„Ja. Wenn ich nachher ein bisschen Zeit finde, bekommst du eine Führung, aber das kann ich dir nicht versprechen."

Mit dem Fahrstuhl geht es in den sechsten Stock des Hauptgebäudes. Ausschließlich von den Mitgliedern seines Teams für Sonderprojekte, dessen Leiter er ist, werden die Räumlichkeiten in den Etagen vier bis sechs genutzt. Auf der sechsten Etage stehen dem leitenden Mitarbeiter ein eigener Besprechungsraum, diverse Archive und weitere Räumlichkeiten zur Verfügung. Zudem ist Gerds Büro ein Vorzimmer anberaumt, in dem seine Sekretärin Anna Zerlinski ihre Arbeit verrichtet. Die fünfte Etage beherbergt Büro und Archive der Techniker sowie die Räumlichkeiten des stellvertretenden Teamleiters, bevor man ein Stockwerk darunter zu den Computerräumen und dem Büro der Sicherheitskräfte gelangt. Die komfortablen sanitären Einrichtungen finden sich in jedem Stockwerk wieder.

Seit ihrer Studienabschlussfahrt ist Anna Zerlinski mit Gerd Bach und Andreas Staller befreundet. Die achtundzwanzigjährige hübsche Blondine stand schon bei so manch einem Abenteuer, das die beiden Männer überstanden haben, an deren Seite. Während Gerd den Weg in das Herz von Emma fand, verliebte sich Anna in Stefan Wolf, den Bruder der Hauptkommissarin, der genau wie seine Schwester der Liebe wegen nach Düsseldorf umsiedelte.

Statt ihren Boss zu begrüßen, schaut sie erstaunt auf den Teenager in seiner Begleitung. „Hast du Familienzuwachs bekommen?", verhört sie ihn stichelnd, lächelt Henry dabei aber schalkhaft an.

„Anna, das ist Henry", stellt Gerd den Teenager vor, ehe er mit einem Grinsen auf den Karton mit den großen Luftlöchern zeigt. „Und das ist Artemis." Dann wendet er sich an das Mädchen. „Henry, das ist Anna, meine Sekretärin, aber viel wichtiger, sie ist für mich eine sehr gute Freundin. Wenn du Fragen hast, kannst du auch zu ihr gehen. In Ordnung?"

„Du hast eine Sekretärin? Was bist du? Bist du hier etwa der Chef?", staunt Henry.

„Nein, der bin ich", ertönt eine Stimme hinter ihr. Mit einem lockeren „Guten Morgen" gesellt sich der Konzernchef zu der Gruppe. „Eigentlich wollte ich nur hören, ob du für unser anstehendes Meeting gewappnet bist", wendet er sich an Gerd. „Immerhin geht es um einen großen Auftrag. Aber hier scheint es auch interessante Neuigkeiten zu geben."

„Wenn Henry nichts dagegen hat, erzählen wir dir, worum es geht", bietet Gerd an. „Aber dann muss Anna so lange auf diese Dame aufpassen." Damit zieht er den Deckel von dem Karton.

„Mein Gott, ist die niedlich", schwärmt Anna, die bereits ihre Hand ausstreckt, um die kleine Katze behutsam zu streicheln.

„Vorsicht, sie …", … ‚kratzt', wollte Gerd sagen. Doch dazu ist es bereits zu spät.

„Autsch." Anna zieht ihre Hand schnell zurück.

„Das wird wohl nichts! Ich glaube, du solltest sie mitnehmen", bittet Gerd das Mädchen. „Komm."

Peter Staller hört sich die Geschichte, die die beiden ihm erzählen, wortlos an. Mit seiner Größe von *1,86* Meter kann sich der attraktive Geschäftsmann durchaus sehen lassen. Die sportlich schlanke Figur, die dichten dunklen Haare und die humorvollen braunen Augen tragen noch einmal dazu bei. Der dunkle Anzug gepaart mit dem selbstsicheren korrekten Auftreten unterstreicht den Eindruck von Macht und Einfluss, der mit seiner Position als Konzernchef eines millionenschweren Unternehmens einhergeht. Der achtundvierzigjährige Unternehmer kann sich das Lächeln nicht verkneifen, als ihm an dem Verhalten des Teenagers sofort die Ähnlichkeit mit Gerd auffällt.

„Ich denke, eurem Bericht ist nichts hinzuzufügen", urteilt er. „Es ist alles sauber geplant und weist in die richtigen Bahnen. Sobald wir unser Meeting beendet haben, steht eurem Vorhaben von meiner Seite nichts im Weg."

„Vielen Dank", freut sich Henry. „Das ist echt nett von Ihnen."

Die Besprechung hat fast dreieinhalb Stunden in Anspruch genommen. Vollkommen erledigt, aber zufrieden mit dem ausgehandelten Vertrag für den Auftragsumfang erreicht Gerd das Büro seiner Sekretärin. „Was ist denn hier los?"

Sein Vorzimmer ist bevölkert mit dem größten Teil seiner Teammitglieder, die sich um die kleine Katze versammelt haben. Selbst Maximilian Schreiber, den alle nur Max nennen, mustert interessiert den Vierbeiner. Dabei ist der hochintelligente Computerspezialist sonst nie aus seinem Büro herauszubekommen.

„Wir wollten uns den Firmenzuwachs einmal ansehen", witzelt der humorvolle Tim Hoffmann, der mit seinen herausragenden Fähigkeiten als zweiter Computerspezialist Gerds Team bereichert. „Außerdem haben wir der Kleinen versprochen, auf diese Kriegsgöttin hier aufzupassen."

„Das ist aber gar nicht so einfach", behauptet Tobias Lange, der einunddreißigjährige Geowissenschaftsingenieur aus dem Technikteam. „Die kleine Dame hier hat nämlich Haare auf den Zähnen."

„Das ist maßlos untertrieben", widerspricht ihm sein Bruder, der fünfunddreißigjährige Systemelektroniker Patrick Lange.

„Du meinst wohl eher, dass sie äußerst spitze scharfe Milchzähne besitzt, die sie ungebremst in deine Finger schlägt, wenn du ihr zu nah kommst."

Erst jetzt erkennt Gerd, dass keiner der Männer vollständig an die kleine Katze herangeht. Sobald auch nur einer den nötigen Sicherheitsabstand unterschreitet, faucht Artemis diesen kräftig an. „Wo ist denn Henry?", erkundigt er sich bei seinen Kollegen.

„Uwe hat ihr einen Rundgang durch die Firma angeboten", erklärt ihm sein Stellvertreter Daniel Richter. „Ich muss schon sagen, die junge Dame hat mir außerordentlich imponiert. Sie ist wissbegierig und intelligent, eine gesunde Mischung."

„Ja", stimmt Gerd zu. „Aber jetzt geht es wieder an die Arbeit. Oder habt ihr vielleicht nichts zu tun? Dann könntet ihr ein paar der neuen Aufträge konzipieren, die bei Anna auf dem Schreibtisch gelandet sind, damit wir sie in den aktuellen Terminplan integrieren können."

Unter Annas fröhlichem Lachen verlassen die Teammitglieder mit gemurmelten Entschuldigungen in aller Eile ihr Büro. „Na, das ging aber schnell", staunt sie.

„Hast du etwas anderes erwartet?"

„Eigentlich hätte mir klar sein müssen, dass du mit irgendeiner Idee daherkommst, um Ordnung in dieses Chaos zu bekommen. Wie geht das jetzt weiter?"

„Ich habe Henry versprochen, mit ihr zum Tierheim zu fahren. Den Termin dafür habe ich auf dem Weg hierher schon eingeholt. Wir müssen auch gleich aufbrechen. Anna, hältst du mir heute Nachmittag den Rücken frei?", bittet er die Freundin. „Der Chef hat seinen Segen dazu auch schon gegeben."

„Sicher."

Wie aufs Stichwort erscheint Henry in Begleitung des Piloten Uwe Meyer bei ihnen.

Der Sechsunddreißigjährige ist der leitende Mann für den Werks- und Personenschutz in und um die Firma *Staller*. Zudem ist er während der Außeneinsätze als Sicherheitsbeauftragter für die Mitglieder des Projektteams zuständig. Seine muskulösen *1,85* Meter, der braune Kurzhaarschnitt und die lustig blitzenden blaugrauen Augen verleihen ihm eine positive Ausstrahlung, die auch durch seinen typischen Dreitagebart nicht beeinträchtigt wird.

„Hallo Gerd", begrüßt der Pilot seinen Boss. „Ich habe deinem jungen Gast einmal gezeigt, was es heißt, in einem Großkonzern zu arbeiten. Aber irgendetwas scheine ich falsch gemacht zu haben."

„Wieso?"

„Herr Meyer wollte mir weismachen, dass es eine schwere und anstrengende Arbeit ist. Aber ich finde, mit so vielen verschiedenen Leuten zusammenzuarbeiten, immer woanders im Einsatz zu sein, dabei so viel Neues zu sehen und zu erleben kann das nicht aufwiegen", schildert Henry mit strahlenden Augen.

„Da hörst du es selbst. Warte noch ein paar Jahre, dann kannst du sie als Leibeigene in der Firma anstellen", grinst Uwe.

„Nur weil ich Spaß daran finde, heißt das noch lange nicht, dass ich alles mit mir machen lasse", kontert das Mädchen aufmüpfig.

„Was sagst du dazu?", entrüstet sich Uwe. „Frech ist sie auch noch."

„Aber sie hat Recht." Gerd klopft seinem Kollegen lächelnd auf die Schulter, da ihm bewusst ist, dass Uwe den Teenager nur aufziehen will. „Außerdem ist sie dir intelligenzmäßig haushoch überlegen."

„Das glaubst auch nur du", schmollt Uwe, während seine Augen das Mädchen schalkhaft anblitzen. Man kann dem Piloten deutlich ansehen, dass ihn der Teenager stark beeindruckt hat.

„Auch wenn ihr beiden bereits dicke Freunde geworden seid, muss ich euch leider trennen", wirft Gerd ein. „Die junge Dame und ihr Findelkind haben in nicht einmal mehr einer Stunde einen Termin im Tierheim." Gerd wendet sich an Henry. „Würdest du deine Sachen bitte zusammenpacken und bei Anna auf mich warten, ich muss noch kurz etwas mit Uwe besprechen. Ich bin aber gleich wieder da."

Wie versprochen dauert es keine zehn Minuten bis Gerd zurück ist, um Henry abzuholen.

Zwanzig Minuten später steigen sie vor dem Eingang des *Vennhausener* Tierheims aus dem Auto. Beim Eintreten kommt ihnen Hansjörg Rosendahl mit der Heimleiterin bereits entgegen.

„Henriette, da bist du ja“, freut sich der Rentner, der ihr zur Begrüßung beide Hände entgegenstreckt. „Ich hatte schon befürchtet, dass du es dir anders überlegt haben könntest.“

„Nein, habe ich nicht“, versichert Henry aufgeregt. „Mein Vater hat sich auch einverstanden erklärt.“

„Wunderbar! Das ist übrigens die Leiterin des *Vennhausener* Tierheims, Denise Rudloff“, stellt er seine Begleiterin vor, um im Anschluss auch Gerd gebührend zu begrüßen, wobei sein Blick auf den Karton fällt. „Da haben wir wohl den Grund für all die Verstrickungen, nicht wahr?“

„Ja. Darf ich vorstellen: Artemis!“ Gerd nimmt den Deckel von dem Karton, in dem sich das Katzenbaby auf die Vorderpfoten aufrichtet, um sofort alle Anwesenden anzufauchen.

„Na, du bist vielleicht ein Herzchen!“, staunt Denise Rudloff. „Ganz schön temperamentvoll.“

Henry streckt nur vorsichtig die Hand in ihre Richtung aus, damit sich die kleine Katze schlagartig beruhigt. Flott klettert sie auf die Handfläche, um sich von Henry schützend an die Brust ziehen zu lassen.

„Wo kommt sie denn jetzt hin?“

„Wir haben schon darüber gesprochen“, erklärt ihr der Rentner. „Die ersten Tage, bis sie untersucht und medizinisch versorgt wurde, kommt sie auf die Krankenstation. Danach kann sie dann umsiedeln ins Kinderzimmer.“

„Ins Kinderzimmer?“, wundert sich Henry.

„Ja, da trifft sie dann auf unsere anderen Katzenkinder. So ist sie nicht allein und hat Spielgefährten um sich herum. Das ist für ihre Entwicklung äußerst wichtig“, berichtet Denise Rudloff. „Sie wurde viel zu früh von ihrer Mutter getrennt. Das müssen wir dringend auffangen. Wie wäre es, wenn du mitkommst, dann können wir dir alles zeigen. Sie können sich uns natürlich auch anschließen, Herr Bach.“

„Gern.“

Nachdem sie Artemis in der Krankenstation abgegeben haben, wo sich der behandelnde Tierpfleger rührend um die kleine Katze bemüht, wandert die Gruppe einmal durch die gesamte Anlage. Sie begutachten das Kinderzimmer, in dem die Katzenmädchen Lilly und Phobie ausgelassen miteinander toben, während ihnen der drei Monate alte Kater Mikesch gelangweilt zusieht.

Als sie das Katzenhaus verlassen, kommt ihnen eine Pflegerin entgegen, die ein Mulltuch auf ihren Arm presst. Trotzdem ist zu erkennen, dass sie sich eine Verletzung zugezogen hat, da der blutige Fleck immer größer wird.

„Maike, was ist passiert?"

„Hedwig ist passiert", klärt die Tierpflegerin sie auf. „Carmen ist momentan allein bei ihr."

„Ich gehe hin", verspricht die Leiterin. „Versorg du erst einmal deinen Arm."

Bevor sich die Leiterin bei ihren Gästen entschuldigen kann, beteuert Henry: „Wir kommen mit!"

Auf dem Weg klärt Denise Rudloff ihre Besucher auf: „Hedwig ist eines unserer Sorgenkinder. Sie ist ein Steinkauz, eine kleine, kurzschwänzige Eule, eine wahre Schönheit. Sie war in einem Vogel- und Tierpark ganz hier in der Nähe zuhause. Aber leider ließ sie niemanden an sich heran, noch nicht einmal ihresgleichen. Man hat sie zu uns gebracht in der Hoffnung, ihr die Fürsorge angedeihen zu lassen, die sie benötigt, um zutraulicher zu werden. Aber für die Beherbergung eines solchen Problemtieres sind wir gar nicht richtig ausgestattet. Ehrlich gesagt, weiß ich nicht weiter, niemand kann zu ihr gehen, ohne dass er sich eine Verletzung zuzieht. Maike und Carmen gehen immer zu zweit hinein, um sich zu unterstützen. Carmen ist die Kollegin, die ein Baby erwartet. Ich möchte sie ungern allein bei Hedwig lassen." Während ihrer Schilderung öffnet sie die Eingangstür zu dem Gehege, in dem sich der Verschlag der Eule befindet. „Meine Güte", stöhnt sie bei ihrem ersten Blick in das Gehege auf.

Durch die Scheibe kann man erkennen, dass sich die junge Frau zu ihrem Schutz in eine Ecke des Raumes zurückgezogen hat, wo sie zusammengekauert auf dem Boden hockt, eine Decke über ihrem Kopf, während die Eule immer wieder auf sie einfliegt, um sie mit ihren Krallen oder dem Schnabel zu piesacken.

„Wir müssen sie da herausholen", stöhnt Hansjörg Rosendahl.

„Lassen Sie mich zu ihr gehen", bittet Henry.

„Auf keinen Fall!", widerspricht die Leiterin energisch. „Wir wollen nicht noch mehr Verletzte."

„Ich gehe", entscheidet der Rentner, der bereits die Gittertür öffnet.

Bevor sie jemand zurückhalten kann, tritt Henry an ihm vorbei in den Raum, greift nach der Klinke und zieht die Tür hinter sich zu, dabei schenkt sie Gerd einen um Vertrauen bettelnden Blick.

Bei dem Geräusch dreht die Eule dem Störenfried ihren Kopf zu. Schlagartig ändert sich die Richtung ihres Ansturms.

Ohne sich zu rühren bleibt Henry stehen, schaut dem Tier einfach nur entgegen.

„Was macht sie denn da?", stößt Hansjörg Rosendahl erschrocken aus. „Wir müssen sie sofort herausholen. Sie wird sich verletzen."

„Warten Sie bitte", antwortet Gerd ganz ruhig. „Sie weiß, was sie tut. Hoffe ich jedenfalls." Er ist bereit, Henry zu vertrauen, hält aber genau wie alle anderen Zuschauer vor Schreck die Luft an, als der Vogel sich auf den Eindringling stürzt.

In letzter Sekunde ändert die Eule ihre Flugbahn, zieht über den Kopf des Mädchens hinweg, um knapp unterhalb der Decke auf einer Plattform zu landen, von wo aus sie den Teenager intensiv beäugt.

„Hallo", begrüßt Henry das Tier in ruhigem Ton. „Warum benimmst du dich denn so unhöflich, obwohl dir alle helfen wollen? Wäre es nicht viel besser, wenn du mit den Leuten hier Freundschaft schließen könntest?" Vorsichtig streckt sie ihren Arm zur Seite aus, bis dieser eine horizontale Linie bildet. „Wie ist es, machen wir beide den ersten Schritt? Was meinst du? Na, komm! Komm her", lockt sie das Tier.

Der Kopf der Eule wandert hin und her, dann wird sie ruhiger, legt den Kopf erst schräg nach rechts, dann nach links, so als ob sie Henry aus verschiedenen Perspektiven begutachten will. Plötzlich kreischt sie einmal auf und stürzt sich abwärts.

Den Beobachtern vor der Glasscheibe rutscht bei dem Ansturm, den sie miterleben können, das Herz in die Hose, doch das Mädchen bleibt entschlossen und furchtlos stehen.

Erst im allerletzten Augenblick bremst Hedwig ihren Ansturm ab, um sich auf Henrys Arm niederzulassen.

„So ist es gut!", lobt der Teenager die Eule sanft. Vorsichtig streckt sie ihre Hand aus, um über das weiche Gefieder zu streicheln. „Na, siehst du, das ist doch viel besser, oder?"

„So nah war ich noch nie an einem Herzinfarkt", versichert Hansjörg Rosendahl, ohne den Blick abzuwenden. „Das ist unglaublich."

Mit dem Vogel auf dem Arm wandert Henry in die entgegengesetzte Ecke des Raumes. Anstandslos lässt Hedwig sich auf der Plattform mit ihrem Fressnapf absetzen. „Ich schätze, du hast Hunger. Willst du nicht etwas fressen? Was meinst du?" Mit den Fingern weist sie auf den Napf.

Die Eule betrachtet Henry, als ob sie überlegen müsste, dann wendet sie sich dem Napf zu, um mit ihrem Schnabel den ersten Brocken aus der Schale zu zerren. Ihn mit der Kralle festhaltend reißt sie große Fleischstücke ab, die sie gierig herunterwürgt, wobei sie immer wieder ihre Umgebung beäugt.

Henry winkt Gerd, der sofort begreift, dass er der angeschlagenen Tierpflegerin aus dem Gehege helfen soll. Problemlos gelangt er zu der jungen Frau, nimmt sie kurzerhand auf die Arme, um sie hinauszutragen. Nicht lange danach gesellt sich auch das Mädchen zu ihnen.

„Also, ich bin sprachlos!", behauptet Denise Rudloff.

„Das ist einmal ganz etwas Neues", lächelt die glücklicherweise unverletzte Tierpflegerin, bevor sie sich an Henry wendet: „Danke. Woher wusstest du, was du tun musstest?"

„Das wusste ich nicht", beteuert Henry. „Das kommt irgendwie von hier drinnen." Mit der Hand zeigt sie auf ihr Herz.

„Erstaunlich", stellt Hansjörg Rosendahl fest.

Gerd lächelt versonnen vor sich hin. Obwohl er zumindest heute ihrer Mutter gegenüber für Henrys Sicherheit verantwortlich ist, hat er nicht eingegriffen. Aus irgendeinem Grund hatte er zu keiner Zeit Angst um das Mädchen. ‚Sie ist etwas ganz Besonderes!', begreift er.

„Henry, ich frage mich, ob du uns einen Gefallen tun könntest", überlegt Carmen. „Wir haben da noch ein Problemkind, das Hilfe benötigt."

„Also bei Giftschlangen und Alligatoren streike ich", wirft Gerd zur Belustigung aller ein.

„Nein, so schlimm ist es nicht. Wir haben hier eine drei Jahre alte wirklich liebe Schäferhündin."

„Was hat sie für Probleme?"

„Sie ist als Welpe zu einer alten Dame gekommen, die vor ein paar Wochen gestorben ist. Senta, so heißt die Hündin, sie liegt einfach nur da, frisst nicht, spielt nicht, sie steht auch nicht auf."

„Sie trauert", wirft Henry ein.

„Ja, genau. Aber wenn sie nicht bald frisst, müssen wir sie zwangsernähren."

„Ich fürchte, sie wird zu Grunde gehen", ergänzt die Heimleiterin traurig. „Bisher konnte ihr niemand helfen."

„Ich kann es ja einmal versuchen!"

Die Ansammlung von Menschen vor ihrem Gehege interessiert sie nicht, die Hündin nimmt von niemandem Notiz, sondern hat den Kopf auf ihre Pfoten gelegt und schaut traurig vor sich hin, wobei sie immer wieder leise winselt.

„Ist die schön", haucht Henry beim Betrachten des Vierbeiners. Sie betritt den Raum, ohne sich weiter umzuschauen. Mit einem Meter Abstand setzt sie sich im Schneidersitz der Hündin gegenüber auf den Boden, wo sie einfach still abwartet, während ihre Gedanken ihr aufzeigen, was Senta erlebt haben muss. ‚Ihr Frauchen ist gestorben', holt sie sich in Erinnerung. ‚Der liebste Mensch, den sie hatte. Die Familie kommt, um die Frau zu beerdigen, aber niemand nimmt sich Zeit für den Hund. Niemand will ihn haben. Verabschieden durfte Senta sich bestimmt auch nicht. Weil einfach keiner darüber nachgedacht hat, dass auch ein Tier trauert. Sie wurde ins Tierheim abgeschoben, da man nicht mit ihr umzugehen verstand. Bloß keine Umstände.'

Ihr Verständnis und das Mitleid für Senta sorgen dafür, dass ihr Tränen über die Wange laufen.

Senta hebt nur eine Augenbraue, als das Mädchen sich ihr gegenüber niederlässt, doch jetzt hebt sie den Kopf ein Stück an, schaut ihr in die Augen, dann richtet sie sich langsam auf und geht dem Teenager mit vorsichtigen Schritten entgegen. Schnuppernd nähert sich ihre Schnauze dem Gesicht des Mädchens, ehe sie anfängt, ihr die Tränen aus dem Gesicht zu lecken.

Henry lacht traurig auf, während sie ihre Arme um den Hals der Hündin schlingt. „Ich verstehe dich nur zu gut", verspricht sie dem Tier. „Jemanden zu verlieren, den man lieb hat, tut immer weh."

„Unglaublich", staunt Hansjörg Rosendahl zum wiederholten Mal. „Dieses Mädchen hat eine einmalige Begabung. Wenn sie Henry wieder gehen lassen, streike ich", versichert er der Leiterin.

„Keine Sorge", stimmt Denise Rudloff ihm zu. „So schnell kommt mir die junge Dame nicht davon."

Gerd lächelt still vor sich hin, während er beobachtet, wie Henry die Hündin erfolgreich auffordert, von ihrem Wasser zu trinken. Selbst von dem Futter nimmt sie dank Henrys Ermutigung ein wenig zu sich.

„Hast du das gehört?", fragt der Teenager Gerd aufgeregt. „Sie zahlen mir meine Fahrkarte und ich darf so oft kommen, wie ich will, obwohl ich nur fünf Stunden pro Woche arbeiten muss. Fünf Stunden, das geht doch gar nicht! Die Tiere brauchen doch alle viel mehr Zuwendung. Außerdem soll ich mich um Senta kümmern und bei Hedwig helfen."

Gerd lächelt, als er die glücklich strahlenden Augen des Mädchens erkennt.

Ohne sich unterbrechen zu lassen plappert Henry weiter. „Schade ist nur, dass ich jetzt nicht mehr so viel Zeit haben werde, um Karl zu besuchen. Aber er wird das verstehen. Da bin ich sicher."

„Wer ist denn Karl?", erkundigt sich Gerd neugierig.

Ausführlich erklärt sie ihm, wer Karl Brennecke ist, auch wie er sich um sie bemüht seit sie ihn kennenlernte. „Ich würde dich ihm gern vorstellen. Hast du Zeit? Bitte", fleht Henry mit bettelnden Augen.

„Natürlich, gern“, stimmt Gerd zu, da er bemerkt, wie wichtig es seinem Schützling zu sein scheint.

Mit dem Wachmann des Museums versteht sich der Projektleiter der *Staller Werke* sofort. Der Mann ist aufgeweckt, freundlich und humorvoll. Außerdem liegt ihm das Wohl des Mädchens am Herzen. Über ihre neue Arbeitsstelle freut er sich, als ob er selbst ein Geschenk erhalten hätte. Dass sie versucht hat, einen Diebstahl zu begehen, nimmt er ihr allerdings übel. „Ich hätte dich eigentlich klüger eingeschätzt“, wirft er dem Mädchen vor. „Du hast so viele Leute um dich herum, die dich unterstützt hätten, wenn du nur gefragt hättest. Aber ein Diebstahl?“ Er schüttelt traurig den Kopf. „Kind, mach das nie wieder, hörst du!“

Beschämt nimmt Henry den Mann, der ihr so viel bedeutet, in die Arme. Sie begreift, dass da einiges mehr auf dem Spiel stand. Durch ihre Aktion hätte sie genau die Menschen verlieren können, die ihr wichtig sind, die sie nie enttäuschen wollte. „Versprochen! Es tut mir leid.“

Die Zeit im Museum vergeht wie im Flug, da die beiden Gerd eine ausführliche Führung angedeihen lassen.

Das stadtgeschichtlich und stadttheoretisch orientierte Museum ist im *Palais Spee* in der *Carlstadt* am südlichen Rand des historischen Stadtkerns Düsseldorfs untergebracht.

Henry wird es nicht leid, Gerd die Geschichte der Stadt und des Museums nahe zu bringen: „*1991* wurde der Erweiterungsbau fertiggestellt und das Stadtmuseum wiedereröffnet“, berichtet sie ihm, während sie durch den Erdgeschossbereich des Erweiterungsbaus wandern. „Die zusammenhängende Struktur der postmodernen Architektur nahmen sie als Grundlage, um hier das *Stadttheoretische Forum* aufzubauen. Das Stadtmuseum hat sich *2004* neu positioniert, indem es die Stadt als dynamisches soziales, kulturelles und räumliches Gefüge basierend auf unserer Gesellschaft konstituierte. Das Museum macht viel mehr, als nur seine Objekte zu zeigen und sie zu verwalten, sondern präsentiert, erforscht und vermittelt stadttheoretisch und stadtgeschichtlich relevante Prozesse. Du findest hier eine Grundlage für die Projektierung von Lebensräumen des urbanen Menschen, die genauso fragmentarisch und unabgeschlossen ist, wie die Stadtgeschichte selbst. An verschiedenen Stellen findest du *PC*-Arbeitsplätze, an denen Informationen abgerufen, Fragen erarbeitet, sowie Exponate und deren stadtgeschichtliche Zusammenhänge erforscht werden können. Außerdem gibt es in verschiedenen Etagen Projekträume, in denen du aktuelle Projekte der lokalen und globalen Stadtentwicklung, die sich aus historischen Gegebenheiten der Stadt, den Sammlungen oder Sonderausstellungen des Stadtmuseums ergeben, mit anderen diskutieren kannst. Es gibt sogar eine Museumszeitung, die den Besucher über die verschiedenen Projekte unterrichtet und wo sie stattfinden."

„Ist sie nicht großartig?", strahlt Karl Brennecke.

„Allerdings!" Gerd kann nur staunend nicken. Dass Henry etwas Besonderes ist, hat er schon längst erkannt. Erst über anderthalb Stunden später verabschieden sich die beiden von dem Museumsangestellten und verlassen das Gebäude. Im Anschluss wandern sie auf dem Weg zum Parkplatz durch die wunderschöne Gartenanlage bis zum *Spee'schen Graben*, wo Henry ihm die Stelle zeigt, an der sie das Katzenbaby aus dem See gefischt hat. Auf Henrys Lieblingsbank machen sie eine kurze Rast.

„Da wir hier gerade so friedlich zusammensitzen, möchte ich dir gern etwas sagen", beginnt Gerd.

„Und was?" Bedrückt sieht Henry ihm entgegen. ‚Ist es jetzt Zeit für den Abschied?', denkt sie traurig. ‚Er kehrt in seine Welt zurück und ich in meine. Und dann? Dann sehe ich Gerd und Emma nie wieder.'

„Weißt du, ich habe doch vorhin mit Uwe Meyer gesprochen, erinnerst du dich?"

Irritiert nickt Henry. ‚Was will er mir denn sagen?'

„Also, unsere Handys sind ausschließlich Firmenhandys, aber da wir sie auch privat nutzen, werden sie akribisch abgerechnet. Die Grundgebühren trägt die Firma, aber es gibt die Möglichkeit, ein zweites Handy sozusagen als Partnerhandy auf seinem Vertrag mit anzumelden. Das habe ich heute Morgen gemacht." Aus seiner Tasche zieht er ein nagelneues Mobilfunkgerät. „Gerade jetzt, wo du so viel Neues in deinem Leben managen musst, ist es gar nicht so verkehrt, wenn du erreichbar bist. Auch kannst du deinen Eltern mitteilen, wenn es bei dir später wird."

„Das ist für mich?", staunt das Mädchen. „Das kann ich doch gar nicht bezahlen."

„Musst du auch nicht. Betrachte es als Leihgabe. Grundgebühren fallen keine an, da es über meinen Vertrag mitläuft. Du hast eine *Flat* für das Surfen im Internet und für alle Rufnummern innerhalb Deutschlands. Also bitte nicht mit deiner Großtante in China telefonieren", bettelt Gerd, woraufhin er das fröhliche Lachen des Teenagers zu hören bekommt. „Die kostenpflichtigen Internetseiten sind gesperrt, aber du solltest dich trotzdem vorsehen. Entstehen Zusatzkosten, ziehe ich dich dafür zur Verantwortung. Einverstanden?"

Henry fällt ihm mit einem Jubelschrei um den Hals, um sich anschließend genau zeigen zu lassen, wie alles funktioniert. „Da ist ja schon eine Nummer eingespeichert", stellt sie fest.

„Ja, meine. Sowohl die Handynummer als auch die Firmenrufnummer. So müsstest du mich im Notfall eigentlich zu jeder Zeit erreichen können."

„Wahnsinn!", staunt das Mädchen immer noch.

Ihre strahlenden Augen beweisen Gerd, dass er die richtige Entscheidung getroffen hat. „Wenn du irgendwann Hilfe brauchst, dann bin ich für dich da", verspricht er. „Aber jetzt bringe ich dich erst einmal nach Hause. Komm!"

Es ist schon fast siebzehn Uhr, als er Henry mangels Parkplatzes nur vor der Tür absetzt. Allerdings wartet er ab, bis sie die Haustür geöffnet und nach einem kurzen Winken im Treppenhaus verschwunden ist, bevor er sich auf den Heimweg macht.

6

„Wo kommst du jetzt her?", schnauzt ihr Vater sie an, kaum dass sie die Tür geöffnet hat. „Hast du dich schon wieder den ganzen Tag herumgetrieben?"

Selbst die schlechte Laune ihres Vaters schafft es nicht, Henrys Stimmung zu drücken. „Nein, ich war im Tierheim", erinnert sie ihn. „Das wusstest du doch. Du hast es selbst erlaubt." Ohne auf das mürrische Gesicht ihres Vaters zu achten, schlingt sie ihm die Arme um die Hüften und schmiegt sich an ihn. „Ich habe den Job wirklich bekommen. Jedes Wochenende soll ich ihnen fünf Stunden helfen. Dafür bezahlen sie mir die Monatsfahrkarte und ich bekomme noch einhundert Euro dazu. Zusätzlich kann ich so viele Stunden arbeiten, wie ich will. Für jede Stunde bekomme ich dann zehn Euro extra."

Zuerst wollte ihr Vater böse losbrausen, aber als er hört, dass sie monatlich Geld nach Hause bringen wird, ist er sichtlich beruhigt. „Ein bisschen wenig ist das schon", mault er. „Aber meinetwegen. Pass auf, dass die Schule nicht darunter leidet. Dann gibt es Ärger!"

„Versprochen", freut sich Henry mit strahlenden Augen. „Danke, Papa!"

Überrascht starrt Paul Grossmann seine Tochter an. Seit mehr als zwei Jahren hat er das Wort ‚Papa' nicht mehr von ihr gehört. Er erinnert sich daran, was die Hauptkommissarin ihm berichtet hat, auch was sie ihm zum Schluss empfahl: ‚Nur Sie können an Ihrer Situation etwas ändern.' Obendrein hält sein schlechtes Gewissen noch an, das ihm sein Verhalten vom gestrigen Abend seiner Frau gegenüber eingebracht hat. „Was willst du denn mit dem Geld machen?", fragt er vorsichtig.

„Ich habe mir das genau ausgerechnet. An den Tagen, wo ich arbeite, brauche ich ein Mittagessen. Butterbrote und eine

Wasserflasche reichen aus. Die kann ich in meinem Rucksack mitnehmen. Dann wird es nicht so teuer." Henry will sich nicht im Geringsten den Unmut ihres Vaters einhandeln, damit er seine Zustimmung nicht zurückzieht. „Ich dachte an vierzig Euro. Den Rest packen wir in die Haushaltskasse. Das ist dir doch recht, oder?", erkundigt sie sich bange.

„Nein", schnauzt ihr Vater so heftig, das Henry zusammenzuckt. „Wenn du schon mitarbeitest, gehört dir auf jeden Fall die Hälfte. Ist das klar?" Da das Mädchen ihn einfach nur anstarrt, zuckt er die Schultern. „Aber wenn dir das nicht passt, ..." Weiter kommt er nicht.

Mit einem Jubelschrei springt sie ihren Vater an, lässt sich von ihm festhalten und drückt ihm trotz seiner Alkoholfahne einen dicken Schmatzer auf die Wange. „Ich hab dich lieb", flüstert sie glücklich, während sie sein ansteckendes Lachen genießt.

„Dann geh jetzt und hilf deiner Mutter", weist Paul Grossmann seine Tochter an.

Glücklich saust sie los, um ihre Mutter zu suchen. ‚Vielleicht wird ja doch alles wieder so wie früher', hofft der Teenager.

Sie findet Helga Grossmann im Waschkeller des Hauses, wo sie die Wäsche der Familienmitglieder aussortiert. „Mutter? Wieso bist du denn schon daheim?"

„Ich bin heute nicht zur Arbeit gegangen", gibt die einundvierzigjährige Hausfrau zu. „Ich habe mich nicht wohl gefühlt."

„Und dann stehst du hier und machst die Wäsche?", staunt Henry. Ihrer Mutter scheint es wirklich nicht gut zu gehen. Henry hat noch nie erlebt, dass sie mit offenen Haaren an die Arbeit geht. Die superlange schwarze Mähne hat sie dabei bisher immer gestört, so dass sie das Haar direkt nach dem Aufstehen hochsteckt. Doch heute fällt es geradezu in ihr Gesicht, weshalb man kaum etwas davon erkennen kann.

„Komm, ich mache weiter", bietet Henry an. „Du legst dich in der Zeit etwas hin." Da sie nach dem Wäschekorb greift, den die Mutter nicht loslassen will, landet die Schmutzwäsche weit verteilt auf dem Boden. Beide, Mutter und Tochter, bücken sich danach, wobei sie beinahe mit den Köpfen zusammengestoßen wären. Überrascht schauen sie auf, direkt in die Augen der anderen.

Henrys Augen weiten sich noch ein Stück mehr, als sie das blaue Auge und die aufgeplatzte Wange ihrer Mutter erblickt. „Mutter? Was ist passiert?"

„Ich habe mich gestoßen, am Küchenschrank", behauptet Helga Grossmann. „Das ist zwar nicht weiter schlimm, tut aber ein bisschen weh. Deshalb bin ich heute zuhause geblieben."

„Am Küchenschrank?" Henry glaubt ihr kein Wort. Obwohl sie genau weiß, wie diese Verletzung entstanden ist, will sie es nicht wahrhaben. ‚Kann das wirklich sein?', fragt sie sich. ‚Ist er das gewesen? War er deshalb vorhin so lieb zu mir? Weil ihn sein schlechtes Gewissen drückt?' Henry hat viel über Alkoholsucht gelesen, seid ihr Vater tagein tagaus seine Bierflasche als ständigen Begleiter braucht. Sie weiß auch, dass nicht selten die Hemmschwelle durch den Alkohol beeinträchtigt wird. Wut kocht in ihr hoch. „War das Vater?", faucht sie. „Natürlich war er das! Warum? Warum hat er das gemacht?", will sie aufgebracht wissen.

„Henry", bettelt ihre Mutter. „Mach bitte nicht so ein Drama daraus. Es ist nichts."

„Nichts? Schau dich doch einmal an!", schnauzt das Mädchen wütend. „Warum?" Noch ehe Helga Grossmann etwas erwidern kann, begreift Henry, was der Grund für die Verletzung ist. „Das war meinetwegen! Weil du zugestimmt hast, dass ich bei Gerd und Emma schlafen durfte. Ich bin der Grund!"

„Henry", bettelt ihre Mutter wieder, trifft aber nicht auf Gehör.

„Du musst hier weg! Wir müssen weg! Wir packen unsere Sachen und verschwinden!"

„Nein, Henry. Vater hat sich entschuldigt. Er war selbst furchtbar erschrocken. Das wird nicht noch einmal passieren."

„So fängt es immer an", behauptet der Teenager mit Tränen in den Augen. „Wir gehen! Sofort!"

„Nein!"

„Dann gehe ich zur Polizei!"

„Was willst du denn da? Er hat doch nichts verbrochen."

„Mutter, weißt du eigentlich, was du da redest? Er hat dich geschlagen. Niemand darf einen anderen Menschen schlagen. Das hast du mir beigebracht. Hast du das jetzt alles vergessen?" Henry atmet tief durch. Ihre Mutter steckt den Kopf in den Sand, aus Angst vor der Veränderung. Auch davon hat sie gelesen. „Kommst du jetzt mit?", fragt sie ganz sanft, doch ihre Mutter schüttelt nur gequält den Kopf.

„Was hast du vor?", ruft Helga Grossmann entsetzt, als ihre Tochter entschlossen aufsteht und zum Ausgang eilt. „Komm zurück!"

Die Tür zur Waschküche fällt hinter dem Mädchen ins Schloss, wo es eine weinende Frau zurücklässt. Im Treppenhaus lehnt sich Henry für einen Moment an die Wand, bemüht, ihre aufgewühlten Gefühle in den Griff zu kriegen. Sie fragt sich, ob sie einen Fehler macht. Gerade war ihr Vater noch so lieb zu ihr, dass sie gehofft hatte, alles könnte anders werden. „Das war nur sein schlechtes Gewissen", faucht sie vor sich hin. „Nein, so nicht!" Entschlossen läuft sie nach oben, bemüht, kein Geräusch zu machen. Leise schleicht sie in die Wohnung, den Flur entlang bis in ihr Zimmer, wobei ihr dir Lautstärke des Fernsehers hilft. Eilig packt sie ihre Schulsachen in den Rucksack, einige Kleidungsstücke in ihre Sporttasche, um genauso leise die Wohnung mit ihren Gepäckstücken wieder zu verlassen. Auf der Straße angekommen läuft sie noch ein ganzes Stück weiter, bevor sie hinter einem parkenden Transporter verborgen innehält. Die Taschen landen auf dem Boden. Sie holt das neue Handy hervor, um mit zitternden Fingern die einzige eingespeicherte Nummer zu wählen. Die ganze Zeit laufen dem verzweifelten Mädchen dicke Tränen über die Wangen. Sie hört, wie es in der Leitung knackt, wartet gar nicht erst darauf, dass er sich meldet, sondern schnieft direkt los: „Er hat sie geschlagen. Er hat sie einfach geschlagen, meinetwegen. Ich bin schuld!", schluchzt sie. „Dabei dachte ich gerade, dass er sich geändert hat. Ich will hier weg! Bitte hilf mir", fleht sie in das Telefon. „Bitte, Gerd, hilf mir." Schluchzend lässt sie sich hinter dem Transporter auf den Boden sinken, schlingt ihre Arme um die Beine und lässt ihren Tränen freien Lauf.

„Henry, wo bist du?“, hört sie Gerds besorgte Stimme. „Bleib da, ich bin gleich bei dir“, verspricht er ihr, nachdem sie seine Frage beantwortet hat.

Er war noch nicht einmal zuhause angekommen, als Henrys Hilferuf ihn erreicht, doch niemand könnte ihn jetzt daran hindern, den Weg, den er gekommen ist, wieder zurückzufahren. Obwohl er sich Sorgen macht, fährt er die Straße im Schritttempo entlang, um sie nicht zu übersehen. ‚Zwischen den parkenden Wagen, hat sie gesagt‘, holt er sich das Gespräch ins Gedächtnis, doch entdecken kann er sie nicht, nur eine alte Dame, die mit ihrer Einkaufstüte den Gehweg entlangläuft. Plötzlich bleibt die Dame stehen, den Blick auf den Boden neben sich gerichtet. Anscheinend spricht sie mit jemandem.

Jetzt weiß er, wo er zu suchen hat. Er stört sich nicht an dem fließenden Verkehr, sondern bleibt mit eingeschalteter Warnblinkanlage in zweiter Reihe auf der Fahrbahn stehen. Eilig steigt er aus, rennt um seinen Wagen herum auf die Lücke zwischen den parkenden Fahrzeugen zu, wo er das Mädchen auf dem Boden kauernd entdeckt. „Henry!“

Aus vollkommen verheulten Augen schaut Henry ihn irritiert an. Sie ist so verzweifelt, dass sie ein paar Sekunden braucht, um ihn zu erkennen, doch dann streckt sie hilfesuchend beide Arme nach ihm aus. „Gerd!“

Da sie am ganzen Körper zittert, hebt Gerd den Teenager kurzerhand vom Boden hoch. Er zieht sie an sich, um ihr durch seine Arme ein bisschen Sicherheit zu bieten.

„Was ist denn mit dem Kind?“, erkundigt sich die alte Dame. „Was machen Sie mit ihr? Sind Sie ein Familienangehöriger?“

„Nein“, antwortet Gerd wahrheitsgemäß. „Ich bin ein Freund. Und den hat sie wirklich nötig.“ Er lächelt die Dame an. „Danke, dass Sie sich sorgen und nicht einfach weitergehen.“

Die Frau blickt ihn weiterhin skeptisch an. „Vielleicht sollte ich doch besser die Polizei rufen“, überlegt sie laut genug, dass Henry es hören kann.

„Das müssen Sie nicht", versichert das Mädchen der Frau. „Er ist wirklich ein Freund, einer der wenigen, die ich habe. Und seine Freundin ist Polizistin."

Da die alte Dame erkennen kann, dass sich der Teenager in den Armen des Mannes beruhigt, sich zudem liebevoll an ihn kuschelt, nickt sie ihm zu. Trotzdem bleibt sie stehen, bis er das Kind auf dem Beifahrersitz angeschnallt hat.

Bevor er selbst einsteigt, dreht er sich zu der Dame um, zieht seine Brieftasche hervor, aus der er eine Visitenkarte nimmt, die er ihr auffordernd entgegenhält. „Wenn Sie sich vergewissern wollen, rufen Sie beim Landeskriminalamt an. Hauptkommissarin Emma Wolf gibt Ihnen sicher gern Auskunft."

Die Karte ergreifend äußert sie nachdenklich: „Ich werde mir diese Option offenhalten." Als er davonfährt, prägt sie sich vorsichtshalber die Kennzeichnung auf dem Nummernschild genau ein, um sie zuhause aufzuschreiben. „Die arme Kleine", flüstert sie beim Weitergehen.

Ohne ein Wort zu sprechen, fährt Gerd durch bis zur *Poststraße*, wo er in die nächste freie Parkbucht rangiert. „Komm!", fordert er Henry auf.

Schweigend wandern sie nebeneinanderher, bis sie die Bank am *Spee'schen Graben* erreichen, die Henry in ihrem Leben schon öfter aufgesucht hat, als sie zählen kann.

„Ich will dir nicht wehtun, ich will auch nicht in dich dringen", versichert Gerd sanft. „Aber wenn ich dir helfen soll, muss ich wissen, was vorgefallen ist."

„Ja, ich weiß." Langsam, stockend berichtet sie ihm, wie ihr Vater sich ihr gegenüber verhalten hat, wie er ihr Zugeständnisse machte, wie er sie liebevoll an sich drückte und fröhlich lachte. „Ich dachte, jetzt wird alles gut!", gesteht sie Gerd ihre Gefühle. Anschließend bekommt Gerd zu hören, wie sie auf die Suche nach ihrer Mutter ging, wie überrascht sie war, ihre Mutter so früh zuhause anzutreffen. Er erfährt, wie erschrocken das Mädchen beim Anblick der verletzten Mutter war, auch wie sie reagierte. „Meine Eltern, beide, haben mir schon vor Jahren beigebracht, dass man nicht schlagen darf, dass das eine gemeine Straftat ist. Und was machen sie jetzt? Mein Vater schlägt meiner Mutter ein blaues Auge und sie nimmt ihn auch noch in Schutz."

Henry beginnt so fest zu weinen, dass Gerd sie liebevoll in den Arm nimmt, sich mit ihr hin und her wiegt, bis der schlimmste Ausbruch vorbei ist.

„Ich bin schuld", behauptet Henry. „Das war meinetwegen!"

„Wie kommst du denn darauf?"

„Ich habe bei euch übernachtet. Weil sie mir ihre Erlaubnis dazu gab, hat er sie geschlagen."

„Deswegen trägst noch lange nicht du die Schuld daran." Er fasst das Mädchen an den Oberarmen, hält sie fest, bis sie den Blick auf seine, ernst auf sie gerichteten Augen lenkt. „Niemand trägt Schuld daran. Weder du noch deine Mutter. Noch nicht einmal dein Vater, aber er ist krank. Krank durch den Alkohol, den er zu sich nimmt."

„Ja, ich weiß", schluchzt das Mädchen. „Aber ohne Hilfe kommt er davon nicht weg. Das habe ich gelesen. Ich weiß, worum es geht. Er braucht eine Entziehungskur. Sonst wird es immer schlimmer."

„Leider kann ich dir nicht widersprechen", stimmt Gerd ihr zu. Kurz erinnert er sich an die unangenehme Zeit, in der er seinem brutalen Vater auf Gedeih und Verderb ausgeliefert war, bis er im Alter von sieben Jahren im Jugendheim untergebracht wurde. „Weißt du, was du jetzt machen willst?"

„Ja. Ich werde ihn anzeigen!", bekräftigt Henry. „Meine Mutter steckt den Kopf in den Sand, redet sich die Situation schön. Aber das ist es nicht. Es wird auch nicht aufhören, wenn ihm niemand Einhalt gebietet." Traurig wandert ihr Blick über den See. „Ich werde sie vor die Wahl stellen. Entweder Vater oder ich. Anders wird sie nicht reagieren."

„Du riskierst sehr viel dabei", hält Gerd dagegen. „Du könntest beide verlieren."

„Ja, aber dann weiß ich, woran ich bin. Wie es jetzt ist, will ich nicht weitermachen."

„Also schön. Ich rufe Emma an, dann fahren wir zur Polizei."

Das vollkommen verweinte Mädchen hinterlässt nicht nur bei Emma und Gerd den Eindruck von Hilflosigkeit und Verzweiflung, sondern auch bei dem diensthabenden Polizeibeamten und Janina Wilhelms, die als Mitarbeiterin des Jugendamtes hinzugerufen wurde.

„Wie geht es denn jetzt weiter?“, erkundigt sich Gerd bei dem Beamten, nachdem sie die Anzeige des Mädchens aufgenommen haben.

„Nun, wir werden auf jeden Fall die Eltern der jungen Dame mit den Vorwürfen, die dieser Anzeige zu Grunde liegen, konfrontieren und uns anhören, was diese dazu zu sagen haben. Ich nehme an, Frau Wilhelms wird uns begleiten wollen?“

„Ganz bestimmt sogar“, beteuert die Mitarbeiterin des Jugendamtes. „Sie können davon ausgehen, dass ich mir ein ausführliches Bild von den häuslichen Gegebenheiten machen werde und die Stellungnahme der Eltern mitanhöre. Erst danach kann ich meinen Vorgesetzten zu einer Entscheidung, in die eine oder andere Richtung, raten.“

„Ich komme auch mit“, versichert Emma. „Die Eltern von Henriette Grossmann kennen mich bereits. Sie haben mir schon einmal ihr Vertrauen geschenkt. Vielleicht kann ich helfen.“

Gerd wendet sich fragend an den Teenager: „Willst du dabei sein? Willst du deinen Vater selbst zur Rede stellen?“

„Nein, auf keinen Fall!“ Henry weicht erschrocken zwei Schritte zurück. Mit angstvoll flehenden Augen schaut sie Emma und Gerd an. „Kann ich nicht bei euch bleiben? Vorerst wenigstens?“

„Dann kommt Henry mit mir bis Sie ein Ergebnis vorliegen haben“, entscheidet Gerd nach einem kurzen Augenkontakt mit Emma. Seine Visitenkarte wechselt den Besitzer. „Sie erreichen mich jederzeit unter dieser Nummer“, verspricht er Janina Wilhelms. „Lassen Sie mich wissen, wie Sie weiter vorgehen werden.“

Auch wenn die Mitarbeiterin des Jugendamtes damit nicht ganz korrekt handelt, lässt sie zu, dass das Mädchen Gerd begleitet. Es war deutlich zu erkennen, wieviel Vertrauen Henry zu ihm und der Hauptkommissarin hat. Dass Gerd Bach das Wohl des Kindes am Herzen liegt, war ebenfalls nicht zu übersehen.

‚So kann Henriette erst einmal zur Ruhe kommen', denkt Janina Wilhelms überzeugt.

Der Streifenwagen bringt die vier Personen innerhalb einer Viertelstunde an die gewünschte Adresse. Mit der Mitarbeiterin des Jugendamtes und Emma im Schlepptau erklimmen die beiden Uniformierten das Treppenhaus.

Helga Grossmann steht abwartend an der nur einen Spalt geöffneten Tür, den Kopf gesenkt. Erstaunt starrt sie auf die vielen Füße der Menschen, die sich vor ihr sammeln. Ohne aufzuschauen erkennt sie die Uniformhosen der Polizisten. ‚Henry hat es also doch getan', stellt sie fest. ‚Das hätte ich nicht gedacht.' In dem Glauben, dass sich alles zum Guten wendet, hatte sie darauf gehofft, dass ihre Tochter von allein zurückkommt. „Ja, bitte?", fragt sie vorsichtig, ohne die Tür weiter zu öffnen.

„Frau Grossmann?", wird sie von dem ersten Mann angesprochen, der auf ihr Nicken hin mit seiner Erklärung fortfährt: „Ich bin Polizeioberkommissar Hans Sauer", stellt er sich vor. „Mein Kollege Jochen Krüger, Frau Wilhelms ist vom Jugendamt." Da ihm bekannt ist, dass die Familie Emma kennt, geht er nicht weiter auf sie ein, beachtet allerdings nicht, dass die Hausherrin noch nicht ein einziges Mal zu ihnen aufgeschaut hat. „Uns liegt eine Anzeige wegen häuslicher Gewalt vor, der wir nachgehen müssen. Dürfen wir hereinkommen?"

„Muss das sein? Hier gibt es keine Probleme."

„Davon würden wir uns gern selbst überzeugen. Öffnen Sie bitte."

„Aber …", beginnt die Hausfrau, doch Emma fällt ihr ins Wort.

„Frau Grossmann, bitte. Wollen Sie wirklich Ihre Tochter verlieren?", fragt sie ganz sanft.

Erst jetzt hebt die Frau den Kopf und schaut den Besuchern entgegen. „Frau Wolf? Was machen Sie denn hier?"

Einen Augenblick lang ist es mäuschenstill auf dem Flur, als alle Helga Grossmann geschockt anstarren. Sie haben nach Henrys Aussage mit einem blauen Fleck rund um ein Auge der Hausfrau gerechnet, aber was sie hier zu sehen bekommen, ist alles andere als harmlos. Das angeschwollene blutunterlaufene Auge und die aufgeplatzte Wange sind durch die Prellungen dunkel verfärbt. Es ist deutlich zu erkennen, dass für diese Verletzung mehr als nur ein Faustschlag nötig war.

Emma reißt sich als Erste zusammen, tritt an die Frau heran und legt ihr einen Arm um die Schultern. „Ich will helfen."

Hinter ihr betreten auch die Polizisten und Janina Wilhelms die Wohnung.

Die Hauptkommissarin führt Helga Grossmann in die ihr bereits bekannte Küche der Wohnung, wo sie die Frau sacht auf einen der Küchenstühle drückt, während sich die Uniformierten in den angrenzenden Zimmern umschauen.

„Niemand sonst da", melden sie kurz darauf. „Frau Grossmann, wo ist Ihr Mann?"

„Zum Kiosk, Bier holen und sich mit einem Kumpel treffen. Er kommt aber bestimmt gleich wieder."

„Er hat Sie verletzt", stellt Emma fest. „So wie Ihr Auge aussieht, war das schon gestern Abend. Was hat er gemacht, um Ihnen zu helfen? Hat er Ihnen geholfen? Oder hat er sich seinem Bier gewidmet?" An den traurigen Augen von Henrys Mutter erkennt Emma, dass sie ins Schwarze getroffen hat. „Wollen Sie ihm das durchgehen lassen? Was machen Sie beim nächsten Mal? Was, wenn dann Henry sein Opfer ist? Halten Sie dann immer noch zu ihm?", verhört sie die Frau ruhig.

„Aber er ist doch mein Mann", erwidert Helga Grossmann.

„Henry ist Ihre Tochter", hält Emma dagegen.

„Frau Grossmann", mischt sich jetzt auch Janina Wilhelms in das Gespräch ein. „Ich habe Ihre Tochter vorhin kennengelernt. Wenn sich an Ihren häuslichen Verhältnissen nichts ändert, wird sie nicht hierher zurückkehren."

„Sie wollen mir mein Kind wegnehmen?", fragt die Mutter erschrocken.

„Von ‚wollen' kann gar keine Rede sein. Ihre Tochter selbst hat diesen Wunsch geäußert", entgegnet die Jugendamtsmitarbeiterin.

„Henry ist alt genug, um Recht und Unrecht voneinander zu unterscheiden", setzt auch Emma der Frau zu. „Ihr Vater vermittelt ihr schon lange nicht mehr die Werte, an die sie glaubt. Machen Sie nicht den gleichen Fehler."

„Sie glauben, Sie helfen Ihrem Mann, wenn Sie zu ihm stehen. Aber das stimmt nicht", erklärt ihr Polizeioberkommissar Hans Sauer. „Ich habe schon viele solche Menschen gesehen. Solange Sie ihn decken, wird sich nichts ändern. Dank Ihnen wird er sich in seinen Handlungen immer sicher fühlen. Es wird zudem schlimmer, bis es irgendwann zum Äußersten kommt. Wenn Sie Ihren Mann lieben, sollten Sie ihm helfen. Wirklich helfen!"

„Noch ist es nicht zu spät", redet Emma ihr zu. „Tun Sie das Richtige?"

Helga Grossmann lässt ihre Augen nachdenklich von einer Person zur nächsten gleiten. Sie spürt, dass diese Menschen ihr helfen wollen, dass sie ihr einen Weg aus dieser Situation heraus aufzeigen. ‚Jetzt liegt es einzig an mir selbst', begreift sie. Gleichzeitig erinnert sie sich daran, wie oft sie diesen Spruch ihrem Mann gegenüber geäußert hat, wie verzweifelt sie war, wenn er nicht darauf reagierte. „Was müsste ich denn Ihrer Meinung nach unternehmen?"

Emma atmet erleichtert auf, da der erste Schritt gemacht ist. „Erstatten Sie Anzeige gegen Ihren Mann. Vielleicht reicht das schon aus."

„Und wenn nicht?"

„Trennen Sie sich von ihm", empfiehlt Janina Wilhelms. „Nicht auf Dauer", schwächt sie die erschreckende Nachricht ab. „Aber er muss leiden, er muss spüren, vor allem begreifen, was er verloren hat. Nur so kann er sich ändern."

„Aber das geht nicht. Wo soll ich denn hin?"

„Dafür bin ich doch da", lächelt die Mitarbeiterin des Jugendamtes. „Wir finden schon eine Bleibe für Sie und Ihre Tochter. Bauen Sie sich zusammen ein neues Leben auf und warten Sie ab, wie sich Ihr Mann entwickelt. Dann können Sie ihm eine zweite Chance geben, oder auch nicht. Aber bis dahin ist es noch ein weiter Weg. Was sagen Sie?"

„Was ich sage?" Die Frau starrt Janina Wilhelms unentschlossen an. „Ich soll mich also entscheiden zwischen meinem Mann und meiner Tochter?" Nachdenklich kaut sie auf ihrer Unterlippe. „Ich liebe meinen Mann, habe geschworen, ihm immer zur Seite zu stehen, ihm zu helfen. Dazu bin ich bereit, selbst wenn mich bei ihm ein kummervolles Dasein erwartet. Aber er lässt sich nicht helfen, will an unserer Situation nichts ändern. Doch wir sind auch für unsere Tochter verantwortlich, müssen sie führen und beschützen. Dazu ist mein Mann nicht mehr in der Lage. Also hat Henriette nur noch mich. Was denken Sie, wie ich da entscheide?" Entschlossen hebt sie den Kopf. „Henriette hat sich selbst aufgegeben, um mir zu helfen, hat ihr bisheriges Leben aufs Spiel gesetzt, um mir klar zu machen, wo die Grenze ist. Sie steht zu mir. Und genau das werde ich jetzt auch tun. Meine Tochter braucht mich, jetzt mehr denn je! Ich werde Anzeige erstatten. Und ich möchte Sie um Ihre Hilfe bitten. Hilfe für mich und meine Tochter!"

Emma hatte gehofft, dass in Henrys Mutter noch genug Kampfgeist vorhanden ist, um sich dieser Herausforderung zu stellen. „Sie tun das Richtige", versichert sie Henrys Mutter überzeugt.

„Was ist denn hier los?", poltert die Stimme von Paul Grossmann hinter ihnen, wobei sich die Alkoholfahne in dem Raum ausbreitet. „Was machen Sie alle hier? Verschwinden Sie aus meiner Wohnung!" Beim Näherkommen erkennt er Emma wieder. „Sie schon wieder? Was wollen Sie?"

„Herr Grossmann, Ihre Tochter hat Anzeige gegen Sie erstattet und Ihre Frau wird sich ihr anschließen", klärt Emma ihn scharf auf. „Hier liegt eindeutig ein Fall von häuslicher Gewalt vor. Sie werden sich wegen vorsätzlicher Körperverletzung zu verantworten haben."

„Na, großartig. Ihren Spruch haben Sie ja nun aufgesagt. Also verschwinden Sie!"

„Wir werden warten, bis Ihre Frau alles zusammengepackt hat, was sie und ihre Tochter brauchen. Sie wird uns begleiten."

„WAS? Auf keinen Fall!" Aufbrausend fährt er zu seiner Frau herum. „Was bildest du dir eigentlich ein? Glaubst du, du kannst machen, was du willst? Hier bin immer noch ich der Herr im Haus! Du wirst diese Wohnung nicht verlassen! Ist das klar?", brüllt er sie an.

Noch ehe Emma oder einer der Polizisten ihr zu Hilfe eilen können, richtet sich Helga Grossmann kerzengerade auf und faucht ihren Mann energisch an: „Nein, das ist überhaupt nicht klar! Drei Jahre habe ich das jetzt mitgemacht. Immer wieder hast du beteuert, dass sich alles bald ändern wird, dass es besser wird. Für dich war immer dann alles gut, wenn du genug Bier im Kühlschrank hattest. Nein, Paul, jetzt ist Schluss! Sieh zu, wie du zurechtkommst. Niemand hat es nötig, sich so behandeln zu lassen, wie du mich. Aber das hat jetzt ein Ende!" Sie dreht sich auf dem Absatz um, reißt die Tür auf und stürmt hinaus. „Ich gehe packen."

Der anerkennende Blick, den Emma ihr hinterherwirft, lässt Paul Grossmann auf die Hauptkommissarin losgehen. „Daran sind Sie schuld! Sie haben ihr das eingeredet!", faucht er. „Ich hatte Ihnen doch gesagt, dass Sie sich aus meiner Familie heraushalten sollen!", donnert er los. „Sie wollen wohl unbedingt Ärger, was? Den können Sie haben!", brüllt er. Dabei holt er mit geballter Faust weit aus, um auf Emma einzuschlagen.

Für die ausgebildete Kriminalbeamtin ist es ein Leichtes, dem Schlag des angetrunkenen Mannes auszuweichen. Ehe er erneut reagieren kann, hindern die beiden Polizisten ihn an weiteren Handlungen. Sie halten Paul Grossmann fest, während er sich hin und her windet. Dabei zerren sie seine Arme trotz heftiger Gegenwehr nach hinten, damit sie ihm Handfesseln anlegen können.

„Lasst mich los!", tobt er.

„Herr Grossmann, ich nehme Sie fest wegen tätlichen Angriffs auf eine Polizeibeamtin", informiert ihn Hans Sauer.

„Bringen Sie den Mann nach unten und sorgen Sie dafür, dass er abgeholt wird", bittet Emma die Kollegen. „Wir kommen gleich nach."

Kaum haben die drei Männer die Wohnung verlassen, meldet Emmas Handy ihr einen eingehenden Anruf. „Gerd? Ist etwas passiert?" Staunend hört sie ihm zu.

7

Nachdem Karola Staller an diesem Morgen ihren Mann verabschiedet hat, macht sie sich bereit, ihre Tagesaufgaben in Angriff zu nehmen. Für den heutigen Nachmittag steht der siebenundvierzigjährigen Dozentin für Ernährungswissenschaften eine Herausforderung bevor, die ihresgleichen sucht. Mit ihrem zwanzig Monate alten Labrador-Mischling Kronos hat sie in ein paar Stunden einen Termin beim Tierarzt. Schon im Normalfall reagiert der Hund auf Impfungen und überhaupt auf Spritzen wie ein wild gewordener Stier, doch in seiner jetzigen *Flegel-Phase* geht sie davon aus, dass sich seine Schmollattacke noch steigert.

Trotz ihrer geringen Größe von *1,68* Meter weiß sich die temperamentvolle Frau mit dem modischen Kurzhaarschnitt und den übermütig blitzenden grauen Augen durchzusetzen. Allerdings scheitert sie seit geraumer Zeit an den pubertären Auswirkungen ihres Hundes, der es regelrecht darauf anzulegen scheint, sie in den Wahnsinn zu treiben.

Ihre in diesem Haus als Unternehmers-Gattin und Hausfrau entstehenden Pflichten sind schon längst erledigt. Sie nimmt sich die Zeit für eine Tasse Kaffee, die sie in der Gesellschaft von Maria genießt. Die vierundfünfzigjährige Spanierin arbeitet seit über fünfzehn Jahren als Köchin im Hause Staller. Nicht nur für Karola ist sie die gute Seele des Anwesens. Niemand aus der Familie könnte sich ein Leben ohne Maria vorstellen.

„Na, dann wollen wir einmal", fordert Karo sich selbst auf.

„Das wird schon." Maria lächelt ihr aufmunternd zu. „Señor Andreas und Señor Gerd waren als Teenager doch genauso", erinnert sie die Hausherrin an ihren Sohn und dessen Freund.

„Allerdings", mit einem Lächeln steht Karola auf. Im Flur schnappt sie sich die Hundeleine, um auf die Suche nach ihrem Rabauken zu gehen. „Kronos?"

Nichts geschieht, kein Echo, kein Bellen. Das kennt sie schon. „Ich möchte zu gern wissen, wie er es immer wieder schafft, nach draußen zu gelangen, ohne dass es einer von uns mitbekommt", murmelt sie vor sich hin.

Im Garten wird sie fündig. Der gewaschene und für den Arztbesuch gesäuberte Hund wälzt sich genüsslich in dem frisch aufgewühlten Gemüsebeet, das Maria und sie gerade erst angelegt hatten.

„Das darf doch alles nicht wahr sein!", flucht Karo. „Kronos, komm sofort hierher!"

Der Hund hält in seiner Beschäftigung inne, spitzt die Ohren und schaut seinem Frauchen aufmüpfig entgegen, nur um sich auf die andere Seite zu drehen und mit seinem Schlammbad in der feuchten Erde weiterzumachen.

„Kronos!", schnauzt Karo sauer. „Hierher!"

‚Anscheinend ist er jetzt auch noch taub geworden', urteilt Karola, während sie den Hund aus dem Beet zieht und an die Leine nimmt. Es bedarf noch eines weiteren Kraftaktes, den Vierbeiner in ihren Wagen zu verfrachten, doch dann ist es geschafft. Sauer betrachtet sie ihre Hose und die Bluse, die vor einer Stunde frisch aus ihrem Kleiderschrank kamen und jetzt mit Schlamm und Dreckflecken verziert sind. „Eigentlich müsste ich mich jetzt umziehen", schmollt sie, stimmt aber in Marias Lachen ein. „Ach, was soll's. Bis ich wieder hier bin, kommen noch einige Flecken hinzu."

Der befreundete Tierarzt Emerich Brandner hört sich ihre Schilderung über die Veränderung des Hundes an, während er sich darum bemüht, nicht allzu vergnügt zu lachen.

„Du findest das tatsächlich lustig", stellt Karola auch prompt fest.

„Ja, irgendwie schon", behauptet der Arzt fröhlich. „Kronos steckt mitten in seiner zweiten Pubertät. Diese Phase ist sehr wichtig für seine Entwicklung, denn sie trägt dazu bei, dass er erwachsen wird und seinen Platz in der Menschen- und Hundewelt findet. Du sagst, das geht jetzt seit drei Monaten so? Das passt genau. Dein Vierbeiner testet jetzt noch einmal seine Grenzen aus, vergisst seinen guten Benimm, kennt seinen eigenen Namen plötzlich nicht mehr und macht genau all das, zu dem du ‚Nein' sagst. Obendrein ist er geräuschempfindlich, ängstlich und so sensibel wie ein rohes Ei. Meine jüngste Tochter ist jetzt zwölf Jahre alt und verhält sich fast genauso wie Kronos. Beide beginnen gerade ihre pubertäre Phase."

Jetzt lacht auch Karola auf. „Stimmt, Andreas und Gerd waren genauso. Von heute auf morgen setzte urplötzlich das Gedächtnis der beiden aus. Sie legten es regelrecht darauf an, sich mit mir zu messen. Halbstarke eben!"

„Genau dieses Verhalten findest du momentan bei Kronos", erklärt ihr der Freund. „Aber eins kann ich dir versprechen – auch das geht vorbei. Bis dahin kannst du ihm nur immer wieder zeigen, dass du der Boss bist. Belohne ihn, wenn er hört. Zeig ihm, dass er wichtig für dich ist, aber ohne ihm sein Verhalten durchgehen zu lassen. Nicht mit Härte, sondern mit Fingerspitzengefühl."

Während sich die beiden unterhalten, läuft Kronos durch den Raum, schnuppert an unbekannten Gegenständen und Ecken.

Fremde Gerüche, die ihn interessieren, gibt es hier zuhauf. Das ausgelegte Hundespielzeug findet keinen Anklang.

„Na, dann wollen wir einmal“, gibt Emerich Brandner den Startschuss. Ohne aufzustehen, ruft er nach dem Hund. „Kronos, komm her. Na komm!“ Er streckt ihm die Hand entgegen, an der das Tier nach kurzem Schnuppern liebevoll zu lecken beginnt. „Na, siehst du, du kennst mich doch noch“, freut sich der Arzt. Den Hund weiterhin lockend wandert er zu dem Behandlungstisch.

Überrascht schaut Kronos den Arzt an, als dieser ihn liebevoll anhebt, um ihn auf dem Tisch abzusetzen. Da der Mann ihn aber sofort wieder loslässt, bleibt auch er ruhig. Interessiert wandern Augen und Nase umher.

Emerich Brandner lacht nur fröhlich auf, als Kronos das Stethoskop zu fassen bekommt und den Mann daran zu sich zieht. Die ruhige liebevolle Art des Arztes während der Untersuchung nimmt dem Vierbeiner jegliche Angst. Für ihn ist das Ganze ein neues Spiel, auf das er sich neugierig einlässt. Allerdings ändert sich das in dem Augenblick, als die Spritze in sein Hinterteil eindringt. Obwohl er es genießt, dass sein Frauchen ihm die Ohren krault, zuckt er heftig zusammen und stößt ein klägliches Jaulen aus.

„Keine Angst, mein Großer“, beruhigt ihn Emerich Brandner. „Es ist schon vorbei. Du hast es überstanden. Wirklich brav.“ Das belohnende Streicheln kann er gerade noch stoppen, als Kronos ihn zähnefletschend anknurrt. „Hoppla, da ist wohl jemand sauer“, lächelt er verständnisvoll. „Also bitte“, mit der Hand weist er von dem Behandlungstisch an sich vorbei in Richtung Boden.

Das lässt Kronos sich nicht zweimal sagen. Mit einem großen Satz springt er vom Tisch und geht hinter seinem Frauchen in Deckung, während er den Arzt vorwurfsvoll beäugt.

Emerich Brandner reicht Karola ihren Impfausweis. „Er hat seine Pflichtimpfung als Fünffach-Kombi-Impfstoff erhalten. Sie umfasst die Krankheiten *Parvovirose, Staupe, Leptospirose, HCC*, also Hepatitis und Tollwut. Damit ist seine Auffrischung komplett.“

„Danke, Emerich."

„Dafür bin ich doch da", lächelt der Arzt. „Du solltest ihn gleich belohnen, sobald ich aus seinem Blickfeld verschwunden bin."

„Ja, das mache ich gern. In Anbetracht seines jüngsten Verhaltens, das er an den Tag legt, war er heute äußerst lieb. Entschuldige bitte, wenn ich deine Zeit über Gebühr in Anspruch genommen habe."

„Kein Problem. So konnte ich mich mal wieder davon überzeugen, dass es meiner alten Freundin gut geht."

„Wer ist hier alt?", entgegnet Karola empört. Ihre Augen blitzen den Freund vorwurfsvoll an, was Emerich Brandner lediglich dazu veranlasst, vergnügt aufzulachen.

Kaum hat sie die Klappe der großräumigen Hundebox im Kofferraum ihres Kombis geöffnet, springt Kronos mit einem Satz hinein.

„Du bist wirklich ausgesprochen lieb", freut sich Karola, die ihm liebevoll die Ohren streichelt, was er sich nur zu gern gefallen lässt. Leise winselnd, mit einem traurigen Blick reibt er seinen Kopf an ihr.

„Ja, ich weiß, das ist auch für Menschen unangenehm", erklärt sie dem Hund, der die Ohren spitzt, um ihr genau zuzuhören. „Aber es hilft dir, gesund zu bleiben. Das ist es doch wert, oder?"

Ihre sanfte Stimme sorgt dafür, dass Kronos beim Kraulen genüsslich die Augen verdreht.

Karo lacht auf. „Das gefällt dir, nicht wahr? Was hältst du von einem Leckerchen? Das hast du dir redlich verdient." Aus ihrer Handtasche holt sie die Tüte mit den Belohungssnacks für Hunde hervor.

Kronos liebt die schmackhaften Leckerbissen, die durch ihre halb-feuchte Konsistenz für besten Geschmack sorgen. Allein beim Anblick der Verpackung beginnt sein Schwanz aufgeregt zu wedeln. Seine Nase reckt sich der Tüte entgegen, um sich bloß nichts von dem köstlichen Duft entgehen zu lassen.

„Moment noch", lächelt die Unternehmers-Gattin. „Lass mich die Tüte wenigstens aufmachen."

Als unmittelbar hinter Karo zwei zehnjährige Jungen mit lautem Gejohle auf ihren Skateboards vorbeirasen, zuckt Kronos angstvoll zusammen.

Mit einem lauten Scheppern der Räder springen die Knaben von dem Gehweg auf die Straße, ohne sich vorher auch nur im Entferntesten umzuschauen. Der Autofahrer, der auf die beiden zugeschossen kommt, kann im letzten Moment mit quietschenden Reifen bis zum Stillstand abbremsen. Dass er sauer über das Verhalten der beiden Jungen ist, zeigt er den davonrasenden Kindern, indem er laut und anhaltend hupt. Die beiden Fahrzeuge hinter ihm stimmen in das lautstarke Geräusch mit ein.

Noch bevor Karola reagieren kann stößt ihr Hund ein gequältes Heulen aus. Mit einem Satz springt er an ihr vorbei aus dem *Audi*. Um das Fahrzeug herum rennt er davon.

„Kronos!", schreit Karo entsetzt. Durch den Ansturm des Hundes wird sie zur Seite gestoßen. Sie kann ihr Gleichgewicht nicht halten, wodurch sie unsanft auf ihrem Gesäß landet. „Kronos, bleib hier!"

Doch von ihrem Hund ist nichts mehr zu sehen.

„Auch das noch!", stöhnt sie, sich aufrappelnd. Sie verschließt ihren Wagen, um dem Weg zu folgen, den der Hund eingeschlagen hat, während sie ihn alle paar Meter ruft.

Hier reiht sich ein Haus an das nächste, bis sie nach knapp zehn Minuten an einen Abzweig gelangt. ‚Was nun?', fragt sie sich. ‚Wo soll ich weitersuchen?' Als sie die Straße entlangschaut, erkennt sie am Ende eine offene Fläche, die nach einer Wiese aussieht. Einer spontanen Eingebung folgend begibt sie sich dort hin.

Die freie Fläche wird bewuchert durch eine Wildblumenwiese, auf der reichlich Unrat abgeladen wurde. Anscheinend gehört die Grundfläche zu dem angrenzenden Schrottplatz, der ebenfalls bis oben hin vollgetürmt ist mit alten Autos, Metallabfällen und anderem Müll.

„Kronos!" Sie wandert langsam an der Wiese entlang. ‚Hoffentlich ist er nicht hier', wünscht sie sich, da sie der Gedanke, dass sich ihr Hund hier verletzen könnte, erschreckt.

Nach mehrmaligem Rufen hört sie ein leises Winseln. ‚Kann das Kronos gewesen sein? So leise?‘ Sie folgt den Geräuschen, bis sie vor den Überresten eines Rohrleitungssystems steht, dessen Ende etwa fünf Meter aus dem Erdreich herausragt. Das Winseln kommt definitiv aus dem Innern der Röhre, deren Zugang durch zwei dicke Bretter verhindert wird.

„Kronos“, lockt Karo ihn. „Komm, komm zu mir.“

Außer dass der Vierbeiner gequält winselt, passiert nichts weiter.

„Hey, was machen Sie da? Gehen Sie von dem Gelände herunter. Das ist Privatbesitz.“ Ein Handwerker vom Schrottplatz erscheint neben der Unternehmers-Gattin. Drohend baut er sich zu seiner vollen Größe auf, bevor er sie anschnauzt: „Haben Sie die Schilder nicht gelesen? Das Betreten ist verboten. Außerdem ist es gefährlich! Verschwinden Sie!“

Ohne sich von dem Mann einschüchtern zu lassen entgegnet Karola fest: „Das würde ich liebend gern machen, aber mein Hund hängt anscheinend in dieser Röhre fest.“

„Ihr Hund?“, staunt der Mann. „Wie ist er da hineingekommen?“

„Wenn ich das wüsste.“

Ungläubig kramt der Mann eine Taschenlampe aus seiner Latzhose. „Dann wollen wir doch einmal sehen.“ Viel kann er nicht erkennen, nur dass sich in dem Rohr etwas bewegt. „Hmm.“ Nachdenklich reibt er sich das Kinn. „Hier kann er nicht durchgekrochen sein“, erklärt er Karola. „Die ganze Röhre ist voller Stacheldraht.“

„Stacheldraht?“ Karo schreit fast vor Angst um ihren Hund.

„Nun machen Sie mal nicht die Pferde scheu“, empfiehlt ihr der Handwerker. „Bleiben Sie hier stehen, ich gehe das Rohr einmal ab. Irgendwo muss es ein Loch geben, durch das ihr Hund hineingelangt ist. Da holen wir ihn auch wieder heraus.“ Ohne eine Bestätigung abzuwarten, wandert der Mann aufmerksam an dem Rohr entlang. Schon nach wenigen Schritten bleibt er stehen. „Hier, hier ist etwas.“

In Windeseile findet sich Karo neben ihm ein. „Was haben Sie gefunden?“

„Da ist ein Loch. Wahrscheinlich mutwillig verursacht. Das ist ein ehemaliges Abwasserrohr aus *GFK*[1], das rostet nicht durch oder so etwas. Ich nehme an, hier haben ein paar Jugendliche ihren Frust abgelassen, sind aber nicht weit gekommen. Wahrscheinlich wurden sie bei ihrer Arbeit gestört. Doch für Ihren Hund dürfte die Öffnung ausgereicht haben. Das lag auf dem Boden." Er zeigt ihr die Hundeleine mit dem zerrissenen Halsband und der daran befestigten Plakette. Der Name ihres Hundes sticht ihr ins Auge. „Das ist von Kronos", flüstert sie ängstlich.

Als sie sich dem Rohr zuwendet, hält der Mann sie zurück. „Rufen Sie Ihren Hund nicht", verlangt er.

„Wieso nicht?"

Ohne ihr direkt zu antworten greift der Handwerker in seine Gesäßtasche, aus der er ein paar Arbeitshandschuhe zutage fördert, die er überstreift, um unfallfrei in die Röhre greifen zu können. Ganz langsam zieht er den verworrenen Stacheldraht ein Stück heraus, bis der Widerstand zu groß wird. „Anscheinend hat sich Ihr Vierbeiner in dem Stacheldraht verfangen. Jede Bewegung könnte ihn noch mehr verletzen."

„Noch mehr?"

„Ja. Schauen Sie, an dem Stacheldraht klebt frisches Blut."

„Mein Gott. Was sollen wir denn jetzt machen?"

„Wir brauchen die Feuerwehr und einen Arzt, würde ich sagen. Haben Sie ein Handy dabei?"

„Ja. Ich weiß auch schon, welchen Arzt ich anrufe. Augenblick."

Emerich Brandner verspricht ihr, sofort zu kommen. Auch die Feuerwehr schickt unverzüglich einen Wagen los, dann müssen sie warten.

„Danke, dass Sie mir helfen", wendet sich Karo an den Handwerker.

„Nun ja, der Kleine da drinnen kann schließlich nichts dafür", er zeigt auf die Röhre. „Immerhin können Hunde keine

---

1 GFK-Rohre bestehen aus glasfaserverstärkten Kunststoffen (Kunstharz).

Schilder lesen." Fröhlich lacht er auf, kann aber die Frau nicht von ihren Sorgen ablenken. „Kopf hoch, wird schon schiefgehen!"

Der Tierarzt erreicht den Schauplatz noch ehe die Feuerwehr eintrifft, daher kann auch er erst einmal nur abwarten.

Ihr kommt es vor wie eine Ewigkeit, bis die Einsatzkräfte endlich am Schrottplatz eintreffen. Lange sehen sie sich das Gelände und das Rohr an, beratschlagen sich, nur um von neuem in der Gegend herumzuwandern. Der Einsatzleiter gesellt sich zu den wartenden Personen. „Viel können wir nicht machen. Der Boden ist instabil, das Rohr auch. Versuchen wir es mit einem Kran herauszuziehen, wird es auseinanderbrechen. Ausbuddeln oder Durchtrennen geht auch nicht. Genauso wenig kann einer von uns hineinkrabbeln. Zum einen verhindert der Stacheldraht, dass jemand sich hineinwagen kann, zum anderen ist das Rohr mit einem Meter Durchmesser für einen erwachsenen Mann viel zu klein. Das Loch, welches in das Rohr hineinführt, könnten wir vergrößern, aber viel wird es nicht nützen. Im Gegenteil müssten wir dafür den Draht zur Seite schieben, was dem Hund neue Schmerzen zufügt, ihn zudem weiter verletzen würde."

„Aber irgendetwas müssen wir doch machen", fleht Karola verzweifelt.

„Einer unserer Leute hat versucht, zu ihm vorzudringen, kam aber nur bis zum Brustkorb in die Öffnung hinein, bevor er stecken blieb. Da war er noch rund vier Meter von dem Hund entfernt, wurde aber mit scharfem Knurren und Zähnefletschen gewarnt, nicht näher zu kommen." Bedauernd schaut er die Dozentin an. „Momentan habe ich noch keine passende Idee."

Schon zu Anbeginn der Rettungsaktion versuchte Karola, ihren Mann zu erreichen. Doch leider ist dieser durch den Besuch eines Kunden in der nächsten Zeit nicht zu sprechen. Daher wählt sie jetzt Gerds Nummer, der sich fast sofort meldet.

„Karo, was gibt es denn?" Bereits nach den ersten Sätzen unterbricht er sie: „Wo bist du jetzt?" Er lässt sich die Adresse nennen. „Bleib da. Ich bin gleich bei dir."

Gerd wendet sich an seine Beifahrerin. „Tut mir leid, aber das hat Vorrang. Wir sind noch nicht allzu weit von der Polizeiwache weg. Soll ich dich so lange zurückbringen? Da wärest du jedenfalls sicher."

„Nein, Quatsch. Los, fahr schon. Ich komme mit", verkündet Henry fest, ohne sein Lächeln zu bemerken. Dem Projetleiter war klar, dass das Mädchen sich nicht abhalten lassen wird, einem verletzten Tier in einer Notsituation zu helfen.

„Gerd!" Karola lässt sich tröstend in die Arme nehmen, bevor sie ihm erzählt, wie der Stand der Befreiungsaktion ist. „Die haben nicht wirklich eine Ahnung, wie sie Kronos helfen können."

„Sehen wir uns das Ganze einmal an."

„Wir müssen uns Stück für Stück durch den Stacheldraht schneiden", erklärt ihm der Einsatzleiter auf seine Frage hin. „Die ersten anderthalb Meter sind freigelegt. Allerdings kommen wir nicht viel weiter. Es ist einfach zu eng da drinnen."

„Dann gehe ich hinein", verkündet Henry.

Die Augen des Einsatzleiters wandern an dem hübschen Mädchen entlang. „Kommt überhaupt nicht in Frage! Nicht nur, dass die Verletzungsgefahr viel zu hoch ist, knurrt der Hund jeden bitterböse an. Ich kann das nicht verantworten."

„Müssen Sie ja auch nicht", giftet Henry den Mann an.

„Hier ist jedes Wort überflüssig", wendet sich der Einsatzleiter an Gerd. „Die junge Dame wird sich diesem Hund in keiner Weise nähern. Er ist angriffslustig und bissig."

„So ein Unsinn!", behauptet Karo.

„Er hat doch nur Angst", mischt sich Henry ein. „Wenn wir ihm helfen wollen, müssen Sie mich zu ihm lassen. Außer mir passt sonst niemand von den Personen hier in das Rohr." Sie dreht sich schwungvoll zu dem Projektleiter der *Staller Werke* um. „Gerd, bitte, ich kann das!"

„Ja, ich weiß." In Gedanken versunken greift er nach seinem Handy. ‚Emma müsste schon bei den Grossmanns angekommen sein', überlegt er. ‚Vielleicht kann sie mir helfen.' Keine Viertelstunde später hat Gerd die Einwilligung von Henrys Mutter. Mit

Henry bereitet er alles vor, während Emma am Telefon den Einsatzleiter über die Einwilligung der Mutter informiert.

„Du siehst aus wie ein Marsmensch", belächelt Gerd die viel zu große Feuerwehruniform, in die Henry eingewickelt ist. Mit Klebestreifen wurde die Schutzbekleidung auf ein passendes Maß geschrumpft. „Lass den Helm und die Handschuhe so lange wie möglich an", bittet Gerd das Mädchen.

„Klar!"

Während das Mädchen mit seiner Rettungsaktion beginnt, nimmt Gerd Karola tröstend in den Arm. „Sie schafft das", verspricht er. Auf den fragenden Blick der Unternehmers-Gattin ergänzt er noch: „Alles Weitere erkläre ich dir später."

Auf dem Rücken liegend rutscht Henry mit dem Kopf voran in die Öffnung der Röhre hinein, wobei sie sich nur mit den Füßen vorwärtsschiebt. Mit den Schultern füllt sie dabei die Breite des Rohres fast gänzlich aus, was jede Bewegung erschwert, auch wenn sie über sich reichlich Platz hat. Immer wieder stoppt sie auf ihrem Weg, um den Stacheldraht mit der Zange auseinanderzuschneiden. Anschließend befestigt sie die abgeschnittenen Stücke an dem Zugseil, bevor sie wieder aus dem Rohr klettert. Sobald sie neben der Öffnung steht, werden die abgeschnittenen Drahtteile herausgezogen, nur um dem Mädchen für ihren nächsten Anlauf Platz zu verschaffen. Ganze sechs Mal kämpft sie sich in die Röhre hinein, doch dann ist es geschafft. Beim siebten Anlauf kann sie sich gänzlich an dem Stacheldraht vorbeischieben.

Das böse Knurren des Hundes erschreckt sie kein bisschen, sondern lässt sie einfach nur innehalten, um ihre Handschuhe und den Helm abzulegen. Über die kleine Kamera an ihrem Anzug können die Personen außerhalb des Rohrs mitverfolgen, was innendrin vor sich geht.

„Was macht sie denn da?", faucht der Einsatzleiter. „Zieht sie sofort da heraus. Sie darf auf keinen Fall ungeschützt an den Hund herangehen!"

„Warten Sie noch, bitte", fordert Gerd. „Henry weiß, was sie da macht."

„Hoffentlich", zweifelt der Einsatzleiter.

Indessen ist Henry bis auf einen halben Meter an Kronos herangekommen. Ruhig spricht sie auf ihn ein: „Na, mein Großer, was hast du hier veranstaltet? Meinst du nicht, es wäre besser, wenn wir nach draußen kriechen?“ Vorsichtig streckt sie ihre Hand in seine Richtung, die Handfläche ausgestreckt nach oben.

Langsam und argwöhnisch schiebt Kronos ihr seine Nase entgegen, ohne den Blick von ihren Augen zu nehmen. Das böse Knurren hört schlagartig auf, während er an ihrer Hand schnuppert. Dann legt er sich vorsichtig auf den Boden und winselt schmerzerfüllt.

„Ja, ich verstehe“, spricht Henry ihm zu. „Keine Angst, das haben wir gleich.“

Ganz behutsam beginnt sie, den Körper des Hundes freizulegen, indem sie Stück für Stück die verfangenen Drähte rund um ihn zerschneidet, während seine Augen aufmerksam jede ihrer Bewegungen verfolgen. Dabei achtet sie darauf, ihm nicht noch mehr Schmerzen zuzufügen. Sowohl in seiner Vorderpfote als auch an seiner Seite haben sich die Zacken des Stacheldrahtes tief in sein Fleisch gebohrt. ‚Den Draht darf ich auf keinen Fall herausreißen. Ich muss die Enden abschneiden‘, gebietet sie sich selbst.

Mitleidig schaut sie Kronos an. „Ich muss auch diese Drähte durchschneiden. Das tut bestimmt weh. Entschuldige bitte. Ich bin auch ganz vorsichtig.“ Sie setzt die Zange an dem ersten Draht an, dabei spricht sie weiter beruhigend auf das Tier ein. „Siehst du, ich halte den Draht hier fest und du bleibst ganz ruhig liegen. Einverstanden? Ruhig, ganz ruhig.“ Mit einem leisen Klicken zerschneidet die scharfe Zange den Draht, fast ohne zu ruckeln. Das leise Winseln des Hundes zeigt ihr, dass ihm schon die kleinste Berührung Schmerzen verursacht. „Ich weiß, mein Großer, ich weiß.“

„Das gibt es doch nicht“, staunt der Einsatzleiter. „Niemand ist an diesen Hund herangekommen. Wie macht sie das nur?“

„Das ist angeboren“, versichert Emerich Brandner. „Nur sehr wenige Menschen haben ein solches Einfühlungsvermögen. Dieses Mädchen ist bemerkenswert.“

Von dem Gespräch der Männer bekommt Henry nichts mit. Für sie zählt im Augenblick nur der Hund, dem sie dringend helfen muss. Sie hat Kronos mittlerweile von allen Drähten befreit, mit Ausnahme der beiden Stücke, die in seinem Fleisch stecken und stark blutende Wunden verursachen. ‚Er wird kaum selbstständig herausrobben können', beurteilt sie die Verletzungen. In der Röhre ist es viel zu eng, um sich zu drehen, also muss sie noch einmal hinaus. Liebevoll krault sie Kronos hinter dem Ohr. „Bleib hier, ich bin gleich wieder da. In Ordnung?"

Mit einem ängstlichen Winseln schaut Kronos dem Teenager hinterher. Draußen angekommen richtet sie sich kurz auf, nur um gleich darauf mit den Füßen voran wieder in dem Rohr zu verschwinden. Jetzt ist es für sie bedeutend schwieriger, sich fortzubewegen, aber irgendwann hat sie es geschafft. Mit den Füßen tritt sie den losen Stacheldraht nach hinten, sodass ihre Beine direkt neben dem Hund liegen können.

„Komm, Kronos!", fordert sie ihn auf, wobei sie mit der Hand auf ihre Brust klopft. „Komm hierher!"

Zuerst hebt er nur den Kopf, reckt diesen nach vorn, dann richtet seinen Oberkörper auf. Die Schmerzen, die er dabei spürt, lassen ihn traurig winseln.

„Ja, das tut weh, ich weiß. Aber wir müssen hier heraus. Komm!", lockt sie ihn wieder.

Langsam robbt er auf sie zu, bis er der Länge nach neben ihr liegt, ganz eng angeschmiegt an ihren Körper.

„So ist es gut. Komm! Noch ein kleines Stück." Sie klopft wieder auf ihre Brust.

Ohne seine verletzte Pfote zu benutzen, richtet der Hund sich auf, legt seinen Kopf auf ihre Brust und zieht den Körper nach. So gut es geht hilft sie ihm, sich auf ihr auszustrecken. „Das machst du prima", lobt sie den Vierbeiner. „Jetzt schön liegen bleiben. Ganz ruhig!"

Wie eine Spinne robbt sie vorsichtig aus der Röhre hinaus, darauf achtend, dass der Hund nicht hinunterkippt. „Gleich haben wir es geschafft", verspricht sie ihm, als der Tunnelausgang in greifbare Nähe kommt. Sie muss lachen, als Kronos ihr daraufhin das Gesicht abzuschlecken beginnt. „Kannst du damit nicht noch ein bisschen warten?“, fragt sie fröhlich.

Dann haben sie es geschafft. Kaum dass sie das Loch erreichen, strecken sich ihnen helfende Hände entgegen, doch Kronos beginnt sofort laut zu knurren. Mit gefährlich blitzenden Augen warnt er die Leute im Umfeld davor näher zu kommen.

„Nein, nicht“, fordert Henry. „Sie wollen uns nur helfen. Keine Angst.“ Vorsichtig streichelt sie Kronos, während die Feuerwehrleute eine Trage neben ihr ablegen.

Da er sich nicht anpacken lässt, sorgt der Teenager dafür, dass Kronos sich freiwillig auf die Trage legt. Liebevoll streichelt sie seinen Kopf. „Gleich bist du hier heraus“, verspricht sie ihm, klettert zuerst durch das Loch, um den Männern zu helfen, die flache Trage mit dem verletzten Hund aus der Röhre zu ziehen. Obwohl er schmerzvoll winselt, achtet er kritisch auf jeden Handgriff der Männer. Allerdings bleibt er ruhig, solange Henry an seiner Seite ist. In den wartenden Rettungswagen lässt er sich erst dann ohne Gegenwehr heben, als Henry vor ihm hineinklettert, doch er richtet sich sofort auf, wenn sie sich mehr als zwei Schritte entfernt.

„Ich fahre mit!“, entscheidet das Mädchen zur Erleichterung der Sanitäter.

„Dann hole ich dich ab“, verspricht Gerd. „Wo bringen Sie Kronos hin?“, erkundigt er sich bei dem Fahrer.

„Das ist eine gute Frage“, entgegnet der Mann. „Hier in der Umgebung haben wir leider keine Tiernotfallklinik. Er muss aber dringend operiert werden.“

„Das übernehme ich“, erklärt sich Emerich Brandner bereit. Dem Fahrer seine Visitenkarte reichend erklärt er: „In der Tierarztpraxis und Notfallklinik für Kleintiere in Düsseldorf-*Kaiserswerth* werden von einigen Kollegen und mir notwendige Operationen an unseren Patienten durchgeführt. Bringen sie Kronos dort hin. Ich komme gleich mit Frau Staller nach.“

„Geht klar“, freut sich der Sanitäter. „Wir sind schon unterwegs.“

Das kompetente Team in der Kleintierpraxis ist auf die medizinische Behandlung der ihnen anvertrauten Tiere bestens vorbereitet.

„Machen Sie sich keine Sorgen um Ihren Hund“, bittet eine der Ärztinnen Karola und ihre Begleiter. „So schlimm sieht es gar nicht aus. Fremdkörperoperationen kommen sehr häufig vor, da wir es hier immer wieder mit temperamentvollen Individuen zu tun haben, die ihren eigenen Kopf durchsetzen wollen. Da sind sie nicht anders als Kinder“, lächelt die Ärztin. „Für die Operationen steht uns eine moderne Inhalationsnarkose inklusive Narkoseüberwachung zur Verfügung. Doktor Brandner und ich werden uns jetzt um den Patienten kümmern. Im Anschluss kommen wir dann zu Ihnen. Einverstanden?“

„Natürlich“, nickt die Unternehmers-Gattin bedrückt.

„Er schafft das“, versucht Gerd sie zu trösten. „Du hast gehört, die Verletzungen sind nur halb so wild.“ Gerd legt ihr beruhigend einen Arm um die Schultern, dabei blitzen seine Augen plötzlich schalkhaft auf. „Die Ärztin hat aber keine Ahnung von Kindern. Andreas und ich haben uns garantiert nie so verhalten, wie Kronos es die letzte Zeit über macht.“

Verblüfft hebt Karola den Kopf, um den jungen Mann an ihrer Seite zu mustern. ‚Kann es sein, dass er das überhaupt nicht weiß?‘, grübelt sie. ‚Sicher, das war eine ganz normale Entwicklungsphase für die beiden, aber sie müssen doch mitbekommen haben, wie sauer alle auf sie waren. Mit ihren Aktivitäten haben sie lange Zeit sämtliche Erwachsenen zur Verzweiflung getrieben.‘ Spontan kommt ihr die Erinnerung an eine Situation, die als Beispiel passender nicht sein könnte. „Ihr wart sogar noch schlimmer“, beteuert sie ernst. „Wie war das zum Beispiel, als ihr mit zwölf Jahren euren Reis statt zu essen am nächsten Tag lange vor der Essenszeit in Marias Salat verteilt habt, um im Anschluss einen Aufstand über Ungeziefer im Essen abzuhalten. Ihr habt Maria gegenüber behauptet, der Kühlschrank sei verseucht, wobei eure selbstgebastelten Insekten so gut zur Geltung kamen, dass Maria den gesamten Inhalt in die Tonne packte. Sie hat sich darüber gefreut, dass ihr beiden ihr zur Hand gegangen seid, bis sie entdeckte, dass ihr es auf die phänomenale Nachspeise abgesehen hattet, die wie von Geisterhand in Andreas’ Zimmer landete. Als Maria euch beide dann zur Rede stellte, musstet ihr euch auch noch an ihr rächen, indem ihr Marias Haarshampoo gegen Spülmittel ausgetauscht habt."

Henry starrt Karo verdattert an, während Gerd lauthals loslacht. „Sie sah aus wie ein Wischmopp! Klasse! Das war den Hausarrest durchaus wert!"

„Für den ihr euch bedankt habt, indem ihr Peters Schnürsenkel gegen Lakritz-Schnüre ausgetauscht habt!"

Mittlerweile stehen dem Siebenundzwanzigjährigen die Lachtränen in den Augen. „Andy hatte ihm morgens noch geraten, seine Schuhe neu zu binden, statt einfach nur hineinzuschlüpfen. Dann hätte er es sofort gemerkt. Den ganzen Tag lang sind ihm alle Hunde und Katzen hinterhergelaufen und haben sich an seinen Beinen gerieben", erinnert er sich fröhlich. „Waren das schöne Zeiten!"

Bei seinem lustigen Kommentar kann auch Karola nicht ernst bleiben. Die Erinnerung an das verdatterte Gesicht ihres Mannes, als er den Grund für die Anhänglichkeit der Tiere feststellte, lässt auch sie auflachen. Das zufriedene Zwinkern, mit dem sich Gerd an Henry wendet, bemerkt sie nicht, doch dem Teenager ist sofort klar, dass er nichts anderes gemacht hat als sie vor ein paar Stunden im Tierheim. Er hat der Frau, die er wie eine Mutter liebt, ein Stück weit über ihren Kummer und ihre Sorgen hinweggeholfen.

Zwei Stunden später darf die Unternehmers-Gattin ihren Rabauken mit nach Hause nehmen. „Würdest du uns vielleicht begleiten?", bittet sie den Teenager. „Ich glaube, du schaffst es bedeutend besser, ihn ruhig zu halten, als ich. Immerhin soll er sich die nächsten Tage über schonen. Du kannst gern über Nacht bleiben, wenn du möchtest. Ich kläre das mit deinen Eltern und sorge dafür, dass du pünktlich zur Schule kommst."

Karolas Worte holen die Erinnerung an die vergangenen Stunden wieder in ihr Gedächtnis. Der Blick auf den verletzten Hund tut ein Übriges dazu, dass Henry unverzüglich zustimmt. „Ich komme sehr gern mit. Es gibt sowieso nicht viel, wo ich sonst hinkönnte", ergänzt sie traurig.

Auf Karos unausgesprochene Frage winkt Gerd erst einmal ab. Die anstehende Erklärung möchte er nicht vor den Ohren des Kindes abgeben.

Henry hat es sich nicht nehmen lassen, auf dem Rücksitz von Gerds *Audi Q7* neben Kronos Platz zu nehmen. Liebevoll streichelt sie den dösenden Hund, der auf dem umgeklappten Teil der Rücksitzbank bequem ausgestreckt auf einer dicken Decke liegt.

„Wow! Hier wohnst du?“, fragt sie den Hund, als sie auf die Straße *An der alten Mühle* einbiegen und das Anwesen der Familie Staller in Düsseldorf-*Kalkum* erreichen. „Wieso läufst du weg, wenn du ein so tolles Zuhause hast?“

Ängstliches Winseln ist die Antwort.

„Du hattest Angst?“, staunt das Mädchen. „Wo du doch ein so großer Junge bist?“ Sie lächelt. „Weißt du, dass du einen bedeutenden Namen trägst? Kronos ist der jüngste Sohn von *Gaia*, der Urmutter Erde, und dem *Uranos*, was Himmel bedeutet. Er war der Anführer der Titanen und der Vater von *Zeus*. Du machst seinem Namen bestimmt alle Ehre. Irgendwann, wenn du erwachsen bist, wirst du dein Frauchen vor allem Bösen beschützen. Dann hast du garantiert keine Angst mehr.“

Fasziniert hat Gerd dem Teenager zugehört, während er vor dem Eingang anhält. Vorsichtig hebt er Kronos aus dem Fahrzeug heraus, um ihn nach drinnen zu tragen, das Mädchen an seiner Seite.

Mit großen Schritten eilt ihnen der Hausherr entgegen. „Was ist passiert?“

„Der Schlingel ist ausgerissen“, teilt Gerd ihm mit. „Anschließend hat er sich mit einem Stacheldraht angelegt. Ich würde sagen, der Kampf ging Fifty-Fifty aus. Aber ohne Henry hätten wir ihn nicht befreien können.“

Liebevoll legt Peter einen Arm um die Schultern seiner Frau, während er sich an Henry wendet: „Zuerst rettest du eine kleine Katze und jetzt unseren Wildfang. Anscheinend bist du so etwas wie der Schutzengel aller Vierbeiner. Oder?“

Fröhlich lacht das Mädchen auf. „Nein, das nicht, aber ich verstehe sie. Ich weiß auch nicht genau, wie das funktioniert, aber ich kann fühlen, was sie fühlen. Ich bin froh, dass ich helfen konnte.“

„Wir können uns jedenfalls nur bei dir bedanken“, versichert Karola, die erstaunt darüber ist, dass ihr Mann Henry bereits kennt. „Wenn du einen Wunsch hast, würde ich ihn gern wissen", bittet sie das Mädchen.

„Den habe ich schon, aber da kann mir niemand helfen", entgegnet der Teenager traurig.

Bevor die Unternehmers-Gattin ihr peinliche Fragen stellen kann, unterbricht Gerd das Gespräch: „Henry, könntest du dich erst einmal um Kronos kümmern? Damit er zur Ruhe kommt."

„Natürlich."

Sie organisieren ein großes Hundebett im Gästezimmer, wo das überglückliche Mädchen sich einzurichten beginnt.

Indessen sucht Gerd die Hausbewohner auf, um ihnen zu schildern, was Henry in den letzten beiden Tagen durchmachen musste.

Entsetzt starrt Karola den jungen Mann an. „Wo ist ihre Mutter jetzt?"

„Emma hat sich vorhin bei mir gemeldet. Frau Grossmann war lange Zeit auf dem Polizeirevier. Anschließend ging es erst einmal ins Krankenhaus, um ihre Verletzungen zu behandeln. Dort ist sie noch. Janina Wilhelms, die Mitarbeiterin vom Jugendamt, hilft der Polizei gerade dabei, eine Unterkunft für Mutter und Tochter zu finden. Paul Grossmann wurde festgenommen, wird aber spätestens morgen wieder entlassen. Da er einen festen Wohnsitz aufweisen kann, bleibt er bis zu seiner Anhörung auf freiem Fuß. Doch wie er sich verhält, wenn er auf seine Frau oder seine Tochter trifft, ist nicht vorherzusehen. Ich habe da schwere Bedenken."

„Ruf Emma an", fordert Karo energisch. „Für die nächsten Tage bleiben die beiden hier. Wozu haben wir so viele Räume, wenn wir nicht einmal diesen beiden helfen? Schließlich schulden wir dem Mädchen eine ganze Menge."

„Du hast meine Frau gehört", lächelt Peter. „Sie können hierbleiben, bis sie etwas anderes finden. Immerhin steht die Anliegerwohnung komplett leer, seit Andreas letzte Woche bei Linda eingezogen ist."

„Spitze", freut sich Gerd, der rasch sein Handy hervorzieht, um Emma die gute Nachricht mitzuteilen.

„Ich kann mich gar nicht genug bei Ihnen bedanken“, versichert Helga Grossmann, nachdem sie sich mit ihrer strahlenden Tochter in der Einliegerwohnung eingerichtet hat.

„Das müssen Sie nicht“, entgegnet Karola. „Ihre Tochter hat das schon längst wettgemacht. Immerhin ist Kronos ein wertvolles Familienmitglied, das uns allen am Herzen liegt. Ohne Henry wäre die Rettung garantiert nicht so gut gelungen. Aber auch unabhängig von dieser Aktion hätten wir Ihnen geholfen. Es kann nicht sein, dass man wegschaut, wenn Menschen in Not geraten.“

„Sie hatten Recht“, wendet sich Henrys Mutter lächelnd an Gerd.

„Womit?“, fragt Karo neugierig.

„Er sagte mir, er habe eine großartige Mutter.“

„Wirklich?“ Karola strahlt vor Freude auf, während sie Gerds Gesicht mit beiden Händen umfasst, um ihm einen liebevollen Kuss auf die Wange zu geben.

8

Das Tierheim in Düsseldorf-*Rath* hat alles zu bieten, wonach die drei vermummten Diebe auf der Suche sind. Obwohl es für die Tiere immer ein paar Betreuer gibt, die sich nachts in den Unterkünften für die Pfleger aufhalten, werden sie beim Entwenden der Vierbeiner nicht bemerkt. Erst zur Fütterungszeit am frühen Morgen wird der Verlust ihrer Schutzbefohlenen entdeckt.

„Das war wirklich ein Leichtes", schildert Vincent Knoch dem Laborleiter. „Anscheinend sind die Mitarbeiter in den Tierheimen noch gar nicht auf die Idee gekommen, dass sie außerhalb ihrer vier Wände für irgendjemanden von Interesse sein könnten. Die Alarmanlage war ein absoluter Witz."

„Umso besser für uns", stimmt ihm Fritz Kaspar zu. „Dann bleiben wir doch vorerst dabei."

„Die beiden Züchter, die wir vor vier Wochen besucht haben, waren doch auch ganz unbedarft", wirft Samuel Finkbeiner ein.

„Ja, stimmt“, bestätigt Vincent. „Die hatten zwar ein gutes System, aber das diente nur dazu, Fenster und Türen gegen unbefugtes Öffnen zu sichern. Die Anlagen waren noch nicht einmal mit den Bullen verknüpft. Die zu knacken war eine Kleinigkeit.“

„Das höre ich gern“, versichert der Laborleiter zufrieden. Aus seiner Tasche kramt er einen Zettel, den er an Samuel Finkbeiner weiterreicht. „Das hier ist noch ein Züchter ganz in der Nähe. Dort gibt es momentan acht Labrador-Welpen im richtigen Alter für meine Versuche.“

Samuel liest sich die Adresse und alle Informationen zu dem Züchter durch, die Fritz Kaspar bereits zusammengetragen hat. „Ein bisschen spärlich. Ich muss mich erst mit denen vertraut machen. Sie wissen schon, wie sind die Sicherheitsvorkehrungen, was haben die für Alarmanlagen, gibt es einen Wachdienst, so etwas in der Art. Wir brauchen eine Woche Vorlauf, wie immer. Vor nächstem Dienstag läuft da gar nichts.“

„Gut, Dienstag also.“

„Warum brauchen Sie eigentlich so viele von diesen Viechern?“, wendet sich Emilio Mancini an den Wissenschaftler. „Können Sie die nicht öfter als einmal impfen?“

„Nein, das geht leider nicht. Wir haben es hier mit einem hochbrisanten Erreger zu tun, der in wenigen Minuten zum Tode führt. Haben wir einen Wirkstoff entwickelt, der sich als Gegenmittel eignen könnte, starten wir eine Versuchsreihe. Erst mit Kleintieren, dann mit den größeren. Das geschieht in drei Schritten. Zuerst injizieren wir den Tieren den Erreger und dokumentieren den Krankheitsverlauf bis hin zum Tode. Als Zweites injizieren wir der nächsten Probandengruppe den Erreger und kurz darauf unseren neu entwickelten Wirkstoff. Bleiben die Tiere am Leben, wird im dritten Schritt vom Kleintier auf die größeren Probanden umgestiegen. Bisher haben wir aber noch nichts gefunden, was den Krankheitsverlauf um mehr als drei Tage verlängert.“

„Das heißt dann wohl, dass wir so schnell nicht arbeitslos werden“, witzelt Emilio respektlos. „Danke für die Aufklärung.“

„Sicher, gern“, beteuert Fritz Kaspar. „Übrigens möchte ich Ihnen noch nahelegen, dass Sie beim Entsorgen und Verbrennen der Probanden auf ausreichende Schutzbekleidung achten. Sollten Sie sich anstecken, können Sie sich gleich mitverbrennen lassen."

„Uups", äußert Emilio erschrocken. „Warum haben Sie uns das nicht schon früher mitgeteilt?"

„Jetzt wissen Sie es ja. Halten Sie sich daran!" Damit rauscht Fritz Kaspar davon.

Während Samuel Finkbeiner das Geld aus dem Umschlag abzählt, um jedem von ihnen seinen Anteil auszuhändigen, denkt er darüber nach, welche Aufgaben sie für diesen Mann erledigen. ‚Das mit den Diebstählen ist eine Sache. Sicher, wir verdienen gut daran, aber alles, was neu hinzugekommen ist? Ist das Geld dieses Risiko wert?'

„Bin ich der Einzige, der Kaspar nicht leiden kann?", erkundigt sich der Italiener bei seinen Kumpanen.

„Der Mann ist ein Ekel", stimmt ihm Samuel zu. „Aber er zahlt gut. Die Diebstähle sind für uns doch kein Problem. Oder? Aber das mit der Entsorgung der Kadaver birgt eine gewisse Gefahr, wie wir gerade gehört haben. Zuerst einmal werde ich bessere Schutzbekleidung für uns fordern. Wenn alles in eingefahrenen Bahnen verläuft, werden wir den Preis etwas nach oben treiben. Was meint ihr?"

„Gute Idee!", behauptet Vincent Knoch mit einem fragenden Blick zu Emilio, der fest nickend grinst.

„Wie lange brauchst du noch?", empfängt Leander von Weihrauch seinen Freund. „Unser Kunde wird langsam ungeduldig. Er beginnt bereits, mir das Messer auf die Brust zu setzen."

„Es kann nicht mehr lange dauern", verspricht Fritz Kaspar seinem Arbeitgeber. „Wir haben in den letzten Wochen bedeutende Fortschritte gemacht."

„Wie lange?", verhört ihn Leander jetzt schärfer.

„Was willst du jetzt von mir hören? Ein Datum? Das kann ich dir nicht geben. Es könnten vier Wochen sein, aber auch vier Monate. Ich weiß es nicht. Aber ich weiß, wie ich weiter vorgehen muss."

„Das reicht mir nicht aus. Du weißt, dass wir eine Frist bis Ende Oktober gesetzt bekommen haben. Unser Auftraggeber kommt garantiert nach Düsseldorf, dann will er konkrete Ergebnisse haben. Sieh zu, dass du die liefern kannst, sonst sind wir schnell einen Kopf kürzer."

Fritz reißt entsetzt die Augen auf. „Du meinst, die bringen uns um? Die sind doch von der Regierung!"

„Meinst du nicht, dass die ihre geheimen Operationen genauso vertuschen, wie die anderen Länder auch?" Insgeheim fragt sich der Geschäftsmann, ob wirklich eine Regierung dahintersteckt, und wenn ja, welche. Er hat da so seine Zweifel, doch dass mit diesen Leuten nicht zu spaßen ist, hat er längst begriffen. „Sieh zu, dass du mir etwas in die Hand gibst, womit ich diesen Mann zufriedenstellen kann."

„Ja, gut. Ich beeile mich."

Resolut nimmt Karola Staller die anstehenden Aufgaben in Angriff. Nachdem sie am nächsten Morgen gemeinsam mit Henry ihren verletzten Vierbeiner versorgt hat, machen sich die beiden auf zum *Luisen-Gymnasium* in der Düsseldorfer Innenstadt. Ihr erster Weg führt sie zu Angelika Pietschmann, der Direktorin, die ihnen neugierig die Plätze vor ihrem Schreibtisch anbietet.

„Deine Mutter hat mir da einiges geschildert, was ich nicht so ganz verstanden habe. Du hast also einer Katze das Leben gerettet, aber wieso musstest du dafür einen Diebstahl begehen?"

Henry schildert der Direktorin offen die Vorgänge, die dazu führten, dass sie sich vor der Polizei verantworten musste. Sie berichtet ihr, wie sie sich dabei gefühlt hat und wie sie die Hauptkommissarin Emma Wolf kennenlernte, die ihr helfend zur Seite stand. Ihre Augen strahlen auf, als sie der Direktorin von dem Angebot erzählt, das Hansjörg Rosendahl ihr machte. Dass sie im Tierheim eine Arbeit gefunden hat, die dem Mädchen zusagt, ist unschwer zu erkennen.

Die Leiterin der Schule ist über Henriette Grossmann vollständig im Bilde. Nach dem Anruf der Mutter am gestrigen Tage ließ sie sich die Akte des Mädchens bringen. Die überdurchschnittlich guten Schulleistungen der Dreizehnjährigen sowie das fast tadellose Verhalten des Teenagers tragen dazu bei, dass Angelika

Pietschmann bereit ist, dem Teenager zu helfen, soweit es ihre Befugnisse zulassen. „Für den Diebstahl musst du dich vor den Behörden verantworten“, erklärt sie. „Da werde ich mich nicht einmischen. Du hast einen Fehler gemacht, aber du hast ihn eingesehen und stehst dazu. Das rechne ich dir hoch an. Die wenigsten deiner Mitschüler würden sich so entscheiden. Ich werde über die Vorkommnisse Stillschweigen bewahren, das Gleiche erbitte ich auch von dir. Allerdings gehe ich davon aus, dass sich deine Aktion trotzdem herumsprechen wird. Irgendwie bleibt an dieser Schule nichts geheim. Stell dich also lieber über kurz oder lang auf peinliche Fragen ein. Bei deiner Klassenlehrerin habe ich dich für gestern entschuldigt. Sie weiß Bescheid. Ich werde nachher noch ausführlich mit ihr reden, ansonsten sollte der Vorfall für dich keine weiteren Auswirkungen haben. Ich würde sagen, du gehst jetzt ganz normal zu deinem Unterricht und wir vergessen die Geschichte zunächst.“

Henry hat schon oft mitbekommen, wie sich ihre Mitschüler, die beim Klauen erwischt wurden, eine Standpauke bei der Schulleiterin abholen durften. Die Direktorin war nicht gerade zimperlich, wenn es um eine Strafpredigt oder eine Strafarbeit ging. Deshalb strahlt sie erfreut auf. „Vielen Dank, Frau Pietschmann. Aber wieso sind Sie so nett?“

Die Direktorin und Karola fangen schallend an zu lachen.

„Das verdankst du deinen guten Leistungen und deinem positiven Benehmen. Außerdem bin ich mir sicher, dass das ein Einzelfall war. Oder?“

„Ganz bestimmt!“, beteuert Henry.

„Dann geh jetzt in deine Klasse. Ich werde mich noch eine Weile mit Frau Staller unterhalten.“

Henry verabschiedet sich höflich, bevor sie den Raum verlässt.

„Das Mädchen hat es verdient, dass man sich um sie kümmert“, äußert Karola, die Henry hinterherschaut, bis die Tür ins Schloss fällt.

„Frau Staller, würden Sie mir erklären, was Sie mit Henry und der Familie Grossmann zu tun haben?“

Erst jetzt erfährt die Direktorin, was Henry in ihrem häuslichen Umfeld durchzumachen hatte. Bis auf ein „Du meine Güte!" hört sie der Dozentin für Ernährungswissenschaften schweigend zu. „Wie geht es Frau Grossmann denn jetzt? Kann man ihr irgendwie helfen?"

„Es ist gut, dass Sie das ansprechen", beginnt Karola. „Henry hat mir sehr geholfen, als wir ihre Hilfe benötigten, aber auch sonst hätte ich umgehend eingegriffen. Es kann nicht sein, dass so gewalttätige Männer wie Paul Grossmann sich alles ungestraft herausnehmen dürfen." Sie reicht Angelika Pietschmann ihre Visitenkarte. „Helga Grossmann hat sich vorerst von ihrem Mann getrennt. Sie und ihre Tochter wohnen die nächste Zeit über bei mir. Sobald es ihr besser geht, wird sie sich mit ihrer Tochter eine eigene Wohnung suchen. Bis dahin können Sie sie jederzeit unter der angegebenen Rufnummer erreichen. Fürs Erste wird sich Frau Grossmann von ihren Verletzungen erholen. Derweil werde ich ihr helfen, sich eine neue Zukunft aufzubauen. Sie hat eine gute Arbeitsstelle und wenn sie den Alkohol ihres Mannes nicht mehr finanzieren muss, kommt sie mit dem Geld bestimmt gut zurecht."

„Das denke ich auch." Nachdenklich schaut die Direktorin vor sich hin. „Wissen Sie, ich habe Henry häufig auf dem Schulhof gesehen. Sie steht grundsätzlich allein in irgendeiner Ecke, von wo aus sie den anderen zuschaut. Sie ist einsam und anderen gegenüber verschlossen. So gelöst wie heute habe ich sie eigentlich noch nie erlebt. Sie hat viel Mut bewiesen mit ihren Entscheidungen. Vielleicht kann sich ja jetzt an dem Verhalten der anderen Schüler ihr gegenüber etwas ändern."

„Möglich", grübelt auch Karo. „So etwas braucht Zeit. Lassen Sie dem Ganzen seinen Lauf. Aber um einen Gefallen möchte ich Sie noch bitten."

„Worum geht es denn?"

„Henrys Vater dürfte ziemlich wütend sein, nachdem Frau und Tochter ihn verlassen haben. Zudem wird er in Kürze feststellen, dass die Miete nicht mehr bezahlt wird, dass kein Geld für seinen Alkohol da ist und dass er mit dem Geld vom Amt nicht weit kommt."

„Hat Frau Grossmann ihr Konto gesperrt?"

„Nein, noch nicht. Das wird sie auch nicht. Ich habe gestern mit ihr darüber gesprochen. Das Konto gehört ihrem Mann. Wir werden morgen ein neues Konto auf ihren Namen eröffnen. Darauf wird er keinen Zugriff bekommen."

„Das ist gut", nickt die Direktorin. „Wobei kann ich helfen?"

„Sorgen Sie dafür, dass Paul Grossmann das Schulgelände nicht betreten darf, dass er sich Henriette nicht nähern kann, ohne dass das Mädchen Schutz bekommt."

Entsetzt reißt Angelika Pietschmann die Augen auf. „Glauben Sie wirklich, er würde so weit gehen?"

„Ich bin überzeugt davon! Die Verletzungen von Helga Grossmann beweisen, dass er sich nicht zurückhalten kann. Er hat sie regelrecht zusammengeschlagen."

„Mein Gott!" Wieder überlegt die Direktorin eine Weile. „Herr Grossmann hat zumindest das halbe Sorgerecht für seine Tochter. Offiziell darf ich ihn nicht abweisen. Aber wenn ich ein amtliches Dokument vorweisen kann, das mich zu diesem Schritt bemächtigt, bin ich sofort bereit, die notwendigen Maßnahmen umzusetzen."

„Ich werde mich umgehend darum kümmern, dass Sie eine entsprechende Anweisung erhalten. Entweder von der Polizei oder vom Jugendamt."

„Das würde ausreichen." Die beiden Frauen verabschieden sich mit der Gewissheit voneinander, dass sie beide daran interessiert sind, diesem Teenager ein sorgenfreies Leben zu ermöglichen.

Keine halbe Stunde später findet sich Karola auf der *Sternstraße* bei dem Wirtschaftsprüfer und Steuerberater Norbert Höft ein. Sie muss nicht lange warten, nachdem sie sich mit ihrer Visitenkarte der Universität Düsseldorf angemeldet hat. In ihrer Eigenschaft als Dozentin ist die freiberufliche Ernährungswissenschaftlerin für die entsprechenden Abteilungen der Düsseldorfer Universität eine geschätzte Mitarbeiterin, die sich in ihrem Fachbereich einen ausgezeichneten Ruf errungen hat.

Der Unternehmer kommt ihr bereits freundlich lächelnd um seinen Schreibtisch herum mit ausgestreckter Hand entgegen.

„Norbert Höft", stellt er sich vor. „Wie kann ich Ihnen behilflich sein?" Er geht davon aus, dass es sich um einen lukrativen Auftrag, eventuell einen Großauftrag handeln könnte. Stattdessen hört er der Frau, die ihm die Geschichte der Familie Grossmann in groben Zügen schildert, ihm zudem die Krankmeldung seiner Angestellten vorlegt, staunend zu. Nachdenklich dreht er den Beleg des Arztes in seinen Fingern. „Frau Grossmann ist seit sieben Jahren für mich tätig. Ihre Fehltage in dieser Zeit kann ich an einer Hand abzählen. Zu meinem Leidwesen muss ich gestehen, dass ich von ihren häuslichen Problemen keine Ahnung hatte. Sie hat nie auch nur ein Sterbenswörtchen gesagt."

„Das kann ich mir denken", bestätigt Karo. „Sie hatte Angst, ihre Arbeitsstelle zu verlieren."

„Bei der Gewissenhaftigkeit, mit der sie ihre Aufgaben erledigt, wäre so etwas nie geschehen. Augenblick, bitte."

Norbert Höft greift nach dem Telefon. Die Instruktionen, die er im Laufe des Gesprächs weitergibt, lassen Karola zufrieden schmunzeln, während sie geduldig abwartet.

Nachdem er das Gespräch beendet hat, erklärt er der Dozentin seine Handlungen: „Ich habe die Anordnung gegeben, Frau Grossmann vorerst keine Zahlungen mehr zu überweisen, auch nicht ihr Gehalt. Sie hat Glück, dass unser Büro die Anweisungen noch nicht an die Bank herausgegeben hat. Ihr Gehaltscheck für diesen Monat liegt ab morgen hier bei mir zur Abholung bereit, allerdings muss sie sich den selbst abholen", fügt er bedauernd hinzu.

„Das ist eigentlich kein Problem", versichert Karola. „Doch es wäre wohl besser, wenn keiner ihrer Kollegen sie in der jetzigen Verfassung zu sehen bekommt."

Der Unternehmer lässt sich das durch den Kopf gehen. „Ich würde wirklich gern wissen, wie es ihr geht. Außerdem möchte ich ihr zusichern, dass sie vor dem Verlust ihrer Arbeitsstelle keine Angst zu haben braucht. Hätten Sie etwas dagegen, wenn ich sie besuchen würde? Dann kann ich ihr den Check gleich mitbringen."

„Das ist eine wunderbare Idee", freut sich die Dozentin. „Auf meiner Visitenkarte finden Sie die Anschrift und Telefonnummer, unter der Frau Grossmann in der nächsten Zeit zu erreichen ist."

„Dann sehen wir uns morgen am späten Nachmittag, wenn es Ihnen recht ist. Ich melde mich auf jeden Fall telefonisch an."

„Wunderbar, Frau Grossmann wird sich bestimmt freuen. Vielen Dank für Ihr Verständnis."

Helga Grossmann ist begeistert, nachdem sie hört, was Karola Staller für sie in Angriff genommen und bereits erreicht hat. Schon am nächsten Abend kann sie ihrem Chef die neue Kontonummer für zukünftige Gehaltszahlungen mitteilen.

Norbert Höft war sichtlich erschrocken, als er das Ausmaß ihrer Verletzungen zu sehen bekam. „Nehmen Sie sich die Zeit, sich gründlich auszukurieren. Wir bekommen das hin", versichert er seiner Angestellten mit einem aufmunternden Lächeln. „Sollte Ihr Mann bei uns auftauchen, wird er von niemandem erfahren, wo Sie sich zurzeit aufhalten. Versprochen!"

„Dafür kann ich mich nur bedanken", freut sich Helga. „Ich kann doch auch einen Teil der Arbeiten von hier aus machen", bietet sie ihrem Chef an.

„Das behalten wir für später im Auge. Zuerst sollten Sie sich darum kümmern, die rechtliche und finanzielle Seite zu regeln. Denken Sie daran, dass Sie verheiratet sind, so müssen Sie für entstandene Schäden durch Ihren Mann mitaufkommen. Nehmen Sie sich einen Anwalt, mit dessen Unterstützung teilen Sie dann allen Stellen mit, dass Sie nicht mehr für Zahlungen aufkommen werden. Angefangen bei der Miete, bis hin zur Stromrechnung. Alles, was auf Ihren Namen läuft, sollten Sie schnellstens kündigen."

Helga hat ihm erschrocken zugehört. Erst jetzt wird ihr die Tragweite dessen bewusst, was ihre Trennung von ihrem Mann zur Folge hat. „Gut, dass Sie mich darauf hinweisen. Das wäre mir nie in den Sinn gekommen."

„So haben sich schon die besten Paare gegenseitig ruiniert", beteuert Norbert Höft. „Wissen Sie was, ich schicke Ihnen unseren Firmenrechtsbeistand. Sie kennen die Kanzlei ja. Die Leute dort sind ausgesprochen gut."

Obwohl sich Angelika Pietschmann reichlich Mühe gibt, die Informationen rund um Henry zu verheimlichen, spricht sich so manches unter den Schülern herum. Ausschlaggebend dafür ist dann auch noch ein Zeitungsartikel, den ein übereifriger Reporter über die heldenhafte Rettung eines Hundes durch ein dreizehnjähriges Mädchen schrieb. Auf dem Foto, das er ungenehmigter Weise mit dem Artikel veröffentlicht, erkennt man Henry, die in einer viel zu großen Feuerwehruniform neben der Tragbahre mit dem verletzten Labrador-Mischling steht.

Schon vor Schulbeginn am nächsten Tag fangen ihre Klassenkameraden sie ab, um zu hören, was an dieser Geschichte dran ist, doch da Henry der Direktorin versprochen hat, nichts zu verraten, schweigt sie. „Lasst mich in Ruhe", schnauzt sie die Mitschüler an. „Ihr interessiert euch doch sonst auch nicht für mich."

Cordelia, die Anführerin der Clique, zuckt ihre Schultern. „Ausnahmsweise hast du einmal Recht. So eine *Loserin,* wie du es bist, ist es nicht wert, dass man sich auch nur einen Moment mit ihr beschäftigt." Auf dem Absatz dreht sie sich um und stolziert davon, allerdings nicht, ohne ihren Anhängerinnen ein „Los, kommt!" zuzurufen.

In der großen Pause gesellt sich Melissa Braun zu ihr. Nachdem sie eine Weile schweigend nebeneinandergesessen haben, stellt Henry sie zur Rede: „Warum bist du hier? Haben dir das die anderen aufgetragen?"

„Nein." Die Schülerin schaut sich ängstlich um. „Das hat nichts mit denen zu tun." Sie macht eine lange Pause, dann druckst sie herum: „Ich wollte schon eine ganze Weile mit dir reden, vielmehr wollte ich dich etwas fragen."

„Und was?"

„Wie kannst du das nur so einfach abtun, dass die anderen dich so sticheln, ignorieren und beleidigen, um nur ein paar der Dinge aufzuzählen."

„Das ist nicht einfach, sondern es tut weh. Aber ich habe mich daran gewöhnt. Wieso fragst du mich das?"

Verzweifelt schaut Melissa auf, ohne eine Antwort zu geben.

Henry kann Tränen in den Augen der ehemaligen Freundin entdecken. „Was ist los?"

„Ich habe Angst. Furchtbare Angst."

„Wovor?"

„Dass ich das Gleiche durchmachen muss wie du. Ich würde das nicht aushalten. Du bist viel stärker als ich."

„Willst du darüber reden?"

„Nein!" Melissa springt entsetzt auf. „Ich war schon viel zu lange hier. Mach's gut."

„Warte!", hält Henry sie zurück. „Nimm dein Handy. Ich gebe dir meine Nummer. Ruf mich an, wenn du es dir anders überlegst. Wir können uns dann irgendwo treffen."

„Du hast ein Handy?"

„Ja, ist ein Geschenk, von einem Freund."

Nachdem Melissa die Nummer gespeichert hat, läuft sie eilends davon, aber Henry schien es so, als sei ihre Freundin erleichtert gewesen. Noch vor Schulschluss erhält sie eine Nachricht, die ihr ein Lächeln ins Gesicht zaubert, während ihre Augen erfreut aufleuchten.

Ich würde wirklich gern mit dir reden, du bist die einzige Freundin, die ich habe. Quatsch, immer hatte! Wann hast du Zeit?

Sie überlegt sich genau, was sie darauf antwortet, denn wo sie momentan wohnt, soll ihr Vater nicht erfahren. Doch Melissa vertraut sie. Sie waren immer Freundinnen, sie werden auch immer Freundinnen bleiben! Zumindest empfindet sie das so.

Komm doch einfach nach der Schule mit zu mir. Wenn es dir recht ist, treffen wir uns an unserem Lieblingsplatz.

Melissa antwortet ihr, indem sie ihr das Symbol eines hochgereckten Daumens schickt.

„Darf ich eine Freundin mit nach Hause nehmen?", erkundigt sich Henry nach Schulschluss bei Karola, die es sich nicht nehmen lässt, das Mädchen so lange abzuholen, bis diese ihre beantragte Monatsfahrkarte ausgehändigt bekommt.

‚Hoffentlich ist Frau Staller jetzt nicht sauer auf mich', grübelt Henry. Ihr ist bewusst, dass sie bei der Familie Staller nicht wirklich zuhause ist, weshalb sie eigentlich vorher hätte fragen müssen, doch sie wollte Melissa nicht vertrösten. Die Freundin scheint schließlich große Probleme zu haben.

Die Unternehmers-Gattin reagiert so, wie Henry es erhofft hatte. „Natürlich", lächelt Karo. „Wo ist sie denn?"

„Sie wartet am *Tritonenbrunnen* auf mich."

Wenn Karola erstaunt ist, zeigt sie dies nicht. „Also, dann wollen wir einmal. Komm, steig ein", fordert sie fröhlich. „Kronos wird sich freuen, wenn du wieder da bist."

Henry stimmt erleichtert in das Lachen der Dozentin ein.

Keine zehn Minuten Fußweg vom Gymnasium entfernt am nördlichen Ende der *Königsallee* befindet sich der *Tritonenbrunnen,* der Bestandteil der denkmalgeschützten Gesamtanlage mit Stadtgraben und Gartenanlage ist. Die Brunnenanlage gleicht einer Brücke mit Steinbrüstung, in deren Mitte sich unterhalb einer vorspringenden Plattform mit Steinbänken der eigentliche Brunnen befindet. Ein künstlicher Felsen wird seitlich von Muschelschalen mit wasserspeienden Löwenköpfen umgeben. Auf ihm hält der mit einer Lanze bewaffnete griechische Meeresgott Triton einen gewaltigen wasserspeienden Fisch, der von zwei kleinen nackten Wasserkindern bekämpft wird.

Diesen Platz haben die beiden Mädchen immer dann aufgesucht, wenn sie ungestört ihre Freundschaft genießen wollten. Melissa sitzt seit ein paar Minuten auf einer der Steinbänke. Ungeduldig mit den Beinen schaukelnd schaut sie sich um. ‚Wo bleibt Henry denn? Ob sie es sich anders überlegt hat?' Melissa würde ihr das nicht verübeln, nach alledem, was sie der Freundin angetan hat. ‚Eine Freundin war ich ihr wohl kaum', gesteht sie sich ein.

Der schwarze Kombi der Marke *Audi,* der um die Ecke biegt, hält genau vor dem Brunnen auf dem Seitenstreifen an. ‚Zu doof', stellt Melissa fest. ‚Der steht mir genau im Blickfeld.' Allerdingst staunt sie nicht schlecht, als sich das rückwärtige Fenster öffnet, aus dem Henry ihren Kopf herausstreckt.

„Mel, nun komm schon!", brüllt Henry ihr entgegen.

Das lässt sich die Schülerin nicht zweimal sagen. Neugierig schlüpft sie neben ihre Freundin auf die Rücksitzbank. „Henry, was geht hier vor?"

„Keine Angst", beruhigt Henry die Freundin. „Das ist Frau Staller. Meine Mutter und ich dürfen eine Zeit lang bei ihr wohnen."

„Guten Tag", grüßt Karo das Mädchen. „Du heißt Mel?"

„Ja. Also, eigentlich Melissa. Aber Mel ist auch in Ordnung. Den Namen Staller habe ich heute Morgen in der Zeitung gelesen", erinnert sie sich. „In dem Artikel über die Rettung dieses Hundes."

„Ja, stimmt. Er heißt Kronos und gehört Frau Staller. So habe ich sie kennengelernt." In allen Einzelheiten schildert Henry der verblüfften Freundin, was sich in den letzten beiden Tagen zugetragen hat.

Als sie durch die bewachte Einfahrt am Anwesen der Familie Staller fahren, kommt Melissa aus dem Staunen nicht mehr heraus. „Hier wohnst du jetzt?"

„Nur vorübergehend. Aber alle hier sind unglaublich nett."

Sie sind kaum durch die Haustür, als sie Kronos' Winseln vernehmen, der vorsichtig humpelnd auf sie zukommt, Maria im Schlepptau.

„Als er Ihren Wagen hörte, konnte ihn nichts mehr aufhalten", berichtet die Spanierin lächelnd.

Karola hockt sich vor ihren Hund, wobei sie ihre Tasche zu Boden gleiten lässt. Liebevoll krault sie Kronos hinter den Ohren. „Na, mein Großer, meinst du nicht, es wäre besser, wenn du noch ein bisschen liegen bleibst? Du hast doch bestimmt Schmerzen?"

Die Verwöhnung genießend schließt der Vierbeiner genüsslich die Augen, bis Karo sich wieder aufrichtet. Jetzt wendet er seine Aufmerksamkeit Henry zu, deren Hand ausgiebig abgeschleckt wird. „Na, dir geht es ja wieder gut“, freut sie sich. „Kronos, das ist Melissa“, stellt sie dem Hund ihre Begleiterin vor. „Sie ist eine Freundin.“

Sofort kommt auch dieser Teenager in den Genuss der feuchten Zunge, was beide Mädchen in Gelächter ausbrechen lässt.

„Kronos, du musst dich ausruhen“, befiehlt Henry dem Hund. „Komm, leg dich hin. Wir kommen auch mit. Ist das in Ordnung?“, erkundigt sie sich bei Karola.

„Natürlich. Ihr habt bestimmt viel zu bereden, wobei ihr unter euch sein wollt“, lächelt die Unternehmers-Gattin. „Maria wird euch gleich etwas zu essen bringen. Dann seid ihr ungestört.“

„Danke. Komm!“ Mit Mellissa im Schlepptau verschwindet sie in Kronos’ Krankenzimmer, wo sich der Vierbeiner friedlich in seinem Hundebett zusammenrollt.

Die Zeit bis nach dem Essen benötigt Henry, um der Freundin auch den Rest zu erzählen. „Jetzt weißt du alles. Nun bist du dran. Was ist los?“

„Henry, meinem Vater wurde die Arbeitsstelle gekündigt. Vor vier Wochen. Er hat zwar eine Kündigungszeit, aber die ist schon fast um. Dann ist er arbeitslos. Er sucht bereits seit einer ganzen Weile nach einer neuen Stelle, kann aber nichts finden. Wenn Cordelia das erfährt, kickt sie mich ganz schnell aus der Clique. Ich habe Angst davor, das Gleiche zu erleben wie du. Ich glaube nicht, dass ich so etwas aushalten würde.“ Melissa fließen die Tränen über die Wangen.

„Doch, das würdest du. Weißt du auch warum? Weil du genau siehst, wie oberflächlich diese Ziegen sind. Lass die doch! Wir wissen es besser, oder? Außerdem bist du nicht allein. Wir haben doch uns.“ Henry legt der Freundin einen Arm um die Schultern. „Und überhaupt muss das bei deinem Vater nicht so ausgehen, wie bei meinem. Hat dein Vater die Wohnung auf der *Kaiserstraße*, in der ihr wohnt, nicht vor ein paar Jahren gekauft? Dann gehört die doch euch.“

„Nicht wirklich. Die Wohnung ist noch lange nicht abbezahlt. Mutter macht sich große Sorgen, dass wir sie wieder verkaufen müssen.“

„Ach, was, so schlimm wird das nicht. Du musst deinen Eltern vertrauen“, tröstet Henry sie. „Warte es einfach ab. Aber weißt du, was ich schön finde?“

„Was?“, schnieft Melissa.

„Dass ich meine Freundin wiederhabe.“

Als Kronos plötzlich neben dem Mädchen auftaucht, um ihr die Tränen aus dem Gesicht zu lecken, kann Melissa nur auflachen. Sie schlingt ihm die Arme um den Hals und gibt ihm einen Kuss. „Ja, jetzt habe ich sogar zwei richtige Freunde.“

„Vielleicht kannst du ja mit mir ins Tierheim kommen“, überlegt Henry plötzlich. „Nächste Woche fangen die Herbstferien an. Ich habe versprochen, in den beiden Wochen öfter zu kommen. Wenn ich mich dort eingearbeitet habe, werde ich einmal nachfragen. Was meinst du?“

„Lust hätte ich schon“, gesteht Melissa. „Aber so gut wie du kann ich nicht mit Tieren umgehen.“

„Musst du ja auch nicht, du hilfst mir einfach. Dann ist das wie früher, als wir alles zusammen gemacht haben.“

Den ganzen Nachmittag über stecken die beiden Mädchen die Köpfe zusammen, bis Karola die junge Besucherin abends nach Hause fährt. „Du kannst gern jederzeit wiederkommen“, verspricht sie dem Teenager zum Abschied. Doch jetzt muss sich die Unternehmers-Gattin erst einmal beeilen, da sie zum Abendessen ihren Sohn mit seiner Freundin und deren Vater erwarten.

9

Linda Kettler freut sich darüber, dass sie es geschafft hat, ihren Vater zu einem gemeinsamen Messebesuch zu überreden, auch wenn sie genau weiß, dass er ihrer Einladung aus einem ganz anderen Grund gefolgt ist.

Die siebenundzwanzigjährige Hoteldirektorin hat es sich zur Aufgabe gemacht, das alte, heruntergekommene Hotel ihrer verstorbenen Großmutter zu renovieren und für einen Neustart herzurichten. Sie bettelte so lange, bis ihr Großvater, der die weltweite *Paul Kettler-Hotelkette* sein Eigen nennt, ihr das Hotel in Düsseldorf-*Kaiserswerth* am Kittelbach überließ. Allerdings nicht, ohne ihr eine Auflage von zwei Jahren bis zur Eröffnung vorzugeben.

Erst vor zehn Tagen lernte die schlanke *1,77* Meter große Betriebswirtin den Doktoranden Andreas Staller kennen, der ihr bei der Suche nach ihrer Schwester Mareike half, die von den Handlangern eines Mädchenhändlerrings entführt wurde. Andreas, seine Eltern und vor allem sein Freund Gerd Bach schafften es, die Spur der entführten Studentinnen zu finden und einen gut ausgeklügelten Plan für deren Befreiung zu erarbeiten, der dann mit Hilfe der zuständigen Behörden erfolgreich ausgeführt werden konnte.

Lindas strahlend goldbraune Augen und die faszinierenden braunen Haare mit perfekt gestylten Strähnen in den Farbtönen von Dunkelbraun über Rotbraun, Karamell und Kupfer, bis hin zu Dunkelblond waren das Erste, was Andreas an ihr auffiel.

Schnell kamen sich die beiden näher, spürten von Anfang an, dass sie den richtigen Partner gefunden hatten, sodass sie den Schritt wagten, ihren Lebensweg ab sofort gemeinsam zu gehen. Obwohl ihnen, mit Ausnahme von Andreas' Freund Gerd, alle mit Skepsis begegneten, zog der angehende Doktor der Geologie bereits am letzten Wochenende bei ihr ein. Linda ist sich sicher, dass sie mit jedem neuen Tag beweisen können, wie richtig ihre Entscheidung ist.

Linda weiß, dass der einundfünfzigjährige Hotelmanager Hugo Kettler ihre Einladung nur deshalb annahm, damit er sich von dem Freund seiner Tochter ein Bild machen kann. Bereits am gestrigen Tag reiste der vielbeschäftigte Mann an, um den Abend mit dem Paar zu verbringen. Der Fortschritt der Renovierungsarbeiten, den er sich von Linda zeigen lässt, entspricht seinen Erwartungen.

Nach allem, was er über Andreas Staller und seinen Freund Gerd Bach in den Medien zu lesen bekam, ging Hugo davon aus, auf einen abenteuerlustigen Draufgänger zu treffen, der es mit seiner Tochter sicher nicht allzu ernst meint. Als er dann Andreas kennenlernte, revidierte er seine Meinung umgehend, da der junge Geologe einen überaus guten Eindruck auf ihn machte. Mit seiner Größe von *1,84* Meter, dichten schwarzen Haaren und grauen Augen, gepaart mit einer sportlich schlanken Figur wirkt der Achtundzwanzigjährige äußerst attraktiv, was dem Hotelmanager allerdings nicht so wichtig ist wie die guten Umgangsformen, die er bei ihm feststellen konnte. Auch die bisher noch recht vagen Zukunftspläne des jungen Mannes kommen den Wünschen, die er für die Zukunft seiner Tochter hat, sehr entgegen. Der Doktorand am Institut für *Applied Geophysics and Geothermal Energy (GGE)* der Universität in Aachen entschloss sich spontan, zukünftig von Düsseldorf nach Aachen zu pendeln, um Hugos Tochter näher zu sein.

‚Sie hätte es weitaus schlechter treffen können', ist die Meinung des Hotelmanagers. Er wird abwarten, wie sich die Beziehung zukünftig entwickelt.

Seit dem frühen Dienstagmorgen befinden sich Linda und ihr Vater auf dem Düsseldorfer Messegelände, da die *Hogatec*, eine der größten Ausstellungen für Hotellerie und Gastronomie, in der Zeit vom *24.* bis *28.* September *2006* erstmals in Düsseldorf stattfindet. Der repräsentative Überblick, den sie hier über aktuelle Trends,

Tendenzen und Entwicklungen der entsprechenden Branchen geboten kriegen, weckt das Interesse der beiden Besucher. Die professionellen Küchentechniken sowie die gastfreundlichen Designs haben nicht nur bei Unternehmen aus der Gastronomie, sondern auch für die Hotelbetreiber einen hohen Stellenwert. Das von Linda vorab gebuchte zweistündige Seminar bietet den Teilnehmern zusätzlich zu den Fachvorträgen viel Raum für Informationen, Austausch, Diskussionen und das Knüpfen von Kontakten.

Auch Leander von Weihrauch hört dem Vortrag während des Seminars interessiert zu, da die neuen Errungenschaften und Techniken in seinen diversen Hotels und Immobilien durchaus von Nutzen sein können.

Mitten während des Seminars erscheinen zwei verspätete Gäste, die sich zu beiden Seiten des Geschäftsmannes auf den freien Stühlen niederlassen.

„Schön, dass wir uns so schnell begegnen", flüstert der Mann zu seiner Rechten.

Erst jetzt dreht Leander von Weihrauch den Kopf, um sich seinen Nachbarn näher anzuschauen. Alle Farbe weicht aus seinem Gesicht, während er perplex stottert: „Was machen Sie denn hier?"

„Die Unhöflichkeit schreibe ich Ihrem Erstaunen zu", behauptet Hakim Rashan nüchtern. „Wir beide haben bestimmt viel zu besprechen. In aller Freundschaft."

„Wie haben Sie mich gefunden? Lassen Sie mich etwa beobachten?"

Er erntet nur ein stilles Lächeln.

„Was wollen Sie?"

„Warten wir das Ende der Reden ab."

Still bleiben die beiden Männer neben ihm sitzen, bis der letzte Vortrag beendet ist, doch Leander kann sich auf kein Wort, das gesprochen wird, konzentrieren. Stattdessen bricht ihm vor lauter Angst der kalte Schweiß aus. Den Mann rechts neben sich kennt er seit geraumer Zeit. Es ist der gleiche Mann, der ihn in diesem Kellerloch gefangen hielt, bis er dessen Wünschen nachgab. Aus dem Augenwinkel betrachtet er den Mann, der dies entweder nicht bemerkt oder den es nicht stört. In seinem maßgeschneiderten schwarzen Anzug wirkt der vierundsechzigjährige Mann arabischer Herkunft äußerst elegant, vor allem aber gefährlich. Leander weiß, dass er ihn nicht unterschätzen darf. Jetzt schenkt er dem zweiten Mann seine Aufmerksamkeit. ‚Ob das sein Leibwächter ist? Wohl eher nicht', vermutet er. ‚Dafür ist er definitiv zu gut gekleidet. Alles maßgeschneidert, teure Schuhe, manikürte Finger, Bart und Haare sorgfältig gepflegt', stellt er fest. Bei einem Blick in die kalten Augen, die mit einem herausfordernden, arroganten Ausdruck auf ihm ruhen, wird ihm sofort bewusst, wer von den beiden Männern gefährlicher ist. ‚Was wollen die beiden von mir?', fragt er sich besorgt.

Im Anschluss an die Vorträge finden sich die Teilnehmer gleicher Interessen rasch zu kleinen Diskussionsgruppen zusammen, während andere durch den Raum schlendern, um sich die Präsentationen der anwesenden Aussteller anzuschauen.

„Entschuldige mich bitte für einen Moment", wendet sich Hugo an seine Tochter. „Ich bin gleich wieder da." Während Linda sich die professionelle Küchenausstattung erklären lässt, begrüßt Hugo einen ihm bekannten Zulieferer, der ihm freundlich lächelnd seine Neuheiten präsentiert.

Derweil nimmt Hakim Rashan das Gespräch mit Leander auf. „Wie weit sind Ihre Mitarbeiter mit unserem Projekt fortgeschritten? Wann können wir mit den Ergebnissen rechnen?"

„Das kann ich Ihnen zum jetzigen Zeitpunkt nicht sagen", klärt Leander seinen Gesprächspartner auf. „In unserem Labor wird fast rund um die Uhr an Ihrem Auftrag gearbeitet, doch die Forschung benötigt einfach Zeit."

„Sie strapazieren meine Geduld", ermahnt Hakim ihn. „Wir werden nicht ewig warten. Das sollten Sie sich vor Augen führen!"

„Ist das eine Drohung?", ereifert sich jetzt auch Leander. „Was wollen Sie machen? Mich umbringen? Dann sind Sie nicht weiter als jetzt auch!"

„Fordern Sie mich nicht heraus!", befiehlt Hakim. „Ich könnte gewillt sein, ganz von vorn anzufangen, nur um Ihnen zu beweisen, dass man mich nicht hintergeht."

„Das habe ich gar nicht vor. Fakt ist, dass noch kein zufriedenstellendes Ergebnis erzielt wurde. Wie lange das dauern wird, entzieht sich meiner Kenntnis."

Hakim lässt sich die Antwort durch den Kopf gehen. „Ich lasse mich ungern zum Narren halten. Sie haben Zeit bis zum *15.* Oktober, dann komme ich wieder. Sorgen Sie dafür, dass Ihre Ergebnisse bis dahin meinen Anforderungen genügen."

„Wie soll ich Ihnen denn das zusichern? Das kann ich gar nicht", behauptet Leander. Bei der Idee, die in ihm aufkeimt, spricht er schnell weiter: „Ich mache Ihnen einen Vorschlag. Nehmen Sie sich die Zeit, mein Labor zu besichtigen und mit meinen Mitarbeitern zu sprechen. Fragen Sie, was Sie wissen möchten, lassen Sie sich alles zeigen. Die bisher erstellten Unterlagen können Sie in Kopie mitnehmen, um den bisherigen Fortschritt in aller Ruhe zu überprüfen."

Hakim blickt den Geschäftsmann nachdenklich an. Zu einer Antwort kommt er nicht mehr, da Leander plötzlich aufspringt, um mit weitausholenden Schritten den Raum zu durchqueren.

Auch wenn er in Kürze das Geschäft seines Vaters weiterführen wird, muss er noch lange nicht allen Gesprächen beiwohnen, schon gar nicht denen mit Leander von Weihrauch. Er weiß auch ohne dabei zu sein, wie diese Art von Gespräch verlaufen wird. Sich gelangweilt umschauend wandert Kamal Rashan durch den Raum. Als er die hübsche Frau gewahrt, deren Begleiter sich gerade von ihr entfernt, ist sein Interesse geweckt. Gebannt betrachtet er ihre Haare, die sich bei jeder Bewegung in einer anderen Farbschattierung zeigen. Neben ihr stehend hört er dem Gespräch des Messeausstellers zu, der auf die gezielten Fragen der jungen Frau antwortet, wodurch ihm bewusst wird, dass sie in der Hotelbranche arbeitet. Ihre klangvolle Stimme und die strahlenden goldbraunen Augen verhindern, dass er seinen Blick von ihr abwenden kann. Je länger er die Frau betrachtet, desto größer wird sein Verlangen nach ihr.

Linda bedankt sich bei dem Aussteller, der ihre Fragen ausgiebig und gleichbleibend freundlich beantwortet hat, ehe sie sich abwendet, um nach ihrem Vater Ausschau zu halten.

„Warum tun Sie sich das an?“, erkundigt sich Kamal, der an ihrer Seite bleibt.

„Was antun?“, fragt sie kurz angebunden. Der Mann ist ihr kein bisschen sympathisch, vielmehr spürt sie bei seiner Anwesenheit eine Gänsehaut auf ihren Armen. Ein Blick in die kalten dunklen Augen des achtunddreißigjährigen Irakers lässt Angst in ihr aufkeimen. Sie möchte so schnell wie möglich von ihm fort.

„Warum arbeiten Sie in einer so harten Branche? Mit Ihrem Aussehen haben Sie es bestimmt nicht nötig zu arbeiten? Sie können doch jeden Mann haben“, versichert er ihr, während in ihm der Wunsch aufkeimt, dass diese goldbraunen Augen nur für ihn erstrahlen. „Ich jedenfalls würde Ihnen die Welt zu Füßen legen.“

‚Was will der Mann von mir?‘, grübelt Linda. „Vielen Dank für das Kompliment“, antwortet sie höflich. „Aber ich kann allein für mich sorgen.“

„Nicht so wie ich. Ich bin Kamal Rashan, einer der reichsten Männer in meinem Land. Bei mir bekämen Sie alle nur erdenklichen Annehmlichkeiten, die Sie sich wünschen.“

„Danach steht mir nicht im Entferntesten der Sinn.“

„Sie sollten mein Angebot annehmen“, fordert er fast drohend. „Es ist nicht gut, mir zu widersprechen. Fordern Sie nicht meinen Unmut herauf!“

Linda klappt die Kinnlade herunter. ‚Was bildet dieser Kerl sich ein?‘ Sie dreht sich zu ihm um, wobei ihre Augen wütend aufblitzen. „Hören Sie, ich sage Ihnen jetzt etwas, und ich sage es nur einmal! Ich bin an nichts interessiert, das Sie mir anbieten könnten. Lassen Sie mich in Ruhe!“

Wütend greift Kamal nach ihrem Arm, zieht sie ganz an sich heran, doch zu weiteren Handlungen kommt er nicht.

„Lassen Sie die Frau augenblicklich los“, faucht Leander ihn an. „Sie haben es doch gehört, die Dame ist nicht interessiert.“

„Das geht Sie nichts an!“, schnauzt Kamal. „Wollen Sie mich etwa aufhalten?“, ergänzt er höhnisch.

„Wenn es sein muss!“, versichert Leander energisch.

„Das wird nicht nötig sein, Herr von Weihrauch“, mischt sich jetzt Hakim Rashan in das Gespräch ein. „Mein Sohn wird sich bei der jungen Dame entschuldigen und sie nicht mehr behelligen", fordert er mit Nachdruck.

„Vater!"

„Du hast gehört, was ich sagte!", befiehlt Hakim.

Kamal verneigt sich vor Linda, sodass niemand die Wut erkennt, die in seinen Augen aufblitzt. „Es tut mir leid, bitte verzeihen Sie mir."

Linda ignoriert ihn, dreht sich stattdessen zu Leander um, dem sie ein Lächeln schenkt. „Vielen Dank." Sie beeilt sich, zu ihrem Vater zu gelangen, dem sie auf sein Drängen hin schildert, was gerade geschehen ist.

„Ich werde über Ihren Vorschlag nachdenken", verspricht Hakim Rashan dem Geschäftsmann. „Vergessen Sie nicht, der *15.* Oktober!" Er schenkt Leander einen einschüchternden Blick, ehe er seinen Sohn mit sich ziehend dem Ausgang der Messehalle zusteuert.

„Entschuldigen Sie bitte", wird Leander von hinten angesprochen. Beim Umdrehen sieht er sich Lindas Vater gegenüber, der ihn freundlich anlächelt. „Hugo Kettler", stellt dieser sich mit einem warmen Händedruck vor. „Sie haben gerade meiner Tochter sehr geholfen, dafür möchte ich mich gern bedanken."

„Leander von Weihrauch." Der Geschäftsmann ergreift die dargebotene Hand. „Das habe ich gern getan. Es ist ja auch nichts weiter passiert."

„Nun ja, jedenfalls sind meine Tochter und ich froh, dass Sie da waren. Also vielen Dank."

„Musstest du mich so bloßstellen?", faucht Kamal seinen Vater an.

„Ja, wenn du dich wie ein Idiot verhältst", behauptet Hakim. „Ich dachte, du hättest mehr Besonnenheit. Wir sind hier nicht bei uns zuhause, also verhalte dich entsprechend. Wenn du diese Frau willst, sieh zu, dass du mehr über sie erfährst. Dann zeigst du ihr, dass sie für dich unentbehrlich ist, dass du der Mann bist, der ihr alles bieten kann. Erhört sie dich, hast du gewonnen. Ist es anders, musst du sehen, wie du klarkommst. Sorge dafür, dass du solche Dinge von mir und unserem Land fernhältst. Und bring uns nicht in aller Öffentlichkeit in Verruf."

Kamal nickt seinem Vater zu, ohne zu begreifen, was dieser ihm mitteilen wollte. ‚Ich werde diese Frau kriegen, ohne dass die Öffentlichkeit aufmerksam wird', versichert er sich selbst. ‚Vater wird mit mir zufrieden sein.'

Gemeinsam verlassen Hugo und Linda kurz darauf das Messegelände, ohne zu bemerken, dass Kamals Diener ihnen folgt.

Den Vorfall auf der Messe hat Linda schon längst vergessen, als der Bote des Fleurop-Dienstes an ihrer Haustür auftaucht. Der wundervolle große Strauß roter Rosen lässt ihre Augen aufleuchten. ‚Andreas ist verrückt', denkt sie glücklich.

Im gleichen Moment taucht der Doktorand nach zurückgelegtem Heimweg neben dem Boten auf. „Hallo", begrüßt er die Anwesenden. „Habe ich etwas verpasst? Gibt es hier etwas zu feiern?"

„Sind die Blumen denn nicht von dir?", staunt Linda.

„Nein, das war ich nicht." Auch Andreas ist nun sichtlich erstaunt. „Von wem ist denn der Strauß?", erkundigt er sich bei dem Boten.

„Das kann ich Ihnen nicht sagen, aber es ist eine Karte dabei."

Linda zieht die kleine Karte aus dem Strauß. „So ein Mistkerl", schimpft sie wütend, nachdem sie die kurze Mitteilung gelesen hat.

Sie haben mich verzaubert. Bitte erhören Sie mein Flehen.
Kamal Rashan

„Von wem redest du?", verhört Andreas seine Freundin.

„Kamal Rashan. Ein unangenehmer Typ. Ich bin ihm heute Morgen auf der Messe begegnet. Da hat er bereits auf eine ziemlich plumpe Art versucht, mich anzubaggern. Ich habe ihm klar zu verstehen gegeben, dass ich nichts mit ihm zu tun haben will. Trotzdem muss er meinem Vater und mir hierher gefolgt sein. Woher sollte er sonst wissen, wo ich wohne?" Sie dreht sich zu dem Boten um. „Nehmen Sie den Strauß bitte wieder mit. Ihr Geschäft soll dem Kunden meine Ablehnung in aller Deutlichkeit mitteilen. Ich habe keine Lust auf einen Stalker."

„Das kann ich verstehen", beteuert der Bote. „Ich werde meinem Chef Ihren Wunsch mitteilen. Er hatte bestimmt keine Ahnung, was er mit der Annahme des Lieferauftrags auslöst. Für die Unannehmlichkeiten kann ich mich nur entschuldigen."

„Dafür können Sie doch nichts."

Noch am gleichen Abend hält vor dem nicht eröffneten Hotel *Rheinsonne am Kittelbach* ein gepanzerter Transporter. Während die bewaffneten Fahrer und Beifahrer am Fahrzeug bleiben, tritt der dritte Mann auf die Eingangstür zu.

Erstaunt mustert Andreas den gutgekleideten Mann arabischer Abstammung, der sich leicht verneigt, ehe er seine Bitte äußert: „Ich möchte der Hausherrin meine Aufwartung machen."

„Worum handelt es sich denn?"

„Das muss ich ihr schon persönlich darlegen. Tut mir leid, aber ich habe meine Befehle."

„Was ist denn hier los?", erkundigt sich Linda, die neben Andreas auftaucht.

Der Mann verneigt sich noch tiefer. „Herrin", spricht er Linda an. „Ich bin Nadim. Mir wurde aufgetragen, Ihnen die neue Kollektion vorzuführen, damit Sie Ihre Auswahl treffen können."

„Ich verstehe nur Bahnhof?", behauptet Linda irritiert.

Der Mann weist mit der Hand zu dem Transporter. „Bitte, treten Sie näher. Nehmen Sie sich für Ihre Wahl alle Zeit, die Sie brauchen." Ein einziger Wink von dem Mann reicht aus, damit der Beifahrer die Hecktüren für Linda öffnet. „Sehen Sie sich alle Stücke in Ruhe an", spricht Nadim weiter, wobei er einige Schubfächer der im Transporter installierten Stahlschränke aufzieht. Zum Vorschein kommen die wertvollsten Juwelen und Geschmeide, die man sich vorstellen kann. „Jedes dieser Geschmeide ist ein Unikat, urheberrechtlich geschützt."

„Wem gehören die Stücke?", will Andreas wissen.

Auf Andreas reagiert der Mann nicht, sondern wendet sich weiterhin nur an Linda. „Mein Gebieter sagt, dass nichts Ihre

Schönheit übertreffen kann. Da es mir erlaubt war, ihr Antlitz erblicken zu dürfen, kann ich ihm nicht widersprechen. Mit diesen Geschenken möchte mein Herr Ihnen sein Herz zu Füßen legen."

„Wer ist Ihr Herr?" Linda kann sich schon denken, wer hinter dieser Geste steckt.

„Kamal Rashan."

„Das hatte ich befürchtet", stöhnt die Hoteldirektorin. „Sagen Sie Ihrem Boss, dass ich kein Interesse an ihm habe. Nicht an ihm, nicht an seinen Blumen, seinen Juwelen oder was ihm sonst noch einfallen könnte. Er soll mich in Ruhe lassen, sonst besorge ich mir eine einstweilige Verfügung, die es ihm verbietet, in meiner Nähe zu erscheinen!", faucht Linda. „Und sagen Sie ihm noch etwas. Ich bin bereits vergeben!"

Nadim wirft nur einen verächtlichen Blick auf Andreas, ehe er sich mit einer Verbeugung schweigend von Linda verabschiedet. Kurz darauf ist der Transporter vom Grundstück verschwunden.

In seinem Hotelzimmer schlägt Kamal wütend mit der Faust vor die Wand, als sein Bote ihm von der wiederholten Abfuhr berichtet. „Das lasse ich ihr nicht durchgehen!", faucht er. „Keine Frau verschmäht ungestraft Kamal Rashan!"

„Sie scheint gegen dein Werben immun zu sein", urteilt sein Vater. „Diese Frau hat Stolz." In seiner Stimme schwingt Anerkennung für Lindas Verhalten mit, was Kamal noch wütender werden lässt, als er ohnehin schon ist.

So schnell wird er nicht aufgeben, er hat bisher immer bekommen, was er haben wollte, das wird sich auch jetzt nicht ändern. Und er will diese Frau! „Was weißt du über den Mann an ihrer Seite?", erkundigt er sich bei Nadim, sobald sie allein sind.

Am gleichen Abend läutet das Festnetztelefon auf dem Empfangstresen des Hotels, was aber niemand der Anwohner registriert, bis Hugo erstaunt den Kopf hebt. „Läutet da ein Telefon?", staunt er.

„Das ist drüben im Hotel", wundert sich auch Andreas.

„Ich gehe dran", entscheidet Linda. „Da kann sich höchstens jemand verwählt haben. Das Hotel ist doch noch gar nicht eröffnet." Sie beeilt sich, nach nebenan zu gelangen, wo sie das schnurlose Telefon ergreift, das auf dem Empfangstresen seinen Platz hat. „Hotel Rheinsonne am Kittelbach", meldet sie sich.

„Allein deine Stimme zu hören ist eine Wohltat", hört sie eine ihr allzu bekannte Stimme.

„Woher haben Sie diese Nummer?", fragt Linda erbost. „Warum rufen Sie an? Ich habe Ihnen doch gesagt, dass ich kein Interesse habe."

„Ja, aber das stimmt nicht. Ich weiß das, und du auch. Wen willst du schützen? Ist es dein Vater? Oder der Mann an deiner Seite? Wenn du mich erhörst, wird ihnen nichts geschehen", verspricht Kamal ihr.

„So eine Unverschämtheit!", schnauzt Linda in den Apparat bevor sie den Anruf beendet, um anschließend das Gerät auszuschalten.

Da Andreas ihr die Wut ansehen kann, die in ihr brodelt, muss sie Freund und Vater beichten, was gerade vorgefallen ist.

„Der Kerl hat sie doch nicht mehr alle", behauptet Hugo. „Wenn der keine Ruhe gibt, solltest du die Polizei rufen", empfiehlt er seiner Tochter.

„So langsam wird er wohl begriffen haben, dass er sich die Zähne ausbeißt", urteilt Linda, die Andreas' Skepsis von seinem Gesicht ablesen kann.

Sie liegen noch nicht einmal eine Stunde in ihren Betten, als Lindas Handy einen eingehenden Anruf ankündigt, den die Hoteldirektorin rasch annimmt, um Andreas nicht zu wecken. „Ja, bitte?", fragt sie halb schlafend in das Gerät.

„Wenn du mich nicht erhörst, büßen die Menschen dafür, die dir wichtig sind. Willst du es wirklich darauf ankommen lassen?"

Linda beendet das Gespräch ohne zu antworten.

„Ist etwas?", hört sie Andreas neben sich murmeln.

„Nein, falsch verbunden. Schlaf weiter." Sie kuschelt sich an ihn, wo sie fast sofort einschläft.

Sie hat keine Ahnung, wie spät es ist, auch nicht, dass sie gerade erst zwei Stunden geschlafen hat, als der nächste Anruf eingeht, trotzdem beeilt sie sich, das Gespräch anzunehmen, da sie Andreas' Nachtruhe nicht stören will. „Hallo?"

„Du hast es nicht anders gewollt. Schon morgen wirst du mit den Auswirkungen deiner Weigerung konfrontiert. Überleg es dir. Werde mein, noch heute, oder jemand wird die Strafe dafür zu spüren bekommen."

„Jetzt reicht es mir aber!", faucht Linda, während sie sich ruckartig aufsetzt. „Lassen Sie mich in Ruhe, sonst melde ich Sie der Polizei!" Das Handy schaltet sie aus und wirft es auf den Nachttisch.

„Linda? Was ist los?" Auch Andreas ist mittlerweile hellwach. Liebevoll hält er seine aufgewühlte Freundin in den Armen, während er sich ihren Bericht ohne Unterbrechung anhört. „Morgen spreche ich mit Emma", äußert er besorgt. „Vielleicht gibt es ja eine Möglichkeit, den Kerl in seine Schranken zu verweisen."

„Heute stört er uns nicht mehr", versichert Linda. „Mein Handy ist jetzt abgeschaltet."

Prompt klingelt nach zwei weiteren Stunden Andreas' Handy dauerhaft vor sich hin.

„Staller!", meldet sich Andreas verschlafen.

„Du bist der Erste!", hört er eine tiefe Stimme, doch bevor er antworten kann, wird die Leitung unterbrochen.

„So ein Mistkerl!", stöhnt der Doktorand, der ins Bett zurückkippt, damit er weiterschlafen kann.

Am nächsten Morgen stehen Andreas und Linda staunend vor dem *Audi TT8N* des Doktoranden. Obwohl sein Sportcoupé in der verschlossenen Garage parkt, sind alle vier Reifen zerstochen.

„Das gibt es doch gar nicht", wundert sich auch Hugo. „Wie ist der Kerl hier herein gekommen?"

„Das weiß ich nicht, aber er hat den Bogen gänzlich überspannt", beteuert Andreas. „Sobald ich von der Uni zurückkomme, spreche ich mit Emma. Hugo, würdest du auf Linda aufpassen, solange ich weg bin? Ich habe keine Ahnung, was dem Kerl noch einfällt."

„Keine Angst, ich lasse meine Tochter nicht eine Minute allein", verspricht Lindas Vater.

Da Andreas keine schlafenden Hunde wecken will, bittet er seinen Vater lediglich um eines der Firmenfahrzeuge, da sein eigener Wagen heute nicht fahrtauglich ist. Statt ihm einen der auf die Firma zugelassenen *Audis* zu schicken, erscheint Jochen, der private Chauffeur des Konzernchefs, mit dessen Limousine, um Andreas nach Aachen zu bringen. ‚Mir hätte eigentlich klar sein müssen, dass sich Vater nicht mit einer halbherzigen Geschichte abspeisen lässt', resigniert Andreas. „Danke, Jochen", äußert er beim Aussteigen in Richtung des Chauffeurs, der ihn freundlich anlächelt.

„Ich werde Sie pünktlich abholen", versichert Jochen.

Andreas findet den ganzen Tag keine Ruhe. Immer wieder ruft er sich ins Gedächtnis, was Linda und ihr Vater ihm über Kamal Rashans Absichten berichteten. Er macht sich die allergrößten Sorgen um seine Freundin. ‚Was, wenn der Kerl zudringlich wird?', überlegt er. Schon zweimal hat er bei Linda angerufen, einfach um sich zu überzeugen, dass es ihr gut geht. Er hat keine Ahnung, ob sie ihn nur beruhigen will oder ob sie die Situation wirklich als so banal auffasst. Er wird sich auf jeden Fall bei Emma Rat darüber einholen, was man unternehmen kann.

Die Sprechstunde für die von ihm betreuten Studierenden hat er gerade beendet, als sein Universitätsprofessor Frank Klausthal in seinem Büro auftaucht.

„Herr Staller, ich hoffe, ich störe Sie nicht?"

„Nein, kein bisschen, Professor Klausthal. Was haben Sie denn auf dem Herzen?"

„Ich habe da einen Besucher in meinem Büro, der Sie unbedingt sprechen möchte. Allerdings ist er nicht bereit, mir zu erklären, weshalb."

„Dann schmeißen Sie ihn doch einfach hinaus", lächelt Andreas. Das peinlich berührte Gesicht des Professors lässt ihn überrascht aufschauen. „Was ist los?"

„Einen solchen Mann setzt man nicht einfach vor die Tür", behauptet Frank Klausthal.

„Also schön, sehen wir uns den Herrn einmal an", gibt der Doktorand neugierig geworden nach.

Schon als er das Büro betritt wird ihm bewusst, wen er da vor sich hat. „Andreas Staller“, stellt er sich vor, ohne dem Mann eine Hand zu reichen. „Sie wollten mich sprechen?“

„Ja. Ich bin Kamal Rashan.“

„Das war mir schon klar!“, versichert Andreas angriffslustig.

Kamal geht nicht darauf ein, es stört ihn auch nicht, dass der Professor im Raum bleibt, stattdessen kommt er gleich auf sein Anliegen zu sprechen: „Sie haben etwas, das ich haben will! Nennen Sie mir Ihren Preis!“

„Meinen Preis?“, fragt Andreas begriffsstutzig. ‚Was will der Kerl von mir?‘

„Ich biete Ihnen eine siebenstellige Summe, ein sorgenfreies Leben, wenn Sie sich zurückziehen.“

Langsam begreift er, was dieser Mann fordert. „Moment, verstehe ich das richtig? Sie bieten mir eine Million, wenn ich mich von meiner Freundin trenne? Wofür? Glauben Sie, dann haben Sie mehr Chancen bei ihr? Das können Sie gleich vergessen!“, schnauzt er Kamal wütend an. „Linda hat Ihnen doch deutlich zu verstehen gegeben, dass sie nicht an Ihnen interessiert ist.“

„Das wird sich ändern“, beteuert Kamal eingebildet.

„Vergessen Sie’s! Ich werde nicht gehen. Im Gegenteil, ich werde meine Freundin vor Ihnen beschützen. Verlassen Sie sich darauf. Und hören Sie endlich auf, Linda dauernd zu behelligen.“

„Moment“, mischt sich Frank Klausthal ungläubig in das Gespräch ein. „Habe ich das jetzt richtig verstanden? Sie wollen Herrn Staller seine Freundin abkaufen?“

„Sie gehört mir!“, versichert Kamal.

„Ich weiß nicht, wie das in Ihrem Land ist“, beginnt der Professor vorsichtig. „Bei uns sind Menschen frei, Ihre eigenen Entscheidungen zu treffen. Hier gehört niemand jemand anderem!“

„Das ist lediglich Auslegungssache“, behauptet Kamal. „Wortklauberei! Sobald sie frei ist, wird sie sich für mich entscheiden.“

„Soweit ich das mitbekommen habe, hat Linda Ihnen mehr als einmal zu verstehen gegeben, dass Sie ihr Interesse in keiner

Weise erringen können", entgegnet Andreas. „Halten Sie sich von uns fern!"

„Sie sollten meinen Vorschlag annehmen", verlangt Kamal von ihm. „Einen Kampf mit mir würden Sie nicht bestehen!"

„Ihr Angebot an Herrn Staller ist mehr als ungebührlich", urteilt Frank Klausthal. „Dass Sie mit der Absicht auf ein solches Anliegen bei mir vorsprachen, ist beleidigend. Hätte ich von Ihrem Vorhaben eher gewusst, wäre es nie zu diesem Gespräch gekommen. Ich möchte Sie bitten, das Universitätsgelände unverzüglich zu verlassen."

„Wir werden uns wieder begegnen! Dann werden wir sehen, wer von uns der Sieger ist", faucht Kamal Andreas entgegen, ehe er hoch erhobenen Hauptes aus dem Raum geht.

„Das gibt es doch gar nicht", staunt Frank Klausthal. „Wer hat den denn zu heiß gebadet?"

Trotz der ernsten Situation muss Andreas über den Kommentar des dreiundsechzigjährigen Geologie-Professors lachen.

„Nehmen Sie das nicht auf die leichte Schulter", empfiehlt Frank Klausthal seinem Doktoranden, nachdem Andreas ihm geschildert hat, womit Linda und er momentan zu kämpfen haben. „Der Mann ist gefährlich, er gehört zu den höchsten Männern in seinem Land. Ich kann mir vorstellen, dass er seinen Einfluss auch hier geltend macht."

„Schon möglich", stimmt Andreas zu. „Anscheinend musste er noch nie mit einem ‚Nein' klarkommen. Es wird Zeit, dass er lernt, mit einer Niederlage umzugehen. Jedenfalls habe ich mir vorgenommen, die Polizei um Hilfe zu bitten."

„Damit machen Sie bestimmt keinen Fehler", bestätigt ihm sein Mentor.

Jochen wartet bereits mit der Limousine des Konzernchefs in einer Parkbucht neben dem Eingang des Universitätsgebäudes, als Andreas das Haus verlässt, doch ehe er auf sich aufmerksam machen kann, bauen sich zwei fremdländisch wirkende junge Männer vor Andreas auf.

Ohne ein Wort zu wechseln, stürzen sich die beiden gleichzeitig auf ihr Opfer.

Von dem Angriff vollkommen überrascht kann Andreas dem ersten Schlag nicht ausweichen. Der feste Hieb an sein Kinn sorgt dafür, dass er rückwärts taumelt, doch vor einem Sturz kann er sich gerade noch bewahren.

Da die beiden Männer nicht von ihm ablassen, beginnt er automatisch, sich zu verteidigen. Den kräftigen Hieb, der einen seiner Gegner von den Füßen reißt, hätte ihm wohl keiner der beiden zugetraut, genauso wenig wie die gute Kampftechnik, die er jetzt beim Angriff des zweiten Mannes beweist. Nicht nur, dass er die Schläge seines Gegners gekonnt pariert, teilt er zudem gut platzierte Hiebe aus. Noch bevor ihn der Schlag des zweiten Mannes treffen kann, fängt er dessen ausgestreckten Arm ab, während er ihm seine rechte Faust in die Magengrube rammt. Zufrieden hört er daraufhin das scharfe Zischen beim Ausatmen, das ihm beweist, dass er gut getroffen hat.

Der Mann kippt leicht vornüber, nur um Andreas sein Gesicht für einen erneuten Hieb zu präsentieren. Nach hinten umfallend landet der Mann mit dem Rücken auf dem Boden.

Ehe Andreas nachsetzen kann, hat sich der erste Angreifer weit genug erholt, um seinem Komplizen zu Hilfe zu kommen. Jetzt stehen beide Männer kampfbereit vor ihm, auf jede Bewegung ihres Opfers achtend.

Geschockt bemerkt Andreas die Kampfmesser, die in den Händen der Angreifer aufblitzen. ‚Das könnte schief gehen', schätzt er. Alle seine Sinne sind angespannt. Er ist bereit, sich bis zum Letzten gegen diese Männer zu verteidigen.

Da Jochen von seinem Platz aus beobachten konnte, wie Andreas von den Männern angegriffen wird, beeilt er sich, in das Geschehen einzugreifen. Der Chauffeur, der im Rücken der Angreifer auftaucht, um mit zwei kräftigen Schlägen den ersten zu entwaffnen, versetzt die beiden Männer weit genug in Panik, dass sie schleunigst das Weite suchen.

„Ist alles in Ordnung?", erkundigt sich Jochen bei dem Sohn seines Arbeitgebers.

„Ja, bis auf meine Wut. Der Kerl, der das eingefädelt hat, wird noch sein blaues Wunder erleben."

„Ihr Vater wird das bestimmt nicht auf sich beruhen lassen", vermutet der Chauffeur.

„Ich auch nicht!"

Nachdem er erfahren hat, dass Emma gerade im Dienst ist, folgt er einer inneren Eingebung und lässt sich von Jochen zum Polizeipräsidium bringen, um den Rat der Freundin einzuholen.

„Es macht mich wahnsinnig, zu wissen, dass der Kerl Linda auf Schritt und Tritt folgt", beendet er seine Berichterstattung.

„Ich verstehe deine Sorge", versichert Emma ihm. „Aber bis jetzt hat er sich offiziell nicht strafbar gemacht, da wir ihm den Angriff auf dich nicht nachweisen können. Du kannst davon ausgehen, dass es keine sichtbare Verbindung von ihm zu diesen beiden Schlägern gibt."

„Höchstwahrscheinlich hast du Recht", gibt Andreas missmutig zu.

„An deinem Fahrzeug wird er sich garantiert nicht selbst vergriffen haben, sondern hat auf seine diversen Handlanger zurückgegriffen. Er wird mit Sicherheit ein wasserdichtes Alibi für diese Zeit aufweisen", macht Emma dem Freund klar. „Der Typ weiß genau, was er da macht und wie er es angehen muss."

„Selbst für eine einstweilige Verfügung gibt es nicht genug Anhaltspunkte", ergänzt Emmas Vorgesetzter Mark Sievers, der dem Gespräch beiwohnt. „Allerdings bewegt sich der Mann knapp an der Grenze dazu. Wir sollten einmal sehen, was wir über ihn in unseren Netzen finden." Der siebenunddreißigjährige leitende Hauptkommissar begegnete Andreas bereits vor einiger Zeit während eines Einsatzes, wobei sich der blonde *1,82* Meter große Familienvater ein gutes Bild von ihm machen konnte. Die Besorgnis des Doktoranden nimmt er nicht auf die leichte Schulter.

„Gute Idee", stimmt Emma ihm zu. „Lass uns ein bisschen Zeit", bittet sie den Freund. „Wir halten dich auf dem Laufenden. Versprochen."

„Sie sollten noch etwas anderes machen", empfiehlt Mark dem jungen Mann. „Holen Sie Ihre Familie und Freunde zusammen.

Erklären Sie ihnen, womit Sie zu kämpfen haben. Sie alle könnten dazu beitragen, dass es nicht zu Übergriffen auf Ihre Freundin kommen kann."

„Glaubst du, der Typ würde so weit gehen?", will Emma wissen.

„Keine Ahnung", antwortet Andreas ehrlich. „Zutrauen würde ich ihm das schon."

„Dann sollte Linda zu keiner Zeit allein sein."

„Bis Sonntag ist ihr Vater noch da. Die Herbstferien über nehme ich mir frei, mehr geht nicht. Danach müssen wir weitersehen."

„In Ordnung. Gerd und ich sind ja auch noch da." Emma lächelt den Freund aufmunternd an.

Da an diesem Abend der Besuch von Lindas Vater im Anwesen bei Andreas' Eltern ansteht, nutzt der Doktorand die Gelegenheit, um den Familienmitgliedern die letzten Vorkommnisse zu schildern.

Erleichtert stellt Hugo fest, dass ihnen seine Tochter nicht egal ist, sondern im Gegenteil am Herzen liegt, sodass Linda die Unterstützung erhält, die sie jetzt brauchen wird. Auch ist er über die Beziehung von Andreas' Freund Gerd Bach zu der hübschen Polizeibeamtin mehr als erfreut, da beide ihm ihre Hilfe für seine Tochter versichern.

Da dem Oberhaupt der Familie Rashan nicht verborgen geblieben ist, dass seine Untergebenen von seinem Sohn für dessen eigene Zwecke eingespannt wurden, muss Kamal seinem Vater derweil Rede und Antwort stehen.

„Anscheinend hast du keine andere Wahl, als dir die Frau aus dem Kopf zu schlagen", behauptet sein Vater, nachdem er von dem Gespräch seines Sohnes mit dem Doktoranden erfährt. Dass Kamal weitaus mehr getan hat, als nur ein Gespräch mit dem Geologen zu führen, verschweigt dieser bewusst.

Hakim Rashan erhebt sich von dem bequemen Sofa, das der Mittelpunkt im Wohnraum seiner Suite ist. „Wir werden wie geplant morgen abreisen. Richte dich danach!"

„Ja, Vater!" Sauer schaut Kamal dem Familienoberhaupt nach, bis dieser in seinem Schlafzimmer verschwunden ist, bevor er sich zu seinem Untergebenen umdreht. „Wir fliegen um kurz vor elf Uhr“, überlegt er. „In Frankfurt bleiben wir fast vier Stunden. Mit dem Auto könnt ihr in weniger als drei Stunden dort sein.“ Seine Idee reift langsam zu einem raffinierten Plan heran. „Wir werden sie mitnehmen! Ihr lasst die Frau keine Minute aus den Augen! Ich will wissen, wo sie zu jeder Zeit ist. In der Zwischenzeit besorgst du mir ihren Reisepass und ein Flugticket. Dann benötigen wir noch die richtigen Medikamente. Davon hast du mehr Kenntnis als ich, kümmere dich darum!“ Mit den Händen in der Hosentasche tritt er ans Fenster, um versonnen über die Dächer der Düsseldorfer Hauptstadt zu schauen. „Wenn das geschehen ist, greifen wir zu! Ihr bringt mir die Frau nach Frankfurt. Von dort aus wird sie uns begleiten. Sind wir übermorgen erst einmal in Bagdad, wird sich auch mein Vater mit meinen Entscheidungen arrangieren“, versichert er überzeugt.

Mit einer tiefen Verbeugung verschwindet der Angestellte, um seinen Aufgaben unverzüglich nachzukommen.

10

Die Aufregungen rund um Linda nehmen vorerst kein Ende. Als Andreas, Linda und Hugo am späten Abend in die Wohnung, die an das Hotel *Rheinsonne am Kittelbach* angrenzt, zurückkehren, finden sie die Haustür offen vor. Perplex stehen sie vor vollkommen verwüsteten Zimmern, in denen ihr Eigentum auf dem Boden verstreut, teilweise zerstört herumliegt.

„Was war denn hier los?“, staunt Hugo.

Andreas kann sich schon denken, wer das war. „Anscheinend hat sich dein Verehrer nicht mit deiner Abfuhr zufriedengegeben“, äußert er an Linda gewandt, während er darauf wartet, dass sich am anderen Ende der angewählten Rufnummer jemand meldet.

Obwohl sie nicht weiter in die Wohnung vordringen, um keine Spuren zu vernichten, wird ihnen die Zeit bis zum Eintreffen der Polizei nicht lang. Andreas berichtet das Geschehene unverzüglich seinen Eltern sowie seinem Freund, sodass Gerd gemeinsam mit Emma bereits ein paar Minuten nach der Polizei am Schauplatz eintrifft.

„Sie müssen draußen warten“, teilt ihnen der Einsatzleiter mit. „Zuerst muss die Spurensicherung ihre Arbeit machen. Am besten ist es, wenn Sie heute Nacht eine andere Möglichkeit zum Übernachten hätten."

„Die finden wir bestimmt", beruhigt Emma den Mann. „Ich würde mich trotzdem gern einmal umsehen", bittet sie. Bevor der Kollege ihr eine negative Antwort geben kann, weist sie sich mit ihrem Dienstausweis bei ihm aus.

„Wieso ist das *LKA*[2] so schnell vor Ort?", staunt der Einsatzleiter. „Mit was, oder vielmehr wem haben wir es hier eigentlich zu tun?"

„Das weiß ich noch nicht. Herr Staller hat mich angerufen, da wir befreundet sind."

„Ich verstehe. Gut, kommen Sie mit. Schließlich kann es nicht schaden, wenn zwei Augen mehr dabei sind. Sie wissen ja, wie Sie sich verhalten müssen."

„Emma, warte", hält Gerd die beiden zurück. Da er bei den letzten Gesprächen dabei war, weiß auch er, mit welchen Schwierigkeiten seine Freunde zu kämpfen haben. Seine Augen wandern über das Hotel, das unversehrt direkt neben Andreas' und Lindas Wohnung liegt. „Wenn es einfach nur Diebe waren, wieso sind sie dann nicht auch in das Hotel eingedrungen?", fragt er mehr zu sich selbst.

„Was geht dir durch den Kopf?", verhört ihn die Beamtin neugierig.

„Die Einbrecher hatten es gezielt auf die Privatwohnung abgesehen. Warum? Wer hätte ein Interesse, Andreas zu schaden? Mir fällt da momentan niemand ein. Bei Linda sieht das schon anders aus, da gibt es jemanden, wie wir wissen. Wenn es dieser Mann war, was bezweckt er mit einer solchen Aktion? Will er ihr einfach nur schaden? Wohl kaum. Nein, da steckt etwas anderes dahinter." Noch während er darüber nachdenkt, begreift er, worum es dem abgewiesenen Verehrer geht. Auf dem Absatz wirbelt er zu seinem Freund herum. „Andy, wann seid ihr von hier aufgebrochen?"

---

2 LKA = Landeskriminalamt

„Um siebzehn Uhr. Warum?"

„Moment. Emma, kannst du überprüfen, wo dieser Kamal Rashan zu der Zeit war? Außerdem würde ich gern wissen, wie lange er noch in Deutschland zu bleiben gedenkt. Wann fliegt er nach Hause?"

„Was versprichst du dir davon?"

„Ich habe da eine Idee. Aber dafür muss ich diese Informationen haben."

„Worum geht es denn eigentlich?", will jetzt auch der Einsatzleiter ungeduldig wissen.

„Frau Kettler wird von einem Verehrer bedrängt, den sie abgewiesen hat", klärt Emma den Mann auf.

„Ich verstehe. Glauben Sie, er wollte sich auf diese Weise an der jungen Dame rächen?", wendet sich der leitende Polizeioberkommissar direkt an Gerd.

„Nicht wirklich. Ich denke, er hat ganz gezielt nach etwas gesucht. Linda, hast du einen Reisepass? Wo bewahrst du den auf?"

Hugo reißt erschrocken die Augen auf. „Sie glauben, der wollte meine Tochter entführen? Wohin?"

„Das gilt es, herauszufinden", versichert Gerd.

Drei Stunden später wissen sie mehr. Der Reisepass der jungen Hoteldirektorin war trotz ausgiebiger Suche nicht aufzufinden. Mittlerweile sitzen sie im Wohnzimmer des Konzernchefs zusammen, um sich zu beratschlagen.

„Ich habe einiges an Informationen über benannten Herrn herausgefunden", beginnt Emma. „Kamal ist der Sohn von Hakim Rashan, einem hochbetuchten einflussreichen Iraker. Die beiden befinden sich seit Montagabend in Düsseldorf, reisen aber morgen, nein, wir haben ja schon weit nach Mitternacht, also heute ab. Ihr Flug ist gebucht über Frankfurt, wo sie für einen Zwischenstopp ausharren müssen, bevor es dann am Nachmittag zum Flughafen in Doha, der Hauptstadt von Katar, geht. Der anschließende Nachtflug bringt die beiden mit ihrem Gefolge dann endgültig nach Bagdad, wo sie morgens landen werden."

„So etwas habe ich mir gedacht", bestätigt Gerd. „Dieser Kamal hat noch lange nicht aufgegeben. Nachdem du ihn abgewiesen hast, Linda, will er jetzt andere Maßnahmen ergreifen.“ Da ihn alle fragend anschauen, spricht er weiter: „Der Kerl will dich mit nach Hause nehmen. Wenn nötig, unter Anwendung von Gewalt.“

„Das gibt es doch gar nicht“, staunt Hugo. „Wie soll das gehen? Linda wird sich doch nie im Leben ruhig neben den Mann in ein Flugzeug setzen.“

„Dafür gibt es doch die passenden Drogen“, klärt Emma ihn auf. „Je mehr ich darüber nachdenke, desto mehr will ich dir zustimmen, Gerd. Der Mann ist äußerst gefährlich. Sowohl Vater als auch Sohn waren mehrfach für Kurztrips bis maximal fünf Tage am Stück in Deutschland, vorzugsweise in Düsseldorf. Über den Vater genießt auch Kamal Rashan diplomatische Immunität, was die Behörden bei Rechtswidrigkeiten in ihren Handlungen gewaltig einschränkt. In unseren Netzen wird ausdrücklich vor der feindlichen und tyrannischen Art der beiden Männer gewarnt.“

„Was machen wir denn jetzt?“, verhört Andreas seinen Freund. „Gerd, wir müssen Linda vor dem Kerl beschützen.“ Man kann die Sorge um die Freundin aus seinen Worten heraushören.

„Das machen wir“, lächelt Gerd aufmunternd. „Keine Angst.“

„Du hast also schon einen Plan?“, erkundigt sich Andreas aufatmend.

„Natürlich!“

„Schieß los!“, fordert Emma ihn auf.

„Zuerst sollten wir uns fragen, was er für seinen Plan braucht. Lindas Reisepass hat er bereits. Als Nächstes muss er ein Flugticket für sie besorgen. Von Frankfurt nach Bagdad in der gleichen Maschine, mit der auch er fliegt. Ob er das gemacht hat, sollte doch herauszubekommen sein.“

„Darum kümmere ich mich“, verspricht Emma.

„Gut, die Drogen können wir nicht nachverfolgen. Ich denke, da haben die ihre ganz eigenen verborgenen Quellen. Aber etwas anderes sollten wir im Auge behalten. Dieser Kamal fliegt ab Düsseldorf. Heute. Weißt du, wann?“, erkundigt er sich bei Emma, die sofort ihre Notizen hervorholt.

„Zehn Uhr fünfzig. Ankunft in Frankfurt um viertel vor zwölf. Fünfzehn Uhr dreißig geht es weiter zum *Hamad International*

Airport in Doha und nach einem circa zweistündigen Aufenthalt über Nacht zum Flughafen in Bagdad. Ankunft am Freitag um vier Uhr Ortszeit."

„Das passt", überlegt Gerd. „Kamal Rashan wird das nicht selbst erledigen, dafür hat er seine Leute. Ich schätze, die werden Linda nicht aus den Augen lassen. Bei der ersten sich bietenden Gelegenheit greifen sie zu. Bis Frankfurt fahren die Kerle dann mit dem Auto. Dadurch erregen sie vorerst kein Aufsehen. Außerdem haben sie so mehr Zeit für ihr Vorhaben. Bis Frankfurt sind es zweieinhalb Stunden Fahrtzeit. Spätestens um vierzehn Uhr dreißig müssen sie am Schalter sein."

„Das heißt, diese Typen haben bis maximal zwölf Uhr Zeit, sich Linda zu schnappen", rechnet Andreas nach.

„Genau."

„Ich werde auf die Dienststelle fahren, mich mit Mark absprechen und zusehen, ob ich etwas über ein zusätzliches Ticket herausfinden kann", erklärt Emma sich bereit. „Sobald ich mehr weiß, melde ich mich."

„Bis dahin bleiben Herr Kettler, Linda und Andreas hier", entscheidet Peter. „So kriegen wir alle noch ein wenig Schlaf."

„Ja, aber nicht zu lange", hält Gerd dagegen. „Wir sollten Lindas Verfolgern die Möglichkeit bieten, ihren Auftrag auszuführen."

„Was? Du willst, dass die Kerle Linda tatsächlich entführen?", ereifert sich Andreas. „Das kann nicht dein Ernst sein."

„Doch. Und Emma wird mit ihren Kollegen auf der Lauer liegen, um die Kerle zu schnappen." Er wendet sich an seine Freundin. „Lässt sich ein solcher Einsatz kurzfristig bewerkstelligen?"

„Sicher", beteuert die Beamtin. „Allerdings glaube ich nicht, dass wir auf die Schnelle ein Double für Linda finden. Linda, wärst du bereit, uns zu unterstützen?"

„Ihr wollt, dass ich vor die Tür gehe, mich zur Schau stelle, um diesen Männern die Möglichkeit zu geben, ihren Plan durchzuführen? Damit ihr sie auf frischer Tat ergreifen könnt? Wie gefährlich ist das für mich?"

„Sie werden dir nichts antun, da sie den Befehl haben, dich unversehrt bei ihrem Befehlshaber abzuliefern", behauptet Gerd.

„Aber ein Restrisiko bleibt immer. Wir wissen nicht, wie diese Leute reagieren, wenn sie in die Enge getrieben werden."

„Ich mache das!"

„Linda!", rufen ihr entsetzter Vater und Andreas gleichzeitig aus.

„Versteht mich bitte", fordert die junge Frau. „Ich muss das einfach tun. Ich möchte nicht mein Leben lang Angst haben!"

Andreas begreift, wie sie sich fühlt, er versteht sie. Ihm selbst würde es nicht anders gehen. Liebevoll zieht er sie an sich, um ihr einen langen Kuss zu geben. „Du schaffst das!", versichert er ihr voller Vertrauen. „Passt auf sie auf", verlangt er von Emma.

„Versprochen!"

Nadim wartet ungeduldig in seiner Limousine darauf, dass sich die Frau blicken lässt. Es ist bereits kurz vor elf. ‚Viel Zeit bleibt uns nicht mehr', ruft er sich ins Gedächtnis. Nachdem die Polizei gestern die Wohnung seiner Zielperson durchsucht hat, ist er der Frau und ihrer Begleitung bis zu diesem Anwesen gefolgt. Er fragt sich, wie er mit seinen Leuten auf das gut gesicherte Grundstück gelangen kann, um sie aus dem Gebäude herauszuholen. ‚Das dürfte nicht einfach sein', urteilt er deprimiert. Ihm wurden klare Befehle erteilt, die er zu befolgen hat. Damit sein Herr die Frau mit in das Flugzeug nehmen kann, darf von der Polizei keine Suchmeldung nach ihr ausgegeben werden, was bedeutet, dass sie unauffällig agieren müssen.

„Herr, sie kommt", hört er in diesem Moment die Stimme seines Untergebenen, der sich auf den Rücksitz fallen lässt. „Sie sitzt in einem Fahrzeug, das von dem Mann an ihrer Seite gesteuert wird", berichtet er seinem Befehlshaber, während auch die beiden Männer einsteigen, die zu seiner Unterstützung da sind.

„Endlich!" Nadim atmet erleichtert auf, ehe er seine Befehle gibt: „Folgt ihr, verliert sie nicht. Wir greifen zu, sobald sie aussteigt. Aber denkt daran, keine Toten!" Es ist nicht so, als wäre ihm der Begleiter dieser Frau wichtig, aber einen Mord in einem fremden Land zu begehen birgt zu viele unbekannte Risiken.

Andreas lenkt den Audi durch die gut belebten Stadtteile von Düsseldorf-*Kaiserswerth*, *Lohausen* und *Stockum*. An der

Heinrich-Erhardt-Straße überquert er zügig die Fahrbahn, um an einer der Zapfsäulen der dortigen *Esso-Station* zu halten.

Dass die Tankstelle bereits seit einigen Tagen geschlossen hat und die Zapfsäulen vollständig leer sind, ist zum jetzigen Zeitpunkt nicht zu erkennen, doch die hohen Preise, die auf der beleuchteten Anzeigetafel prangen, halten die Autofahrer von den Zapfsäulen fern.

Als die Polizei vor wenigen Stunden mit ihrer Bitte an den Pächter herantrat, war dieser sofort bereit zu helfen. Der Baubeginn für die Renovierungsarbeiten, die er ins Auge gefasst hat, beginnen erst in ein paar Tagen. Beschädigungen, die durch die Polizeibeamten verursacht werden, kann er dort in Rechnung stellen, wodurch ihm kein Verlust entsteht. Dass er dabei hilft, Verbrecher dingfest zu machen, steigert sein Selbstwertgefühl in hohem Maß.

Während Linda den Tankvorgang startet, begibt sich Andreas mit gezückter Brieftasche in das Gebäude.

Nadim ist zu ungeduldig, um weiter zu warten, da sie bis hierhin bereits über zwanzig Minuten benötigt haben. Aufmerksam schaut er sich um. Mehrere Passanten stehen bei ihren Fahrzeugen an den Zapfsäulen, doch die Säule direkt neben ihrem Zielobjekt ist frei. Auf der Straße herrscht zwar reger Verkehr, aber nicht so stark, dass er ihre Flucht behindern könnte.

„Holt sie euch. Jetzt!“, befiehlt er.

Mit quietschenden Reifen bremst die schwarze Limousine unmittelbar neben Linda, die sich erschrocken umdreht. „Was wollen Sie?“, fragt sie entsetzt, als drei der Insassen auf sie zustürzen, um sie zu ergreifen.

„Du kommst mit uns“, verlangt einer der Männer, fasst ihren Arm und zerrt sie zu dem wartenden Fahrzeug.

Im gleichen Augenblick bricht rund um sie herum die Hölle los. Die Passanten an den anderen Zapfsäulen haben urplötzlich Pistolen in ihren Händen, während sie hinter ihren Fahrzeugen Deckung suchen. Zudem stürzen von allen Seiten vermummte Gestalten auf sie zu, die Linda von ihren Verfolgern wegreißen. Durch die Körper der Polizisten vor einem Angriff geschützt kommen die drei Männer nicht mehr an ihr Opfer heran. Gleichzeitig ergreifen einige der vermummten Männer die Angreifer, ringen sie zu Boden und legen ihnen Handfesseln an, ehe sie einzeln vom Boden hochgerissen und auf Waffen durchsucht werden. Jeweils zwei der Elite-Polizisten bringen einen der Festgenommenen zu den im Hintergrund wartenden Fahrzeugen.

Eine Schrecksekunde lang sieht Nadim dem Geschehen entsetzt zu, dann tastet seine Hand nach dem Griff der Beifahrertür, um sich schnellstens in Sicherheit zu bringen, doch ehe er reagieren kann, wird diese bereits aufgerissen und er selbst herausgezerrt. Dem Beispiel seiner Untergebenen folgend landet er mit dem Gesicht nach unten auf dem Asphalt. Er hat keine Möglichkeit, sich gegen die Kabelbinder zu wehren, die sich nun um seine Handgelenke schließen. Die vermummten Männer ziehen ihn auf die Beine, bis er aufrecht vor ihnen steht. Bei seiner Durchsuchung lassen sie sich Zeit, achten darauf, keine Waffe zu übersehen, wobei sie ein Kampfmesser mit feststehender Zwanzig-Zentimeter-Klinge, einen Stiefeldolch vom Hersteller *Smith & Wesson*, einen Schlagring und mehrere Wurfsterne zu Tage befördern.

Nadim ist klar, dass diese Waffen und die *Glock 21*, eine großkalibrige Pistole, die er mit sich führt, in dieser Situation nicht gerade vorteilhaft für ihn sind. Vor seinen Augen taucht eine rothaarige Frau auf, die selbst in schwarzen Jeans und ihrer Lederjacke eine faszinierende Erscheinung darstellt.

„Ausweis?“, erkundigt sie sich bei einem der Kollegen, der daraufhin den Kopf schüttelt, um ihr anschließend die Pistole mit der offenen Hand entgegenzuhalten.

„Nicht schlecht“, urteilt Emma beim Anblick der Präzisionsschusswaffe mit einem Kaliber von*.45 ACP* und einer Magazinkapazität von dreizehn Patronen. „Landeskriminalamt, Hauptkommissarin Wolf“, stellt sie sich Nadim vor. „Ich nehme Sie und Ihre Begleiter vorerst fest.“

„Das können Sie nicht!“, belehrt Nadim sie. „Ich habe diplomatische Immunität.“

„Oh nein, da irren Sie sich. Die bezieht sich nur auf Ihren Befehlshaber Hakim Rashan. Wenn sich seine Untergebenen ohne ihn oder ohne seinen ausdrücklichen Befehl zu rechtlich verbotenen Handlungen hinreißen lassen, dazu noch außerhalb Ihrer Botschaft, müssen Sie dafür geradestehen. Glauben Sie, dass er sich zu Ihrer Tat hier als Auftraggeber schuldig bekennt?"

Nadim bedarf keiner Hilfe, um sich auszurechnen, dass sich sein oberster Befehlshaber sofort von ihm distanzieren wird. Er hat keine Chance, den Fängen der hiesigen Gesetzeshüter zu entgehen. Als einzige Hilfe kann er seinen Auftraggeber benennen. „Ich werde gegen den Mann aussagen, der mich beauftragt hat, wenn Sie mich im Gegenzug freilassen", verspricht er.

Emma lacht ihn laut aus. „So funktioniert das nicht", versichert sie. „Außerdem ist mir schon klar, dass nicht Hakim Rashan, sondern sein Sohn Kamal diese Entführung befohlen hat. Sie wissen ganz genau, dass Vater und Sohn von uns nicht so ohne weiteres behelligt werden können, deswegen wollen Sie diesen *Deal*. Was glauben Sie, passiert mit Ihnen, wenn wir darauf eingehen? Was wird Ihr oberster Befehlshaber für eine Strafe verhängen? Wird in Ihrem Land Entführung nicht genauso wie Diebstahl geahndet[3]?" An seinem entsetzten Gesicht erkennt sie, dass sie ins Schwarze getroffen hat.

„Abführen!", befiehlt Emma den Kollegen, die ihrer Anordnung sofort nachkommen, während sich Gerd, Andreas und Linda bei der Hauptkommissarin einfinden.

„Das hat doch großartig funktioniert", freut sich Gerd. „Linda, wie geht es dir?"

„Gut, sehr gut", versichert die junge Frau. „Am liebsten würde ich diesem Kamal Rashan ins Gesicht lachen, ehe er abfliegt."

„Die Idee ist gar nicht so schlecht", grübelt Gerd.

„Wie willst du denn das hinbekommen?", erkundigt sich sein Freund. „Die sind doch schon in Frankfurt."

3 Nach dem islamischen Recht wird Diebstahl mit Abhacken der rechten Hand, im Wiederholungsfalle mit Abhacken des linken Fußes bestraft.

„Na und? Mit dem Hubschrauber sind wir in einer Dreiviertelstunde dort. Wenn du das wirklich möchtest, Linda, dann sorge ich dafür, dass wir pünktlich ankommen."

„Ja", antwortet die Freundin bestimmt.

„Was versprichst du dir davon?", verhört Andreas den Freund argwöhnisch. „Geht es dir nur darum, dass Linda ihm ins Gesicht lachen kann? Da steckt doch noch mehr dahinter. Oder?"

Gerd lacht fröhlich auf. „Du kennst mich viel zu gut! Aber Spaß beiseite, was meint ihr, wie der liebe Papa reagiert, wenn er hört, dass sein Sohn wegen begangener Straftaten bei den hiesigen Behörden in Ungnade gefallen ist?"

„Das dürfte ihm nicht sonderlich gefallen", urteilt Emma. „Im schlimmsten Fall muss er damit rechnen, ausgewiesen zu werden."

„Genau. Aber darauf wird er es nicht ankommen lassen. Ich schätze, das muss sein Sohn selbst ausbaden. Deshalb sollten wir nach Frankfurt fliegen und uns dem Mann stellen. Er muss erfahren, was sein Sohn unternommen hat und auch, wie die Behörden darauf reagieren."

„Das macht ihr aber nicht allein", mischt sich Emma ein. „Bevor wir losfliegen, sorge ich für die notwendige Unterstützung."

„Prima", freut sich Gerd. „Wenn deine Kollegen die Herren dann noch bis zu ihren Sitzen begleiten, sorgt das bestimmt für die passenden Vorsichtsmaßnahmen des Vaters."

Innerhalb der nächsten Minuten hat Gerd alles geklärt, um mit dem firmeneigenen Hubschrauber, einem *EC 155* vom *Staller* Werksgelände abzuheben. Noch während des Fluges wendet er sich an seinen Freund. „Andy, ist es machbar, dass ihr ein paar Tage bei deinen Eltern bleibt?"

„Klar, aber warum?"

„Dann können wir in Ruhe die neue Alarmanlage installieren, die dein Vater gerade in Auftrag gibt", antwortet Gerd trocken.

Andreas braucht nicht mehr als ein paar Sekunden, um zu begreifen, was der Freund anspricht. Sie kennen seinen Vater beide gut genug, um auch, ohne dass dieser es erst ansprechen muss, zu wissen, dass er umgehend das Zuhause seines Sohnes mit den besten Sicherheitsvorkehrungen ausstatten lässt, die es in seiner

Firma gibt. „Gute Idee!“, antwortet er Gerd, bevor beide Männer in Gelächter ausbrechen.

Der Flughafen *Frankfurt am Main* ist der größte deutsche Verkehrsflughafen, zudem eines der weltweit bedeutendsten Luftfahrtdrehkreuze und hat mit über zwei Millionen Tonnen Transportgut das größte Frachtaufkommen aller europäischen Flughäfen.

Durch den von Gerds Sekretärin angemeldeten Privatflug darf der Hubschrauber vom Typ *Airbus* an dem speziell für Privatflüge vorgesehenen Terminal *GAT*[4] landen. Im Südteil des Flughafens gelegen ist dieser Bereich ausschließlich mit dem Auto zu erreichen.

Viele der Menschen, die sich auf dem Frankfurter Flughafengelände aufhalten, beobachten neugierig die vier Personen, die aus dem Hubschrauber aussteigen. Sie können erkennen, wie die Ankömmlinge von den bereits wartenden Beamten der Bundespolizei begrüßt werden. Mit zwei Dienstfahrzeugen der Zollbehörden ist die Strecke zum Abflugterminal in kürzester Zeit überwunden.

„Wir haben dafür gesorgt, dass noch niemand an Bord gelassen wird“, versichert der Einsatzleiter. „Sobald wir den Durchgang erreicht haben, wird der erste Aufruf getätigt.“

Der Aufruf sorgt dafür, dass die Passagiere für diesen Flug ihr Handgepäck ergreifen und nacheinander den Weg über die Gangway zu ihrer Maschine zurücklegen.

Die Mitarbeiter der Flughafenpolizei positionieren sich ganz gezielt so, dass alle Fluggäste zwischen ihnen hindurchgehen müssen. Nur der Einsatzleiter hält sich mit seinen Besuchern noch im Hintergrund, außerhalb des Sichtbereichs der Passagiere.

„Da ist der Kerl“, macht Andreas seine Begleiter auf Kamal und dessen Vater aufmerksam. Ohne übermäßige Hast erheben sich die beiden Männer von ihren Plätzen, um ihren Gefolgsleuten voran das wartende Flugzeug aufzusuchen.

4 Terminal für die Allgemeine Luftfahrt und Geschäftsfliegerei

Ein Wink des Einsatzleiters reicht aus, damit die Männer seiner Einsatztruppe Hakim Rashan und seinen Sohn vor der Gangway abfangen und zur Seite begleiten.

„Was soll das? Warum halten Sie uns auf?“, erbost sich Kamal. Irgendwie hat er das Gefühl, dass dies mit seinem Auftrag an Nadim zu tun hat. Warum hat sich sein Untergebener nicht mit ihm in Verbindung gesetzt? ‚Sie müssten schon längst hier sein‘, schätzt er. Als dann auch noch Linda hinter dem Einsatzleiter hervor auf ihn zutritt, wird ihm klar, dass seine Versuche, dieser Frau habhaft zu werden, gescheitert sind. Den Wunsch unterdrückend, sich auf seine Feinde zu stürzen, ballt er wütend die Fäuste.

„Haben Sie wirklich geglaubt, Sie könnten mich mit Gewalt aus meinem Zuhause reißen?“, will Linda von ihm wissen. „Ich kann Ihnen versichern, dass es nichts gibt, was auch nur im Entferntesten mein Interesse an Ihnen wecken kann“, behauptet sie mit Nachdruck.

Auch sein Vater erinnert sich an die hübsche Frau, der er auf der Gastronomie-Messe begegnet ist, doch viel faszinierender findet er die überaus schöne, sinnliche Frau, die nun vor ihm erscheint. In ihren Augen kann er ihren Mut, ihre Stärke und ihren Kampfgeist lesen. ‚Eine Kriegerin‘, urteilt er respektvoll. ‚So eine Frau gehört an die Seite eines Führers!‘

„Herr Hakim Rashan?“, erkundigt sich Emma bei dem Iraker. Auf sein bestätigendes Nicken hin klärt sie ihn über den Grund ihres Daseins auf. „Nadim Safar wurde zusammen mit den drei Männern in seiner Begleitung von uns festgenommen, nachdem sie versucht haben, die hier anwesende Linda Kettler zu entführen. Herr Safar ist bereit, gegen seinen Auftraggeber auszusagen, was uns zu Ihrem Sohn Kamal Rashan führt“, schließt sie ihren Bericht ab.

Mit zunehmendem Erstaunen hört Hakim Rashan der Beamtin zu. ‚Kann es sein, dass mein Sohn sich über meine Anweisungen hinwegsetzt?‘, überlegt er. Ein Blick auf Kamals Gesicht bestätigt seine Befürchtungen. ‚Ja, definitiv‘, gibt er sich selbst die Antwort, während sich die Wut und der Ärger in ihm ausbreiten.

'Mit dieser Aktion hätte Kamal alles zerstören können, was wir uns so mühsam aufzubauen versuchen.' Er muss unbedingt die Wogen glätten, wenn nötig auf Kosten seines Sohnes.

„Zu meinem Leidwesen muss ich gestehen, dass ich keine Kenntnis über die Handlungen hatte, die mein Sohn in Auftrag gab. Aber ich kann Ihnen versichern, dass so etwas nicht noch einmal passieren wird."

„Davon bin ich überzeugt", stimmt Emma dem Mann zu. „Sie können getrost davon ausgehen, dass Ihr Sohn bei seinem nächsten Besuch hier keinen unbeobachteten Schritt machen kann."

„Dazu wird es nicht kommen. Bis sich Kamals Einstellung gegenüber den Menschen in Ihrem Land nicht ändert, werde ich ihm jegliche Weisungsbefugnis entziehen. Er wird dieses Land nicht so schnell wieder betreten, das versichere ich Ihnen."

Zufrieden nickt die Beamtin Hakim Rashan zu. 'Gerd hatte Recht', stellt sie fest. 'Wenn seinen Sohn zu opfern das einzige Mittel ist, um weiterhin seinen Geschäften bei uns nachgehen zu können, wird Hakim Rashan dieses ohne mit der Wimper zu zucken tun. Ich frage mich, welche Geschäfte so wichtig sein könnten, dass er dafür bereit ist, seinen Sohn in sein Heimatland abzuschieben. Wir sollten diesen Mann künftig im Auge behalten.' „Seien Sie versichert, dass wir auch Ihre Schritte genauestens verfolgen werden", verspricht sie dem Iraker.

„Was geschieht jetzt mit Nadim?", will er von Emma wissen.

„Er wird in Gewahrsam bleiben, bis ein Gericht über das begangene Strafmaß und die daraus resultierende Strafe entschieden hat, aber ich denke, im Anschluss wird er an die Behörden Ihrer Heimat übergeben."

Sein zustimmendes Nicken wirkt äußerst zufrieden. Emma ist bewusst, dass Hakim Rashan seinen heimischen Einfluss nutzen wird, um seinen Wünschen Nachdruck zu verleihen. Ist ihm sein Untergebener wichtig, wird er ungeschoren davonkommen, andernfalls wird wahrscheinlich nie wieder jemand von dem Mann hören.

„Meine Kollegen haben den Befehl, Sie bis in das Flugzeug zu begleiten", erklärt sie dem Iraker. „Bis zum Abflug darf niemand von Ihnen die Maschine verlassen."

„Ich verstehe."

Kamal hat dem Gespräch mit steigender Wut zugehört. ‚Was soll das? Wieso unterstützt mein Vater mich nicht? Es kann kaum in seinem Interesse sein, sich von dieser Frau etwas vorschreiben zu lassen.' Er begreift nicht, warum er in den Augen seines Vaters so etwas wie Hochachtung lesen kann, wenn dieser die Beamtin anschaut. „Wir sind Gäste in diesem Land, wir haben diplomatische Immunität, dann sollten wir auch dementsprechend behandelt werden, nicht wie Bittsteller", behauptet er.

Emma wendet sich dem Mann zu. „Solange Sie sich als Gast verhalten und nicht gegen unsere Gesetze verstoßen, steht dem auch nichts im Weg. Wie würden Sie mit einem Gast umgehen, der Sie in Ihrem eigenen Zuhause brüskiert?"

Andreas kann an seinem Gesicht ablesen, wie es in Kamal aussieht, doch Mitleid verspürt er keins. „Wie ist das nun?", fragt er Kamal. „Wollten Sie mir nicht beweisen, dass Sie immer siegen?" Andreas schüttelt den Kopf. „Wissen Sie was? Bevor man siegen kann, muss man lernen, mit Niederlagen umzugehen. Das haben Sie anscheinend versäumt." Er legt einen Arm um Linda, ohne Kamal noch eines Blickes zu würdigen. „Lasst uns gehen", bittet er die Freunde. Den nachdenklichen Blick und das zustimmende Nicken des irakischen Familienoberhauptes nimmt er nicht wahr.

Zufrieden sehen die vier Freunde kurz darauf dem abhebenden Flugzeug hinterher, ehe sie in den Hubschrauber einsteigen, um nach Hause zu fliegen.

11

Mit Kronos im Schlepptau steigt Karola vor der Tierarztpraxis aus dem Wagen. Sein Verhalten in den letzten beiden Tagen kann sie nur als pflegeleicht beurteilen. ‚Ob sich das ändert, wenn er wieder ganz gesund ist?', überlegt sie.

Im Wartezimmer trifft die Unternehmers-Gattin auf Magnus Peetz, den Hundezüchter, von dem sie Kronos als Welpen gekauft hat. Mit zwei angeschlagen wirkenden Hundewelpen, die sich gegenseitig immer wieder knurrend attackieren, wartet er darauf, zu dem behandelnden Arzt vorgelassen zu werden.

Beim Anblick des bedeutend größeren Kronos, der die beiden neugierig beschnuppert, kuscheln sich die Welpen verängstigt aneinander.

„Karo, ist das schön, dich einmal wiederzusehen", freut sich der Züchter. „Hallo Kronos", begrüßt er auch den Vierbeiner. „Na, kennst du mich noch? Was hast du denn angestellt?", erkundigt sich der Achtundvierzigjährige mit einem Blick auf die dicken Verbände.

„Er hat sich mit einem Stacheldraht angelegt", erklärt Karola dem Freund, um ihm anschließend die ganze Geschichte zu erzählen. „Was ist denn mit deinen beiden?"

„Halb so wild. Sie haben es bei der letzten Rangelei etwas übertrieben und kräftig zugebissen."

„Deine Raufbolde scheinen dich aber ziemlich auf Trab zu halten", vermutet Karo während des weiteren Gesprächs. „Du siehst zum Umfallen müde aus."

„Das liegt wohl eher daran, dass wir alle Nachtschichten einschieben, um unsere Tiere rund um die Uhr zu bewachen", berichtet Magnus der Freundin. „Vor etwas mehr als acht Wochen fing das urplötzlich an. Zuerst verschwanden nur Kleintiere aus diversen Tier- und Zoohandlungen. Danach griffen die Diebe auch bei Welpen und ähnlich großen Tieren zu. Bei uns in der Gegend hat jeder Tierbesitzer und Züchter Angst, dass er als Nächster einem Einbruch zum Opfer fallen könnte."

„Wieso bittet ihr denn nicht die Polizei um Hilfe?"

„Alles schon geschehen. Aber die haben keine brauchbaren Spuren. Niemand hat bisher irgendetwas mitbekommen und die vorhandenen Alarmanlagen waren für diese Verbrecher bisher kein Hindernis."

„Das lässt sich ändern!", behauptet Karo so fest, dass Magnus aufhorcht.

„Was meinst du damit?"

„Hast du vergessen, dass Peter genau in der Branche tätig ist?", lächelt Karo. „Wenn du dein Alarmsystem aufwerten willst, bist du bei *Staller* genau richtig. Mittlerweile haben Peters Anlagen den Ruf, unüberwindbar zu sein."

„Im Ernst? Das wäre genau, was ich jetzt brauche. Wie schnell komme ich da an einen Termin? Kannst du mir den besorgen?" Bettelnd richten sich die Augen des Züchters auf die Freundin.

Karo lacht vergnügt auf. „Den Augenaufschlag hast du von deinen Welpen", versichert sie frech. „Pass auf, während du zu deiner Behandlung gehst, rufe ich bei Peter an. Wir treffen uns nachher draußen. Einverstanden?"

„Und wie! Bis gleich." Mit seinen Halbstarken verlässt er das Wartezimmer hinter der Medizinischen Fachangestellten, die ihn abholt.

Schon am darauffolgenden Tag sitzt Magnus Peetz dem Konzernchef in dessen Firma gegenüber.

„Auch wenn ich mich freue, dich einmal wiederzusehen“, begrüßt Peter ihn lächelnd. „Du siehst einfach schrecklich aus.“ Die Müdigkeit und die dicken Ringe unter den Augen des Freundes sind nicht zu übersehen.

„Das liegt wohl daran, dass wir rund um die Uhr darauf achten, nicht bestohlen zu werden. Seit Wochen wechseln sich meine Mitarbeiter im Sechs-Stunden-Takt mit dem Wachdienst ab. Meine Frau und ich eingeschlossen. Mittlerweile gehen wir alle auf dem Zahnfleisch.“

„Das kann ich mir vorstellen. Pass auf, ich habe schon mit Gerd darüber gesprochen. Du kennst ihn ja. Er wird sich um deine Anlage kümmern. Wir sollten alles Weitere bei ihm besprechen. Wahrscheinlich wartet er schon auf uns.“

Nachdem sie im Büro des Projektleiters alle Details geklärt haben, lassen sich die beiden Oberhäupter der *Staller Industrie Werke* schildern, mit welchen Problemen die umliegenden Tierbesitzer zu kämpfen haben. „Selbst vor Tierheimen machen diese Diebe nicht Halt“, beendet Magnus seinen Bericht.

„Was sagt denn die Polizei dazu?“

„Nicht viel. Das Einzige, was die Polizeibehörden unternehmen können, ist, vermehrt Streife zu fahren. Die haben keine Spur zu den Tätern, die sich auf ihre Diebstähle anscheinend sehr gut vorbereiten. Die Polizei weiß auch nicht, wohin die Tiere verschwinden. Bis jetzt ist keins der geklauten Tiere irgendwo aufgetaucht.“

Gerd hat eine ganze Weile schweigend zugehört, doch jetzt bringt auch er sich in das Gespräch ein: „Magnus, du sagst, das fing mit Kleintieren und Nagern an, bevor später auch die größeren Tiere betroffen waren. Wieviel Zeit lag dazwischen?“

„Nur wenige Wochen, höchstens drei oder vier.“

„Was geht dir durch den Kopf?“, verhört der Konzernchef seinen Projektleiter. Genau wie allen anderen, die Gerd Bach schon länger kennen, ist auch ihm bewusst, dass der junge Mann eine ganz besondere Gabe besitzt. Er schafft es immer wieder, in kürzester Zeit auch die ungewöhnlichsten Handlungen nachzuvollziehen, wobei er dann gleich deren Sinn aufzeigt. Die passenden Gegenmaßnahmen hat er auch jedes Mal schnell parat. Zudem sind seine Erklärungen der Sachlage so professionell, dass selbst der Letzte seine Schlussfolgerungen begreift. Auch diesmal soll er sich nicht in Gerd getäuscht haben.

„Haltet mich bitte nicht für verrückt, aber ich denke, wir haben es hier mit verbotenen Tierversuchen zu tun."

„Tierversuchen?", staunt Peter.

Im Gegensatz zu dem Konzernchef ist Magnus bereits klar, worauf Gerd hinauswill. „Du meinst, irgendein zwielichtiger Wissenschaftler forscht an *wer weiß was* herum und benutzt die geklauten Tiere als Versuchsobjekte?"

„Ist doch durchaus möglich", behauptet Gerd. „Vielleicht will da jemand heimlich neue Impfstoffe entwickeln." Was ihm wirklich durch den Kopf geht, mag er nicht aussprechen, doch Peter kennt ihn leider viel zu gut.

„Was verheimlichst du uns?", verhört der Unternehmer ihn. „Raus mit der Sprache!"

„Ich dachte nur darüber nach, warum jemand die Forschung an Impfstoffen verheimlichen sollte, dafür gibt es doch sogar staatliche Zuschüsse. Mir fällt momentan nur ein Grund ein, weshalb man die Forschung an neuen Produkten vertuschen will."

„Und welcher?"

„Es könnte sich um chemische oder biologische Waffen handeln."

„Biowaffen?", wiederholt Peter erschrocken. „Das ist nicht dein Ernst!"

„Sicher. Überleg doch einmal, wie so etwas abläuft. Zuerst entwickelt man das entsprechende Gift oder den Erreger. Dann braucht man den passenden Impfstoff. Vorher kann man das Zeug nicht in Umlauf bringen, sonst gefährdet man sich schließlich selbst gleich mit."

„Du könntest Recht haben", stimmt Magnus zu. „Für solche Testreihen braucht man eine Vielzahl an Probanden. Sie müssen erst mit dem Erreger geimpft werden, um den Krankheitsverlauf bis hin zum Tode zu dokumentieren. Die nächste Versuchsreihe besteht dann aus der Impfung mit dem Erreger und nach Ausbruch der Krankheit mit dem Impfstoff. Anschließend muss noch getestet werden, wie der Erreger auf geimpfte Probanden wirkt. Bis man das richtige Ergebnis erzielt, kann das Jahre dauern."

„Genau. Und so lange sind alle Vierbeiner in deren Einzugsgebiet gefährdet."

„Du zeigst uns da gerade ein erschreckendes Bild auf", stellt Peter fest.

„Genau. Deswegen werde ich nachher noch mit Emma sprechen. Vielleicht gibt es ja doch die eine oder andere Möglichkeit, den Kerlen auf die Pelle zu rücken. Aber zuerst einmal kümmern wir uns um deine Anlage, Magnus."

„Das wäre großartig."

„Ich habe einige meiner Leute gebeten, sich den heutigen Nachmittag freizuhalten, damit wir uns dein Grundstück und die Gebäude ansehen und vermessen können. Wenn du digitale Grundrisspläne zur Verfügung hast, würde uns dadurch die Arbeit vereinfacht, es geht aber auch ohne. Was hältst du von vierzehn Uhr?"

„Heute?", staunt Magnus. „Tja, was soll ich sagen? Super! Jungs, ihr seid spitzenmäßig!"

„Das darfst du gern jederzeit wiederholen", grinst Peter.

Pünktlich steigt Gerd vor dem Eingang der Hundezucht aus seinem *Audi Q7*. In seiner Begleitung befinden sich aus seinem Team der Computerspezialist Tim Hoffmann, Ralf Haas, der Maschinenbauingenieur, und das Nachwuchstalent Michaela Kaiser. Die zweiundzwanzigjährige Studentin arbeitet zusätzlich zu ihrem Studium des *Wirtschaftsingenieurswesens Fachbereich Maschinenbau* als Aushilfskraft in Gerds Team für Sonderprojekte. Mit ihrem humorvollen Wesen und ihren hervorragenden Leistungen hat sich die schlanke *1,74* Meter große Frau mit dem dunkelbraunen lockigen Pferdeschwanz und den braunen Augen einen dauerhaften Platz bei seinen Technikern erkämpft.

Das weiße zweistöckige Haupthaus des Bauernhofes wird von zwei großen Anbauten flankiert. Rund um das Grundstück läuft eine zweieinhalb Meter hohe Hecke mit einem festen Drahtzaun auf der Außenseite. Mindestens die Hälfte der Gartenfläche ist bestück mit den schönsten Klettergerüsten für heranwachsende Hunde. Überall auf den Wiesen und Wegen findet sich Hundespielzeug, das von den vierzehn herumtollenden Vierbeinern immer wieder aufgegriffen wird.

Gerd war in den letzten zwei Jahren oft genug zusammen mit Karola hier, um sich noch auszukennen. Daher wendet er sich direkt der linken Seite des Gebäudes zu und öffnet das Tor, das ihm den Weg zu einem der Anbauten freigibt. „Der Letzte schließt bitte das Tor", weist er seine Leute an. Im Anschluss führt er sie an dem Anbau vorbei in Richtung Garten. Auf der gesamten Länge des Flachbaus finden sich verschieden große Zwinger, die aber mit Ausnahme des letzten leer sind.

„Die Aufzucht von Magnus Peetz ist ein Familienbetrieb", erklärt Gerd seinen Teammitgliedern. „Angefangen hat das Ganze vor sechs Jahren mit einer einzigen Labrador-Hündin. Doch mittlerweile besitzt Magnus sieben oder acht Hündinnen und zwei Rüden, die er für die Zucht verwendet. In die Zwinger können die Vierbeiner zu jeder Tageszeit allein hinein. Zu dem Anbau hin sind die Klappen dauerhaft offen, so dass sie sich jederzeit nach drinnen zurückziehen können. Dadurch, dass sich in dem Anbau auch immer einige der Betreuer aufhalten, wird den Tieren der häusliche Umgang mit den Menschen in ihrem Umfeld vermittelt."

„So können sie sich später einfacher in ihrem neuen Zuhause anpassen", begreift Michaela, ehe sie plötzlich ruckartig vor dem letzten Zwinger stehen bleibt. „Seht euch das einmal an", haucht sie, als sie die acht putzigen champagnerfarbenen Welpen erblickt, die tapsig herumtollend übereinander purzeln. „Meine Güte, sind die süß!"

Der einunddreißigjährige Tim Hoffmann ist Ingenieur für technische Informatik, Computertechnik und Simulation. Mit schlanken *1,90* Meter überragt der rothaarige überdurchschnittlich intelligente Spezialist die anderen um ein gutes Stück. Obwohl er bei der Arbeit ruhig und besonnen wirkt, lässt der humorvolle

Mann keinen Witz aus. Auch jetzt blitzen seine grünen Augen spitzbübisch auf, während er sich über die Schulter der Studentin beugt. „Pass auf, Micha, Herr Peetz zählt heute Abend garantiert nach", flüstert er der jungen Frau laut genug ins Ohr, dass die anderen es auch verstehen können.

„Idiot!", kommentiert Michaela Tims Stichelei unter dem vergnügten Grinsen der Kollegen.

„Schön, dass ihr da seid." Magnus hat seine Besucher bereits erwartet. Erfreut geht er ihnen entgegen, wobei ihm seine beiden Rüden neugierig folgen. „Hey, Jungs, seht einmal, wir haben Gäste."

Sofort werden die vier Neuankömmlinge von allen Seiten beschnuppert. Nachdem keine Gefahr zu bestehen scheint, kommen auch die Hündinnen rasch näher, um die Teammitglieder ausgiebig zu begrüßen.

„Was seid ihr doch für schöne Tiere", staunt die Studentin. Dadurch, dass sie vor ihnen in die Hocke geht, befindet sich die junge Frau auf Augenhöhe mit den großen Hunden, die sich ihr neugierig von allen Seiten nähern.

Während Gerd über den Fehler der jungen Kollegin grinst, muss diese sich gegen sämtliche Vierbeiner zur Wehr setzen, die Michaelas Geste als Einladung empfinden, sie nach Herzenslust abzuschlecken, wobei sie, von den Hunden bedrängt, unsanft auf ihrem Hintern landet.

„Könnt ihr mir bitte einmal helfen", fleht Micha ihre lachenden Kollegen an, da sie es nicht schafft, sich aus dem Pulk zu befreien. Sobald sie mit jeder Hand einen Hund zur Seite schiebt, erscheinen zwei neue an deren Stelle.

„Das reicht jetzt! Zurück!", befiehlt Magnus den Hunden, während auch er vergnügt grinst.

Folgsam lassen die Hunde von Micha ab.

„Geht spielen!", bietet der Hausherr den Tieren an.

Die Aufforderung braucht er nicht zu wiederholen, da die temperamentvollen Wesen sofort bellend und schwanzwedelnd durch den Garten rasen, um sich dem Spielzeug ihrer Wahl zu widmen.

„Machen wir einen Rundgang", empfiehlt Magnus seinen Besuchern.

Auf ihrer Tour über das Grundstück und durch die Gebäude erkunden sie jeden Winkel, achten auf jeden noch so kleinen Eingang und jedes Fenster.

Mit seiner Kamera bemüht sich Ralf darum, die wichtigen Stellen von allen Seiten aufzunehmen, damit sie später bei der Ausarbeitung der Anlage darauf zurückgreifen können. Nachdenklich wandert der Blick des dreiunddreißigjährigen überschlanken Familienvaters zurück zu dem Zwinger mit den Welpen. ‚Das wäre bestimmt ein gutes Geschenk', überlegt er im Hinblick auf den kommenden Geburtstag seines Sohnes. Aber noch behält der *1,76* Meter große Mann seine Gedanken für sich. Zuerst muss er das mit seiner Frau besprechen. ‚Schließlich bleibt die meiste Arbeit an ihr hängen', gesteht er sich ein. ‚Dann sollte sie die ausschlaggebende Entscheidung treffen.' Die grünen Augen leuchten humorvoll auf, als er ein paar Bilder von den Welpen knipst. Ihm entgeht nicht das Lächeln seines Bosses, der ihm gutgelaunt zuschaut.

„Überzeugungskraft?", fragt Gerd ihn leise.

„Ein Bild sagt mehr als tausend Worte", bestätigt Ralf lächelnd, um sich anschließend wieder seiner Arbeit zu widmen.

„Die größten Sorgen bereitet mir euer Zaun", gesteht Gerd dem Züchter. „Das ist ein einfacher Maschendrahtzaun, wenn auch stabil, ist er mit einer Zange trotzdem schnell durchgeschnitten."

„Ja, ich weiß. Aber auf Stacheldraht möchte ich ungern zurückgreifen", wehrt Magnus sofort ab.

„Nehmen Sie einen Doppelstabmattenzaun", empfiehlt Ralf ihm. „Das ist ein sehr stabiler Gitterzaun, der sich in der Absicherung gewerblicher und privater Grundstücke bewährt hat. Dabei sind die senkrecht verlaufenden Rundstäbe beidseitig eingefasst von zwei gegenüberliegenden, waagrecht verlaufenden Rundstäben. Die Kreuzungspunkte sind alle fest verschweißt. Er wird auf einem im Boden verankerten Betonfundament installiert, in den die Enden der Rundstähle eingegossen sind. Das und die dichte Anordnung der Stäbe erschweren ein Durchgreifen enorm. Ein Anheben und Unterkriechen ist ebenfalls nicht möglich und das Kappen der dicken Stäbe erreicht man mit normalen Werkzeugen garantiert nicht. Außerdem macht es bedeutend mehr Krach. Dadurch erzielen sie eine zuverlässige Einfriedung mit einem hohen Sicherheitsniveau. Obendrein sind diese feuerverzinkten Stabmattenzäune sehr langlebig und dauerhaft stabil. Zusätzlich bestückt mit unseren Warnsensoren sollte das eigentlich ausreichen. Er kostet nicht übermäßig viel und ist schnell aufgebaut."

„Also, ich muss schon sagen", staunt Magnus. „So schnell hätte ich nicht mit einem Lösungsvorschlag gerechnet. Ich bin beeindruckt."

Nach zwei Stunden Planung sind sie sich einig, welche Sicherheitsvorkehrungen umgesetzt werden sollen. Schon ab der nächsten Woche werden sich die Allrounder der Truppe mit den Technikern um den Aufbau des neuen Zauns kümmern. Indessen beschäftigen sich die übrigen Teammitglieder mit der Ausarbeitung des Schalt- und Installationsplans.

„Über das Wochenende bis etwa Mitte nächster Woche müsst ihr noch allein auf euer Eigentum aufpassen", bemerkt Gerd. „Wir brauchen zwei Tage für die Ausarbeitung der Pläne. Zudem müssen wir eine externe Firma für den Bau des Zauns hinzuziehen. Das kann auch ein wenig Zeit in Anspruch nehmen. Ich verspreche dir aber, dass wir uns beeilen."

„Hervorragend", freut sich Magnus. „Dann kann ich vielleicht irgendwann wieder in meinem eigenen Bett schlafen, statt meinen Wachposten hinter dem Eingang zu beziehen."

„Was hältst du davon, wenn wir das während der Installationsarbeiten für ein paar Stunden täglich übernehmen?", erkundigt sich Gerd. „Dann könnt ihr euch einmal ausschlafen."

„Wirklich? Das würdet ihr machen?"

„Na klar", beteuert Micha. „Für diese wunderschönen Tiere machen wir das gern."

„Und ich dachte, das galt mir", schmollt Magnus beleidigt, woraufhin alle schallend loslachen.

Bereits am Dienstagmorgen rollt der *Kleinbus* mit den sieben Mitarbeitern eines in der Nähe angesiedelten Zaunbauers vor dem Eingang zu Magnus Peetzs Anwesen vor. Der *Mercedes Sprinter* und der *VW Transporter T5* mit Doppelkabine und Aluminiumpritsche inklusive Bordwänden, die dem Bus folgen, sind mit dem Material beladen, das in den nächsten zwei Tagen zu einem stabilen Rundumschutz für das Grundstück aufgebaut werden soll. Zudem befinden sich weitere vier Arbeiter darin, die bereit sind, tatkräftig mit anzupacken.

Die beiden Allrounder Dominik Schwarz und Oliver Klein warten bereits mit dem Hausherrn auf die ankommenden Arbeiter. Innerhalb kürzester Zeit verschwinden die alten Maschendrahtzäune, um für das Fundament des neuen Zauns an den Grundstücksgrenzen Platz zu machen. Dann beginnen die Arbeiter mit dem Ausheben des Grabens, wobei sie immer wieder mit ihren Messgeräten die Tiefe überprüfen. Als die Zaunbauer im Anschluss mehrere Säcke Kiesschotter in dem Graben verteilen, kann Magnus sich seine Frage nicht verkneifen: „Wofür ist denn das gut?"

„Wir geben circa zehn Zentimeter Kiesschotter als Trocknungsschicht in die Öffnung", erklärt ihm der Vorarbeiter. „So kann Stauwasser nach und nach ablaufen und gefriert nicht in oder unter dem Fundament. Für das Fundament verwenden wir eine spezielle Fertigmischung Schnellbeton." Er zeigt auf seine Männer, die gerade mit den beschriebenen Arbeiten beginnen. „Beim Einfüllen wird mit zusätzlichem Wasser gearbeitet, damit wir Unebenheiten des Betons ausgleichen können. Das fertige Fundament sollte etwa zehn Zentimeter unter der Bodenkante liegen. Wir haben uns entschieden, die Zaunpfosten direkt einzubetonieren, ohne zunächst Ankerschuhe zu verwenden. Der Nachteil hierbei besteht darin, dass die Zaunpfosten schneller Rost ansetzen könnten, dem wirken wir entgegen, indem wir ein sehr hochwertiges Pfostenprofil verwenden, das über einen entsprechenden Korrosionsschutz verfügt. Diese Art des Aufbaus hat den Vorteil, dass die Gesamtlänge für die Höhe der Pfosten einfacher zu berechnen ist. So passt der Doppelstabmattenzaun hinterher perfekt in die Aufbauten hinein. Als Einbruchsschutz und für die Optik werden wir direkt vor dem Zaun umlaufend Betonblöcke mit in das Fundament einsetzen. Die Blöcke haben eine Höhe von achtzig Zentimetern, die zur Hälfte im Fundament verschwinden. Wenn das nachher fertig ist, sieht es aus wie eine kleine Mauer. Aber der eigentliche Sinn ist, dass Außenstehende gar nicht erst an das untere Ende des Zauns gelangen, ihn also auch nicht aufhebeln können."

„Vielen Dank für die hervorragende Erklärung", freut sich Magnus. „Sie war wirklich sehr aufschlussreich."

„Immer wieder gern", versichert der Vorarbeiter. „Bis zum späten Nachmittag werden wir mit den Betonarbeiten fertig sein. Dann decken wir über Nacht alles sorgfältig ab, bevor wir morgen Früh die Zäune einsetzen. Im Anschluss montieren wir erst das Doppelschwingtor am Eingang für den Fußweg, dann das automatisch öffnende Seitenrolltor vor der großen Einfahrt. Dafür bekommen Sie abschließend eine Fernbedienung. Danach sind die Leute von *Staller* dran."

„Das hört sich doch gut an, aber wenn ich Sie richtig verstanden habe, werden Sie heute nicht mehr gänzlich fertig. Stimmt's?"

„Ja, das ist leider nicht zu schaffen. Schon allein, weil der Beton eine gewisse Trocknungszeit benötigt. Heute Nacht müssen Sie besonders gut auf Ihr Eigentum aufpassen."

„Dafür bekommen Sie heute Abend Verstärkung", versichert der achtunddreißigjährige Oliver Klein dem Züchter. Der *1,83* Meter große Allrounder mit dem schokoladenbraunen Kurzhaarschnitt und den passenden braunen Augen ist einer der Sicherheitskräfte aus dem Hause *Staller.* Mit seinem Freund Dominik Schwarz absolvierte er eine militärische Laufbahn nebst einem Studium für Elektronik und Nachrichtentechnik, ehe sie gemeinsam bei ihrem beruflichen Werdegang eine andere Richtung einschlugen.

„Unser Boss hat uns in drei Schichten eingeteilt, die sich im Vier-Stunden-Takt ablösen werden", berichtet Oliver. „Jeweils drei Personen, die Ihre Leute unterstützen sollen. Er hat übrigens einen guten Draht zur Polizei. Die haben uns versprochen, heute Nacht rund um ihr Anwesen vermehrt Streife zu fahren. Außerdem werden wir alle mit Kommunikationsgeräten ausstatten, damit wir uns jederzeit verständigen können. Es wurde ein solider Überwachungsplan aufgestellt, nachdem wir vorgehen werden. Unsere Kollegen Max Schreiber und Tim Hoffmann kommen nachher auch noch vorbei, um ein paar Kameras zu installieren. Vorsichtshalber."

„Sie haben wirklich an alles gedacht", freut sich Magnus. „Zudem leisten Sie sehr gute Arbeit. Ich bin begeistert."

Während die Arbeiten auf dem Bauernhof von Magnus Peetz in vollem Gange sind, ruft Gerd seine Teamkollegen im Konferenzraum zusammen, um ihnen letzte Anweisungen zu geben.

Doch erst einmal richtet sich der Konzernchef an seine Mitarbeiter: „Wie Sie mittlerweile wissen, sind meine Frau und ich mit Magnus Peetz befreundet. Dass Sie sich bereit erklärt haben, ihm zu helfen, rechne ich Ihnen allen hoch an. Sie machen hier nicht nur Ihre Arbeit, sondern unterstützen ihn auch noch weit darüber hinaus. Dass Sie obendrein Ihre wohl verdiente Freizeit und Nachtruhe opfern, werde ich garantiert nicht vergessen und auch nicht mit einem einfachen ‚Dankeschön' abtun. Verlassen Sie sich darauf!"

Zufrieden lächelnd lässt Gerd seinen Blick über die anwesenden Kollegen wandern. Es ist nicht das erste Mal und wird garantiert auch nicht das letzte Mal gewesen sein, dass sich die Oberhäupter der *Staller Industrie Werke* auf diese Menschen verlassen können. Sie sind es, die diese Firma zu dem gemacht haben, was sie heute ist, haben für ihren guten Ruf gesorgt und sich voll in die notwendigen Arbeiten, mitsamt unmöglichen Arbeitszeiten, eingebracht. Für sie alle ist dies hier nicht nur ein Arbeitsplatz, sie sind Freunde, eine Familie, sie halten zusammen und sind füreinander da.

„Da muss ich wohl nichts mehr hinzufügen", stimmt er dem Chef zu. „Das Grundstück von Magnus Peetz wird in dieser Nacht nur unzureichend gesichert, da die Firma des Zaunbauers zwei Tage für die anstehenden Arbeiten benötigt. Unsere Anlage war auch noch nicht weit genug ausgearbeitet, um sie bis heute fertigzustellen. Max und Tim werden mit Unterstützung von Oliver und Dominik heute noch dafür sorgen, dass alle Türen, Fenster und sonstige Eingänge mit unseren typischen Einbruchsmeldern versehen werden. An einigen Stellen installieren sie zudem Überwachungskameras, alles *W-LAN*-tauglich. Damit kann jeder von euch umgehen. Ich habe bereits letzte Woche Emma um Hilfe gebeten. Sie hat für diejenigen, die zur Wache eingeteilt werden, Kommunikationsgeräte besorgt. Bitte geht pflegsam damit um, da ich sie wieder zurückgeben muss. Vollständig und funktionsfähig wohlgemerkt."

„Spielverderber", wirft Uwe grinsend ein, was seinem Boss einen bösen Blick in seine Richtung entlockt.

„Magnus Peetz und seine Frau haben insgesamt acht Helfer vor Ort. Sie wechseln sich im Sechs-Stunden-Rhythmus mit je fünf Personen bei der Bewachung ab. Ihr könnt euch sicher vorstellen, dass die Tiere auch ihren Obolus fordern. An Schlaf ist also auch zwischen diesen Phasen nicht zu denken. Von morgen an werden wir in den beiden Schichten von sechs bis zwölf Uhr und von zwölf bis achtzehn Uhr während der Installationsarbeiten die Aufsicht übernehmen. Da wir ebenfalls mit fünf Personen pro Schicht arbeiten, können die Tagesaufgaben anders verteilt werden. So kann der eine oder andere vielleicht ein wenig Schlaf nachholen."

„Mein Freund hat mir erzählt, dass einige von Ihnen sogar am Wochenende bei ihm ausgeholfen haben", ergänzt Peter. „Meine Hochachtung, Herrschaften. Ihr Engagement ist beeindruckend."

„Die Tiere sind es wert, dass man auf sie achtet", versichert Tim. „Wie sieht das denn heute aus? Wir werden wohl die ganze Nacht aufpassen müssen. Oder?"

„Ja, leider bleibt uns nichts anderes übrig", bestätigt Gerd. „Magnus wartet mit fünf Personen auf. Wir werden uns im Vier-Stunden-Takt einbringen. Patrick, Tobias, ihr werdet mit Daniel die letzte Schicht von vier bis acht Uhr übernehmen. Damit löst ihr Uwe, Ralf und Dominik ab, die sich von Mitternacht an die Nacht um die Ohren schlagen dürfen. Für die Schicht von zwanzig Uhr bis Mitternacht bleiben dann wir beide übrig, Oliver. Leider kann ich diesmal nicht auf Jens zurückgreifen, so dass wir die erste Schicht zu zweit absolvieren."

„Macht nichts", behauptet der Allrounder. „Wir schaffen das."

„Nicht nötig", entgegnet der Konzernchef. „Ich werde für Herrn Fischer einspringen."

Gerd hat nichts anderes von Peter erwartet. Auch die Teamkollegen sind kein bisschen überrascht, da sie dieses Verhalten von ihrem Chef bereits kennengelernt haben.

„Großartig!", freut sich Gerd. „Die anderen sind dann ab morgen für die Installation zuständig. Lasst uns loslegen."

12

Pünktlich um Mitternacht finden sich Uwe, Ralf und Dominik auf dem Bauernhof von Magnus Peetz ein, um die Kollegen der vorherigen Schicht abzulösen.

„Wie sieht es aus?“, erkundigt sich der Sicherheitsfachmann.

„Bisher war alles ruhig“, teilt Gerd den dreien mit. „Übrigens, die Zwinger sind alle leer. Da sie nur mit einfachen Vorhängeschlössern gesichert sind, hat Magnus sämtliche Vierbeiner in den Anbau geholt. Dank der Welpen herrscht dort ein reges Treiben.“

„Passt auf, dass ihr die Türen zu dem Raum immer geschlossen haltet, sonst bekommt ihr einiges zu tun“, empfiehlt Oliver seinen Kollegen, bevor er grinsend ergänzt: „Langeweile habt ihr dann jedenfalls keine mehr.“

„Die Tiere brauchen viel Bewegung“, ergänzt der Konzernchef. „Nehmen Sie auf Ihren Rundgängen immer eins der Zuchttiere mit. Sie werden es Ihnen danken.“

„Ira Peetz sitzt noch vor dem Computer für die Überwachung“, berichtet Gerd weiter. „Ihr Mann wird sie aber gleich ablösen. Lasst euch von den beiden alles zeigen. Viel gibt es eigentlich nicht, was ihr wissen müsst, schließlich ist diese Tätigkeit für euch nichts Unbekanntes. Max und Tim haben an sämtlichen Eingängen Kameras installiert, die per *W-LAN* übertragen, im Hof findet ihr an den Außenecken jeweils eine *360-Grad-Kamera*.“

Magnus schaut ihnen beim Eintreten vergnügt entgegen. „Die Wachablösung? Willkommen im Club der Schlaflosen“, grinst er. „Das Wichtigste zuerst!“ Mit der Hand zeigt er auf eine der Türen. „Die Küche ist gleich hier hinten. Frischen Kaffee und Mineralwasser finden Sie die ganze Nacht hindurch.“

„Gut zu wissen“, freut sich Uwe. „Wie sind denn die hiesigen Abläufe? Das hat sich doch bestimmt schon eingespielt.“

„Ja. Wir sind zu fünft in einer Schicht. Zwei von uns bleiben bei den Tieren, einer sitzt am Monitor für die Überwachungskameras und die übrigen beiden laufen das Grundstück ab. Es ist schwierig, mehr als ein Viertel im Auge zu behalten. Dank Ihrer Unterstützung ist das auch nicht nötig. Zwei von Ihnen verstärken dieses Team. Der Dritte hilft bei der Überwachung. Alle, die draußen Kontrollgänge machen, nehmen einen der Hunde mit. Auch wenn sie an der Leine bleiben müssen, bekommen die Tiere so ein wenig Bewegung, wodurch sie die übrige Zeit ruhig bleiben. Zudem werden eventuelle Beobachter vielleicht abgeschreckt."

„Gute Idee", stimmt Dominik zu. Der siebenunddreißigjährige Flugexperte wechselte vor einigen Jahren gemeinsam mit seinem Freund Oliver Klein aus der militärischen Laufbahn als Sicherheitsfachkraft in die Firma *Staller*, da sie das äußerst lukrative Angebot des Konzernchefs Peter Staller nicht abzulehnen vermochten. Gleichzeitig übernahmen sie die unterstützende Tätigkeit im Team für Sonderprojekte. Mit seiner sportlich durchtrainierten Figur, einer Körpergröße von *1,82* Meter, dem blonden Kurzhaarschnitt und den fröhlich blitzenden blauen Augen kann er sich durchaus sehen lassen.

„Schön, dann würde ich sagen, Ralf, du bleibst hier und übernimmst die Überwachung, während Dominik und ich die Außengelände übernehmen", teilt Uwe ein. „In einer Stunde können wir dann tauschen. Oder was meint ihr?"

„Hört sich vernünftig an", stimmt Dominik zu.

„So haben wir es bisher auch gehalten", bekennt Magnus. „Übrigens, mein Sohn Robert und ich lösen für die nächste Schicht zwei unserer Mitarbeiter draußen ab."

Als eine junge Frau eintritt unterbricht er sich kurz, um ihr ein begrüßendes Lächeln zu schenken. „Carina sitzt gleich am Computer", stellt er seine Aushilfe vor. „Sie ist eigentlich eine unserer Aushilfspflegerinnen. Aber obwohl sie mitten im Medizinstudium steckt, hilft sie uns in jeder freien Minute hier aus. Zudem schlägt sie sich mit uns hier die Nächte um die Ohren. Ich hoffe, dass das für ihr Studium keine negativen Auswirkungen hat. Das kann ich bestimmt nie wieder gut machen."

„Machst du doch schon", lächelt Carina. „Indem ich hier arbeiten darf. Ich möchte nämlich Tierärztin werden. Aber jetzt verschwindet schon."

Uwe wird von einem prachtvollen schwarzen Rüden begrüßt, der ihm mit seiner Leine im Maul bereits an der Tür entgegenkommt. „Na, du hast es aber eilig", grinst der Pilot, dem das Tier außerordentlich gut gefällt.

„Das ist Carlos, der Anführer unserer Bande", erklärt Magnus ihm. „Er hört wirklich gut, wenn er Lust dazu hat", fügt er lächelnd hinzu. Dominik gibt er eine der Hündinnen an die Hand. „Das ist Ronja. Sie ist absolut problemlos."

„Na, dann komm, du Räubertochter", lächelt Dominik. „Gehen wir deine Konkurrenz vertreiben."

Magnus begleitet die beiden Männer mit ihren Tieren nach draußen. Er selbst führt Earl, den zweiten Rüden, an der Leine mit sich. Am Haupttor treffen sie auf Robert Peetz mit der Hündin Melody. Nach kurzer Absprache ist allen klar, welche Strecken sie abzulaufen haben. Während sich die Kollegen der ersten Schicht eilends in ihre Betten begeben, nehmen die vier Aufpasser ihre Arbeit auf.

Uwe, der kurz darauf das Haupttor abläuft, kann einen Streifenwagen erkennen, der langsam in die Straße einbiegt, um im Schritttempo an dem Bauernhof des Züchters entlang zu rollen. Dabei schauen sich die beiden Uniformierten nach allen Seiten aufmerksam um, ehe sie schneller werdend um die nächste Ecke verschwinden. ‚Das funktioniert also auch', freut sich Uwe. „Komm, gehen wir weiter", bittet er den Rüden, der sofort gehorcht.

Der Transporter fährt leise die Straße entlang, bis er noch zwei Grundstücke von dem Bauernhof des Züchters entfernt ist. Samuel hält auf dem Seitenstreifen neben einer Garage an, in der Hoffnung, dass der Transporter dort nicht auffällt.

„Los!", gibt er den Startschuss. Ganz in Schwarz gekleidet sind die Männer nur dann zu erkennen, wenn sie in den Lichtkreis der Straßenlaternen gelangen, was sie aber tunlichst vermeiden.

Die Skimasken mit den Schlitzen für Mund, Nase und Augen verhindern zudem, dass man einen von ihnen erkennen könnte. So vermummt schleichen sie sich von der Seite her an das Grundstück heran.

„Was ist denn hier los?", flüstert Emilio, der die Zange für den Maschendrahtzaun in der Hand hält. „Wieso ist hier kein Zaun mehr?"

„Die bauen wohl gerade um", flüstert Samuel, mit der Hand auf die abgedeckten Betonfundamente deutend.

„Umso besser für uns", lässt sich Vincent leise vernehmen. „Weiter! Aber vorsichtig!" Doch schon nach wenigen Schritten stoppt er seine Kameraden. „Wartet!"

„Was ist los?", verhört Samuel ihn.

Mit der Hand weist Vincent auf die Wand, an der bis gestern noch ein Eingangstor den Weg versperrte. „Kameras!", flüstert er. „Die haben sich anscheinend auf die Schnelle eine Überwachung zugelegt.

„So ein Mist", mault Emilio. „Dann müssen wir unsere Aktion abbrechen."

„Nicht unbedingt", hält Vincent dagegen. „Gestern war das noch nicht hier. So schnell schaffen die keine hundertprozentige Sicherung. Ich bin überzeugt, dass da drinnen einer vor seinem Computer hängt, der aufpasst. Also müssen wir nur dafür sorgen, dass wir nicht im Sichtbereich der Kameras auftauchen. Passt auf, wie ich das mache. Dann folgt mir."

Mit dem Rücken an der Wand rutscht er genau unter der Kamera hindurch, langsam, Schritt für Schritt, bis er aus dem Wirkungsradius dieser Überwachung heraus ist. Gleichzeitig entdeckt er die erste *360-Grad-Kamera*, die genau gegenüber auf einem Pfosten angebracht über das Gelände schwenkt. Sofort wendet er sich an seine Komplizen: „Wartet noch! Hier gibt es weitere Kameras. Wenn ich durch bin, kommt der Erste von euch bis hierher. Hier stehen bleiben, bis ich ihm ein Zeichen gebe. Der Letzte von euch macht das genauso."

Nachdem die Kamera an der Wand vorbeigeschwenkt ist, rutscht Vincent um die letzte Ecke vor die Zwinger. „Los!", befiehlt er.

Samuel drückt sich an der Wand entlang, so wie Vincent es ihm erklärt hat. An der richtigen Stelle bleibt er stehen, um auf das Zeichen seines Kameraden zu warten. Dann hat auch er das Hindernis überwunden.

Selbst der zuletzt heranschleichende Emilio schafft es, die Hindernisse unbemerkt zu überwinden. „Los, weiter!“, verlangt er.

Im letzten Moment erblicken sie die Männer mit ihren Hunden, die den Wachdienst übernommen haben. Alle drei stürzen sie hinter die Hecke, darauf bedacht, weder von den Kameras noch von den Aufpassern entdeckt zu werden.

„Verdammt!“, flucht Vincent leise. „Die waren vorgestern noch nicht hier.“

„Egal, zurück können wir nicht mehr“, beteuert Emilio genauso leise. „Kaspar braucht dringend diese Welpen.“

„Und die werden wir uns auch holen“, versichert Samuel. „Das sind doch nur die Züchter mit ihren Angestellten. Die sind weder bewaffnet, noch wissen die sich zu wehren, wenn es hart auf hart kommt. Außerdem haben die keine Ahnung, dass wir hier sind. Passt auf, wir verstecken uns in der Hecke, bis die Wachen an uns vorbeigelaufen sind, dann schleichen wir uns an die Zwinger heran.“

„Die Welpen sind alle in dem letzten Zwinger“, erklärt Vincent. „Davon konnte ich mich bei meinem Besuch am Sonntag überzeugen.“ Um sich auf dem Gelände umsehen zu können, gab sich der Dieb an diesem Wochenende als interessierter Familienvater aus, der für Frau und Tochter auf der Suche nach dem passenden Hund ist.

„Dann los. Nehmt eure Säcke mit, wir packen die Viecher ein und verduften wieder“, empfiehlt Emilio. „Wenn uns einer in die Quere kommt, legen wir ihn schlafen.“

„So machen wir das!“, stimmt Samuel zu.

„Aber passt auf, dass ihr nicht in den Sichtbereich der Kameras gelangt“, beschwört Vincent sie.

Versteckt warten sie ab, bis der Weg frei ist.

Als Uwe mit dem Rüden an Emilio vorbeikommt, duckt sich dieser weit hinunter. ‚Gut, dass ich so klein bin‘, freut er sich.

Keine zwei Meter von ihm entfernt bleibt Carlos stehen und beginnt in der Luft zu schnuppern.

„Was hast du?“, fragt Uwe ihn, wobei er die Gegend aufmerksam mit den Augen absucht. Er lässt die Leine locker genug, dass Carlos sich schnuppernd der Hecke nähern kann.

Emilio hält die Luft an, um nur kein Geräusch von sich zu geben. Der große Hund steht jetzt nur noch durch die Pflanzen von ihm getrennt unmittelbar vor seinem Versteck.

Nachdem Carlos die richtige Stelle für sich gefunden hat, schaut er Uwe erklärend an, ehe er sein Bein hebt, um in die Büsche zu pinkeln.

„Naja, das muss schließlich auch sein“, gibt Uwe zu. „Können wir jetzt weitergehen?“ Anstandslos folgt Carlos ihm.

„So eine Schweinerei“, flucht Emilio leise, während er sich aufrichtet und mit den Handschuhen versucht, seine feuchte Hose ein wenig trockener zu kriegen. Am liebsten wäre er aufgesprungen, um diesem Köter den Hals umzudrehen. Dass Vincent und Samuel ihn schadenfroh angrinsen, macht es nicht besser.

Nachdem Mann und Hund verschwunden sind, schleichen sie unbemerkt durch die Lücken in den Hecken auf das Grundstück. Geduckt huschen sie von Zwinger zu Zwinger bis sie endlich den letzten in der Reihe erreichen. Allerdings starren sie alle drei perplex in das leere Gehege. Auch die anderen Käfige sind rasch kontrolliert.

„Alles leer“, flüstert Emilio. „Wo sind denn die Viecher?“

„Sie müssen irgendwo drinnen sein. Was machen wir jetzt?“, will auch Vincent wissen.

Samuel schaut sich aufmerksam um. „Ich hätte da eine Idee. Vincent, knack das Schloss des Zwingers. Wir gehen durch die Klappe da hinten ins Gebäude. Den Weg müssen schließlich auch die Hunde genommen haben. Vielleicht sind sie ja direkt da drinnen. Aber Vorsicht, sie könnten bewacht werden.“

„Schon klar“, versichert Vincent. Da er die Idee gut findet, macht er sich umgehend ans Werk, sodass sie kurze Zeit später durch den Zwinger bis zur Hundeluke vordringen können.

„Gut, dass die so groß sind“, freut sich Emilio.

„Damit hast du doch keine Probleme“, stichelt Vincent grinsend.

„Still!“, befiehlt Samuel. Vorsichtig drückt er die Klappe vor sich nach oben auf, um hindurchzuschauen. Was er zu sehen bekommt, lässt ihn grinsen. „Es sind nur zwei Betreuer bei den Hunden und die sind gerade ausgiebig beschäftigt. Wir gehen rein, legen die beiden schlafen und schnappen uns die Welpen. Klar soweit?“

„Klar!“

„Dann los!“

Die beiden Tierpfleger Marek und Pascal finden ihre ganze Schicht lang keine ruhige Minute. Nicht nur, dass sich die Welpen gegenseitig wach halten, ist durch ihr Herumtollen auch für die großen Vierbeiner kaum an Schlaf zu denken, was ihren ganzen Ablauf durcheinander bringt. Immer wieder stupst eins der Tiere einen der beiden Brüder mit der Nase an, um zu zeigen, dass ein notwendiges Geschäft ansteht, obwohl sie eigentlich an feste Zeiten gewöhnt sind.

Mit müden Augen richtet sich Marek auf, als die zweijährige Hündin Alice ihm leicht winselnd die Pfote auf den Schoss legt. „Ja, schon gut, ich komme ja“, verspricht er ihr und schnappt sich die Leine. „Na, los“, fordert er die Hündin auf. „Ich bin gleich zurück“, versichert er seinem Bruder.

„Kein Problem, ich kümmere mich in der Zeit um dieses Malheur.“ Er zeigt auf den Welpen Mogli, der sein Geschäft mitten im Raum verrichtet, ohne sich von seinen herannahenden schnuppernden Geschwistern stören zu lassen.

Mit Handschuhen, Eimer, Schaufel und Wischtüchern bewaffnet begibt sich Pascal an den Ort des Geschehens. „Na, mein Kleiner, was hast du denn da angestellt?“, fragt er den Welpen fröhlich. Noch bevor er mit seiner Reinigungsaktion fertig ist, hockt sich keinen Meter von ihm entfernt der nächste Welpe hin. „Spike, nein! Muss das sein?“, stöhnt Pascal. „Könnt ihr euch nicht einfach ein Beispiel an euren Brüdern und Schwestern nehmen? Ihr seid doch schon so groß.“

Die acht Wochen alten Welpen sind mittlerweile bereit für ihr neues Zuhause, doch gänzlich stubenrein sind sie noch nicht.

Mogli und Spike sind die Sorgenkinder in dieser Aufzucht. Mit ihrem Verhalten hinken sie den anderen ein wenig hinterher, was aber lediglich an ihrer Bequemlichkeit liegt.

Noch bevor Pascal sich aufrichten kann, erscheinen in seinem Blickfeld ein paar Beine. Kurz spürt er den explosionsartigen Schmerz, als ihn der Schlag im Nacken trifft, dann wird es schwarz vor seinen Augen.

„Los, beeilt euch!“, befiehlt Samuel, der sich bereits den ersten Welpen schnappt. Bei den Jungtieren erwecken die unbekannten Männer eher Neugier als Angst, wodurch es für die drei keines allzu großen Aufwands bedarf, sie in die mitgebrachten Säcke zu verfrachten. Allerdings beginnen sie in ihrem Gefängnis ängstlich zu winseln, sogar verhalten zu bellen, was den übrigen Tieren des Rudels die Gefahr suggeriert. Warnend beginnen sie zu knurren und sich den Eindringlingen in den Weg zu stellen.

„Schnell weg hier!“, fordert Vincent, während er sich als Erster durch die Luke zurück in den Zwinger drängt. Samuel folgt ihm auf dem Fuße, dann helfen sie auch Emilio hinaus.

„Pascal“, hören sie Marek beim Eintreten entsetzt rufen. „Pascal, was ist mit dir?“

Während die Diebe eilig hinter sich die Klappe versperren, damit ihnen niemand auf diesem Weg folgen kann, ruft Marek über das Kommunikationsgerät um Hilfe. „Irgendjemand war hier“, gibt er weiter. „Pascal wurde niedergeschlagen, während ich draußen war. Die Welpen fehlen. Alle!“

Uwe hat sein Viertel des Grundstücks abgelaufen. Am Ende der Strecke trifft er auf Magnus, der aus der entgegengesetzten Richtung auf ihn zukommt. Ihm ist bewusst, dass sich Dominik und Robert Peetz in der genau gegenüberliegenden Ecke ebenfalls kurz treffen, um ihren Weg zurück einzuschlagen.

„Was gab es denn?“, erkundigt sich der Züchter bei Uwe, da er über das Kommunikationsgerät die Äußerung des Piloten mitanhören konnte.

„Nichts weiter“, beteuert der Sicherheitsexperte. „Carlos wollte wohl nur deine Hecke gießen“, lächelt er. „Ich muss schon sagen, er ist ein prachtvolles Tier. Der wäre auch etwas für mich. Aber dafür bin ich leider viel zu viel unterwegs."

„Ja, Carlos hat hervorragende Eigenschaften. Deswegen eignet er sich auch so gut für die Zucht. Ich würde sagen, wir laufen die Runde noch bis zum nächsten Treffen, dann tauschen wir mit unseren Stubenhockern."

„Gute Idee", stimmt Uwe zu.

Noch bevor sie sich voneinander verabschieden, hören sie Mareks aufgeregte Stimme.

„Zu den Zwingern", fordert Uwe, der sofort losrennt, wobei Carlos an seiner Seite bleibt, während ihm Magnus mit seinem Hund folgt. Er weiß, dass auch Dominik und Robert auf dem Weg zu ihnen sind. Sie biegen genau in dem Moment um die Hausecke, als die Diebe durch das drei Meter lange Gehege ins Freie drängen.

Sofort beginnt Carlos zähnefletschend zu knurren, wobei er von Earl unterstützt wird, indem dieser die ungebetenen Besucher kräftig anbellt.

Erschrocken bemühen sich die Einbrecher, ihren Gegnern aus dem Weg zu gehen, sie zu umrunden, bevor diese zupacken können.

Um ihn nicht entkommen zu lassen, rennt Uwe einfach in den Ersten der Eindringlinge hinein. Beide stürzen sie zu Boden, rappeln sich aber fast gleichzeitig wieder auf.

Durch den Sack behindert kann Vincent nur das Weite suchen, doch dazu lässt Uwe es nicht kommen. Der feste Faustschlag streckt den Mann ein zweites Mal nieder, wobei Vincent den Sack verliert. Als er rasch danach greifen will, steht Carlos knurrend vor ihm. Auf dem Absatz macht der Dieb kehrt, um so schnell wie möglich aus der Reichweite seiner Verfolger zu gelangen, ohne sich weitere um seine Beute zu bemühen.

„Kümmere dich um die Welpen", ruft Uwe dem Züchter zu, ehe er hinter dem Flüchtenden her sprintet. Aus dem Augenwinkel beobachtet er, dass auch Dominik die Verfolgung eines Diebes aufnimmt, während sich Robert um die beiden fallen gelassenen Säcke kümmert.

Da die drei Diebe bei ihrer Flucht keine Anstalten machen, außerhalb der Kameras zu bleiben, sondern auf kürzestem Weg das Weite suchen, kann auch Ralf vor seinem Bildschirm verfolgen, was im Außengelände vor sich geht. „Da ist noch ein dritter Mann", gibt er über das Kommunikationsgerät weiter. „Er rennt gerade an der Garage vorbei, nach links zum Nachbargrundstück."

Die zwei Streifenpolizisten, die genau zu diesem Zeitpunkt mit ihrem Wagen in die Straße einbiegen, erblicken die davonrennenden schemenhaften Gestalten.

„Da!", ruft der Beifahrer und zeigt nach draußen. „Wir müssen eingreifen. Schnell!" Dabei schaltet er bereits das Blaulicht ein.

Sofort tritt der Fahrer das Gaspedal bis zum Anschlag durch, damit sie sich möglichst schnell in das Geschehen einbringen können. Derweil gibt sein Kollege die Anforderung nach Unterstützung an die Leitzentrale durch. Kaum dass der Streifenwagen mit quietschenden Reifen vor der Einfahrt zu Magnus Peetz' Grundstück stoppt, springen die beiden Polizisten aus dem Fahrzeug, um die Verfolgung der fliehenden Männer aufzunehmen. Da die Uniformierten nur ein paar Meter von ihren Zielpersonen trennen, haben sie diese schnell erreicht. Fast gleichzeitig stürzt sich jeder von ihnen auf einen der Männer, die dadurch einen unliebsamen Kontakt zum Boden erhalten, wo sie von den Beamten festgehalten werden.

„Hey, was soll das?", brüllt Uwe sauer, als er bäuchlings auf dem Asphalt landet. „Wieso stoppen Sie uns? Fangen Sie lieber die Diebe!"

„Das tun wir gerade", erhält er zur Antwort.

„Ach ja? Dann sind Sie anscheinend blind. Ich bin Uwe Meyer, Sicherheitsbeauftragter der Firma *Staller*, und zur Unterstützung von Magnus Peetz hier."

„Das kann jeder behaupten", erklärt der Uniformierte nüchtern. „Halten Sie still! Hände auf den Rücken!", fordert er.

Uwe will noch weitertoben, als er das Aufheulen des Motors hört. „Na, großartig, das waren die Diebe. Dank Ihnen konnten die ungehindert entkommen. Sind Sie nun zufrieden?", faucht er wütend.

Erst jetzt kommen dem Polizisten erste Zweifel. Als Magnus Peetz dann auch noch die Identität der beiden Ergriffenen bestätigt, können sie sich nur beschämt bei allen entschuldigen. „Es tut uns leid, wir haben aber nur Sie beide wegrennen sehen. Die Männer, die Sie verfolgt haben, konnten wir nicht ausmachen."

„Pech gehabt." Uwe hat sich schon längst wieder beruhigt. „Da kann man nichts machen."

„Das Wichtigste ist doch, dass die Welpen alle wohlauf sind", ergänzt Dominik.

„Ja, sie sind alle wieder wohlbehalten bei ihrer Familie", versichert Magnus. „Und das verdanken wir nur Ihrer Hilfe", wendet er sich an Uwe und Dominik.

„Eins sollte uns mittlerweile klar geworden sein", überlegt Uwe laut.

„Und was?", verhört ihn einer der Polizisten.

„Dass die Welpen von Herrn Peetz auf der Liste dieser Diebe stehen. Die Alarmanlage wird dringender benötigt als je zuvor." Niemand wagt es, ihm zu widersprechen.

Aufgrund der anstehenden Gefahr erhält der Züchter zur Unterstützung zwei Streifenwagen mit je zwei Einsatzkräften, die nicht nur ihre Fahrzeuge gut sichtbar vor dem Eingang des Grundstücks abstellen, sondern sich auch an der Bewachung des Grundstücks beteiligen. Eingreifen brauchen sie aber nicht, da bis zum nächsten Morgen alles ruhig bleibt.

Vincent konnte sich von seinem Verfolger nur mit Mühe losreißen. Jetzt rennt er seinen Kumpanen im Eiltempo zu dem wartenden Transporter hinterher. Dabei bemerkt er den Streifenwagen, an dem das Blaulicht eingeschaltet wird, ehe der Fahrer beschleunigt. Sofort macht Vincent einen Satz in den Schatten der Bäume, die seinen Weg säumen. Emilio, den er gerade einholt, reißt er mit sich, in der Hoffnung, dass sie beide dem Blickfeld der Streifenpolizisten entgehen.

„Hey!", braust Emilio erschrocken auf, wird aber direkt von Vincent unterbrochen: „Still!"

Ihr Glück hält an, sodass sie das Fluchtfahrzeug ungehindert erreichen können. Ein Blick zurück auf die beiden Uniformierten, die ihren Verfolgern in die Quere kommen, lässt die beiden Männer zufrieden grinsen.

„Los, weg hier!", empfiehlt Emilio schon beim Einsteigen.

Samuel braucht keine zweite Aufforderung. Mit quietschenden Reifen fährt er an, um hinter der nächsten Ecke zu verschwinden. Zufrieden nimmt er anschließend den Fuß vom Gas, bis die Anzeige die vorgeschriebene Geschwindigkeit aufweist. „Sag einmal, was stinkt denn hier so erbärmlich?", erkundigt er sich grinsend bei dem Italiener.

Da auch Vincent ihn unverschämt auslacht, schnauzt Emilio seinen Boss sauer an: „Halt bloß die Klappe! Nächstes Mal macht das einer von euch!"

Fritz Kaspar ist nicht begeistert von dem Misserfolg der drei Handlanger. „Das hätten Sie besser hinbekommen können", behauptet er. „Wie wollen Sie jetzt an die Welpen kommen?"

„Gar nicht", beteuert Samuel fest. „Der Züchter und seine Leute sind nun gewarnt. Nach einer Stunde sind wir noch einmal dort angefahren, ohne uns direkt im Sichtfeld der Kerle aufzuhalten, da konnten wir beobachten, dass sie Unterstützung durch die Bullen bekommen haben. Wenn Sie unbedingt diese Welpen haben wollen, müssen Sie sich die selbst holen!"

Wütend schnauzt ihn der Laborleiter an: „Was glauben Sie eigentlich, mit wem Sie hier reden? Wenn ich sage, Sie gehen da wieder hin, dann machen Sie das."

„Ich denke gar nicht daran!"

„Was ist denn hier los?", will Leander von Weihrauch wissen. Der Streit zwischen den Männern war nicht zu überhören. Ohne seine Mitarbeiter zu unterbrechen, hört er sich ihre Geschichten an. Er versteht, dass sein Laborleiter die Tiere für seine Versuche dringend benötigt, doch seine Leute einer solchen Gefahr auszusetzen hilft niemandem. „Wir lassen den Züchter in Ruhe", entscheidet er zur Freude der drei Diebe. „Zumindest vorerst. Außerdem sollten wir unser Einzugsgebiet verlagern. Fritz, suche dir einen anderen Stadtteil für die nächsten

Diebstähle aus! Ruhig etwas weiter entfernt. Da wird niemand mit uns rechnen."

„Meinetwegen", gibt sich der Chemiker geschlagen. „Ich mache mich gleich morgen Früh an die Arbeit."

Seit dem frühen Morgen sind die Mitarbeiter aus dem *Staller*-Team mit der Installation der Alarmanlage beschäftigt, während rund um das Gelände die letzten Handgriffe am Aufbau des Zauns getätigt werden. Gerd hat es sich nicht nehmen lassen, sein Team, bestehend aus Max, Tim, Oliver, Michaela und Christina, zum Anwesen von Magnus Peetz zu begleiten. Christina, kurz Chris genannt, ist eine weitere Studentin, die neben ihrem Studium des *Wirtschaftsingenieurswesens Fachbereich Elektrotechnik* einen Arbeitsplatz in der Firma *Staller* erhalten hat. Zudem ist die *1,72* Meter große Frau mit den leuchtend dunkelblauen Augen und den langen Locken die Freundin von Michaela Kaiser. Auch heute bringt sich die zweiundzwanzigjährige Blondine mit ihrem Fachwissen gekonnt in die Installation der neuen Anlage ein. Zur Verstärkung werden ab Mittag Uwe und Dominik dem Team unter die Arme greifen.

Die beiden Computerspezialisten übernehmen vorerst die Regie bei den zu tätigenden Arbeiten. Maximilian Schreiber ist mit seinem IQ von *154* hochintelligent. Der dreißigjährige blonde Max, wie ihn seine Freunde nennen, ist mit seinen einhundert Kilogramm bei einer Größe von *1,74* Meter mehr als nur leicht übergewichtig, was im Team aber niemanden stört. Tim und er arbeiten seit über zwei Jahren zusammen. Sie verstehen sich bestens, so wie auch alle anderen aus dem Team, stehen sich als Freunde jederzeit bei und achten aufeinander. Allerdings scheint es diesmal anders zu sein. Max hat kaum zwei Schritte in den Garten gemacht, da erscheinen direkt vor ihm die Hündinnen Lady und Shiva, um ihn zu begrüßen.

„Nein, nicht", wehrt der Computerspezialist mit schreckgeweiteten Augen ab. „Geht weg! Los! Sucht euch jemand anderen zum Spielen."

„Was ist denn mit dir los?", erkundigt sich Oliver bei dem Kollegen.

„Er hat Schiss", grinst Tim frech.

„Nein, gar nicht", versichert Max. „Ich kann das nur nicht leiden. Hunde sind unhygienisch. Dauernd sabbern sie, haben irgendwelche ekligen Stöcke im Maul oder schleppen dir verseuchte Fundsachen an." Angewidert schüttelt er sich, während seine Freunde ihn fröhlich auslachen. „Außerdem verlieren sie überall Haare. Und sie stinken", verteidigt sich Max ergebnislos.

Ira Peetz, die ihnen mit der braunen Hündin Raschka entgegenkommt, begrüßt die Mitglieder des *Staller*-Teams schon am Eingang. Auf dem Weg nach drinnen erfahren Gerd und seine Kollegen erstmals, mit welchen Aufregungen die gesamte Mannschaft in der letzten Nacht zu kämpfen hatte.

„Geht es den Tieren gut?", erkundigt sich Michaela erschrocken. „Haben sich die Welpen verletzt oder sind sie aufgeregt? Konntet ihr sie beruhigen?"

„Da hört man die Hundeliebhaberin heraus", stellt Ira lächelnd fest. „Keine Angst, sämtliche Hunde sind wohlauf, auch die Welpen." Sie öffnet den Neuankömmlingen die Tür zum Anbau. „Das war für die Kleinen enorm aufregend, was uns jetzt zu Gute kommt." Damit zeigt sie auf das Knäuel schlafender Welpen, die in ihrem übergroßen Hundekorb wie bunt durcheinander gewürfelt übereinander liegen.

„Die sind so niedlich! Die könnte ich glatt alle mit nach Hause nehmen", gesteht die Studentin.

„Das würdest du keine vier Wochen aushalten", grinst Tim. „Nicht einmal zwei."

„Wahrscheinlich hast du Recht", stimmt Micha ihm zu. „Aber einen vielleicht." Ihre Augen wandern über die Welpen. „Ich könnte mich bestimmt nicht entscheiden", überlegt sie. Plötzlich stockt ihr Blick, während sie suchend umherschaut. „Moment mal!", ruft sie aus. „Da fehlt doch einer. Hat das denn von Ihnen niemand gemerkt?"

„Wo soll denn da einer fehlen?", staunt Ira.

„Sieht das denn keiner? Moment", mit dem Finger zeigt sie auf die einzelnen Welpen. „Da sind Spike, Mogli, Mickey, Pinoccio,

Candy, Finja und Happy. Das sind sieben, aber es waren doch acht! Charly fehlt!“

„Ach so, ja, das hat schon seine Richtigkeit“, erklärt Ira. „Wir haben Charly am Montagmorgen an einen Kunden abgegeben.“

„Wirklich? Wie schade“, gibt Micha von sich. „Tut Ihnen das nicht weh?“

„Nein, gar nicht. Hierbei handelte es sich um Liebe auf den ersten Blick. Als Charly den vierjährigen Jungen sah, der mit seinen Eltern am Samstag zu Besuch war, kletterte er ihm einfach auf den Schoß. Von da an waren die zwei unzertrennlich. Es gab auf beiden Seiten großes Geschrei, als sie sich trennen mussten. Sonntagmorgen waren sie um acht Uhr nach einer schlaflosen Nacht wieder da“, erinnert sich die Züchterin lächelnd. „Erst als Aaron, so heißt der Junge, Charly in die Arme nahm, wurden beide ruhiger. Irgendwann lagen sie zusammengerollt in einem der Hundekörbe und schliefen. Nachdem sich die schreckliche Trennung an diesem Abend wiederholte, gaben wir Charly vorerst probeweise in die Obhut der Familie.“

„Hoffentlich bekommt er da ein gutes Zuhause bei lieben Menschen.“

„Das müssten Sie mir eher sagen können“, behauptet Ira. „Immerhin kennen Sie Herrn Haas besser als ich.“

„WAS? Ralf hat den Welpen gekauft?“

„Ja. Sein Sohn wird am Freitag fünf Jahre. Charly ist genau das richtige Geschenk für den Jungen. Wir konnten uns ein gutes Bild von ihm machen. Er behandelte den Hund von Anfang an als Freund, nicht als Spielzeug.“

„Wahnsinn!“

Ihre Kollegen lachen bei Michas erfreutem Kommentar ebenfalls laut auf.

Anschließend wird es ruhiger, da sich die *Staller*-Mitarbeiter in die Montage der Sicherheitseinrichtungen stürzen. Zwei Stunden später taucht der Konzernchef auf, zwei Monteure aus seinem Betrieb im Schlepptau. Da diese den Freunden tatkräftig unter die Arme greifen, geht die Installation zügig voran.

Gegen Mittag sind die Zaunbauer mit dem Aufbau der Zäune rund um das Anwesen fertig, das Doppelschwingtor begrenzt den Zugang über den Fußweg und das große Seitenrolltor die große Einfahrt. Der Vorarbeiter erklärt Ira Peetz und ihren Mitarbeitern, wie die Fernbedienung funktioniert, worauf sie achten müssen und welche Pflege sie den Zäunen angedeihen lassen müssen, dann sind die Fahrzeuge dieser Firma mitsamt den Leuten verschwunden.

„Wie geht es denn jetzt weiter?", erkundigt sich Ira bei dem Projektleiter.

„Das ist eigentlich ganz einfach", erklärt ihr Gerd. „Erst der Einsatz von Geräten, die exakt auf die spezifischen Räumlichkeiten abgestimmt sind, bietet euch einen zuverlässigen Rundumschutz. Wir versorgen euch mit einem passenden Schutzkonzept durch ein gut ausgeklügeltes Zusammenspiel von Videoüberwachung, mechanischem Verriegelungssystem, und elektronischem Zutrittssystem. Komm, ich zeige dir, was wir schon installiert haben."

Bei dem Rundgang erklärt er der Hausherrin, wie die montierten Vorrichtungen funktionieren und wo sie weitere Sicherungen anbringen werden. Als sie auf Max treffen müssen sie vergnügt lachen.

Während sich der Computerspezialist mit Tim in die Installation der Geräte einbringt, nähert sich ihm immer wieder einer der Hunde, die versuchen, an seinen Beinen zu schnuppern oder an seinen Händen zu lecken. Jedes Mal schnappt sich Max einen der leeren Verpackungskartons, den er dann in die Richtung der Tiere wirft, um sie abzulenken. Wie auf Kommando rennen die Hunde dem Karton hinterher, um ihn Max zurückzubringen.

„Werdet ihr eigentlich nie müde?", stöhnt Max genervt.

„Hör doch einfach auf zu werfen", empfiehlt Tim ihm.

„Dann werde ich die Viecher aber nicht los. Ich habe das Gefühl, die haben es alle auf mich abgesehen."

„Nur, weil du sie ignorierst. Wenn du sie ein paar Mal streichelst, hauen sie von allein ab."

„Nie im Leben“, beteuert Max entsetzt, während er Tims Grinsen zu ignorieren versucht.

„Max“, lenkt Gerd seinen Kollegen ab. „Kannst du Frau Peetz einen Überblick über die Anlage geben?“

„Sicher. Die Gesamtanlage besteht aus einem mechanischen Verriegelungssystem, einem Videoüberwachungskonzept sowie einer Einbruchmeldeanlage. Die mechanischen Verriegelungen befinden sich an allen potenziellen Einstiegsquellen, also unter anderem besonders robuste Fensterrahmen, spezielle Türverriegelungen und einbruchsichere Fenster, sowie spezielle Schließvorrichtungen an den Gehegen. Das elektronische Zutrittssystem von Einfahrt und Tor ist kombiniert mit der Videoüberwachung. Die *IP*-Kameras können drahtlos über das *W-LAN* direkt ins Netzwerk senden. Sie sind zwar in der Computerzentrale mit dem Rechner verbunden, das Bildmaterial kann aber jederzeit über einen Computer oder ein Handy von Ihnen abgefragt werden, egal wo Sie sich gerade aufhalten. Auch die Polizei kann im Bedarfsfall darauf zugreifen. Die Kameras sind mit einer Bewegungserkennung ausgestattet, die dann einen zusätzlichen Alarm erzeugt, der unverzüglich an Sie geht. Den müssen wir noch fertig einrichten, entweder als E-Mail oder als Warnsignal auf Ihr Handy, oder beides. Dafür müssen Sie uns noch mitteilen, wer benachrichtigt werden soll, oder ob Sie ein spezielles Gerät dafür verwenden wollen. Das Herzstück des Sicherheitskonzepts, also das Einbruchmeldesystem, wird im scharfgeschalteten Zustand sofort aktiviert, sobald sich verdächtige Vorfälle ereignen, angefangen bei dem Aufhebeln eines Fensters bis hin zum Einschlagen einer Tür. Das System ist gekoppelt mit einer Sirene, die einen akustischen Warnton mit einer Lautstärke von einhundert Dezibel abgibt, wenn sie aktiviert wird, was die meisten Kriminellen in die Flucht schlägt. Bei Ihnen kommt dann umgehend auf dem dafür vorgesehenen Gerät eine Benachrichtigung über den Vorfall per SMS, E-Mail oder Push-Mitteilung an. Ich denke, damit sind Sie mehr als nur gut abgesichert.“

„Das hört sich an wie die reinste Festung“, staunt Ira.

„Durch das Zusammenspiel aller Komponenten haben Sie eine zuverlässige Absicherung", verspricht Max.

„Aber es gibt einen ganz wichtigen Punkt, auf den Sie jederzeit achten müssen", ergänzt Tim mit schalkhaft blitzenden Augen.

„Welcher Punkt wäre das denn?", will Ira wissen.

„Schalten Sie die Bewegungssensoren aus, bevor Sie Ihre Hunde draußen frei herumlaufen lassen. Wenn die Polizei für jeden ausgelösten Alarm eine Streife hierher schicken muss, kennen Sie bald sämtliche Polizisten beim Vornamen. Allerdings sind diese dann nicht mehr so gut auf Sie zu sprechen."

Fröhlich stimmen die anderen in sein ausgelassenes Lachen ein.

„In ein paar Stunden sind wir fertig, dann könnt ihr bald wieder vernünftig schlafen", verspricht Gerd.

„Schlafen? Was ist das?", lächelt Ira erfreut. „Daran kann ich mich kaum noch erinnern."

Im Büro von Fritz Kaspar geht es derweil hoch her, da der Chemiker auf eine sofortige Besorgung neuer Tiere besteht.

„Wie sollen wir denn das machen?", will Samuel Finkbeiner von ihm wissen. „Ohne den Hintergrund und die Abläufe des Ladens zu kennen besteht die Gefahr, den Bullen direkt in die Arme zu laufen."

„Das geht auf keinen Fall", stimmt ihm Vincent Knoch zu. „Ich muss erst wissen, welche Alarmanlage dort installiert ist und wie sie funktioniert. Die Pläne dafür muss ich mir auch erst herunterladen und ansehen."

„Alles schon da", strahlt Fritz, der dem Dieb einen dicken Aktenordner in die Hand drückt. „Über die Tiere stand nicht allzu viel im Internet, deshalb war ich gestern mit meinem Neffen dort. Ich habe Ihnen eine Liste angefertigt, welche Tiere ich haben will. Auf dem Grundrissplan sind die Stellen markiert, wo sie die Viecher finden."

Samuel schaut sich die ersten Seiten nachdenklich an. „*Vennhausen*? Das ist nicht allzu weit weg", überlegt er. „So aufgeschreckt, wie die Polizei im Moment reagiert, bekommen wir es garantiert mit der einen oder anderen Streife zu tun."

„Hey, Boss“, mischt sich Emilio ein. „Wie wäre es, wenn wir abwarten, bis das Tierheim schließt. Sobald alle weg sind, steigen wir ein.“

„Du meinst, am helllichten Tag?“, staunt Vincent.

„Ja, genau. Wir sehen uns dort überall um. Bietet uns die Gegend eine Möglichkeit zu einem unbemerkten Einstieg, wäre das doch die Lösung. Oder?“

„Die Idee ist nicht übel“, gibt Samuel dem kleinen Italiener Recht. „Sehen wir uns dort um. Das machen wir am Sonntag. Vincent, du hast bis Montag Zeit für die Alarmanlage. Wir gehen entweder nach Schließung des Tierheims da hinein oder in der kommenden Nacht.“

Zufrieden nickend stimmt auch der Laborleiter dem Plan der Männer zu.

13

Von all den Vorkommnissen rund um die Diebstähle hat Henry keine Ahnung. Schon der Samstagmorgen hält einiges an Aufregungen für den glücklichen Teenager bereit. Zusammen mit Denise Rudloff nimmt sie ihre Arbeit in dem Tierheim auf. Das Team rund um die Leiterin steht ihr die ganze Zeit über mit Rat und Tat hilfreich zur Seite.

„Wir reden uns hier mit Vornamen an", berichtet Carmen. „Das macht vieles einfacher. Zudem sind alle supernett."

„Ja, das merkt man sofort", nickt die Dreizehnjährige.

Henry hat keine Probleme damit, die ihr aufgetragenen Arbeiten zu erledigen, selbst wenn es sich nicht immer um angenehme Tätigkeiten handelt. Immerhin gibt es hier viele Tiere, deren Behausungen gereinigt werden müssen.

Hedwig begrüßt sie mit einem heftigen Ansturm, ohne dem Mädchen zu schaden. Es ist das erste Mal, dass die Eule nicht eingefangen werden muss, bevor das Gehege gesäubert und aufbereitet werden kann. Auch das frische Futter wird von dem Steinkauz gierig angenommen.

Im angrenzenden Gebäude kommt ihr Senta schon am Eingang ihrer Behausung auf wackeligen Beinen entgegen.

„Seit du hier warst, hat sie ihr Wasser regelmäßig zu sich genommen", berichtet die Leiterin. „Mit dem Futter hapert es noch. Auch sonst ist sie ziemlich in sich gekehrt, aber nicht mehr so apathisch wie früher. Vielleicht kannst du Senta zu einem kleinen Spaziergang überreden, das könnte ihren Appetit anregen. Während du mit ihr nach draußen gehst, kann Maike hier sauber machen."

„Ja, gern." Sie genießt den Auslauf mit der Hündin, auch wenn sie nicht weit kommen und Senta an der Leine bleiben muss. „Das sollten wir öfter machen", empfiehlt sie dem Tier. „Meinst du nicht auch?" Der zutrauliche Blick, den Senta ihr schenkt, reicht als Antwort. Henry bleibt bei ihr, bis sie einen Großteil ihres Futters gefressen hat. Liebevoll schlingt sie ihre Arme um die Hündin. „Siehst du, das hat dir gutgetan. Ich komme nachher noch einmal zu dir. Einverstanden?" Fröhlich lacht sie auf, als Senta ihr liebevoll das Gesicht ableckt. „Bis nachher", verabschiedet sie sich.

Jede freie Minute verbringt der Teenager im Katzenhaus bei den Babys. Außer Artemis befinden sich noch vier weitere Katzenkinder im fast gleichen Alter dort.

Henry setzt sich im Schneidersitz mitten auf den Boden. „Na, hast du schon Freunde gefunden?", fragt sie ihr Findelkind, welches es sich nicht nehmen lässt, in aller Eile auf ihren Schoß zu klettern. Doch als ihre neuen Spielgefährten ihr folgen wollen, faucht sie diese kräftig an.

„Also wirklich, du solltest dich schämen", tadelt Henry die Katze. „Das sind doch deine Freunde, oder? Dann solltest du nicht so egoistisch sein. Wir können doch alle gemeinsam spielen."

Nicht nur Artemis, sondern auch die anderen Katzenkinder genießen die gemeinsame Zeit mit Henry, in der sie ausgelassen miteinander spielen und von dem Teenager verwöhnt werden.

„Du bist wirklich fleißig", lobt die Heimleiterin das Mädchen Stunden später. „Außerdem hast du viel mehr gearbeitet als du solltest."

„Es hat mir einfach Spaß gemacht, da habe ich nicht auf die Zeit geachtet. Darf ich morgen auch kommen?"

„Liebend gern", freut sich Denise Rudloff. „Wie kommst du denn jetzt nach Hause?"

„Ich soll Frau Staller anrufen. Sie sagte, dann wird sie mich abholen."

„Ach was, wenn du uns schon so lange zur Hand gehst, kann ich dich auch eben fahren. Komm."

„Spitze", freut sich Henry.

Wütend knallt Paul Grossmann die Kühlschranktür zu. Nicht nur, dass keine einzige Flasche Bier vorrätig ist, fehlt es auch an den grundlegendsten Nahrungsmitteln. ‚So ein Mist!' Jetzt muss er auch noch selbst los, sonst sitzt er über das Wochenende auf dem Trockenen. ‚An allem ist diese blöde Polizistin schuld', überlegt er sauer. ‚Wenn ich die in die Finger kriege! Sie soll ja aufpassen!' Seine Brieftasche weist zudem eine gähnende Leere auf. Bisher brauchte er sich um solche Dinge nicht zu kümmern.

Nicht einmal eine Stunde später steht er frustriert vor dem Geldautomaten, der zwar seine Karte wieder ausspuckt, ihn aber darauf hinweist, dass für ihn kein Geld zur Auszahlung bereitsteht.

„Was soll das denn?", faucht er giftig. Wütend begibt er sich zum Schalter, an dem vor ihm einige Kunden darauf warten, bedient zu werden. Mit jeder Minute, die er warten muss, steigert sich sein Unmut, sodass er die Bankangestellte direkt unverschämt anschnauzt: „Wieso funktioniert Ihr Geldautomat nicht? Diese Geräte müssen Sie doch regelmäßig überprüfen. Es kann nicht sein, dass unbescholtene Bürger unter Ihrer Unachtsamkeit leiden müssen."

Obwohl er sie heftig anfaucht, bleibt die junge Frau ruhig. „Es tut mir leid, wenn Sie Ärger mit dem Automaten haben. Darf ich Ihre Karte einmal sehen? Dann können wir das sicher sofort regeln."

Etwas ruhiger reicht Paul der Bankangestellten seine Girokarte.

„Ja", nickt die Frau nach kurzem Suchen. „Da haben wir den Grund. Das liegt nicht an dem Automaten, sondern daran, dass kein Geld auf Ihrem Konto vorrätig ist. Da Sie auch keinen Dispokredit bewilligt bekommen, können Sie Ihr Konto nicht überziehen."

„Das verstehe ich nicht", braust Paul auf. „Wieso ist kein Geld auf dem Konto? Wir haben heute den Dreißigsten. Das Gehalt meiner Frau kommt immer zwischen dem Fünfundzwanzigsten und dem Achtundzwanzigsten. Und wieso haben wir keinen Dispokredit? Der war im letzten Monat noch in der Höhe des doppelten Gehalts."

„Dazu kann ich Ihnen leider keine Auskunft geben, das müssen Sie mit unserem Filialleiter klären. Augenblick bitte."

Kurz darauf sitzt er dem Filialleiter in dessen Büro gegenüber.

„Es tut mir leid, Herr Grossmann, aber Ihre Frau hat uns darüber informiert, dass sie jetzt ein eigenes Konto für ihr Gehalt nutzt, so dass auf Ihrem Konto nur noch das Arbeitslosengeld vom Amt eingeht. Laut meinen Unterlagen erhalten Sie das immer zwischen dem ersten und dritten Tag des kommenden Monats. Da Sie nur diese Zahlung erhalten, kann ich Ihnen keinen Dispokredit einrichten. Die Begründung dafür finden Sie in unseren *AGBs* oder auch in Ihren Vertragsunterlagen."

„Meine Frau hat ein eigenes Konto? Wie hat sie denn das bekommen? Ich habe jedenfalls nichts unterschrieben."

„Das war auch nicht nötig. Immerhin ist Ihre Frau erwachsen, geschäftsmündig und berufstätig. Das reicht aus."

„Meinetwegen, dann zahlen Sie mir eben von diesem Konto das Geld aus!"

„Anscheinend haben Sie noch nicht verstanden, was ich Ihnen mitzuteilen versuche. Ihre Frau hat ausdrücklich gefordert, dass Sie keine Vollmacht auf ihr Konto bekommen."

Paul starrt sein Gegenüber vollkommen verblüfft an, als ihm die Tragweite des Gehörten bewusst wird. ‚Würde Helga wirklich so weit gehen?', fragt er sich. ‚Nein, nie im Leben! Den Mumm hätte sie nicht! Dahinter steckt bestimmt diese Polizistin.' Ihm wird gerade noch rechtzeitig bewusst, dass er bei dem Filialleiter nicht weit kommen wird, wenn er auf ihn losgeht, weshalb er sich um Ruhe bemüht. „Wieso wurde ich nicht darüber informiert?

Sie als Bank können doch einen Kunden nicht einfach so auflaufen lassen. Immerhin habe ich ein Kind zu versorgen."

Überrascht schaut der Bankangestellte ihn an. „Das wusste ich nicht, aber wir haben Sie letzte Woche angeschrieben, damit Sie sich bei uns melden."

Die eingehende Post zu sichten hat er immer seiner Frau überlassen, weshalb er keine Ahnung hat, was eingegangen ist oder nicht. „Dieses Schreiben habe ich nie bekommen", lügt Paul frech. „Deshalb sitze ich jetzt vier Tage ohne Geld zuhause. Wie soll ich das bewerkstelligen? Ich habe noch nicht einmal mehr Milch für meine Tochter", behauptet er dreist.

Der Filialleiter mustert das bedrückte Gesicht seines Kunden. ‚Macht der Mann mir nur etwas vor, oder hat seine Frau sich tatsächlich aus dem Staub gemacht?' Jedenfalls will er nicht dafür verantwortlich sein, dass ein Kind Hunger leiden muss, noch nicht einmal wenn es sich nur um ein Wochenende handelt. „Einen Moment bitte", fordert er von Paul, während er sich bereits die Daten und Buchungen der letzten Monate ansieht. „Herr Grossmann, Sie bekommen dreihundertfünfundvierzig Euro pro Monat vom Amt. Ich wäre bereit, Ihnen einen einmaligen Vorschuss von fünfundachtzig Euro einzurichten, damit Sie Zeit haben, Ihre Finanzen zu regeln. Denken Sie bitte daran, dass das ein Viertel Ihrer Einnahmen ist, also für eine Woche reichen sollte. Zumindest solange Sie keine anderen Einkommen haben. Ich sehe gerade, dass nächste Woche auch Ihre Miete in Höhe von siebenhundertfünf Euro fällig wird. Diesen Dauerauftrag können wir nicht ausführen, wenn nicht genügend Geld auf dem Konto ist. Das sollten Sie dringend mit dem Amt klären. Soweit ich weiß, sind die verpflichtet, die Miete zu übernehmen. Zumindest einen Teil davon." Er reicht seinem Kunden den ausgefüllten Beleg. „Gehen Sie damit zum Schalter. Meine Mitarbeiterin wird Ihnen das Geld auszahlen."

Nickend wendet sich Paul der Tür zu. „Danke." Dadurch, dass er dem Filialleiter gegenüber friedlich geblieben ist, hat er vorerst sein Ziel erreicht. Innerlich ist er allerdings vor Wut am Kochen. ‚Meine Frau wird sich noch wünschen, dass sie nie auf diese Polizistin gehört hätte', schwört er sich wütend. Er macht sich auf den Weg zu seinem Lieblingskiosk, an dem er um diese Uhrzeit bestimmt auf seine Kumpel trifft.

Nachdem Paul allen erzählt hat, wie schlecht ihn seine Frau behandelt, bemitleiden ihn die anderen lautstark.

„Das ist echt übel", stimmt ihm auch sein bester Saufkumpan Henning zu. „Pass auf, ich mach dir einen Vorschlag. Meine Frau geht mir mit ihren vier Blagen am Wochenende immer auf die Nerven. Ich komm die Zeit über zu dir. Dafür zahle ich das Essen und das Bier. Was meinst du?"

„Was ich meine?", freut sich Paul. „Ich meine, du bist ein echt dufter Kumpel, Henning!"

Paul Grossmann genießt die Zeit, die er mit seinem Kameraden in seiner leeren Wohnung verbringt. Sie trinken ihr Bier, wann immer sie Lust dazu haben, was eigentlich jederzeit der Fall ist, und hängen, ohne dass Gemecker laut wird, vor dem Fernseher. Allerdings rühren sich mittlerweile die ersten Nachbarn, die nicht nur durch die Lautstärke des Fernsehers gestört werden. Auch Beschwerden über das Gegröle, den Geruch von altem Essen, sowie den ekligen Gestank von Müll hagelt es am laufenden Band. Doch Paul schert das nicht. ‚Die Nachbarn sollen sich gefälligst um ihren eigenen Mist kümmern.' Erst als der Hausverwalter vor seiner Tür steht, reagiert er notgedrungen.

„Herr Grossmann, uns liegt eine Vielzahl von Beschwerden der anderen Mieter vor", erklärt der Verwalter. „Wenn Sie sich zukünftig nicht an die Hausordnung halten, sehen wir uns gezwungen, Ihnen die Kündigung zukommen zu lassen. So geht es jedenfalls nicht weiter. Außerdem hat uns der Anwalt Ihrer Frau zu verstehen gegeben, dass Sie nicht für die Miete aufkommen wird. Sollten Sie in Zahlungsverzug kommen oder es fehlen zwei Monatsraten, erhalten Sie eine Kündigung mit Räumungsaufforderung."

Da Paul auf diese Informationen hin dem Verwalter gegenüber sehr ausfallend wird, verabschiedet sich dieser rasch. Er nimmt sich vor, dem Eigentümer der Wohnung eine Empfehlung für die Kündigung auszusprechen.

Der Inhalt des Kühlschranks ist sehr übersichtlich, Brot, Margarine und Käse. Allerdings ist die Flaschenablage dank seines Kumpels, der anscheinend bedeutend mehr Geld zur Verfügung hat als er selbst, gut gefüllt. Auf der Arbeitsfläche stapeln sich die Konserven aus dem Angebot. Der Mülleimer schafft es mit seinem Fassungsvermögen von sechzig Litern schon lange nicht mehr, die leeren Konservendosen aufzunehmen, sodass rund um ihn herum der Fußboden in Mitleidenschaft gezogen wird. Doch das alles interessiert Paul nicht. Während er zur Beruhigung erst einmal eine Flasche Bier zu sich nimmt, steigert sich die Wut auf seine Frau. „Das lasse ich mir nicht länger gefallen", schnauzt er. Beim Aufspringen knallt er die leere Flasche auf den Tisch, um im Anschluss seiner Eingebung folgend zur Wohnungstür zu rennen. Im Vorbeigehen greift er sich seine Jacke, dann stürmt er nach draußen.

In seinem Büro erklärt Norbert Höft dem aufgebrachten Mann kurz darauf, dass er keine Ahnung hat, wo sich dessen Frau zurzeit aufhält. Zudem zeigt er dem Angetrunkenen deutlich, was er von ihm hält. „Sie sorgen sich um Ihre Miete? Dann beantragen Sie diese beim Amt", empfiehlt er Paul Grossmann kalt. „So wie Sie sich aufführen, kann ich mir nicht vorstellen, dass Ihre Familie zu Ihnen zurückkehrt. Und jetzt verlassen Sie bitte mein Geschäft!"

Wie soll er denn jetzt an seine Frau herankommen, wenn er nicht weiß, wo sie sich aufhält? Ihre Arbeitsstelle hat sie bestimmt nicht aufgegeben. Er beschließt, gegenüber vom Geschäftseingang zu warten, irgendwann wird sie schon auftauchen. Nicht einmal eine halbe Stunde hält er auf seinem Beobachtungsposten aus, doch während er wartet, hat er reichlich Zeit zum Überlegen. ‚Na, klar', denkt er. ‚Ist doch ganz einfach. Ich hole Henry von der Schule ab.'

Das viergeschossige denkmalgeschützte Gebäude liegt verlassen vor ihm. Die Fenster in Rundbogenform sind genauso wie die großen Türen fest verschlossen. Kein Laut dringt zu ihm heraus. ‚Was ist denn hier los?', grübelt er. ‚Die können doch nicht alle verschwunden sein.'

Als er an dem großen Tor rüttelt, wird er von der Seite her angesprochen: „Wollen Sie in die Schule? Außer mir ist im Moment niemand hier.“ In Arbeitskleidung steht der Hausmeister vor ihm. „Ich nutze die Ferien, um einige notwendige Handwerksarbeiten zu erledigen“, berichtet er weiter. „Zu wem wollen Sie denn?“

‚Ferien? Wieso weiß ich das nicht?‘ Paul Grossmann will sich dem Hausmeister gegenüber nicht blamieren. „Ich hatte gehofft, dass noch jemand da ist. Meine Tochter hat ihren Rucksack wie üblich hängen lassen, aber ganz so schlimm ist das nicht. Meine Frau wollte ihn wohl zum Waschen haben. Deshalb machen wir aber keinen Aufstand.“ Lächelnd verabschiedet er sich von dem Hausmeister. Er hat das Grundstück noch nicht einmal verlassen, als sich seine Miene wieder verändert. Die Wut, die er in sich fühlt, zeigt sich deutlich auf seinem Gesicht. Jetzt bleibt ihm nur noch das Tierheim. Wieso kann er sich nicht daran erinnern, wo das war? So viele gibt es sicher nicht davon, er wird einfach im Telefonbuch nachsehen. Wenn er den Namen liest, fällt ihm das bestimmt wieder ein. Aber morgen Früh muss er sich erst einmal um seine Miete und die anderen Zahlungen kümmern. Schließlich will er auch in Zukunft seine häusliche Ruhe ungestört genießen.

Für Henry sind die letzten vier Tage wie im Flug vergangen. Nicht nur, dass ihr die Arbeit rund um und mit den Tieren Spaß macht, lernt sie auch noch viel Neues. Als sie dann am Donnerstag ihre Monatsfahrkarte erhält und Denise Rudloff ihr erlaubt, Melissa in den restlichen Herbstferien mitzubringen, ist sie vollends glücklich.

Schon am Freitagmorgen machen sich die beiden Mädchen auf den Weg zum Tierheim, wofür sich die beiden einen richtigen Schlachtplan ausgearbeitet haben. Henry steigt pünktlich um acht Uhr sechsunddreißig in der Nähe der Staller-Villa in den Bus ein, um sechs Haltestellen später in die passende U-Bahn zu wechseln, die nach weiteren zwanzig Minuten an der Haltestelle *Nordstraße* stoppt.

Melissa wartet, ungeduldig mit den Beinen wippend, am Bahnsteig auf die Ankunft der Bahn. Keine zwei Minuten nachdem Henry ausgestiegen ist trifft die Anschlussbahn am Gleis ein. Miteinander schwatzend legen sie die restliche Strecke zurück, wobei sie nach nur drei Haltestellen die U-Bahn verlassen, um auf den Bus in die richtige Richtung zu warten. Bis sie die Haltestelle am *Gut Rothenberg* erreichen, vergehen weitere fünfunddreißig Minuten. Obwohl Henry nur wenig Wartezeit aufbringen musste, benötigt sie für die gesamte Strecke mehr als eine Stunde. Allerdings nimmt sie das gar nicht wahr, da die Mädchen sich viel zu erzählen haben, sodass auch der abschließende kurze Fußweg ihr nichts ausmacht.

Den ganzen Tag über hält die gute Laune der beiden Freundinnen an, denen die Arbeit gemeinsam viel leichter von der Hand geht. Henry freut sich darüber, dass Melissa für einige Stunden ihren Kummer und ihre Sorgen vergessen kann. Dass die Heimleiterin beide Mädchen für ihre Hilfe lobt, macht es noch besser.

Die Geschichte von Senta bringt Melissa zum Nachdenken. „Der Gedanke, dass Senta aus ihrem Zuhause gerissen wurde und alle Freunde verloren hat, macht mich traurig“, gesteht sie der Freundin. „Am liebsten würde ich Senta in die Arme nehmen und den ganzen Tag trösten.“

„Du kannst viel mehr für sie tun“, erklärt Denise Rudloff, die ihre Bemerkung gehört hat. „Sei eine Freundin für sie. Setz dich zu ihr, spiel mit ihr und geh mit ihr spazieren. Dann kann sie vielleicht so viel Vertrauen fassen, dass wir sie irgendwann in ein neues Zuhause entlassen können.“

„Das mache ich sehr gern“, versichert das Mädchen. Von diesem Tag an sind Senta und Melissa unzertrennlich.

Der Mitarbeiter des Arbeitsamtes macht Paul Grossmann in aller Deutlichkeit klar, an welche Regeln er sich zu halten hat. Er ist sich sicher, dass der Mann vor seinem Schreibtisch nur deshalb regelmäßig seinen Kontrollbesuchen nachgekommen ist, weil sich seine Frau darum gekümmert hatte. Er kann sich noch gut an die zurückhaltende Frau erinnern, die immer einen gepflegten

Eindruck machte, äußerst freundlich war und sich an die Auflagen hielt. Paul Grossmann schätzt er da anders ein. Ohne den Rückhalt seiner Frau sieht er für den Mann schwarz. Unabhängig davon sorgt er für die sofortige Zahlung der ausstehenden Miete. „Herr Grossmann, Sie werden in Kürze von uns angeschrieben werden, mit der Aufforderung, sich eine kleinere Wohnung zu suchen. Für Sie allein ist die Quadratmeterzahl zu hoch und die Miete wird nur für einen Übergang von drei Monaten in dieser Höhe bezahlt. Suchen Sie sich also besser umgehend eine kleinere Wohnung. Aus den Unterlagen, die ich Ihnen mitgebe, können Sie ersehen, an welche Auflagen Sie sich dabei halten sollten. Kommen Sie allein nicht klar, helfen Ihnen auch meine zuständigen Kollegen weiter. Die Zimmernummer finden Sie bei den Unterlagen, rufen Sie möglichst bald für einen Termin dort an."

Paul hat heute noch nicht viel getrunken, gerade so viel, dass er sich ruhig um seine Anliegen kümmern kann. Er erinnert sich noch daran, wie zuvorkommend seine Frau von dem Sachbearbeiter behandelt wurde. Als er ihn einmal darauf ansprach erfuhr er, dass das an dem ruhigen, entgegenkommenden Auftreten seiner Frau läge. Deshalb reißt er sich zusammen. „Wie soll ich denn das bewerkstelligen? Ich habe doch kein Geld für einen Umzug."

„Da helfen wir Ihnen weiter, solange Sie sich an die geltenden Regeln halten. Holen Sie sich einen Termin, die Kollegen erklären Ihnen alles, was Sie dazu wissen müssen."

Erst auf dem Heimweg steigert sich sein Unmut wieder. ‚Das alles wäre nicht nötig gewesen, wenn Henry nicht diese Polizistin angeschleppt hätte. Das Mädchen ist einfach zu nichts zu gebrauchen', grübelt er wütend. ‚Hätte Helga mir einen Sohn geboren, würde alles anders aussehen!'

Zuhause reißt er die Kühlschranktür auf und greift nach der ersten Flasche, die er geöffnet mit in das Wohnzimmer nimmt. Von der Kommode, die neben der Tür steht, öffnet er eine Schublade nach der anderen, um deren Inhalt zu durchwühlen. Anschließend reißt er die Türen darunter auf, damit er auch dort nach dem Objekt, das er benötigt, suchen kann. Störende Unterlagen landen dabei auf dem Boden rund um die Kommode, was den Mann aber nicht im Geringsten interessiert. „Verdammt! Wo ist es denn?“, flucht er. Als Nächstes nimmt er sich den kleinen Schrank im Flur vor. In der ersten Schublade wird er fündig, sodass er mit dem Telefonbuch in der Hand seinen Lieblingsplatz auf dem Sofa aufsucht. Dass bei seiner Suche der eine oder andere Schwapp Bier auf die Seiten tropft, nimmt er gleichgültig zur Kenntnis. Es dauert ein paar Minuten, bis er unter der Anzeige für die Tierheime fündig wird. „*Vennhausen*“, murmelt Paul. „Wieso muss es *Vennhausen* sein? Warum nicht etwas hier in der Nähe?“

Er ist schon lange nicht mehr mit dem Wagen gefahren, da er seinen Führerschein nach einer Kontrolle vor über einem Jahr wegen Trunkenheit am Steuer abgeben musste. Auch hat er sich nie darum gekümmert, seinen Führerschein zurückzubekommen, da er mit diesem Auto sowieso nicht fahren wollte. Seinen *3er-BMW* musste er verkaufen, als er seine Arbeit verlor, weshalb Helga ihnen einen gebrauchten *Ford Fiesta* besorgte, der schon achtzehntausend Kilometer auf der Anzeige hatte. ‚Ein *Ford Fiesta*! Also wirklich!‘ Dass er seinen Wagen aufgeben musste, nimmt er seiner Frau übel. ‚Wenn sie sich mehr anstrengen würde, hätte sie bestimmt genügend Geld verdienen können, um mir den Wagen zu erhalten.‘ Die Grübelei hilft ihm nicht weiter. Anders, als mit dem Wagen, der unberührt in seiner Parkbucht auf der Straße steht, gelangt er nicht nach *Vennhausen*.

Paul bekommt nicht mit, wie viele Fehler er unterwegs macht, wie rücksichtslos er sich verhält, auch nicht, wie sehr sich die anderen Verkehrsteilnehmer über ihn ärgern, aber er gelangt ohne einen Unfall zu verursachen an sein Ziel, was aber nicht seinem Verdienst zugeschrieben werden kann.

Mittlerweile ist es schon später Nachmittag. Mehrere Besucher haben sich in dem Tierheim eingefunden. Schon beim Eintreten kann Paul erkennen, dass die hier arbeitenden Personen ausreichend beschäftigt sind.

‚Wie soll ich Henry finden?', grübelt Paul. ‚Der Laden ist viel zu groß. Außerdem sollte besser niemand erfahren, worum es eigentlich geht. Ich brauche schnellstens eine gute Geschichte.'

„Kann ich Ihnen weiterhelfen?", spricht ihn eine der Tierpflegerinnen an.

„Das hoffe ich doch sehr", erwidert Paul möglichst freundlich. „Meine Tochter arbeitet hier. Ich wollte sie besuchen und mir einmal anschauen, was sie für Arbeiten macht."

„Ihre Tochter?", staunt Maike, da sie diesen Mann noch nie gesehen hat. „Wie heißt sie denn?"

„Henriette Grossmann. Aber sie lässt sich unter Garantie bei ihrem Spitznamen nennen, der ist Henry."

„Sie sind Henrys Vater?", Maike strahlt auf. „Es freut mich, Sie kennenzulernen. Ich bin Maike. Ja, Henry ist hier. Sie ist eine große Hilfe für uns alle. Kommen Sie, ich begleite Sie hin."

Unterwegs bringt die junge Frau die Rettung der kleinen Katze zur Sprache, sodass Paul froh ist, der Polizeibeamtin zugehört zu haben. Natürlich ist er stolz auf seine Tochter, bestätigt er.

Vor dem Katzenhaus bleibt die Pflegerin stehen, da sie gleich von zwei Seiten angesprochen wird. „Einen Augenblick", bittet sie die Leute. „Herr Grossmann, Ihre Tochter ist im Kinderzimmer, bei den Katzenbabys, gehen Sie einfach hinein. Sie finden sie bestimmt." Damit deutet sie auf den Eingang des Gebäudes.

„Danke", freut sich Paul.

Durch die Glasscheibe kann er sehen, dass Henry mitten zwischen den Katzen sitzt und diese ausgiebig streichelt. Da er sich auf seinem Weg sorgfältig umgesehen hat, weiß er, dass sie allein sind, was ihm sehr entgegenkommt. Rasch tritt er ein, ohne die Tür hinter sich zu schließen.

„Das nennst du arbeiten?", fragt er seine Tochter. „Dafür würde ich auch gern Geld kriegen."

Henry, die erschrocken aufspringt, wirbelt zu ihm herum. Artemis auf dem Arm weicht sie bis an die Wand zurück. „Du? Was willst du hier?", fragt sie ihn ängstlich. „Geh weg! Verschwinde!"

„Sag mal, wie redest du denn mit mir? Ich bin dein Vater", schnauzt Paul sie heftig an. „Ich will von dir wissen, wo deine Mutter ist, dann lass ich dich in Ruhe."

Henry kann sich denken, was passiert, wenn sie ihm nicht antwortet, aber sie ist nicht bereit, das bisschen Sicherheit, das sie und ihre Mutter gefunden haben, aufzugeben, also schüttelt sie verneinend den Kopf.

„Behaupte nur nicht, du wüsstest das nicht", schimpft Paul. „Also los!", fordert er warnend. „Wage es ja nicht, mir nicht zu antworten!" Drohend kommt er zwei Schritte näher, dabei streckt er den Arm aus, um nach seiner Tochter zu greifen, hat aber die Rechnung ohne Artemis gemacht. Wild fauchend fährt die kleine Katze mit ihren Krallen über den Handrücken des Mannes. „Verdammtes Vieh", brüllt Paul. Sauer verpasst er der Katze einen festen Hieb, der sie auf den Boden schleudert. Da Artemis ihn weiterhin anfaucht, tritt er noch einmal kräftig nach, so dass das Katzenbaby wimmernd in einer Ecke landet.

„Nein!", schreit Henry auf. „Nicht!" Sie will sich zu der Katze knien, wird aber von ihrem Vater am Arm gepackt.

Brutal reißt er das Mädchen zu sich heran. „Ich habe endgültig die Nase voll. Du kommst jetzt mit!"

Melissa war fast zwei Stunden mit Senta unterwegs, ehe sie die Hündin in ihr Gehege zurückbringt. Zufrieden beobachtet sie, wie sich das Tier kurz darauf über sein Futter hermacht. „So ist es gut", lobt sie Senta. „Wenn du so weitermachst, geht es dir bald richtig gut. Aber jetzt muss ich dich allein lassen. Henry ist bestimmt schon sauer auf mich, weil ich so lange weg war. Bis morgen." Nach einer letzten liebevollen Umarmung macht sie sich auf die Suche nach ihrer Freundin.

Schon beim Eintreten hört sie das Gebrüll des aufgebrachten Mannes. Sie erblickt Paul Grossmann, der Henry grob an sich zieht, sie hört auch, was er sagt. ‚Allein kann ich Henry nicht helfen', begreift das Mädchen, macht auf dem Absatz kehrt, um nach draußen zu stürmen. Atemlos informiert sie die Heimleiterin über die Gefahr, in der sich ihre Freundin befindet.

Paul kommt nicht weit. Kaum ist er aus dem Katzenhaus heraus, sieht er sich Denise Rudloff und zwei ihrer Pfleger gegenüber.

„Lassen Sie Henriette sofort los!“, befiehlt die zweiundfünfzigjährige Leiterin fest.

„Das geht Sie nichts an. Ich werde meine Tochter jetzt mitnehmen.“

„Sicher nicht! Ich bin darüber informiert, was in den letzten Tagen bei Ihnen vorgefallen ist. Auch dass Ihre Frau und Ihre Tochter nicht mehr bei Ihnen wohnen. Wenn Sie mit Henry reden wollen, melden Sie sich vorher an, dann sorge ich für die Möglichkeit zu einem Gespräch in Begleitung des Jugendamtes. Bis dahin halten Sie sich von Henry fern.“

„Garantiert nicht! Ich bin ihr Vater! Sie sollten sich mir nicht in den Weg stellen, sonst rufe ich die Polizei!“, pokert er.

„Gute Idee, das übernehmen wir für Sie“, versichert die Heimleiterin, ihr Handy aus der Tasche ziehend. „Übrigens erteile ich Ihnen hiermit ein Hausverbot für das Tierheim und das dazugehörige Grundstück!“ Da sich in dem Moment der diensthabende Polizist am anderen Ende der Leitung meldet, fordert sie umgehend Hilfe an.

Paul sieht sich in der Zwickmühle. „Wir sprechen uns noch!“, verspricht er seiner Tochter drohend, dann rennt er hinaus, um kurz darauf mit seinem Wagen davonzurasen.

„Henry, warte“, ruft Denise, als sich das Mädchen auf dem Absatz umdreht, um ins Katzenhaus zu stürmen.

„Er hat Artemis getreten!“, ruft Henry über die Schulter zurück, ohne stehen zu bleiben.

Obwohl ihr die anderen sofort folgen, sitzt der Teenager bereits auf dem Boden, die kläglich jammernde Katze auf dem Schoß. „Du hast mich gerettet“, lächelt Henry, wobei ihr die Tränen über die Wangen laufen. „Du bist eine richtige Heldin!“

„Es ist halb so wild“, beruhigt der hinzugerufene Tierarzt das Mädchen geraume Zeit später. „Sie hat eine starke Prellung und ihre Rippe ist angeknackst. Sie wird einige Zeit auf der Krankenstation verbringen müssen, aber es ist nichts, was nicht wieder heilen wird.“

Die beiden Polizisten des Streifendienstes, die den Vorfall aufnehmen, bringen Henry und Melissa mit ihrem Einsatzwagen zum Anwesen der Familie Staller, um auch dort für die notwendige Aufklärung zu sorgen.

„Um Gottes willen!“, stöhnt Helga. „Henriette, geht es dir gut? Melissa, dir auch?“

„Sie sollten umgehend eine entsprechende Verfügung erwirken“, empfiehlt einer der Polizisten. „Ich glaube kaum, dass ein Hausverbot diesen Mann abhält. Solange er sich mit Ihnen das Sorgerecht für Ihre Tochter teilt, können wir kaum eingreifen.“

„Beantragt hat Frau Grossmann diese bereits. Wir werden umgehend dafür sorgen, dass die zuständigen Sachbearbeiter von der Dringlichkeit erfahren“, versichert Karola den Gesetzeshütern.

Derweil nimmt Henry ihre Freundin in den Arm. „Ich habe mich noch gar nicht bei dir bedankt.“

„Dafür hat man doch Freundinnen“, lächelt Mel.

Nach dem Anruf der Unternehmers-Gattin erscheint Melissas besorgter Vater auf dem Anwesen. Froh darüber, seine Tochter unbescholten in die Arme nehmen zu können, hört er sich den Bericht der beiden Mädchen an.

„Ich kann es nicht fassen, dass sich ein Mann so weit gehen lässt. Paul Grossmann ist an seiner Lage selbst schuld“, äußert Lothar Braun dem Konzernchef gegenüber. „Sicher, seinen Job zu verlieren ist übel. Das kann ich gerade aus eigener Erfahrung behaupten, aber so ein Verhalten macht doch alles nur noch schlimmer.“

„Das sehe ich genauso“, stimmt Peter Staller zu. Da ihm Melissas Vater direkt symphytisch ist, spricht er ihn auf seinen Werdegang an.

Der Materialwissenschaftler gibt dem Konzernchef nur zu gern Auskunft: „Ich habe meine Doktorarbeit über innovative Werkstofflösungen für den Einsatz bei hohen Temperaturen in aggressiven Prozessatmosphären geschrieben. Anschließend habe ich fünf Jahre in der Forschung für Automobile verbracht. Sie wissen schon, wie macht man einen *PKW* leichter und gleichzeitig sicherer? Bestenfalls bearbeitet man dafür einen gut geeigneten Werkstoff dermaßen, dass beide Vorgaben erfüllt werden. Um das zu erreichen, sucht man nach dem perfekten Material, das heißt, einem Werkstoff, der speziell auf den jeweiligen Einsatz abgestimmt ist. Gibt es diesen nicht, sucht man nach geeigneten Kombinationen von Materialien, die sich in ihren Eigenschaften optimal ergänzen. Das können Werkstoffmischungen bis hin zu neuen Verbundwerkstoffen sein."

Peter kann das Interesse und die Leidenschaft für seine Arbeit aus den Worten des Mannes heraushören, deshalb lässt er sich die Erklärung eine Weile durch den Kopf gehen. „Das interessiert mich weit mehr als Sie vielleicht glauben. Ich mache Ihnen einen Vorschlag." Seine Visitenkarte wechselt den Besitzer. „Rufen Sie mich am Montag an, dann vereinbaren wir einen Termin für ein ausführliches Gespräch. Ich würde mich freuen, wenn Sie sich die Zeit dafür nehmen könnten."

„Liebend gern."

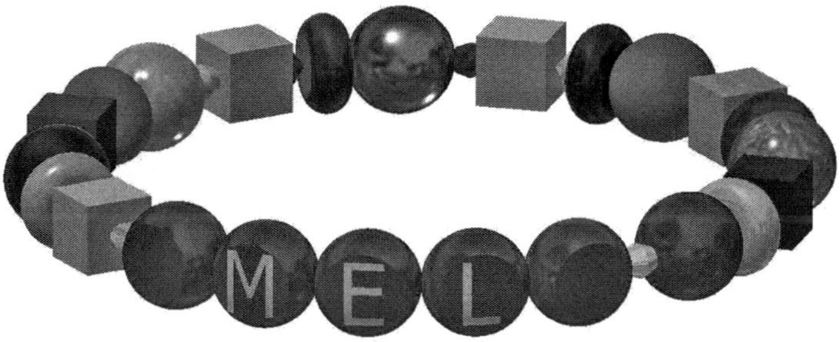

14

Wütend sitzt Paul in seinem Wagen auf dem Weg nach Hause. Erst nachdem er zuhause seinen Alkoholkonsum aufstockt, hört das Zittern seiner Hände auf. ‚Was soll ich jetzt machen? Wie komme ich an Helga heran?', grübelt er. ‚Freiwillig wird Henry mir keine Auskunft geben.' „Verdammt!" Seine Faust knallt hart gegen die Wand. Er ist sich sicher, dass er nur mit seiner Frau reden muss, wenn nötig mit dem passenden Nachdruck, damit sie ihren Widerstand aufgibt und zurückkommt. Sein Blick wandert zum Fernseher, wo er am gestrigen Abend mit seinem Kumpel Henning einen Action-Film angesehen hat.

„Ich hab's!", ruft er in Gedanken an die Handlung des Films aus. „Ich werde sie beschatten, wenn sie vom Tierheim aus nach Hause fährt. Dann wird sie mich zu Helga führen."

Gesagt, getan. Mit ein paar Broten und einer Kühlbox, gefüllt mit seinem Lieblingsgetränk, erscheint er nachmittags in *Vennhausen*. Den Wagen parkt er in einer Parkbucht, von der aus er freien Blick zum Eingang des Tierheims hat. Auf die Idee, dass er in seinem Fahrzeug vorzeitig entdeckt werden könnte, kommt er dabei nicht. Als er seine Tochter und ihre Freundin erblickt, die gleich mit drei Hunden ihre Runde gehen, beweist ihm das, dass er nicht umsonst gekommen ist. „Und dafür kassieren die auch noch Geld", staunt er kopfschüttelnd.

Auf dem Rückweg zum Tierheim laufen die Mädchen, fröhlich plaudernd, mit den Hunden über den Waldweg, bis Melissa bemerkt, wie sich Henry neben ihr urplötzlich versteift. „Was hast du?"

„Da ist mein Vater. Auf dem Parkplatz, in der Lücke gegenüber des Eingangs."

„Bist du sicher?"

„Ja, ich erkenne unser Auto. Den *Fiesta* hat Mutter für uns gekauft."

„Dann sagen wir besser Frau Rudloff Bescheid."

Ängstlich kaut Henry auf ihrer Unterlippe. „Besser nicht. Sie wird sich mit ihm zanken. Wie er dann reagiert, weiß ich nicht, aber er wird auf jeden Fall noch wütender als gestern. Ich habe Angst, was dann passiert."

„Was willst du denn sonst unternehmen? Dass er auf dich wartet, ist ja wohl klar."

„Ja, aber wir tricksen ihn aus. Einverstanden?", bettelt Henry. „Dabei musst du mir helfen, ohne dich schaffe ich es nicht. Mel, bitte."

„Was hast du denn vor?"

„Zuerst einmal verabschieden wir beide uns voneinander, gut sichtbar vor seiner Nase. Du machst dich angeblich auf den Heimweg. Wenn er dir folgen sollte, statt auf mich zu warten, rufst du sofort die Polizei. Ich denke aber, dass er abwartet, bis ich nach Hause gehe. Ich habe ihm nicht verraten, wo wir im Moment wohnen, deshalb wird er mir sicher folgen wollen."

„Ja, genau, und wie willst du das verhindern?"

„Ganz einfach, ich werde nicht gehen. Zumindest nicht so, dass er es mitbekommt."

„Ich lasse dich nur ungern allein. Da kann doch so viel schief gehen."

„Du sollst mich gar nicht allein lassen. Im Gegenteil, ich brauche dich."

„Wozu?"

Grinsend zieht Henry die Freundin mit sich ins Tierheim. Nachdem sie die drei Hunde versorgt haben, machen sie sich an die Umsetzung ihres Plans.

„Na, endlich", freut sich Paul, als die Teenager vor dem Eingang erscheinen. „Wurde auch langsam Zeit!" Doch dann muss er miterleben, wie sich die Mädchen voneinander verabschieden, wie seine Tochter der Freundin nachwinkt, nur um wieder im Gebäude zu verschwinden. „Was soll denn das?", staunt er, ist jedoch begeistert darüber, dass er seine Tochter gleich allein erwischt. ‚Ihr zu folgen wird das reinste Kinderspiel.'

Allerdings hat Paul Grossmann die Rechnung ohne die Mädchen gemacht. In aller Eile stopft Henry das vorhin zusammengerollte dicke Seil in ihren Rucksack, zieht ihre Jacke an und streift das Gepäckstück über die Schultern, um ihre Hände frei zu haben. Vorsichtig schaut sie sich um, in der Hoffnung, dass niemand da ist, der sie bei ihrem Plan aufhält. Erst jetzt läuft sie über das Grundstück, bis sie am äußersten Ende den Geräteschuppen erreicht. Mutig klettert sie erst auf die vorhin dort abgestellte Mülltonne, von wo aus sie problemlos auf das Schrägdach gelangt. Jetzt fehlen ihr noch circa anderthalb Meter bis auf die Außenmauer. Für den sportlichen Teenager kein Problem. Trotzdem wird ihr schwindelig, als sie auf der anderen Seite die vier Meter nach unten schaut.

Versteckt zwischen den vordersten Bäumen wartet Melissa schon auf sie. „Sei vorsichtig!", ermahnt sie die Freundin.

Henry holt das Seil aus dem Rucksack, den sie direkt wieder auf ihren Rücken schwingt. Sie wirft Mel ein Ende des Seils zu, nachdem sie es zweimal um den vorstehenden Giebel des Gartenhauses geschlungen hat. Das andere Ende knotet sie sich um den Bauch. Sie atmet auf, als sie feststellt, dass das Seil lang genug ist. „Kann es losgehen?"

„Klar." Melissa sucht sich einen festen Stand, wobei der Stamm des ersten Baumes vor der Mauer zum Abstützen dient. Auch sie wickelt das Seil um ihren Bauch, damit es ihr nicht aus den Händen rutschen kann. „Es kann losgehen!", bestätigt sie der Freundin, das Seil fest packend.

Henry lässt sich außen an der Mauer herabhängen, bevor sie ihre Hände löst, um das Seil zu umfassen.

Der Ruck und das Gewicht des Mädchens machen Melissa schwer zu schaffen, doch sie beißt die Zähne zusammen und stemmt ihre Füße fest auf den Boden. Ihre Freundin braucht sie jetzt! Stück für Stück gibt sie Seil nach, bis Henry wohlbehalten vor ihr steht.

„Danke!“ Erleichtert nimmt Henry ihre Freundin in den Arm. „Komm, wir verschwinden!“

Ungehindert erreichen die Mädchen die Bushaltestelle, an der sie keine fünf Minuten warten müssen, wobei sie sich immer wieder aufmerksam nach allen Seiten umschauen, ohne Henrys Vater zu entdecken. Zufrieden machen sie sich auf den Heimweg.

Paul Grossmann wartet an diesem Tag umsonst auf seine Tochter. Er kann beobachten, wie einer der Angestellten als Letzter das Gebäude verlässt, hinter sich abschließt, Türen und Einfahrt kontrolliert, um dann in seinem Wagen davonzubrausen. ‚Das gibt es doch nicht!‘, staunt er. ‚Wo ist Henry geblieben? Habe ich sie etwa verpasst?‘ Er war nur ein einziges Mal im Gebüsch. ‚Das war so kurz, dass ich sie nicht verpassen konnte. Oder doch? Anders kann es nicht gewesen sein.‘ Maßlos verärgert über sein Missgeschick gibt er sein Vorhaben für heute auf. „Dann eben morgen“, verspricht er sich. Doch auch am Sonntag können die Mädchen ihn auf die gleiche Weise überlisten.

Helga zieht sich das gesamte Wochenende mit ihrer Tochter in die Einliegerwohnung zurück, da sie die Familie Staller nicht über Gebühr belasten möchte. Zudem hat sich dort wie an jedem Wochenende die gesamte Familie eingefunden. Da gehören sie und ihre Tochter nun einmal nicht dazu.

Henry versteht, warum ihre Mutter so entscheidet, akzeptiert auch die Gründe, die dazu geführt haben. Sie hält sich an die Anweisungen der Mutter, da sie in Emma und Gerd Freunde gefunden hat, die sie nicht verlieren möchte. Allein wandert sie durch den großen Garten, in dem sie Ruhe zum Nachdenken findet. An der Hollywoodschaukel macht der Teenager eine

Pause. Still starrt sie vor sich hin, während sie mit den Beinen baumelt. Ihre Gedanken kreisen um den Vater, darum, was er sich in den letzten Tagen geleistet und wie er sich verhalten hat, auch darum, dass er jeden Abend vor dem Tierheim auf sie wartet. Melissa muss am nächsten Tag mit ihrer Mutter zum Zahnarzt, sodass die Freundin Henry nicht begleiten wird. Was soll sie unternehmen, wenn ihr Vater wieder auf sie wartet? Ihrer Mutter hat sie nichts davon erzählt, um sie nicht zu beunruhigen. Doch wie sie sich weiterhin verhalten soll, davon hat sie keine Ahnung.

Erst als sie eine Bewegung spürt, wird sie aus ihren Gedanken gerissen. Erstaunt schaut Henry nach unten auf ihren Schoß, auf dem Kronos seinen Kopf abgelegt hat. Da er genau spürt, dass dem Mädchen etwas auf dem Herzen liegt, hockt er leise winselnd vor ihr.

„Wo kommst du denn her?“, erkundigt sich Henry, nachdem sie niemanden aus der Familie entdecken kann, der den Hund begleitet. Ihre Hände streicheln den Vierbeiner, der genussvoll die Augen schließt. „Bist du etwa ausgebüxt?“, verhört sie den Hund, dessen Augen sie verschmitzt anzusehen scheinen. „Zeigst du es mir? Ich verrate es auch niemandem. Versprochen!“

Als ob er überlegen muss, sitzt der Hund vor Henry, schaut sie aus seinen dunklen Hundeaugen einfach nur an.

„Ich mache dir einen Vorschlag“, bietet Henry an. „Wir drehen eine Runde durch den Garten, dann zeigst du mir deinen geheimen Durchgang, bevor ich dich nach Hause bringe. Was meinst du? Na, komm!“

Obwohl er immer noch humpelt, genießt es der Hund, seinen Garten mit Henry aufs Neue zu erobern, selbst wenn das Mädchen seinen Gürtel als Leine benutzt, um dafür zu sorgen, dass er sich mit seinen Verbänden nicht im Gras wälzt und um jede Schlammlache einen Bogen macht.

„Für heute ist es genug“, entscheidet das Mädchen nach einer Dreiviertelstunde. „Gehen wir zurück, du musst dich ausruhen“, fordert sie Kronos auf. „Ich habe mein Versprechen gehalten“, erinnert sie ihn, was aber gar nicht nötig gewesen wäre, da der Vierbeiner zielstrebig auf die Treppe zuläuft, die aus dem

Keller in den Garten führt. Während Kronos die Fahrradrampe hinunterhumpelt, überwindet der Teenager die vierzehn Stufen, bis sie vor der dicken Stahltüre stehen, die den Zugang versperrt. Ohne zu warten verschwindet der Hund an der nächsten Hausecke, an der gerade einmal ein halber Meter Platz bis zur Gartenböschung ist.

Henry schaut zu, wie Kronos erst seinen Kopf durch eine Öffnung steckt, um anschließend komplett darin zu verschwinden. Für sie selbst wird es allerdings bedeutend schwieriger, dem Hund zu folgen. Nur mit Mühe kann sie sich durch die alte Hundeklappe zwängen.

Der enge Raum, in dem sie sich jetzt befindet, ist gerade einmal anderthalb Meter breit, aber nicht mehr als einen Meter lang. Zudem verläuft die Decke schräg über ihr. Da auch noch ein alter Umzugskarton seinen Platz einfordert, kann sie sich kaum bewegen.

Mit der Nase stupst Kronos eine der beiden Türen auf, die höchstens einen halben Meter breit und genauso hoch sind.

Froh, dass der Hund ihr den Ausgang zeigt, kriecht Henry rasch hinaus. Prompt findet sie sich im Kellervorraum des Hauptgebäudes wieder. Direkt vor ihr verläuft die Treppe ins Erdgeschoss. Unterhalb der Treppe ist eine Wand eingezogen, in der es, wie bei einem Schrank, mehrere Fächer und Schubladen gibt, doch für Kronos ist nur diese eine unterste Tür von Interesse.

„Wie hast du denn diesen Weg gefunden?", staunt Henry.

Dass die Treppenbauer vergessen haben, sich um die Klappe in der Wand zu kümmern, kann er Henry nicht erzählen, auch nicht, dass er den Weg gefunden hat, als er eine streunende Katze aus seinem Zuhause verjagen musste. Das Tier verschwand einfach hinter dem Karton und kam nicht mehr zum Vorschein. Also arbeitete Kronos so lange, bis er den Karton mit den alten Malersachen zur Seite geschoben hatte. Für ihn hat sich dieser Kraftakt definitiv gelohnt, da er seit über einem Jahr in den Garten gelangen kann, wann immer er will.

Henry hat das Gefühl, das der Hund zufrieden lächelt, so als ob sie Verbündete im Wissen um sein Geheimnis sind. „Wir sollten wieder verschwinden", empfiehlt sie ihm. „Was meinst du?"

Mit dem Maul fasst Kronos den Türknauf. Ein paar Schritte rückwärts reichen aus, damit die Tür lang genug offen ist, um ihm den Durchgang nicht zu versperren.

Henry, die über sich im Flur Stimmen hören kann, folgt ihm rasch nach draußen. „Du bist ein richtiger Schlawiner, weißt du das?", fragt sie Kronos vergnügt. „Komm, ich bringe dich nach Hause."

Gerd kommt ihr bereits entgegen, noch bevor sie die Haustür erreicht hat. „Da ist der Ausreißer ja", stellt der junge Mann lächelnd fest. „Wo hast du ihn denn gefunden?"

„Eigentlich hat er mich gefunden. Auf der Hollywoodschaukel", erklärt Henry ihm, sich an ihr Versprechen erinnernd.

„Ist das nicht viel zu kalt hier draußen? Was machst du denn dort? Noch dazu ohne Jacke." Sie muss ihm keine Antwort geben, damit Gerd erkennt, dass sie mit größeren Problemen zu kämpfen hat. „Na, mit welchen trüben Gedanken sind deine grauen Zellen beschäftigt?", fragt er fröhlich, um sie aufzuheitern, doch der Teenager reagiert nicht darauf. „Willst du es mir erzählen?"

Still wandert Henry neben ihm her, bis sie die nächste Bank erreichen. Sie erzählt Gerd, was bisher geschehen ist, welchen Verdacht sie in Bezug auf ihren Vater hegt, auch wovor sie Angst hat. ‚Er hält mich jetzt bestimmt für bescheuert', denkt sie traurig. Sie ist maßlos erleichtert, als sie hört, dass Gerd das nicht auf die leichte Schulter nimmt.

„Pass auf", beginnt Gerd. „Ich spreche nachher mit Karola. Wenn sie dich morgen Früh nicht fahren kann, mache ich das. Frau Rudloff muss umgehend informiert werden. Eine Stunde bevor du Feierabend machst rufst du mich an, dann hole ich dich ab. Du wirst auf keinen Fall allein gehen, verstanden?"

„Ja", verspricht Henry erleichtert. „Gerd, danke."

Liebevoll drückt er das Mädchen an sich. Nur allzu stark steigen die Bilder von einem brutalen Vater in ihm auf, einem Vater, der keine Hemmungen hatte, seine vier und sieben Jahre alten Söhne auf das Schlimmste zu verprügeln.

Montagmorgen bringt die Dozentin Henry zum Tierheim, wo sie Denise Rudloff über Paul Grossmanns Handlungen aufklärt.

Beide Frauen sind sich einig, dass Henry auf keinen Fall allein vor die Tür gehen sollte.

„So leid es mir tut, Henriette“, teilt die Heimleiterin ihr mit. „Aber du gehst heute nicht mit den Tieren nach draußen.“ Verschmitzt lächelt sie das Mädchen an. „Dafür kannst du Maike beim Baden unserer Schützlinge helfen. Ich hoffe, du bist nicht wasserscheu.“

Lachend verabschiedet sich Karola von dem Teenager. „Denk bitte daran, Gerd anzurufen. Und warte, bis er hier ist“, ermahnt sie das Mädchen noch einmal.

Henry, Maike und Carmen haben trotz der anstrengenden Arbeit viel Spaß. Die Zeit vergeht wie im Flug. Gegen Mittag wird Denise Rudloff von Edward Mühlenstedt, mit dem sie sich die Leitung teilt, abgeholt, da die Anwesenheit der beiden Führungskräfte bei einer anberaumten Sitzung des Tierschutzvereins verlangt wird. Der Vorsitzende des Vereins, welcher als Betreiber des Tierheims fungiert, möchte diverse Themen, die er als dringend ansieht, mit seinen Angestellten erörtern.

Auch Paul Grossmann ist an diesem Morgen nicht untätig. Äußerst früh sitzt er bereits in seinem Auto auf dem Parkplatz, den er schon des Öfteren nutzte, um die Vorgänge im Tierheim zu beobachten. Den ganzen Tag über hat sich seine Tochter nicht vor der Tür sehen lassen, dabei sitzt er schon etliche Stunden hier, doch diesmal will Paul sich nicht abwimmeln lassen. Die Öffnungszeit des Tierheims geht seinem Ende entgegen, zudem ist der Inhalt seiner Kühlbox auf ein Minimum zusammengeschrumpft. Einfach nur abzuwarten, um sie dann wieder zu verpassen, dazu fehlt ihm die Geduld.

Als er die fünfköpfige Familie erblickt, die das Tierheim noch kurz vor Toresschluss aufsucht, schließt er sich ihnen in aller Eile an. Hinter den Leuten betritt er mit gesenktem Kopf den Eingangsbereich. Sein Glück hält an, als sich die junge Frau am Empfang auf die Familie konzentriert, ohne ihn sonderlich zu beachten. Rasch drückt er sich hinter die nächste Ecke, um aus ihrem Sichtfeld zu entkommen, dabei kann er beobachten, wie die Tierpflegerin mit der Familie in einem der Anbauten verschwindet. Zufrieden macht er sich auf die Suche nach Henry, allerdings nicht ohne darauf zu achten, von niemandem gesehen zu werden.

In der Zwischenzeit übernehmen Henry und Maike freiwillig die Aufräumarbeiten, damit Carmen sich etwas ausruhen kann. Immerhin ist es nicht einfach, sich um die vielen Tiere zu kümmern, wenn man durch einen dicken Bauch beeinträchtigt wird.

„So schlimm ist das gar nicht", widerspricht Carmen. „Den Rest schaffen wir auch allein. Henry, du kannst eigentlich schon gehen."

„Ich gehe, wenn aufgeräumt ist", entgegnet das Mädchen. „Ich muss sowieso erst noch meinen Chauffeur herbeordern", fügt sie lachend hinzu.

„Du hast es gut."

Maike beginnt bereits mit dem letzten Rundgang, während Henry den Gartenschlauch an seinen Platz in dem Schuppen bringt. Danach wird sie als Erstes Gerd anrufen, das hat sie ihm schließlich versprochen. Gerade will sie den Schuppen verlassen, als sie durch das kleine Fenster in der Wellblechtür ihren Vater auf sich zukommen sieht.

Sie spürt Panik in sich aufsteigen, während sie ängstlich von der Tür zurückweicht. Noch hat ihr Vater sie nicht entdeckt. Ihr Blick wandert gehetzt durch den Raum, auf der Suche nach einem Versteck. Der Zugang zur Tierklinik am anderen Ende des Raumes ist ihr einziger Ausweg. Mit zwei Schritten ist sie dort, reißt die Tür auf und schlüpft hindurch. Statt eines Schlosses gibt es hier nur einen Riegel, der durch einen Bolzen gesichert werden kann, was Henry schnellstens macht. In der Hoffnung, dass ihr Vater sie hier nicht findet, läuft sie an der seitlichen Arbeitsfläche vorbei zu dem Gehege, in dem Artemis untergebracht ist. Der steril gehaltene Raum bietet nicht viele Möglichkeiten zum Verstecken, aber der große Katzenbaum ist breit genug, dass sie sich dahinter verbergen kann. Aus lauter Angst, von ihrem Vater gefunden zu werden, hockt sie sich hinter der Katzenbehausung zusammenkauernd auf den Boden. Als ihr die Wolldecke ins Auge fällt zieht sie diese über ihren Körper.

Beinahe hätte sie laut aufgelacht, als Artemis ihren Kopf unter der Decke hindurchsteckt, um ihr eilig auf den Schoß zu klettern. Die Nähe ihrer Katze beruhigt sie ein wenig, sodass sie regungslos abwartet. Jemanden um Hilfe zu rufen oder ihr Telefon zu benutzen traut sie sich nicht, da ihr Vater das hören könnte. ‚Wie lange wird er wohl aushalten, bevor er aufgibt?', fragt sie sich bange. ‚Wird er verschwinden, wenn er mich nicht findet?'

Es bleibt lange still, doch Henry wagt sich nicht aus ihrem Zufluchtsort heraus, stattdessen fallen ihr beim Warten langsam die Augen zu. Kurz darauf sind beide, Mädchen und Katze, eingeschlafen.

„Kann ich Ihnen weiterhelfen?", erkundigt sich Carmen bei dem fremden Mann, der mitten im Hof stehend einen ratlosen Eindruck macht. „Wir haben nämlich schon geschlossen", weist sie ihn auf die Uhrzeit hin.

Das Letzte, was Paul gebrauchen kann, ist Ärger mit den hiesigen Angestellten, deshalb lächelt er der Tierpflegerin freundlich entgegen. „Also, eigentlich wollte meine Frau nur noch kurz auf die Toilette, bevor wir wieder fahren", lügt er. „Das hat aber so lang gedauert, dass ich nach ihr sehen wollte. Sie ist bestimmt schon draußen und wir haben uns nur verpasst."

„Ja, das denke ich auch. Die Toiletten habe ich gerade kontrolliert, da war niemand mehr."

„Dann entschuldigen Sie bitte die Störung."

„Kein Problem. Auf Wiedersehen."

Seine Wut steigert sich enorm, als er begreift, dass er seiner Tochter auch heute nicht folgen wird. Langsam geht ihm das Geld aus, doch seine Frau hat er immer noch nicht gefunden. Dass die Ampel vor ihm auf rot umschlägt, beachtet er nicht, sondern setzt seinen Weg unbeirrt fort. Erst als ihn die Sirene des folgenden Streifenwagens aufmerksam werden lässt, hält er auf die Aufforderung hin am Seitenstreifen an. Da der hochalkoholisierte Mann keine Ausweispapiere bei sich trägt, zudem reichlich krakeelt, wird er von den Polizisten festgenommen. Sie bringen ihn auf die nächste Dienststelle, wo er über Nacht zum Ausnüchtern in eine Zelle verfrachtet wird, während seine Personalien festgestellt werden. Im Anschluss daran muss dann noch geklärt werden, welcher Straftaten sich der Mann schuldig gemacht hat.

Niemand bemerkt die drei Männer, die seit geraumer Zeit aus ihrem Transporter heraus das Treiben der Tierpfleger beobachten, bis diese das Gebäude verlassen. Paul Grossmann, der nur zwei Plätze weiter parkte, war viel zu sehr mit sich selbst beschäftigt, als dass er auch nur einen Blick für den Lieferwagen verschwendet hätte.

Die drei Diebe können mitansehen, wie die Frau, die als Letzte herauskommt, alle Türen kontrolliert, um anschließend die Alarmanlage einzuschalten, bevor sie den Sicherungskasten für die Tastenkombination neben der Tür mit ihrem Schlüssel verschließt.

Der fragende Blick von Emilio lässt Vincent grinsen. Ein einfaches Schloss ist für ihn doch kein Hindernis!

Sie bleiben die nächste halbe Stunde abwartend in ihrem Transporter sitzen, bis sie ganz sicher sind, dass sich in dem Objekt ihrer Wahl nichts mehr regt.

„Legen wir los!“, befiehlt Samuel seinen Männern, während er den Transporter startet. Für ihren heutigen Diebstahl haben sie ihr Fahrzeug mit der Aufschrift eines bekannten Lieferanten für Tiernahrung beklebt, so dass sie mit ihrem Wagen ohne Verdacht zu erregen rückwärts bis an das Tor heranfahren können.

Vor dem Eingang ist alles ruhig. Zudem sorgt der dichte Baumbewuchs des *Eller-Forst*, ein ausgedehntes Wald- und Naherholungsgebiet, das unmittelbar an das Tierheim grenzt, für ausreichenden Sichtschutz.

Vincent braucht keine Minute, um sich Zutritt zum Gebäude zu verschaffen, den Alarmmelder abzuschalten, sowie das Tor zu öffnen, damit der Transporter bis in den Innenhof hineinsetzen kann. Problemlos dringen sie bis zu den Tieren vor, die Fritz Kaspar laut seiner Liste benötigt. Die mitgebrachten Käfige sind rasch gefüllt und in dem Transporter verstaut.

„Was ist denn mit dem Gebäude?“ Emilio zeigt auf einen kleinen Anbau, direkt hinter dem Haupthaus.

„Auch wenn du im Lesen nicht sonderlich bewandert bist, solltest du eigentlich wissen, was ein rotes Kreuz auf einer Tür bedeutet“, stichelt Vincent grinsend.

„Blödmann!“, schnauzt Emilio ihn an.

„Still!“, befiehlt Samuel. „Die Tiere auf der Krankenstation sind nicht gesund. Die kann Kaspar nicht gebrauchen.“

„Das wollte ich doch nur wissen“, beteuert Emilio leise.

Artemis hört die fremden Geräusche zuerst, spitzt die Ohren, um sich anschließend auf Henrys Schoß aufzusetzen. Die Bewegung der Katze lässt den Teenager die Augen aufschlagen. Die Decke vom Kopf ziehend, schaut sie sich orientierungslos um. ‚Was ist denn passiert?‘, fragt sie sich, bis ihr wieder einfällt, dass sie vor ihrem Vater hierher geflüchtet ist. Wie lange sie geschlafen hat, weiß sie nicht. Sie zieht ihr Handy aus der Hosentasche, um auf dem Display die Zeitangabe abzulesen, als auch sie die Geräusche hört. ‚Ob das Vater ist? Sucht er mich immer noch?‘ Artemis im Arm springt sie auf, dabei hebt sie mit der Hand, die das Handy hält, die Wolldecke hoch, um nicht darüber zu stolpern. Mit zwei langen Schritten erreicht sie die Arbeitsfläche, über der ein kleines Fenster den Blick auf den Innenhof gewährt.

Um hinauszuschauen muss sich Henry auf Zehenspitzen stellen. Für einen besseren Halt stützt sie sich mit beiden Händen an der Wand ab. Dafür setzt sie Artemis auf der Arbeitsplatte ab, die Wolldecke lässt sie zu Boden gleiten. Dass ihr Handy dabei in der Decke landet, bekommt sie nicht mit.

„Was machen die denn da?“, staunt sie beim Anblick der drei vermummten Gestalten, die mit den leeren Käfigen in die Gebäude gehen, um im Anschluss mit den Tieren wieder herauszukommen. „Die klauen unsere Tiere!“, flucht sie wütend. Wild entschlossen, diesen Männern keines der Tiere kampflos zu überlassen setzt sie die Katze in die unterste Behausung des Kratzbaums. „Du bleibst hier!“, befiehlt sie. „Versteck dich!“

Tatsächlich zieht Artemis mit einem kurzen Maunzen den Kopf ein und rollt sich in der hintersten Ecke zusammen.

„Gut", lobt Henry, bevor sie sich auf den Weg macht, ihren vierbeinigen Freunden zu helfen.

Auf dem Hof ist niemand zu sehen, nur der Lieferwagen steht mit offenen Hecktüren in der Einfahrt. Vorsichtig schleicht Henry näher. Sie erkennt in einigen der Käfige die Katzenkinder, bei denen sich Artemis bis vor kurzem noch aufhielt, die Kaninchen und Benjamin, den Stallhasen sowie die beiden Hundewelpen mit ihrer Mutter. Viele andere Kleintiere und Nager finden sich in den übrigen Boxen, nur wenige sind leer. Alarmiert wirbelt sie herum, als hinter ihr aufgeregte Stimmen laut werden, die sich rasch nähern. ‚Wo soll ich hin?' Gehetzt schaut sie sich um, doch die einzige Möglichkeit, sich zu verbergen, bietet der Transporter, den sie eilig umrundet, um dahinter Deckung zu suchen. Vor der Motorhaube geht sie in die Hocke. Damit sie an der Seite des Fahrzeugs vorbei beobachten kann, was die Männer noch anstellen rutscht sie bis an das äußere Ende des Kotflügels.

„Was ist denn mit dir passiert?", fragt Vincent gerade seinen Kumpel.

„Das kann ich dir sagen", faucht Emilio. „In dem einen Gehege gibt es eine Eule. Auf der Liste steht keine Eule. Da steht, dass es da einen Steinkauz gibt."

„Das ist eine Eule, du Depp."

„Was hat denn eine Eule mit Steinen zu tun?", wundert sich Emilio. „Bescheuerter Name. Genauso bescheuert wie das Vieh! Die ist gerade einmal so groß wie ein Blatt Papier, aber wenn du in das Gehege gehst, attackiert sie dich sofort mit ihren Krallen. Sieh dir das an, mein ganzer Arm ist zerkratzt, trotz Jacke. Da gehe ich nicht mehr hinein", fügt er demonstrativ hinzu.

‚Gut gemacht, Hedwig', denkt Henry grinsend, während sie die Männer weiter im Auge behält. Ein dritter Dieb erscheint am Transporter. Er führt Senta und zwei weitere Hunde an der Leine.

„Wie sieht es aus?", verhört er die beiden anderen.

„Alles da, bis auf den Steinkauz. Der ist zu aggressiv", erklärt Vincent seinem Boss.

„Und ein Katzenbaby fehlt. Laut Liste sollten das fünf sein, sind aber nur vier", berichtet Emilio.

„Pech gehabt, dann hauen wir jetzt ab." Während ihrer Unterhaltung hat Samuel die Hunde in Transportboxen im Laderaum verstaut. „Wir müssen uns umziehen, ehe wir vom Hof fahren", erinnert er seine Kumpane beim Verschließen der Hecktüren.

Verdeckt hinter ihrem Fahrzeug entledigen sie sich ihrer Handschuhe und Sturmhauben, ehe sie sich in das Führerhaus des Transporters quetschen.

Entsetzt hört Henry das Gespräch der Männer mit an. ‚Wenn diese Leute wegfahren, finden wir die Tiere nie wieder. Wer weiß, was die ihnen antun.' Voller Panik denkt sie darüber nach, wie sie am besten vorgehen sollte. ‚Ich fahre mit', entscheidet sie. ‚Unterwegs rufe ich Gerd an.' Von der Fahrerseite aus klettert sie durch die offene Tür in den Transporter, danach zwischen den Sitzen hindurch weiter nach hinten, bis sie sich auf dem Boden hinter den Rücklehnen verstecken kann. Keine Sekunde zu früh hat sie ihren Platz eingenommen. Mit vorsichtigen Bewegungen, um niemanden auf sich aufmerksam zu machen, greift sie an ihre Hosentasche, um ihr Handy hervor zu holen. Erst nach längerem Suchen fällt ihr ein, wo das Gerät abgeblieben ist. Frustriert wird ihr klar, dass sie jetzt nur noch abwarten kann, bis sie am Endpunkt ihrer Reise angekommen sind. ‚Hoffentlich bemerken die mich nicht', fleht sie bange.

Keiner der Männer kommt auf die Idee, dass sie einen blinden Passagier an Bord haben könnten. Fröhlich schwatzend bringen sie die Fahrt nach *Düsseldorf-Ludenberg* hinter sich.

Erst als die drei Diebe vor dem Lagerhaus anhalten, um aus dem Fahrzeug zu steigen, wagt Henry es, sich weit genug aufzurichten, damit sie hinausschauen kann. Im gleichen Moment reißt sie panisch ihre Augen auf, da sie hört, wie die Schlösser der Hecktüren entriegelt werden. In Windeseile drückt sie sich zwischen den Sitzen hindurch auf den Platz des Fahrers, wo sie sich zusammenkauert. ‚Bitte, lass es ausreichen', betet sie.

Sie hat Glück, dass keiner der Männer zu ihr hinüber schaut, da sie nicht mit ihr rechnen. Obendrein haben sie genug damit zu tun, alle Tiere auszuladen, bevor Fritz Kaspar im Lagerhaus die Bestandsliste mit den drei Handlangern durchgeht.

Henry nutzt die Gelegenheit, um unbemerkt aus dem Auto zu steigen. Versteckt zwischen dem Lagerhaus und den angrenzenden Gebäuden wartet sie ab, bis die Männer wieder verschwunden sind. Erst nach einer ganzen Weile wagt sie sich aus ihrem Versteck hervor, um das Innere der Lagerhalle zu erkunden.

Von einer inneren Unruhe getrieben erscheint Helga Grossmann an diesem Abend in der Staller Villa. „Haben Sie etwas von Henry gehört?“, erkundigt sie sich bei Karola. „Sie sollte doch spätestens um siebzehn Uhr Feierabend machen. Es ist schon nach acht. Langsam fange ich an, mir Sorgen zu machen. An ihr Handy geht sie auch nicht.“

„Soweit ich weiß, wollte Gerd Ihre Tochter abholen. Zumindest hatten wir das so ausgemacht. Henry sollte ihn anrufen, bevor sie Schluss macht. Einen Moment, bitte. Ich werde ihn anrufen.“

„Nicht nötig“, versichert Peter, der Gerds *Audi* durch ein Fenster auf das Haus zufahren sieht. „Ich denke, da sind die beiden.“

„Hast du Henry nicht mitgebracht?“, verhört Karola den jungen Mann, der kurz darauf vor ihrer Tür allein aus seinem Fahrzeug steigt. „Du solltest sie doch abholen.“

„Ja, das dachte ich auch, aber sie hat mich nicht angerufen. Deshalb bin ich hier. Ich wollte sehen, ob alles in Ordnung ist. Bis achtzehn Uhr habe ich auf ihren Anruf gewartet, dann habe ich versucht, sie zu erreichen. Meine Anrufe wurden von ihr nicht angenommen. Über die Festnetznummer des Tierheims hat sich auch niemand gemeldet. Ich habe gehofft, dass Frau Rudloff sie gefahren hat, dass sie schon zuhause ist“, erklärt Gerd. „Anscheinend ist das nicht der Fall.“ In seinen Gedanken sieht er Henry, die von ihrem wütenden Vater bedrängt wird. Auf dem Absatz macht er kehrt. „Ich fahre zum Tierheim, sollte Henry währenddessen auftauchen, ruft mich bitte an.“

„Ich komme mit“, bekräftigt der Konzernchef, der ihm zu seinem Wagen folgt.

„Ruf Emma an“, verlangt Gerd kaum, dass sie im Fahrzeug sitzen. „Sie soll herausfinden, wo sich Paul Grossmann aufhält.“

„Emma wird sich darum kümmern. Anschließend kommt sie zum Tierheim“, berichtet Peter keine fünf Minuten später. „Die Leiterin des Tierheims lässt sie durch ihre Kollegen auch informieren.“

„Gut.“

„Was ist denn hier los?“, staunt Peter, da das große Tor vor der Zufahrt zur Hälfte offensteht. „Ich kann mir nicht vorstellen, dass das gewollt ist.“

„Nein“, stimmt Gerd zu. „Und die ausgeschaltete Alarmanlage sicher auch nicht. Lass uns nachsehen.“

Nirgendwo ist auch nur die kleinste Spur von Henry zu finden. Emma und Denise Rudloff treffen fast gleichzeitig am Tierheim ein, wo sie sich aufteilen, um überall nach dem Rechten zu sehen.

„Der größte Teil unserer Tiere ist verschwunden“, berichtet die Leiterin aufgeregt. „Wahrscheinlich war das Henriettes Vater aus Rache, weil wir ihn nicht zu seiner Tochter gelassen haben. Jetzt müssen wir die ganze Gegend nach den entlaufenen Tieren absuchen.“

„Ich glaube nicht, dass Paul Grossmann etwas mit dem Verschwinden Ihrer Schützlinge zu tun hat“, widerspricht Gerd. „Die Tiere interessieren ihn doch gar nicht. Da steckt etwas anderes dahinter.“

„Was oder vielmehr wer, glaubst du, steckt sonst dahinter?“, will Peter wissen.

„Jedenfalls nicht Henrys Vater“, kommentiert Gerd ausweichend.

„Du hast Recht“, stimmt ihm Emma zu. „Über meine Dienststelle habe ich herausgefunden, dass Paul Grossmann seit heute Nachmittag in einer soliden Zelle sitzt, da er ohne gültige Fahrerlaubnis mit seinem Fahrzeug unterwegs war, eine rote Ampel überfahren hat, sich der Polizeikontrolle widersetzte und lautstark krakeelte. Der Bluttest ergab einen Alkoholwert von eins

Komma neun Promille. Vor morgen wird er nicht auf freien Fuß kommen, wenn überhaupt. Er kann es also nicht gewesen sein."

„Woran hast du gerade gedacht?", erkundigt sich Peter bei einem Blick in Gerds besorgtes Gesicht. „Ich sehe dir an, dass deine grauen Zellen auf Hochtouren laufen."

Auch Emma erkennt die Sorgen, von denen ihr Freund anscheinend geplagt wird. „Deine Ideen werden uns sicher nicht gefallen, oder?"

„Wohl kaum", gibt Gerd ihr Recht. „Was, wenn das die gleichen Kerle sind, die versucht haben, bei Magnus Peetz einzusteigen? Dann haben wir es hier mit dieser Bande zu tun, die in der ganzen Gegend die Tiere stiehlt."

„Schon möglich", überlegt Emma. „Aber was hat das mit Henry zu tun?"

„Da bin ich mir nicht sicher. Sie könnte hier gewesen sein, warum auch immer. Vielleicht hat sie sich hier sicherer gefühlt, als nach Hause zu gehen. Das können wir nicht wissen, aber wenn sie hier war, könnte sie diesen Kerlen in die Finger gefallen sein."

„Du glaubst, sie haben das Mädchen mitgenommen?", staunt Peter.

„Das ist eine Option. Schlimmer finde ich es, wenn Henry den Kerlen gefolgt ist. Wir haben keine Ahnung, in welchen Schwierigkeiten sie steckt."

„Warum ruft sie dich dann nicht an?", äußert Emma. „Du wärst der Erste, bei dem sie sich melden würde."

„Wir sollten uns hier noch einmal gründlich umsehen", empfiehlt Gerd. „Sucht nach allem, was uns einen Hinweis auf Henry gibt." Er selbst beginnt seine Suche im Kinderzimmer der Katzen.

Denise Rudloff gesellt sich kurz darauf zu ihm. „Ihr Rucksack hängt noch in der Umkleide. Sie könnte ihn zwar vergessen haben, aber so ordentlich, wie ich sie kennengelernt habe, würde sie den nicht übersehen."

„Damit haben Sie sicher Recht. Sie war also noch hier, als die Tiere entwendet wurden. Wo könnte sie hingegangen sein? Wo würde sie sich verstecken?"

„Artemis ist seit Freitag auf der Krankenstation, wir sollten dort nachschauen“, empfiehlt die Leiterin.

Peter und Emma schließen sich ihnen auf dem Weg zur Krankenstation an. Das Gehege steht offen, weit und breit ist nichts von Henry oder der kleinen Katze zu sehen.

Denise Rudloff will sich schon abwenden, als sie ein leises Maunzen hört. „Artemis?“, fragt sie in den Raum hinein.

Der Kopf der Katze taucht am Eingang der Katzenbehausung auf, dann klettert das Tier heraus, läuft auf die beiden Personen zu und schnuppert an ihren Beinen. Noch einmal maunzt sie leise, ehe sie zu der Wolldecke läuft. Mit dem Kopf voran verschwindet sie darunter, nur um sofort wieder hervorzuschauen. Ihr aufforderndes Miauen ist erneut zu hören, ehe sie endgültig unter der Decke abtaucht.

„Sie will uns etwas mitteilen“, behauptet Gerd nachdenklich. „Wo würde sich Henry verstecken, wenn sie einen Grund für eine solche Handlung hätte?“ Er hebt die Wolldecke hoch, wobei das Handy auf den Boden fällt. Beunruhigt hebt er das Gerät auf. „Das ist Henrys.“

„Jetzt wissen wir, warum sie sich nicht gemeldet hat“, begreift Emma.

„Dann wurde sie tatsächlich entführt“, vermutet Peter. „Aber wieso haben sie die Katze hier gelassen?“

Gerds Blick wandert durch den Raum zu dem Fenster über der Arbeitsplatte, um an der Wolldecke hängen zu bleiben. „Sie wurde nicht entführt. Wahrscheinlich hat sie sich bei Artemis aufgehalten, als die Diebe hier eingedrungen sind. Warum sie nach Schließung des Tierheims noch hier war, kann ich nur raten, aber ich denke, sie wollte sich vor ihrem Vater verbergen. Hier bei ihrer Katze fühlte sie sich sicher. Die Diebe glaubten sich unbeobachtet und gingen davon aus, dass sie niemand hört, doch Henry hat es mitbekommen.“ Er zeigt auf das kleine Fenster. „Sie musste sich garantiert auf Zehenspitzen stellen, um hinausschauen zu können. Dafür hat sie die Decke fallen lassen. Das Handy ist ihr entweder aus der Tasche gerutscht oder sie hat das Gerät verloren, ohne es zu merken. Artemis hat sie in Sicherheit gebracht, dann ist sie nach draußen, um auch den anderen Tieren zu helfen."

„Glaubst du, sie wurde erwischt?", verhört Emma ihn.

„Möglich. Aber auch wenn nicht, würde sie die Tiere nie im Leben sich selbst überlassen. Sie hat garantiert eine Möglichkeit gefunden, mitzufahren, ohne gesehen zu werden. Egal was passiert ist, Henry steckt in ziemlichen Schwierigkeiten."

Bedrücktes Schweigen breitet sich aus, nachdem Gerd seine Vermutung geäußert hat.

Mit ihrer Frage „Was können wir tun?", unterbricht Denise Rudloff die Stille.

„Ich weiß es nicht, sie könnte überall sein", gibt Gerd gefrustet zu. ‚Warum komme ich nicht weiter?', fragt er sich insgeheim. ‚Das gibt es doch gar nicht. Bisher habe ich immer einen Weg gefunden. Ich muss Henry helfen. Schließlich habe ich ihr das versprochen.'

‚Gerd weiß nicht weiter?', grübelt Emma. ‚Dann ist die Situation mehr als kritisch.' „Ich rufe Mark an", verspricht sie. „Wir werden eine Fahndung nach Henry herausgeben. Die Kollegen sollen sich hier in der Nachbarschaft umhören, vielleicht hat sie ja jemand gesehen. Peter, kannst du mit Frau Rudloff hier auf meine Kollegen warten?" Auf die Bestätigung hin fordert sie Gerd auf: „Wir sollten zu Melissa Braun fahren. Ich hoffe, sie kann uns etwas dazu sagen."

„Gute Idee", stimmt Gerd zu. Er überlässt Peter seine Wagenschlüssel, um kurz darauf mit Emma davonzufahren.

Emmas Vorgesetzter, Hauptkommissar Mark Sievers, kontaktiert umgehend Helga Grossmann, um die Vermisstenanzeige aufzunehmen. Im Anschluss macht sich der siebenunddreißigjährige Familienvater auf den Weg zum Tierheim. Ihm ist nur zu sehr bewusst, welche Ängste ihre Mutter um das vermisste Mädchen auszuhalten hat.

Derweil berichtet Melissa Gerd und der Beamtin aufgeregt, was in den vergangenen Tagen geschehen ist und wie sie Henrys Vater ausgetrickst haben.

„Warum hast du denn nichts davon erzählt?", verhört Melissas Mutter ihre Tochter.

„Wozu, wir sind doch klar gekommen", erwidert der Teenager überzeugt.

Trotz der ernsten Lage kann Gerd nicht anders, er muss lächeln. ‚Die Freundschaft dieser beiden Mädchen ist auf dem besten Weg so zu werden, wie die von Andy und mir', erkennt er.

„Was geschieht denn jetzt? Was machen Sie, um Henry zu finden?", will Melissa wissen.

„Wir geben eine Fahndung nach ihr heraus", erklärt Emma. „Jeder Polizist im Streifendienst wird nach ihr Ausschau halten. Nur wissen wir leider überhaupt nicht, in welcher Gegend wir nach ihr suchen müssen. Sollten wir sie finden, ist das eher Zufall."

„Wenn sie diesen Männern gefolgt ist, wie Sie vermuten, dann wird sie sich bei Ihnen melden", behauptet der Teenager. „Sie wird einen Weg finden, um uns mitzuteilen, wo sie ist."

„Das glaube ich auch", stimmt Gerd ihr zu. Er will dem Mädchen nicht sagen müssen, wie die andere Alternative aussieht, aber tief innendrin fragt er sich, was mit Henry passiert, wenn diese Kerle sie bereits ergriffen haben. Sein sorgenvolles Gesicht zaubert bei Melissa ein Lächeln hervor. Vertrauensvoll legt sie eine Hand auf Gerds Knie. „Es geht ihr gut, ich kann das spüren. Sie hat Angst, aber es geht ihr gut."

„Ihr zwei seid ein tolles Team", versichert Gerd ihr lächelnd.

„Kann ich mitkommen, wenn sie zu Henry fahren?"

„Auf keinen Fall", ereifert sich Melissas Mutter sofort. „Das ist viel zu gefährlich."

Das Mädchen wirbelt zu ihrer Mutter herum. „Mama, Henry ist meine Freundin, die Einzige, die ich habe! Ich lasse sie nicht im Stich, wenn sie mich braucht, und ich werde für sie da sein, wenn ich muss!" Sie hebt ihr Handgelenk, an dem ein buntes Perlenarmband baumelt. „Wir haben sie zusammen gekauft, beide das gleiche. Henry trägt meines und ich ihres. So sind wir immer zusammen. Versteht mich doch", fleht sie mit Tränen in den Augen.

„Schon gut, Liebes.“ Ihr Vater nimmt sie in den Arm. „Wir verstehen dich. Wenn Herr Bach oder Frau Wolf um deine Hilfe bitten, werden wir dich unterstützen. Aber jetzt hoffen wir erst einmal, dass sie Henrys Aufenthaltsort herausbekommen.“

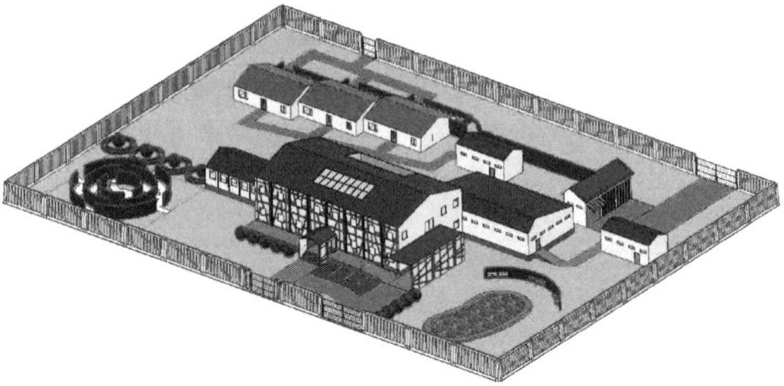

15

Neugierig schaut sich Henry in dem Lagerschuppen um, aber außer den Käfigen mit den Tieren ist hier nichts zu finden. Als sie hört, dass Senta leise winselt, geht sie vor deren Käfig in die Hocke und versucht, sie zu streicheln, was bei den engen Gitterstäben gar nicht so einfach ist. Mit der Fingerspitze streicht sie sanft über die Schnauze der Hündin. „Keine Angst, ich sorge dafür, dass ihr alle hier herauskommt", verspricht sie den Tieren. „Ich bin bald wieder da." Sie zieht ihre Finger zurück, wobei unbemerkt von dem Mädchen das Armband an ihrem Handgelenk aufreißt und zu Boden fällt. Sie schlüpft aus dem Lagerschuppen, mit der Absicht, sich draußen umzusehen und einen Fluchtweg zu suchen, da hört sie die Stimmen.

„Na, endlich! Wo warst du denn?", empfängt Vincent seinen Kameraden.

„Wieso?", staunt der Italiener. „Darf man jetzt noch nicht einmal unangemeldet auf die Toilette gehen?"

„Bringt die Käfige nach unten", befiehlt Fritz Kaspar, womit er die Diskussion der beiden ungeduldig beendet. „Alle!"

„Jetzt gleich? Muss das sein?", stöhnt Emilio. „Reicht es nicht auch, wenn wir das morgen als Erstes machen?"

„Bevor ihr aufsteht habe ich schon mit der ersten Testreihe begonnen. Ich habe weder Lust noch Zeit, mir die Versuchstiere hier oben einzeln auszusuchen. Also macht schon!"

„Na los, Leute, dann haben wir es hinter uns", fordert Samuel seine Kumpane auf.

Anfänglich noch murrend fügen sich Vincent und Emilio in das Unvermeidbare, schnappen sich jeder zwei der Käfige und trotten hinter ihrem Anführer her. Keiner von ihnen bemerkt, dass Henry ihnen durch den geheimen Zugang über die Kellertreppe bis an den Eingang zum Labor folgt. Beinah wäre das Mädchen Samuel aufgefallen, der seine Käfige abstellt, um den Sicherheitscode in das elektronische Schloss einzugeben. Nachdenklich schaut er zur Treppe zurück, auf der er eine Bewegung bemerkt haben will, doch nichts rührt sich. Henry hat es gerade noch rechtzeitig geschafft, sich aus dem Blickfeld der Männer zu retten. Kopfschüttelnd gibt Samuel den sechsstelligen Zifferncode ein, damit sich die schweren Stahltüren öffnen, die den Eingang versperren.

Ganz langsam schiebt sie ihren Kopf Stück für Stück an der Ecke der Treppe vorbei, bis sie die Männer beobachten kann. Nachdem sie die Zahlenfolge des Sicherheitscodes bei der Eingabe ablesen konnte, zieht sie sich in den Schatten zurück. „*4-9-2-7-3-5*", flüstert sie vor sich her und noch einmal: „*4-9-2-7-3-5*. Das muss ich mir unbedingt merken!"

Henry überlegt, ob sie den Männern folgen soll, doch dann schüttelt sie den Kopf. ‚Es ist viel zu gefährlich', begreift sie. ‚Ich warte, bis die Männer verschwunden sind, dann kann ich ungehindert hinein.' Solange die Diebe mit ihrer Arbeit beschäftigt sind, wird sie sich auf dem Grundstück umschauen. ‚Ich muss unbedingt herausbekommen, wo ich hier bin. Und ein Telefon brauche ich auch', macht sie sich klar.

Leise schleicht sie an der Rückseite des Hauptgebäudes entlang, umrundet den überirdischen Laborkomplex, sämtliche Anbauten, Lagerhallen und Garagen, kann aber nirgendwo einen Zugang entdecken, alle Fenster und Türen sind fest verschlossen.

Erst als sie den Verwaltungskomplex erreicht, entdeckt sie das offenstehende Fenster. Auch wenn das Fenster nicht allzu groß ist, reicht es aus, damit der Teenager in das Innere des Hauses klettern kann, wo sich das Mädchen anschließend in der Herrentoilette wiederfindet. Bei dem beißenden Geruch, der ihr entgegenströmt, weiß sie auch, warum das Fenster offensteht. Sie bemüht sich darum, die Toilette schnellstens zu verlassen, um von hier aus vorsichtig, jedes Geräusch vermeidend ihre Umgebung zu erkunden. Ein langgestreckter Flur lässt sie durch seitliche Glasscheiben die angrenzenden Büros erkennen, die so aussehen, als wären sie schon lange nicht mehr verwendet worden. Die Schreibtische sind mit einer Staubschicht überzogen, Computer oder andere Gerätschaften gibt es nicht, kein Drucker oder Faxgerät, auch kein Telefon. Frustriert durchquert sie den Flur, bis am Ende eine Tür den Weg zum Hauptgebäude begrenzt. Ihr Glück hält an, weder ist die Tür verschlossen, noch macht sie beim Öffnen verräterische Geräusche. Leise dringt sie weiter vor, bis sie den verschlossenen Haupteingang erreicht, kann aber nichts entdecken, was ihr bei ihrer Suche weiterhelfen könnte, sodass ihr nichts anderes übrig bleibt, als eine Tür nach der anderen zu öffnen, bis sie fündig wird. ‚Hoffentlich werde ich nicht entdeckt', fleht sie beklommen, als ihre Hand die erste Klinke herunterdrückt. Auf der ganzen unteren Etage findet sie so etwas wie Gemeinschaftsräume, die für die hier arbeitende Bevölkerung eingerichtet wurden, angefangen bei den sanitären Einrichtungen bis hin zu Aufenthaltsräumen mit Großküche. Auch hier findet sich nirgendwo ein Telefon. In der nächsten Etage kommt sie nicht weit, da Fahrstuhl und Treppe in einen offenen Vorraum führen, der nur eine Tür enthält, die aber verschlossen ist. Dass sie vor den privaten Räumlichkeiten des Hausherrn Leander von Weihrauch steht, kann Henry nicht wissen, wohl aber in welcher Gefahr sie schwebt, als die Tür von der anderen Seite aus plötzlich geöffnet wird.

Voller Panik schaut sich der Teenager nach einem Versteck um, wobei ihr die bodentiefen Fenster mit den langen Brokatvorhängen ins Auge stechen, hinter denen sie in aller Eile Schutz sucht. Sie hält die Luft an, als sich Leander mit weit ausholenden

Schritten an ihr vorbei zum Fahrstuhl begibt, ohne sich um die hinter ihm langsam schließende Tür zu kümmern. Er weiß, dass sie von allein ins Schloss fallen wird, wodurch seine Wohnung für Unbefugte versperrt ist. Da der Fahrstuhl ihn fast sofort aufnimmt, steht die Tür zu seiner Wohnung nach seinem Verschwinden immer noch offen.

Ihren ganzen Mut zusammennehmend schlüpft Henry durch die Tür, ehe diese endgültig ins Schloss fällt. Jetzt befindet sie sich in dem privaten Bereich des Hausherrn, was man an der luxuriösen Einrichtung unschwer erkennen kann. Schon hinter der ersten Tür, die sie öffnet, findet sie das Büro des Geschäftsmannes. Henrys Augen strahlen erfreut auf, als sie den Festnetzapparat auf dem Schreibtisch erblickt. Ohne weiter darüber nachzudenken greift sie nach dem Hörer, um Gerds Nummer einzugeben, doch die fällt ihr beim besten Willen nicht ein. ‚Wieso kann ich mich nicht an Gerds Nummer erinnern? Ich habe doch sonst ein gutes Zahlengedächtnis', überlegt sie. ‚Das kommt davon, weil immer alles gespeichert ist. Man verlässt sich viel zu sehr darauf. Was soll ich denn jetzt machen?' Frustriert betrachtet sie die Oberfläche des Schreibtischs, bis ihr der schwarze *Fineliner* neben dem Notizblock ins Auge sticht.

„Den brauche ich!", äußert sie erfreut, greift nach dem Stift, reißt die Kappe herunter, zieht ihren Ärmel ein Stück herauf, damit der Unterarm freiliegt und beginnt zu schreiben: *4-9-2-7-3-5*. ‚Jetzt kann ich die Zahlen nicht mehr vergessen.'

Ihre Augen blitzen auf, als ihr die passende Lösung für den Anruf einfällt. Sie wählt *1 – 1 – 0* und wartet darauf, dass sich am anderen Ende der Leitung der diensthabende Wachmann in der Polizeinotrufzentrale meldet.

„Verbinden Sie mich bitte mit Hauptkommissarin Emma Wolf vom Landeskriminalamt", fordert sie rigoros. „Ich muss dringend mit ihr sprechen!"

„Worum geht es denn?", erkundigt sich Oberkommissar Mario Esser.

„Um eine Entführung, ich bin den Tätern bis hierher gefolgt, Emma muss ganz schnell kommen."

Bei Henrys Antwort verliert auch der Polizeioberkommissar seine stoische Ruhe, die einer professionellen Routine Platz macht.

„Verraten Sie mir bitte, wie Sie heißen.“ Noch während er sich mit dem Mädchen unterhält, löst er eine Rückverfolgung des Anrufs aus.

„Henry. Also Henriette Grossmann. Emma, ich meine Frau Wolf, kennt mich.“

An ihrer Stimme kann der Oberkommissar hören, wie aufgeregt das Kind ist, gleichzeitig liest er die vorhandenen Daten, die über Henry gespeichert sind, auf dem Bildschirm seines Rechners ab. ‚Sie ist erst dreizehn‘, stellt er fest. Die laufende Fahndung nach ihr fällt ihm ins Auge, auch der Hinweis, dass Hauptkommissarin Emma Wolf vom Dezernat *11* des *LKA* bei eingehenden Informationen unverzüglich zu informieren ist. ‚Der Verdacht, dass das Mädchen entführt wurde, kann nicht ausgeschlossen werden‘, steht in dick markierten Buchstaben unter der Begründung für die Fahndung. Er schreibt die angegebene Handynummer auf einen Notizzettel, den er seiner Kollegin in die Finger drückt. „Ruf da an“, bittet er sie mit einer Hand über der Sprechmuschel seines Headsets. „Frag nach Frau Wolf, sag der Kollegin, ich habe ‚Henry‘ am Apparat.“

„Henry, darf ich Henry und du sagen?“, fragt er freundlich ins Mikrofon.

„Was? Ja, ja, natürlich. Rufen Sie jetzt Emma an?“

„Das machen wir gerade. Henry, kannst du mir sagen, wo du bist?“

„Nicht wirklich.“ Sie berichtet dem Polizisten kurz, mit hastigen Worten, wie sie in ihre jetzige Situation gelangt ist. „Der Mann kann jeden Moment wiederkommen, dann wird er mich entdecken. Ich muss mich verstecken.“

„Da hast du natürlich Recht, aber vielleicht kannst du dich trotzdem einmal umschauen. Du sagst, du bist in einem Büro. Schau einmal, ob du dort Briefe oder andere Post findest, auf der eine Adresse steht, oder ein Name.“

„Ja, gut. Moment.“

Während Henry die Papiere auf dem Schreibtisch durchsieht, erhält der Polizeioberkommissar von seinen Kollegen die Nachricht, dass sich die Rufnummer nicht zurückverfolgen lässt, da der Besitzer des Anschlusses für die notwendigen Vorkehrungen gesorgt hat. ‚Mist', denkt er. ‚Hoffentlich wird die Kleine fündig.'

„Ich glaube, ich habe etwas gefunden", hört er Henrys aufgeregte Stimme. „Post ist hier keine, aber im Mülleimer liegt ein altes Paket, auf dem der Name noch zu lesen ist. Hier steht. ‚L. von Weihrauch', der Rest ist abgerissen. Aber es ist ein Stempel darauf wegen einer Portonachzahlung von der Deutschen Post Filiale *622*. Da ist auch die Paketnummer drauf."

Sie liest dem von ihrer Auffassungsgabe beeindruckten Mario Esser die Ziffern vor, als sie hört, wie die Haustür ins Schloss fällt. „Er kommt zurück", flüstert sie ängstlich, bevor sie auflegt, um geduckt hinter dem Schreibtisch in Deckung zu gehen. Die Tür öffnet sich, wird aber gleich darauf wieder geschlossen, ehe sie feste Schritte vernimmt, die sich entfernen.

„Henry?", ruft der Polizeioberkommissar, den es nicht auf seinem Platz hält, erschrocken aus. „Henry, hörst du mich?"

Die Leitung bleibt tot.

„Mist!", flucht Mario Esser laut.

„Frau Wolf ist auf dem Weg hierher", berichtet ihm die Kollegin, während er bereits die vorgeschriebenen Meldungen weiterleitet.

Emma, die umgehend ihren Vorgesetzten Mark Sievers in Kenntnis gesetzt hat, taucht gemeinsam mit Gerd zur gleichen Zeit in der Notrufzentrale auf, wie der leitende Hauptkommissar mit zwei Kollegen aus dem Team. Der diensthabende Oberkommissar setzt die Kollegen ins Bild und spielt ihnen die Bandaufnahme des Telefongesprächs vor.

„Was haben wir bisher über diesen von Weihrauch?", erkundigt sich Emma.

„Absolut nichts", gesteht Mario Esser. „Es gibt zwei Einträge mit dem Namen von Weihrauch, beides Frauen. Wir haben sie bereits durch unsere Kollegen von der Streife überprüfen lassen.

Daher können wir hundertprozentig ausschließen, dass diese Personen etwas mit der Geschichte zu tun haben", schildert er Emma, der er die erstellte Akte in die Finger drückt.

Der sechsundzwanzigjährige dunkelhaarige Kommissar Malte Distler schaut Emma beim Lesen über die Schulter. Seine normalerweise übermütig blitzenden Augen richten sich ernst und sorgenvoll auf die Kollegen. „Was ist mit dem Paket? Sind Sie da weitergekommen?"

„Bisher wissen wir nur, dass es sich um die Postfiliale in Düsseldorf-*Grafenberg* auf dem *Pöhlerweg* handelt."

„Da werden wir wohl vor den Öffnungszeiten morgen nicht weiterkommen", schätzt der achtundzwanzigjährige Oberkommissar Gero Nadler aus Emmas Team.

„Ja, Sie haben leider Recht", pflichtet Mario Esser ihm bei. „Wir sind bei den Nachforschungen an unsere Grenzen gestoßen. Erst ab acht Uhr morgen Früh kommen wir da weiter."

„Acht Uhr?", mischt sich Gerd entsetzt ein. „Das sind noch mehr als sieben Stunden. Bis dahin könnte Henry tot sein."

„Wir können nichts anderes machen", entschuldigt sich der Oberkommissar. „Oder hat von Ihnen noch jemand eine Idee?"

„Fordern Sie weitere Streifenwagen an", befiehlt Mark ihm. „Lassen Sie so viele Streifen wie möglich in großem Umkreis rund um die Postfiliale patrouillieren. Vielleicht wird ja einer von ihnen fündig. Mehr können wir momentan nicht unternehmen. Morgen Früh machen wir weiter. Bis spätestens sieben Uhr will ich sämtliche Berichte auf meinem Schreibtisch haben."

Vor der Tür atmet Gerd die kühle Nachtluft tief ein, während er vor sich hinstarrt, die Hände in den Hosentaschen. Sein sorgenvolles Gesicht ist nicht zu übersehen.

„Gerd?" Da er stehen geblieben ist, wendet sich Emma ihm fragend zu.

„Ich habe Henry versprochen, dass ich für sie da bin, wenn sie mich braucht. Aber das kann ich nicht. Emma, ich habe keine Ahnung, was ich machen soll, wie ich sie finden oder ihr helfen kann", antwortet er frustriert.

Emma begreift, wie schwer es ihrem Freund fällt, keine Lösung für dieses Problem aufzeigen zu können. Es ist das erste Mal, dass er, so genial seine Gedanken auch sein mögen, nicht weiterkommt.

„Gerd, du kannst nur dann Rückschlüsse ziehen, wenn du dafür genügend Hinweise hast. Aber die gibt es nicht. Noch nicht! Wir können nur hoffen, dass Henry durchhält, bis wir sie finden", erwidert sie. „Lass uns zu Henrys Mutter fahren, da steht uns noch eine schwere Aufgabe bevor."

Während Emma und Gerd auf der Wache mit den Beamten reden, schleicht Henry, ihr Versteck verlassend, zur Wohnungstür, um sich schleunigst in Sicherheit zu bringen, doch zu ihrem Entsetzen ist die Tür verschlossen. Egal was sie anstellt, sie bekommt die Tür nicht auf, einen Schlüssel findet sie auch nicht, es gibt auch kein Türschloss dafür, nur einen kleinen Kasten, der sich in Augenhöhe neben der Tür befindet und in dem ein rotes Licht blinkt.

‚Was soll ich denn jetzt machen?', fragt sie sich zum wiederholten Male. ‚Der Mann hört mich sofort, wenn ich irgendwo Geräusche verursache. So ein Mist!' Sie hört die Toilettenspülung, ehe eine Tür ins Schloss gezogen wird, allerdings war das Geräusch so weit entfernt, dass es nur aus der oberen Etage kommen kann. ‚Auf die Toilette müsste ich auch einmal', wird ihr bewusst. Anscheinend ist der Mann durch die Haustür hereingekommen, um gleich nach oben durchzugehen. Die Treppe dafür findet sich am Ende des Flurs, von dem auf jeder Seite drei Räume abgehen. In der Hoffnung, nicht bemerkt zu werden, öffnet sie leise eine Tür nach der anderen. Als sie das Gästezimmer mit angrenzendem Duschbad erblickt, schlüpft sie rasch hinein. Der Raum wirkt unbenutzt, der überdimensionale Kleiderschrank ist bis auf eine Wolldecke leer und das Bett frisch gemacht. Aber viel wichtiger ist, dass sie die Dusche für ihre Notdurft benutzen kann, ohne eine Wasserspülung zu betätigen. Anschließend schnappt sie sich eines der vielen Kopfkissen vom Bett, drapiert die anderen so, dass das fehlende Kissen nicht auffällt und baut sich mit Kissen und Wolldecke einen Schlafplatz im Kleiderschrank. „Gerd, ich warte auf dich“, flüstert sie voller Vertrauen. „Ich weiß, dass du mich finden wirst.“ In der Hoffnung, dass sie hier niemand entdeckt, schläft sie trotz ihrer Angst erschöpft ein.

Sie finden Helga Grossmann gemeinsam mit sämtlichen Familienmitgliedern in dem gemütlichen Wohnzimmer der Familie Staller, wo Karola der vor Angst zitternden Frau den Arm um die Schultern gelegt hat. Selbst Linda und ihr Vater haben es nicht geschafft, sich dem Kummer und den Sorgen der Mutter zu entziehen, so dass auch sie ihre Unterstützung durch ihre Anwesenheit bezeugen.

„Was habt ihr herausgefunden?“, empfängt der Konzernchef sie bereits beim Eintreten.

„Leider noch nicht allzu viel“, gesteht Emma, die bereitwillig die Erkenntnisse der Polizei weiter gibt.

Niemand achtet auf Linda, deren Kopf bei der Erwähnung des Namens ruckartig nach oben schießt. „Von Weihrauch?“, hakt sie nach. „War das wirklich der Name?“

„Ja“, bestätigt Emma. „Kennst du den Mann vielleicht?“

„Kennen ist zu viel gesagt, aber ich bin ihm schon begegnet. Auf der Messe. Der Mann, der mir geholfen hat, als dieser Kamal Rashan mich belästigte, wurde von dessen Vater mit ‚Herr von Weihrauch‘ angeredet.“

„Ja, stimmt“, fällt auch Hugo das Gespräch mit dem Geschäftsmann wieder ein. „Er hat sich mir vorgestellt, als ich mich bei ihm für seine Hilfe bedankte. Moment, ich hab’s gleich. Ludwig …, nein, Lennard …, nein, das war es auch nicht. Leander! Ja genau, Leander von Weihrauch hieß der Mann. Hundertprozentig!“

„Das würde passen“, überlegt Emma. „Auf dem Paket stand ‚L. von Weihrauch‘. Aber wir haben zu diesem Mann keine Einträge in unserer Kartei. Also kommen wir nicht weiter.“

„Das würde ich nicht behaupten“, hält Gerd dagegen. ‚Endlich haben wir einen Ansatzpunkt!‘, erkennt er aufatmend. „Wenn der Mann auf der Messe war, hat er garantiert mit der Hotel- oder

Gastronomiebranche zu tun. Ich könnte mir vorstellen, dass es da den einen oder anderen Eintrag in den Medien zu finden gibt." Er dreht sich zu dem Konzernchef um. „Peter, ich brauche *Oscar*!"

„Dann lass uns keine unnötige Zeit verschwenden", stimmt der Unternehmer zu. „Ich rufe Herrn Hoffmann an, anschließend fahren wir beide in die Firma."

„Ich komme auch mit", verspricht Emma. „Linda, du solltest uns ebenfalls begleiten. Vielleicht finden wir ja ein Foto von dem Mann, dann könntest du ihn für uns identifizieren."

„Gern."

„Linda und ich kommen gleich nach", verspricht Andreas der Beamtin.

Bevor Gerd den anderen nach draußen folgt, ergreift er die Hände von Helga Grossmann, der er fest in die Augen schaut. „Wir finden Henry. Wir hören nicht eher auf zu suchen. Versprochen!"

„Was ist denn hier los?", staunt der Konzernchef, als er mit Gerd den Computerraum der Firma *Staller* betritt, wo er sich sämtlichen Mitarbeitern aus Gerds Team für Sonderprojekte gegenüber sieht.

„Sie glauben doch nicht, dass wir friedlich in unseren Betten bleiben, wenn es darum geht, Henry zu helfen", beteuert Uwe fest. „Wir wollen helfen, wenn wir gebraucht werden."

Dankbar klopft Gerd dem Sicherheitsexperten auf die Schulter. „So weit sind wir noch nicht. Zuerst einmal sind Tim und Max an der Reihe."

„Wir haben schon einmal angefangen", versichert Max. „Viel ist noch nicht herausgekommen, aber *Oscar* ist auch noch nicht lange auf der Suche nach dem Mann."

Der leistungsstarke Quantencomputer erhielt von Tim den Namen *Oscar*, der sich mittlerweile bei allen eingebürgert hat. Das Highlight neuester Computertechnologie kann in kürzester Zeit komplexe Systeme simulieren, die Suche in Datenbanken enorm beschleunigen und Verschlüsselungstechnologien selbstständig knacken. *Oscar* wurde der Firma *Staller* von der Regierung zur Verfügung gestellt, um ihn für sie auf seine Fähigkeiten und Schwachstellen hin zu testen. Dies fällt in den Aufgabenbereich von Tim, der sich die anstehenden Arbeiten mit Max teilt. Selbst Cornelius Pohlschneider, der dritte Student mit einem Praktikumsvertrag, versteht sich mittlerweile einwandfrei in der Bedienung des Hochleistungsgeräts. Der angehende Computerspezialist von der Düsseldorfer Universität ist mit seinem überdurchschnittlichen *IQ* hochintelligent, was dem blonden übergewichtigen Einundzwanzigjährigen den Spitznamen ‚*127*' einbrachte.

„Was wir bisher gefunden haben, sind einige Zeitungsartikel zu einem Leander von Weihrauch", berichtet Max. „Er ist weltweit im Immobiliengeschäft tätig, wobei ihm die Vermietung seiner exklusiven Objekte siebenstellige Jahreseinnahmen gewährt. Zudem besitzt er in den typischen Urlaubsgebieten wie Spanien, den Malediven oder Kroatien diverse Hotels, die sich nicht gerade negativ auf seine Einnahmen auswirken."

„Nicht schlecht", bewertet Uwe. „Der Mann kann sich einiges leisten. Wo finden wir den Kerl? Habt ihr darüber auch etwas?"

„Ja und nein. Er hat seinen Wohnsitz in der Schweiz, drei Minuten entfernt von Nyon in der Gemeinde *Gingins*. Die Villa auf der *Chemin de Bois-Bougy* liegt mitten im Grünen, weit genug entfernt von jeglichem Tumult, aber immer noch nah genug am Tennis Club und Golf Club, um sich in der gehobenen Atmosphäre wohl zu fühlen. Sie ist durchaus passend für den Lebensstil eines mehrfachen Millionärs. Eine Fläche von insgesamt vierhundertfünfzig Quadratmetern mit mehreren Terrassen, Swimmingpool und großen Grünflächen, prächtige Empfangshalle mit majestätischer Treppe, großes Wohnzimmer mit einem imposanten Kamin, perfekt ausgestattete Küche nach neuesten Erkenntnissen der Gastronomie, fünf Schlafzimmer und drei Bäder. Zudem gibt es noch ein unabhängiges Apartment, ein Studio, einen Wellnessbereich, ein Bibliothekskino und einen in die Katakomben eingelassenen Weinkeller", berichtet Max.

„Da kann man direkt neidisch werden", wirft Dominik ein.

„Wir haben auch ein Foto von ihm in der Presse gefunden", übernimmt Tim die weitere Erklärung. „Beschreibung gibt es nicht viel, er ist Deutscher, adelig, zweiundfünfzig Jahre."

Linda, die mit Andreas und ihrem Vater im Computerraum eintrifft, bestätigt den Freunden, dass es sich um den richtigen Mann handelt.

„Das ist der Mann, der sich mir auf der Messe als Leander von Weihrauch vorgestellt hat", bestätigt auch Hugo Kettler anhand des Fotos.

„Damit sind wir schon einmal ein gutes Stück weiter", behauptet Emma.

„Trotzdem wissen wir nicht, wo wir den Kerl suchen sollen", stellt Peter fest. „Ob er mit Henrys Verschwinden zu tun hat, wissen wir auch noch nicht."

„Davon bin ich überzeugt. Ihr wisst doch, ich glaube nicht an Zufälle", erinnert Gerd die Freunde. „Wenn ich Linda richtig verstanden habe, kannten sich dieser Mann und die beiden Iraker. Was, wenn sie Geschäfte miteinander machen?"

„Worauf willst du hinaus?", verhört Uwe ihn.

„Ich ahne Schreckliches", wirft der Konzernchef besorgt ein. „Du denkst an die Tierversuche?"

„Ja. Wenn diese beiden Iraker dahinterstecken, haben wir es mit einer gewaltigen Bedrohung zu tun. Wir müssen den Mann schnellstens finden."

„Ich rufe Mark an", entscheidet Emma. „Meine Dienststelle muss umgehend erfahren, womit wir es zu tun haben könnten. Ich schätze, es wird nicht lange dauern, bis wir hier Besuch kriegen."

„Kein Problem", versichert der Konzernchef.

Während Emma sich um den Kontakt zu ihrem Vorgesetzten bemüht, erscheint Tim mit neuen Ausdrucken bei den Teammitgliedern. „Ich glaube, ich habe da etwas. *127* hat diesen Zeitungsartikel von vor acht Jahren ausgegraben, der meine Aufmerksamkeit erregte. Darin heißt es, dass Leander von Weihrauch bei einer Versteigerung ein heruntergekommenes Hotel in der Düsseldorfer *Altstadt* auf der *Heinrich-Heine-Allee*, in der Nähe des *Hofgartens*, erwarb. Er investierte große Summen in die notwendigen Renovierungen, was sich aber bezahlt machte, da mittlerweile in dem *5-Sterne-Hotel* Höchstpreise für die Übernachtungen eingenommen werden. Als Besitzer dieses Hotels ist eine seiner Firmen aus der Schweiz eingetragen."

„Aber inwieweit hilft uns das weiter?", verhört Oliver ihn. „Denkst du, er wohnt in dem Hotel?"

„Nein. Hört mir bitte weiter zu", verlangt Tim. „Wir konnten bisher nicht viel finden, was wir dem Mann zuordnen konnten, aber nachdem ich so weit gekommen bin, habe ich das Hotel unter die Lupe genommen. Du hast Recht, Oliver. Zuerst dachte ich auch, der Mann könnte in seinem Hotel abgestiegen sein, dabei kam ich aber nicht weiter. Dann fand ich Folgendes: In Düsseldorf-*Ludenberg* gibt es eine alte Privatklinik mit riesigem Grundstück, das vor ein paar Jahren als absolut baufälliges Objekt zum Verkauf angeboten wurde, für schlappe zweieinhalb Millionen Euro. Als neuer Besitzer der Privatklinik ist dieses Hotel eingetragen. Laut einem Zeitungsartikel aus dem Jahr *2003* wurde das große Haupthaus vollständig saniert, so dass nur die historische Fassade ihr ursprüngliches Aussehen behalten hat. Doch alle Gebäude sind erhalten geblieben, Haupthaus, Verwaltungstrakt, Garage, Lagerhäuser und Wohntrakts für diverse Mitarbeiter. Zudem gibt es ein großes Labor, vollständig eingerichtet. Das Haupthaus wurde aufgeteilt, so dass auf den oberen beiden Etagen für den Besitzer eine Luxusimmobilie mit allen erdenklichen Schikanen bis hin zur Sonnenterrasse entstand. Glaubt ihr, das macht der Mann, um es dann leerstehen zu lassen?"

„Das passt!", versichert Gerd. „Nicht nur, dass er in seinem gewohnten Luxus leben kann, überwacht er von da das Treiben rund um die Tierversuche, was auch immer die entwickeln."

„Dann sollten wir Henry unverzüglich dort herausholen", ereifert sich Uwe.

„Nicht so schnell", stoppt Gerd die Freunde zum Erstaunen aller. „So einfach ist das nicht."

„Wieso nicht?", will Uwe irritiert wissen. „Wir haben schon viel schwierigere Situationen gemeistert."

„Was geht dir durch den Kopf?", verhört ihn auch der Konzernchef.

„Wir wissen nicht, woran die dort arbeiten. Stimmt meine Vermutung, könnten wir alle in Lebensgefahr geraten, wenn wir uns ungeschützt auf das Grundstück vorwagen. Die lagern sicherlich diverse Proben des Erregers, von dem wir nicht wissen, wie gefährlich er ist oder ob es einen Impfstoff dafür gibt. Ich tippe allerdings auf ‚Nein', da die sonst keine Tiere mehr für ihre Versuche stehlen müssten. Infizieren wir uns, sieht das übel aus!"

„Dann benötigen wir unsere Spezialisten dafür", entscheidet Emma. „Warten wir, bis Mark hier ist. Das kann nicht mehr lange dauern."

Kaum mehr als eine halbe Stunde müssen sie warten, bis ein Mitarbeiter des privaten Sicherheitsdienstes den leitenden Hauptkommissar und seine vier Begleiter in den Konferenzraum führt, in dem sich das Team mittlerweile eingerichtet hat.

„Nachdem Emma mir geschildert hat, worum es Ihrer Meinung nach geht, habe ich mir erlaubt, unseren Polizeiführer Herrn Lutz Tappe mitzubringen", beginnt Mark. „Die meisten von Ihnen kennen ihn ja bereits." Nacheinander zeigt er auf die übrigen Personen in seiner Begleitung. „Herr Kolberg ist der zuständige Oberstaatsanwalt. Frau Winzer und Herr Piontek sind die Staatsanwälte, die sich mit ihm dieses Falls annehmen sollen."

Nach einer kurzen Begrüßung kommen die Oberhäupter der *Staller Industrie Werke* rasch auf ihr Anliegen, ihre Vermutungen und ihre Recherchen zu sprechen.

„Wenn Sie mit Ihrem Verdacht richtig liegen, stehen wir kurz vor dem Ausbruch eines terroristischen Angriffs, der schlimmer nicht sein könnte", begreift Lutz Tappe, der Chef aller Düsseldorfer Spezialeinheiten. Seine durchtrainierte Figur bei einer Größe von *1,87* Meter, die dichten dunklen Haare und seine energisch blitzenden Augen verleihen dem Mann eine beeindruckende Persönlichkeit. „Wir sollten uns diesen Schuppen schnellstens ansehen."

„Immer mit der Ruhe", bremst Oberstaatsanwalt Horst Kolberg ihn aus. „Bis jetzt liegen uns keine brauchbaren Beweise vor. Nichts deutet darauf hin, dass Sie mit Ihren Annahmen ins

Schwarze treffen. Ich kann ohne glaubhafte Fakten keine Hausdurchsuchung genehmigen."

„Was können wir unternehmen, um an die passenden Beweise zu kommen?", fragt Beate Winzer in die Runde. Die Staatsanwältin ist selbst Mutter einer fünfzehnjährigen Tochter, wodurch sie nur zu gut die Ängste nachvollziehen kann, die Henrys Mutter jetzt durchzustehen hat.

„Wir können nicht viel unternehmen", behauptet auch der Staatsanwalt Rocco Piontek. „Herr Sievers und Frau Wolf sollten dem Hausherrn heute Früh einen Besuch abstatten und sich davon überzeugen, dass dort alles seine Richtigkeit hat", empfiehlt Horst Kolberg. „Danach sehen wir weiter."

„Das können Sie nicht machen", widerspricht Uwe erschrocken. „Wenn Sie das tun und die Kerle haben wirklich Dreck am Stecken, versuchen die doch, ihre Spuren zu verwischen. Sollten die Henry in ihrer Gewalt haben, wird das Mädchen auf Nimmerwiedersehen verschwinden. Wie wollen Sie das verhindern?"

„Ich mache Ihnen einen Vorschlag", unterbricht Gerd die Diskussion. „Lassen Sie uns von *Staller* den ersten Schritt machen."

„Was wollen Sie denn unternehmen?"

„Was schwebt dir da vor?", will auch Emma von ihrem Freund wissen.

„Ich bin mir noch nicht sicher, wie weit wir mit meiner Idee kommen." Er wendet sich an seinen Computerspezialisten. „Max, können wir auf die Alarmanlage der Klinik zugreifen? Kriegst du es hin, das gesamte Sicherheitssystem dauerhaft ausfallen zu lassen? Darauf baut mein Plan auf."

„Dann werde ich das wohl hinkriegen müssen", begreift der Kollege, während er sich schleunigst erhebt. „Ich bin bei *Oscar.*"

„Wir helfen ihm!" Damit ist auch Tim verschwunden, der Cornelius am Ärmel mit sich zieht.

Die beiden Computerspezialisten aus dem Team haben eine Aufgabe erhalten, die sie vollkommen in Anspruch nehmen wird, zudem vertrauen sie ihrem Boss ohne Vorbehalte, weshalb keine aufhaltenden Fragen gestellt werden müssen.

„Emma, du und Herr Sievers, ihr werdet Herrn von Weihrauch einen Besuch abstatten, um ihn zu warnen. Irgendein Hacker hat in der ganzen Gegend die Alarmanlagen ausgeschaltet. Einzige Ausnahme sind die Anlagen von *Staller*, die diesem Hacker trotzen können. Emma, lass eine meiner Visitenkarten dort, als Empfehlung."

„Du glaubst, er ruft dich an?", staunt die Beamtin. „Ist das nicht sehr zufallsabhängig?"

„Das denke ich nicht. Sollte er seine Labore schützen wollen, muss er umgehend eine intakte Alarmanlage erhalten. Ich könnte mir vorstellen, dass er mit seinem Geld den nötigen Einfluss geltend machen wird, damit wir sofort bei ihm auftauchen. Das werden Peter und ich auch machen. Für eine rundum funktionierende Anlage müssen wir uns alles genauestens ansehen. Wir bekommen sicher eine Führung."

„Die Idee ist nicht schlecht", stimmt der Konzernchef zu.

„Ich kann unmöglich Privatpersonen einem solchen Risiko aussetzen", blockt Horst Kolberg ab. „Das müssen die Leute von Herrn Sievers übernehmen."

„Das geht nicht", hält Gerd dagegen. „Unsere Firma macht weltweit Werbung im Netz, da gibt es eine ganze Reihe von Fotos, die Peter oder mich zeigen. Ich bin sicher, dass dieser Herr von Weihrauch sich über uns informieren wird. Wenn Sie uns austauschen, bemerkt er das."

Frustriert starrt der Oberstaatsanwalt Gerd an, während er überlegt, wie weit er diesen Männern einen solchen Einsatz zumuten kann. „Glauben Sie wirklich, Sie bekommen das bewältigt?"

„Daran zweifle ich keine Minute", antwortet Lutz Tappe anstelle von Gerd. Vor knapp vier Wochen konnte sich der Chef der hiesigen Spezialeinheiten als Einsatzleiter während der Befreiung mehrerer Studentinnen aus den Händen gefährlicher Mädchenhändler ein gutes Bild von den meisten Teammitgliedern sowie den beiden Oberhäuptern der *Staller Werke* machen. Er ist bereits überzeugt davon, dass der Projektleiter Gerd Bach mit seinen Vermutungen richtig liegt und sein Plan ihrem weiteren Vorgehen die notwendige Grundlage besorgen wird.

„Also schön, aber dann werden Sie von zwei unserer Beamten begleitet. Zu Ihrem Schutz."

„Da widerspreche ich Ihnen ebenfalls", entgegnet Gerd. „Sind diese Männer wirklich so gut, wie ich glaube, erkennen die einen Polizisten auf hundert Meter gegen den Wind. Allerdings wäre ich bereit, unseren Sicherheitsbeauftragten Herrn Meyer getarnt als Chauffeur mitzunehmen."

„Gute Idee", stimmt Uwe begeistert zu.

„Geben Sie schon Ihre Zustimmung", fordert Peter den Oberstaatsanwalt auf.

„Meinetwegen", gibt sich dieser geschlagen. „Ich muss äußerst verzweifelt sein, dass ich einem solchen Unterfangen meinen Segen gebe", stöhnt er gefrustet.

„Sie tun das Richtige", versichert Emma ihm überzeugt.

„Dann sollten wir jetzt sehen, wie weit Max und Tim mit der Anlage sind", fordert Gerd die Besucher auf. Allerdings werden sie von den Computerspezialisten umgehend vor die Tür gesetzt.

„Lasst uns in Ruhe unsere Arbeit machen", fordert Tim. Nur die Teammitglieder im Bereich der Elektronik werden von ihm zur Mitarbeit herangezogen, sodass sich Daniel Richter, Patrick Lange, Oliver Klein und Dominik Schwarz nach wenigen Minuten über den Schaltplänen der Sicherheitsanlagen von Leander von Weihrauch wiederfinden.

„Gebäude und Grundstück sind bis ins Kleinste abgesichert", urteilt Patrick, der seine schulterlangen schwarzen Haare zu einem Pferdeschwanz trägt. Der fünfunddreißigjährige 1,75 Meter große Systemelektroniker arbeitet zusammen mit seinem jüngeren Bruder, dem Geowissenschaftsingenieur Tobias Lange, im Team der Techniker.

„Da haben wir einen ganzen Berg an Arbeit vor uns", bestätigt Daniel, der nicht nur Gerds Stellvertreter im Team ist, sondern als Ingenieur im Bereich der Elektronik als wertvolles Mitglied der Truppe geschätzt wird. Mit seinen vierzig Jahren ist der blonde Mann einer der ältesten im Team, was ihn aber nicht davon abhält, zuzupacken, wenn er gebraucht wird. Zudem macht es ihm nichts aus, für Gerd die repräsentativen Pflichten in Bezug auf das Team zu übernehmen. Bei den Kollegen setzt sich der *1,70* Meter große stellvertretende Teamleiter mit genau der richtigen Mischung aus Autorität und Humor durch, damit ihrer Freundschaft nichts im Weg steht.

„Dann sollten wir schleunigst anfangen", empfiehlt Dominik.

Das Team, das schon oft die schwierigsten Aufgaben bewerkstelligt hat, schafft es in kürzester Zeit, die Abläufe für einen systematischen und gut organisierten Hackerangriff auf die Beine zu stellen. Gleichzeitig erarbeitet sich der hochintelligente Computerspezialist mit Tims Unterstützung den digitalen Zugriff auf das Sicherheitssystem. Noch vor acht Uhr am Morgen fallen bei Leander von Weihrauch sämtliche Sicherheitsvorkehrungen aus, was der sich noch im Reich der Träume befindende Geschäftsmann nicht wahrnimmt.

„Sämtliche Verriegelungen sind ausgefallen", teilt Max seinem Boss mit. „Der Mann hat keinen Überblick mehr über sein Anwesen, weder das Grundstück noch die Häuser werden momentan in irgendeiner Form gesichert."

„Der Mann setzt anscheinend auf die digitale Zukunft", ergänzt Tim. „Sämtliche Eingänge sind über die Anlage mit elektronischen Schlössern versehen. Du benötigst also keinen Schlüssel, um irgendwo hineinzugehen oder herauszukommen. Es sei denn, irgendjemand hat den passenden Code eingegeben, um die dauerhafte Verriegelung zu aktivieren. Diese wird entweder über eine Fernbedienung oder manuell per Druckknopf gesteuert."

„Da Haus- und Wohnungstür nicht mehr schließen und zudem die Sprechanlage ausgefallen ist, haben wir uns erlaubt, auch das Haupttor in offener Stellung zu verriegeln", informiert Max seine Kollegen.

„So kommt Emma ungehindert bis an den Haupteingang heran", fügt Tim verschmitzt hinzu.

„Wir waren uns darüber einig, alle anderen Eingänge vorerst zu verriegeln", erklärt Max.

„Ja, genau. Sollte sich momentan jemand in den Garagen, den Lagerhäusern oder Laboren aufhalten, kommt er aus den Räumen nicht heraus und andersherum niemand hinein. Das wird ihre Arbeiten ein wenig ausbremsen“, witzelt Tim.

„Gut gemacht“, lobt Gerd die Kollegen. „Jetzt seid ihr beiden dran“, wendet er sich an seine Freundin und deren Vorgesetzten.

16

Nicht nur Leander von Weihrauch, sondern auch Henry wird durch das lautstarke Hämmern am Haupttor aus den Federn geholt. Während Henry erschrocken auffährt, schlüpft der Hausherr eilig in seine Kleidung, um nach dem Rechten zu sehen. Beim Verlassen der Wohnung fällt ihm noch nicht auf, dass die Verriegelung der Wohnungstür abgeschaltet ist. In aller Eile macht er sich auf den Weg zum Hauptportal.

Die große Eingangstür öffnend mustert Leander das davorstehende Paar kritisch. Neben der atemberaubenden Frau in dem schicken schwarzen Kostüm wirkt der circa zehn Jahre ältere Mann in seinem dunkelgrauen Anzug eher deplatziert. Wäre der Mann allein, würde Leander in ihm sofort einen Polizeibeamten vermuten, aber nicht bei dieser Frau.

„Ja, bitte?", erkundigt er sich verhalten bei den beiden.

„Polizei!" Mark hält dem Mann seinen Ausweis vor die Nase. „Dürfen wir Sie einen Moment behelligen?"

„Worum geht es denn?"

„Können wir vielleicht kurz hereinkommen?", bittet Emma und zieht ihren Kragen gegen den leichten Nieselregen und die Kälte hoch. Auch sie hat ihren Dienstausweis in den Händen, den sie dem überraschten Mann entgegenhält.

„Sicher, kommen Sie", bietet Leander, fasziniert von der leicht rauchigen Stimme, sofort an. „Soweit ich weiß, kommt die Polizei nur dann zu jemandem nach Hause, wenn es um eine Straftat geht", wendet er sich an Mark. „Da ich den ganzen gestrigen Tag nicht außer Haus war, kann ich nur fragen, welcher meiner Mitarbeiter sich etwas zuschulden kommen ließ?"

„Die Polizei kommt nicht nur, wenn Verbrechen geschehen sind“, erklärt Emma ihm freundlich. „Wir nehmen uns auch die Zeit, um vorbeugende Maßnahmen zu treffen.“

„Verraten Sie uns Ihren Namen?“, erkundigt sich Mark wie nebenbei.

„Leander von Weihrauch. Wieso sind Sie hier, wenn Sie das nicht wissen?“

„Wir suchen nicht nur Sie auf, sondern auch alle Ihre Nachbarn in ganz *Gerresheim*“, berichtet Emma. „Der gesamte Stadtteil wurde von einem Hackerangriff in Mitleidenschaft gezogen. Wir möchten alle Einwohner darauf aufmerksam machen, dass die meisten Alarmanlagen ausgefallen sind. Bis jetzt wissen wir nicht, wer das war oder warum derjenige diesen Angriff vorgenommen hat. Sie sollten also in den nächsten Tagen besonders gut auf Ihr Eigentum achtgeben.“

„Ich verstehe noch nicht, was das Ganze mit mir zu tun hat?“, grübelt Leander.

„Vielleicht gar nichts“, bestätigt Mark ihm. „Herr von Weihrauch, haben Sie eine Alarmanlage? Ist Sie noch intakt?“

„Selbstverständlich. Meine Sicherheitseinrichtung gehört zu den besten, die es gibt, dort einzudringen schafft niemand.“

„Dann haben Sie eine Anlage der Firma *Staller*?“, verhört Emma ihn neugierig, obwohl sie weiß, dass dem nicht so ist.

„*Staller*? Nein, wieso?“

„Das sind nach unseren bisherigen Erkenntnissen die einzigen Anlagen, die dem Angriff widerstanden haben.“

„Herr von Weihrauch, als wir hier ankamen, stand Ihr Eingangstor weit offen, so dass wir bis zum Haus durchfahren konnten“, informiert Mark den Hausherrn. „War das von Ihnen so gewollt? Haben Sie das Tor geöffnet?“

„Eigentlich nicht.“

„Dann sollten Sie Ihre Sicherheitseinrichtung schnellstens überprüfen“, empfiehlt Mark dem Hausherrn.

Leander kann dem Beamten keine Antwort geben, da in diesem Augenblick ein aufgeregter Fritz Kaspar mit wehendem Kittel um die Ecke schießt. „Leander, wir haben ein Problem!“, ruft er schon von weitem. „Die Türen zu den Laboren lassen sich nicht mehr öffnen. Die Türverriegelungen sind gänzlich ausgefallen."

Nicht nur um den Freund in seinem Redefluss zu bremsen, gibt Leander ihm schnellstens eine Antwort: „Anscheinend sind wir von einem Hackerangriff betroffen. Die beiden Polizeibeamten hier haben mich gerade darüber in Kenntnis gesetzt."

„Polizeibeamte?" Der Laborleiter reißt seine Augen schockiert auf. „Wir haben nichts verbrochen!", bestreitet er mit einem ängstlichen Gesichtsausdruck.

„Das behauptet ja auch niemand", beruhigt ihn der Hausherr. „Pass auf, du nimmst dir den heutigen Tag frei und ich kümmere mich um die Anlage. Dann kannst du bald wieder arbeiten."

„Meinetwegen", murrt der Chemiker und verschwindet mit einem verabschiedenden Kopfnicken.

„Wie es aussieht sind Sie nicht umsonst gekommen", stellt Leander fest. „Mich hat es also auch getroffen. Wissen Sie, wer dafür verantwortlich ist?" Die mulmigen Gedanken kann er nicht abschütteln. ‚Könnte es sein, dass mein Auftraggeber dahintersteckt? Will er sich hier unbemerkt Zutritt verschaffen?' Er kann sich noch gut an die Drohung des Mannes erinnern. ‚Vielleicht ist er schon auf dem Grundstück', mutmaßt Leander. ‚Wir müssen uns wohl überall sorgfältig umsehen. Wer weiß, wie das ohne das Auftauchen der beiden Polizisten ausgegangen wäre.'

„Nein, leider nicht", gesteht Mark anscheinend deprimiert. „Die Kerle haben vor nichts und niemandem Halt gemacht, Krankenhäuser, Feuerwehren, Notrufzentralen und Polizeidienststellen, alles ist gleichermaßen betroffen, sogar unsere eigene Dienststelle. Unsere Experten für solche Einsätze haben festgestellt, dass diese Kerle genau wussten, was sie da gemacht haben. Niemand konnte bis in deren System vordringen."

Irgendwie kann sich Leander nicht vorstellen, dass sein Auftraggeber Interesse daran haben könnte, ein solches Aufsehen zu erregen. ‚Das war er garantiert nicht', versichert er sich still. Einigermaßen beruhigt hört er seinen unerwarteten Besuchern weiter zu.

„Unsere Spezialisten konnten feststellen, dass die Anlagen vollständig zerstört werden", fügt Emma hinzu. „Wie bei einem

Computerwurm frisst sich da etwas durch die digitale Sicherung. Bei unserer Dienststelle hat es nicht einmal zwei Stunden gedauert, bis das System vollständig zusammengebrochen ist."

„Sie sagten vorhin, dass nicht alle Anlagen betroffen sind", erinnert sich Leander. ‚Das Problem muss ich schnellstens in den Griff kriegen, sonst wachen wir irgendwann als Leichen auf.' Er kann sich der Panik nicht erwehren, die bei der Erinnerung an die kalten Augen der Iraker in ihm aufsteigt.

„Die Sicherheitsanlagen der *Staller Industrie Werke* aus Düsseldorf-*Stockum* sind die einzigen, die dem Hackerangriff trotzen konnten. Da gab es keine Probleme", klärt Mark den Geschäftsmann auf. „Unsere Vorgesetzten haben auch schon Kontakt zu dieser Firma aufgenommen. Allerdings waren wir da wohl nicht die Einzigen, was heißt, dass wir uns auf lange Wartezeiten einstellen müssen."

„Das weiß ich zu verhindern", erwidert Leander selbstbewusst. „Haben Sie für mich vielleicht einen Kontakt oder eine Anlaufstelle?"

Emma schaut den Hausherrn nachdenklich an. „Heute Morgen kam ein Mann von dieser Firma zu uns in die Dienststelle", behauptet sie. „Der hat seine Visitenkarten verteilt. Ich hatte eine eingesteckt." Sie wühlt in ihren Taschen. „Dass ich die so schnell brauchen würde, habe ich nicht gedacht", murmelt sie während ihrer Suche. „Hier, Sie können sie haben."

„Vielen Dank, das weiß ich zu schätzen", freut sich Leander, der die Visitenkarte rasch entgegennimmt.

„Achten Sie auf Ihre Zufahrt", empfiehlt Mark ihm zum Abschied.

„Das mache ich, danke."

„Dein Freund hatte wieder einmal den richtigen Riecher", gesteht Mark der Kollegin, als sie im Auto sitzen. „Ich tippe darauf, dass dieser Leander von Weihrauch keine halbe Stunde wartet, bis er anruft."

„Ich halte bestimmt nicht dagegen", stimmt Emma zu. „Wenn Gerd einen Plan auf die Beine stellt, dann ist der rundherum ausgereift. Ich habe keine Ahnung, wie er das jedes Mal wieder hinbekommt, aber er macht das sehr gut."

„Kein Einwand!"

„Hast du das Gesicht von diesem Mitarbeiter gesehen, der vorhin aufgetaucht ist?", erkundigt sich Emma bei dem Kollegen. „Der war regelrecht schockiert, als er hörte, dass wir Polizeibeamte sind."

„Ja, das ist mir auch aufgefallen. Der Mann war das personifizierte schlechte Gewissen. Ich schätze, dass dein Freund auch mit seinen übrigen Vermutungen ins Schwarze getroffen hat."

Kaum hat Leander seine Wohnung verlassen, um den unangemeldeten Besuchern entgegenzutreten, klettert Henry aus dem Schrank. In den ersten Minuten, die sie allein in der Wohnung ist, nutzt sie ungehindert das Badezimmer. Danach fühlt sie sich gut genug, um auf Entdeckungsreise zu gehen. Schließlich weiß sie noch immer nicht, wo sie sich befindet. Zu den Tieren muss sie auch, immerhin will der Mann mit dem weißen Kittel bereits heute Morgen mit seiner Arbeit fortfahren, was ihr bestimmt nicht viel Zeit lässt.

Da sie im Büro nicht fündig geworden ist, nimmt sie sich jetzt die anderen Räume auf dieser Etage vor. Neben dem Büro gibt es eine Art Bibliothek mit einer Vielzahl von Regalen an den Wänden, bestückt mit unzähligen Büchern. Eine gemütliche Leseecke vor einem gemauerten Kamin lädt zum Verweilen ein, doch Henry wirft nur einen kurzen Blick in den Raum, der so aufgeräumt ist, als ob er nie benutzt würde. Als sie in der Küche die große Schale mit den absolut perfekt aussehenden Äpfeln entdeckt, kann sie nicht widerstehen. Da sie ihren Hunger nur allzu übermächtig spürt, greift sie sich den ersten, in den sie herzhaft hineinbeißt. Einen zweiten steckt sie in die große Hosentasche ihrer Jeans in Höhe des Oberschenkels. Zufrieden kauend nimmt sie ihre Suche wieder auf. Über den Flur hinweg der Küche gegenüber befindet sich ein geräumiges Esszimmer, daneben zwei Gästezimmer, von denen sie in dem einen übernachtet hat.

Nachdem sie die untere Etage mittlerweile erfolglos abgesucht hat, überlegt sie, wie riskant es werden könnte, sich nach oben zu begeben. Sie hat ihre Entscheidung darüber noch nicht getroffen, als Fritz Kaspar in der Eingangstür auftaucht. Im allerletzten Moment huscht Henry in die Küche, damit sie nicht gesehen wird, während der Mann selbst unschlüssig im Flur stehen bleibt. Ungeduldig beginnt er nach kurzer Zeit in dem Flur auf und ab zu laufen, sodass Henry sich nicht hervorwagt, sondern sich in eine Ecke kauert.

„Na endlich!“, empfängt Fritz Kaspar kurz darauf den ankommenden Hausherrn. „Was macht die Polizei bei uns? Sind die wegen der Tiere hier?“

„Nein, reg dich wieder ab! Sie waren hier, um uns vor diesem Hackerangriff zu warnen. Mit unserer Arbeit hatte das rein gar nichts zu tun.“

„Gut.“ Der Chemiker atmet erleichtert aus. „Wie machen wir jetzt weiter? Der Ausfall der Anlage hat nämlich bewirkt, dass ich nicht in mein Labor kann. Keiner von uns kann das. So viel zum Thema: die Zukunft gehört der digitalen Welt!“, kann er sich nicht verkneifen, seinem Freund vorzuwerfen. „Ein stinknormales manuelles Schloss hätte sich nicht dermaßen manipulieren lassen.“

„Ich werde mich umgehend um dieses Problem kümmern“, verspricht Leander dem Freund.

„Das musst du auch“, droht Fritz ihm. „Wenn ich nicht arbeiten kann, kann ich auch keine Termine einhalten. Daran solltest du denken.“

„Das ist mir schon klar“, faucht der Hausherr ihn an. „Ich sorge dafür, dass du bald wieder arbeiten kannst.“

„Wie?“

Der Geschäftsmann hält die Visitenkarte hoch. „Diese Polizistin hat mir eine Firma *Staller* empfohlen. Deren Alarmanlagen haben dem Hackerangriff wohl als einzige Stand gehalten. Ich werde die zuständigen Leute kontaktieren und dafür sorgen, dass die unser hiesiges System zeitnah lahmlegen. Dann könnt ihr weiterarbeiten, bis sie die neue Anlage installieren.“

„Du willst denen die Tunnel zeigen?“, staunt Fritz.

„Das kommt darauf an, wie empfänglich die für das passende Kleingeld sind. Viele Möglichkeiten habe ich nicht. Erst einmal lassen wir überirdisch die Eingänge zu unserem Labor absichern. Dann kommt schon einmal niemand hinein, der nicht zu uns gehört. Den geheimen Zugang werden sie noch nicht zu sehen bekommen. Dafür will ich mir erst ein Bild von diesen Leuten machen. Wir entscheiden zusammen, ob wir einen passenden Mitarbeiter in dieser Firma finden, den wir ins Vertrauen ziehen können."

„Einverstanden. Dann lass uns jetzt in mein Büro gehen. Wir sollten wenigstens die Unterlagen der bisherigen Versuchsreihen durchsehen, damit wir eine saubere Dokumentation vorweisen können. Wenn ich das noch richtig in Erinnerung habe, kommt dein Kunde in fünf Tagen hierher."

„Ja, der Mann fängt bereits an, mir zu drohen und ist ziemlich ungehalten darüber, dass ihm noch kein endgültiges Ergebnis vorliegt. Er wird sich hoffentlich mit den bisherigen Ergebnissen zufriedengeben. Wir müssen ihn unbedingt davon überzeugen, dir die Zeit zuzusichern, die du für deine weitere Arbeit brauchst."

„Dann ist es ja gut, dass ich die Unterlagen gestern mit nach oben genommen habe, sonst kämen wir da auch nicht heran."

„Das stimmt. Ich komme gleich nach", verspricht Leander. „Zuerst rufe ich bei dieser Firma *Staller* an. Außerdem brauche ich dringend einen Kaffee."

„Langschläfer", zieht Fritz seinen Boss auf.

Leander begleitet den Freund zur Tür, die er lediglich anlehnt. In Anbetracht dessen, das niemand weiß, wie seine Alarmanlage reagiert, möchte er ungern in seiner Wohnung eingeschlossen sein.

Henry drückt sich hinter den Türrahmen, um sich das Gespräch der beiden Männer nicht entgehen zu lassen. ‚Das war bestimmt Emma', schätzt sie, als die Männer über die Beamtin reden. ‚Spitze!', freut sich das Mädchen. ‚Sie haben die Adresse wirklich herausbekommen. Und jetzt ruft der Kerl bei Gerd an, um ihn hierher einzuladen, sodass er nach mir suchen kann. Das haben die beiden wirklich gut hinbekommen. Jetzt muss ich aufpassen, wann Gerd hier ankommt.' Bedeutend zuversichtlicher lauscht sie dem weiteren Gespräch, bis sie plötzlich entsetzt die Augen aufreißt. ‚Der Mann will sich einen Kaffee holen? Der kommt gleich in die Küche? Wo soll ich hin?' Weit und breit gibt es kein Versteck. ‚Ich muss hier weg', denkt Henry panisch. Als ihr die beiden Männer an der Tür den Rücken zukehren, nutzt sie die Gelegenheit, um quer über den Flur in das Gästezimmer zu huschen. Möglichst leise schließt sie die Tür hinter sich, saust zum Schrank und versteckt sich. ‚Das ist gerade noch einmal gut gegangen', erkennt sie aufatmend, als in der Küche der Kaffeevollautomat seine Arbeit aufnimmt. ‚Aber von hier aus bekomme ich nicht mit, wann Gerd kommt. Ich muss möglichst bald nach unten gelangen.' Sie entschließt sich zu warten, bis der Hausherr zu seinem Mitarbeiter gehen wird. Hinauszuschleichen, um dem Telefonat zu lauschen, traut sie sich nicht. ‚Dann wird er mich bestimmt entdecken.'

Mit seiner Tasse in der Hand setzt sich Leander hinter seinen Schreibtisch, um in aller Eile die notwendigen Schritte vorzunehmen. Der Laptop, den er jetzt hervorholt, liegt unangetastet auf seiner Ablage unter der Schreibtischplatte. Beim Abstellen des Computers auf dem Schreibtisch stutzt er, da er die Unordnung bemerkt. Obwohl er regelmäßig für Ordnung sorgt, liegen alle Unterlagen und Papiere auf der Schreibtischoberfläche wahllos herum, nicht gerade wie durchgewühlt, aber auch nicht ordentlich abgelegt, so als ob jemand etwas gesucht hätte.

„Was ist denn hier los?", staunt er leise murmelnd. „War ich das?" ‚Fange ich jetzt an, paranoid zu werden?', fragt er sich mit einem Blick durch den Raum. Nichts deutet auf einen Eindringling hin. Ihm fällt ein, dass seine Putzfrau, die jeden Montag zu ihm kommt, auch gestern hier war. ‚Sie wird gelüftet haben, dabei wurden einige der Unterlagen durcheinandergeweht. Ja, so muss es gewesen sein.'

Sichtlich beruhigt startet er seinen Rechner, um sich über die Firma *Staller* zu informieren. „Ich traue keinem Polizisten, auch keiner Polizistin", spricht er vor sich hin. „Mag sie auch noch so hübsch sein." Aber allem Anschein nach gibt es diese Firma tatsächlich. Der gute Ruf, der dieser Firma nachgesagt wird, lässt ihn an der Wahrheit der von den Polizeibeamten erzählten Geschichte nicht mehr zweifeln. Die Referenzliste mit Kunden aus aller Welt beeindruckt ihn stark genug, dass er umgehend nach dem Hörer des antiken Telefons greift, um seinen Anruf zu tätigen.

„*Staller Industrie Werke GmbH*", ertönt eine weibliche Stimme. „Sie sprechen mit Anna Zerlinski aus dem Büro für Sonderprojekte. Wie kann ich Ihnen weiterhelfen?"

„Guten Morgen", grüßt der Geschäftsmann ebenso freundlich. „Mein Name ist Leander von Weihrauch. Ich habe ein Anwesen in Düsseldorf-*Gerresheim*, bei dem die Sicherheitseinrichtungen gänzlich ausgefallen sind. Teilweise lassen sie sich nicht mehr schließen, teilweise nicht mehr öffnen. Können Sie mir da weiterhelfen?"

„Ja, wir kennen das Problem bereits. Seit gestern Abend kommen am laufenden Band Anfragen wie die Ihre hier an. Ich vermute, Sie sind ebenfalls von diesem Hackerangriff betroffen."

„So sieht es aus", stimmt Leander zu. „Besteht die Möglichkeit, dass Sie mir da schnellstens helfen? Es ist wirklich wichtig."

„Tja, wissen Sie, wichtig ist es jedem, der hier anruft. Wir müssen das nach Dringlichkeit sortieren. Mein Boss hat mir da klare Vorgaben gemacht. Zuerst kommen die öffentlichen Einrichtungen wie Krankenhäuser, Feuerwehren und Polizeien, danach die gewerblichen Betriebe und zum Schluss die Privathaushalte. Das kann ich leider nicht ändern."

„Ich verstehe. Aber sehen Sie, ich habe hier nicht nur einen Privathaushalt, sondern auch meine Firma, vor allem die muss gesichert werden. Es sind Chemielabore, die weltweit Aufträge unter anderem für die Regierung erledigen. Wir haben immer diverse Chemikalien hier, die nicht in falsche Hände geraten sollten. Das müsste doch für Ihre Prioritätenliste ausreichen, oder nicht?"

„Allerdings", stimmt Anna zu, während sich Gerd und Uwe im Hintergrund angrinsen. „Doch mein Boss Gerd Bach, das ist der zuständige Projektleiter, der ist gerade nicht da. Er ist mit dem Team unterwegs, um sich ein Bild von den ersten Anlagen zu machen. Das übernimmt er immer persönlich."

„Wann kommt er denn zurück?“, erkundigt sich Leander frustriert. „Wir müssen wirklich dringend weiterarbeiten.“

„Ich kann Ihnen beim besten Willen keine Zeit nennen. In *Gerresheim* herrscht das reinste Chaos. Herr Bach wird wohl den ganzen Morgen ...“, Anna unterbricht sich und wirft Uwe einen Blick zu, wobei sie sich das Lachen verkneifen muss. „Warten Sie einen Moment, Herr von Weihrauch. Herr Meyer, der Chauffeur von Herrn Bach, ist gerade hereingekommen. Ich werde ihn fragen.“

Gespannt wartet Leander auf die Rückmeldung, während sich die Sekretärin gut hörbar für ihn an den vermeintlichen Chauffeur wendet. „Herr Meyer, können Sie mir sagen, wo Herr Bach ist, oder wann er wieder hierher kommt?“

„Gleich“, erwidert Uwe, der Mühe hat ernst zu bleiben. „Er ist nur noch kurz bei seinen Mitarbeitern, um ein paar Anweisungen zu geben.“

„Haben Sie das gehört, Herr von Weihrauch?“, fragt Anna freundlich nach.

„Ja, habe ich. Kann ich in der Leitung bleiben, bis Ihr Boss da ist? Bitte.“

„Natürlich, wenn Ihnen die Wartezeit nicht zu lang wird.“

„Das Risiko gehe ich ein“, versichert Leander.

Sie lassen den Mann ganze zehn Minuten schmoren, während sie sich im Nachbarraum vergnügt unterhalten, ehe sich Anna an ihren Schreibtisch begibt. „Herr von Weihrauch?“, vergewissert sie sich der Anwesenheit des Geschäftsmannes.

„Ja.“ Leander atmet auf. ‚Endlich!‘

„Herr Bach ist jetzt in seinem Büro, ich stelle Sie durch.“

„Vielen Dank!“

„Gerd Bach!“, vernimmt er die Stimme des Projektleiters.

„Leander von Weihrauch. Vielen Dank, dass Sie sich die Zeit nehmen, mich anzuhören.“

„Meine Sekretärin hat mir schon einiges zugetragen, so dass ich über Ihre Sachlage bereits ein wenig informiert bin. Aber ich muss Sie enttäuschen, ich bin mittlerweile eine ganze Reihe von terminlichen Verpflichtungen eingegangen. Vor übermorgen habe ich keine Kapazitäten für einen weiteren Auftrag frei."

Mit steigendem Entsetzen hört Leander seinem Gesprächspartner zu. ‚Das darf einfach nicht sein!' Es sind gerade noch fünf Tage, bis sein Kunde bei ihm auftauchen wird. Wie soll er das bewältigen? „Bitte tun Sie mir das nicht an", fleht er. „Meine Aufträge stehen unter enormem Termindruck. Zwei Tage zu warten wäre eine finanzielle Katastrophe für mich. Ich bin bereit, jede Summe zu zahlen, die Sie verlangen, wenn Sie mich an die Spitze Ihrer Terminliste setzen."

Gerd lässt sich fast zwei Minuten Zeit, in denen er seine Kollegen schweigend angrinst, während Leander am anderen Ende der Leitung nervös auf seinem Stuhl hin und her rutscht.

„Also gut", gibt Gerd sich geschlagen. „Ich mache Ihnen einen Vorschlag. Unser Konzernchef Peter Staller ist vor wenigen Minuten eingetroffen. Ich werde ihm Ihr Anliegen unterbreiten und gemeinsam mit ihm zu Ihnen kommen. Sagen wir in einer Stunde. Ist Ihnen das recht?"

„Natürlich."

„Dann verbleiben wir so. Sie können mit Herrn Staller alles Weitere besprechen und uns den Auftragsumfang darlegen."

„Gern. Danke."

„Keine Ursache. Hinterlassen Sie bitte bei meiner Sekretärin Ihre Kontaktdaten und die Adresse. Bis nachher."

„Gut gemacht", lobt Peter ihn.

Anna, die im Vorzimmer die Daten des Kunden notiert hat, erscheint kurz darauf wieder bei ihnen. „Düsseldorf-*Ludenberg*", teilt sie den Kollegen mit. „Mitten im *Grafenberger Wald*."

„Dann sollten wir wohl loslegen", empfiehlt Peter.

„Immer langsam", bremst Gerd ihn. „Wir können ruhig eine Viertelstunde zu spät erscheinen. Das steigert die Freude, uns zu sehen, enorm", behauptet er trocken, wodurch rundherum schallendes Gelächter ausbricht.

17

Seit fast zwei Stunden sitzt Vincent Knoch gelangweilt auf seinem Stuhl in dem Wachhäuschen neben der Einfahrt. Es ärgert ihn maßlos, dass das blöde Teil dauerhaft offensteht, sodass er nun seinen Tag hier als Türsteher verbringen darf. Allerdings grinst er fröhlich bei dem Gedanken daran, was sein Kumpel Emilio zu bewältigen hat. Der kleine Italiener muss den gesamten Gebäudekomplex für die Besucher der Sicherheitsfirma auf Vordermann bringen. ‚Ich habe definitiv den besseren Part erwischt', freut sich Vincent.

Die schwarze Limousine vom Typ *Audi A6 TDI* mit *3,0-Liter-Dieselmotor* lässt er umgehend passieren, nachdem der Chauffeur des Fahrzeugs ihm die erwarteten Besucher benennt. Da selbst die interne Telefonverbindung ausgefallen ist, kündigt Vincent deren Ankunft über sein Handy unverzüglich beim Hausherrn an, damit Leander von Weihrauch seine Gäste bereits am Haupteingang empfangen kann.

„Hier unten im Erdgeschoss befindet sich unsere Schaltzentrale für die Überwachungseinheit", beginnt Leander nach der Begrüßung und einer kurzen Einführung. „Ich habe mir erlaubt, diesen Raum für unsere Besprechung herrichten zu lassen. So sind wir gleich im Zentrum des Ganzen."

„Gute Idee", stimmt Peter zu.

Obwohl Leander lieber mit dem Konzernchef allein gesprochen hätte, akzeptiert er die Anwesenheit der beiden anderen Männer, da er schnell begreift, dass ohne sie kein Gespräch zustande kommen wird. Auf die Entscheidung seines Projektleiters scheint der Konzernchef viel Wert zu legen und ohne seinen Chauffeur, der anscheinend gleichzeitig als Leibwächter fungiert, wird er keinen einzigen Schritt machen.

Als die Gruppe den Raum betritt, in dem sich die Überwachungszentrale befindet, bleibt Leander für einen Moment erstaunt stehen. Bisher hat er sich nur im Notfall hierher begeben, da die Dreckecken und der durch die diversen Mitarbeiter entstandene Müll nicht zu übersehen waren. ‚Emilio Mancini hat ganze Arbeit geleistet', gibt er anerkennend vor sich zu, als er die komplett aufgeräumte und gereinigte Umgebung wahrnimmt. Der angrenzende Raum, der bisher mit alten Kartons vollgestapelt war, beherbergt seit heute einen modernen Schreibtisch, zwei Aktenschränke mit den erfassten Daten zu der Sicherheitsanlage und eine gemütliche Sitzecke, auf deren Beistelltisch Kaffee, Mineralwasser und Gebäck auf die Besucher wartet.

Erfreut nickt Leander bei dem Anblick der stilvollen Bilder an den Wänden und den weichen Teppichen, die ausgelegt wurden. ‚Das hätte ich dem Italiener nie zugetraut', revidiert er insgeheim seine Meinung. Vor einer halben Stunde zeigte ihm der kleine Mann, wie er das stillgelegte Labor hinter der ehemaligen Klinik für die Besucher aufbereitet hat, damit sie eine handfeste Begründung für ihr Anliegen haben. Er war beeindruckt von den Ideen, die Emilio dort umgesetzt hat. Jetzt liegt es an ihm, den Mitarbeitern der Firma *Staller* glaubhaft darzulegen, welche Arbeiten hier angeblich durchgeführt werden. Zufrieden nimmt er die Verhandlungen mit dem Konzernchef und seinen Begleitern auf.

„Ich denke, wir sollten uns Grundstück, Haus und die vorhandenen Vorrichtungen erst einmal ansehen", empfiehlt Gerd. „Nur so kann ich mir eine Vorstellung davon machen, wie groß der Arbeitsaufwand sein wird."

„Dagegen habe ich nichts einzuwenden", versichert Leander den Männern.

Dass sowohl Gerd als auch Uwe mit jeweils einer Miniaturkamera ausgestattet sind, verheimlichen sie dem Hausherrn ganz bewusst. Die Geräte nehmen nicht nur permanent auf, sondern liefern auch gleich gestochen scharfe Aufnahmen an *Oscar*.

Während der Führung sehen sich die drei Männer alles genauestens an, wobei ihnen zu keiner Zeit etwas auffällt, das auf Henry oder die Tiere hinweist. Erstmals interessant wird es, als sie das Labor betreten, das in mehrere voneinander abgetrennte Bereiche eingeteilt ist.

„Darf ich fragen, was Sie hier entwickeln?“, verhört Peter den Geschäftsmann.

„Im Augenblick sind nicht allzu viele aufregende Arbeiten dabei“, erklärt Leander ihnen und zeigt nacheinander auf die verschiedenen Bereiche. „Hier vorn sind unsere Botaniker am Werk. Der Auftrag kommt von einem der Mitwirkenden an den Bundesgartenschauen. Er umfasst die Züchtung neuer Gattungen von Orchideen und Rosen. Wie das genau vor sich geht, kann ich Ihnen nicht darlegen“, gesteht er. „Ich kann Ihnen nur sagen, dass es sich um eine Methode der Veredelung und Pfropfung handelt. Wenn Sie mehr darüber wissen wollen, müssen Sie einen der Herrschaften dort fragen.“

„Das wird nicht nötig sein“, antwortet Peter, womit er den Wünschen des Hausherrn sehr entgegenkommt, da die meisten seiner Helfer mehr Kenntnisse von illegalen Drogen haben, als von der Handhabung seltener Pflanzen.

„Auf der anderen Seite des Labors arbeiten wir gleich an zwei Projekten, deren Ergebnisse für die Regenerierung vorhandener Ökosysteme von hoher Bedeutung sind. Die Aquarien, die Sie im hinteren Lagerraum erkennen können, beherbergen Algen und Wasserpflanzen, die mit bestimmten Gemischen von Stickstoff und Sauerstoff behandelt wurden. Fragen Sie mich bitte nicht, welche Substanzen meine Chemiker hinzugefügt haben, damit die Pflanzen regenerieren und gedeihen. Sie dürfen sich gern deren Fachchinesisch anhören“, lächelt Leander, ehe er mit seinem Vortrag weitermacht. „Gleich nebenan wird für den Hersteller eines speziellen Pflanzenschutzmittels dessen Auswirkung auf Mikroorganismen, Pflanzen und Insekten getestet. Wir bewerben uns genau wie viele andere Forschungseinrichtungen an den Ausschreibungen auf öffentlichen Plattformen. So erhalten wir die meisten unserer Aufträge“, erklärt Leander seinen Besuchern.

„Ein gängiges Prinzip“, stimmt Peter zu.

„Ja, genau. Allerdings sind diese Aufträge nur unter hohem Termindruck zu schaffen, was mich zu meinem jetzigen Dilemma bringt. Die Tür zum Labor stand während des Hackerangriffs offen, sodass wir diesen Durchgang ungehindert nutzen können, solange niemand die Tür hinter sich schließt, die angrenzenden Lager und Gewächshäuser sind allerdings vollständig verriegelt. Ohne an die Proben zu gelangen können meine Leute jedoch nicht weiterarbeiten." Wofür sie sowohl die Pflanzen als auch die Aquarien, die sich in den versperrten Klimahäusern befinden, tatsächlich benötigen, behält er ganz bewusst für sich.

Gerds Augenmerk wendet sich auf die elektronischen Türschlösser, welche die einzigen Vorrichtungen zum Öffnen und Schließen sind. Anscheinend setzt der Hausherr sehr auf zukunftsorientierte Einrichtungen wie die digitale Absicherung. Der Gedanke, der ihm dabei durch den Kopf geht, lässt ihn beinah auflachen. „Herr von Weihrauch, wenn ich Sie richtig verstehe, haben Sie eine elektronische Schließanlage, die in Ihr Sicherheitssystem integriert ist. Ich gehe davon aus, dass die gesamte Anlage über einen Computer mit separatem Server gesteuert wird. Richtig?"

„Ein separater Server? Nein, wie kommen Sie darauf? Ich habe nur eine einzige Computeranlage, in der sowohl die Schließanlage und das Überwachungssystem als auch sämtlich sonstigen Sicherheitseinrichtungen erfasst werden. Immerhin greifen diese Systeme aufeinander zu. Selbst unsere hausinternen Computer und die Geräte aus den Laboren sind am gleichen Server angeschlossen. Warum fragen Sie mich das?"

Gerd hat nicht zu hoffen gewagt, dass es so einfach werden könnte, aber er muss bei seinem weiteren Vorgehen aufpassen, dass der Mann nicht misstrauisch wird. „Das war nur so ein Gedanke", erklärt er dem Geschäftsmann. „Wir hätten Ihren Server einfach abschalten können, so dass die Verriegelungen komplett ausfallen. Damit wäre der Zugriff auf Ihre Lagerräume vorerst gewährt. Doch so, wie es jetzt aussieht, ist dann weder Ihr Anwesen gesichert, noch können Sie auf Ihre gespeicherten Daten zugreifen." Dass er selbst dabei an der Einsicht in diese

Daten interessiert ist, wird er Leander von Weihrauch nicht auf die Nase binden.

„So, wie ich das sehe, ist das im Augenblick sowieso nicht gewährleistet“, erinnert sich Leander. „Also kann dieser Zugriff wohl kaum noch mehr Schaden anrichten. Oder?“

„Nein, ich denke nicht. Aber dass Ihre Daten dabei eventuell endgültig verloren gehen, kann ich nicht ausschließen. Sie aber einfach nur zu kopieren ist viel zu gefährlich. Sie könnten den Wurm mitherunterladen. Das sollten wir möglichst vermeiden.“

„Ja, ich verstehe. Was stellen Sie sich denn alternativ vor?“

„Bevor ich Ihnen darauf eine Antwort gebe, will ich meine Computerexperten zu Rate ziehen. Lassen Sie uns erst einmal den Rest Ihres Anwesens ansehen“, bittet Gerd. „Sie sagten, es gibt noch weitere Lager?“

„Ja, insgesamt gibt es sechs Bereiche. Das Erdgeschoss des Hauptgebäudes und die Labore haben Sie gesehen. Hinzu kommen die vier Doppelgaragen, zwei große Lagerhallen und der Verwaltungstrakt. Zusätzlich ist meine Wohnung, die sich über die oberen beiden Etagen des Hauptgebäudes erstreckt, ebenfalls mit der Anlage gekoppelt. Separat gehalten sind nur die drei Apartmenthäuser für meine Mitarbeiter, die sich im südlichen Teil des Geländes befinden.“

„Sind diese Apartments auch von dem Hackerangriff betroffen?“

„Nein, da gibt es keine elektronischen Sicherungen. Meine Mitarbeiter benutzen simple Schließanlagen, die per Schlüssel bedient werden.“

„Dann interessieren uns diese Wohnbereiche nicht. Alles andere sollten wir uns genauer anschauen.“

Durch das Verwaltungsgebäude gelangen sie auf das weitläufige Grundstück, werfen nur einen kurzen Blick auf die Apartmenthäuser der hiesigen Mitarbeiter, bevor sie die erste große Lagerhalle erreichen. Von dort begeben sie sich zu den Garagen, in denen sich insgesamt fünf Fahrzeuge befinden, deren Kennzeichen Uwe mit seiner Kamera vorsorglich aufnimmt. Das letzte Ziel der Männer ist die seitliche Lagerhalle, in der vor kurzem noch die Tiere aus dem *Vennhauser* Tierheim die Regale zierten.

Trotz ausführlicher Führung und sorgfältigem Umschauen kann keiner der drei Besucher einen Hinweis auf Henry oder den Verbleib der gestohlenen Tiere entdecken, sodass sie mit der Zeit immer deprimierter werden.

Gerd ist überzeugt davon, dass er mit seiner Vermutung richtig liegt, doch er hat keine Ahnung, wie er das beweisen soll. ‚Was kann ich noch unternehmen?', fragt er sich gefrustet, als sein Blick einen Gegenstand auf dem Boden der Lagerhalle, halb unter den Regalen erblickt. Sein Entsetzen unterdrückend überlegt er, wie er sich diesen ansehen kann, ohne den Hausherrn darauf aufmerksam zu machen. Seine Augen blitzen entschlossen auf, als ihm die Lösung dafür einfällt. Er kann nur hoffen, dass der Mann nicht allzu viel Ahnung von Elektronik hat und Uwe rasch kapiert. Mit zwei Schritten ist er an der Tür der Lagerhalle, wobei er das kleine Etui, das er immer mit sich führt, hervorzieht. Diesem entnimmt er einen kleinen Schraubendreher, mit dem er die Klappe der Verriegelungsanzeige öffnet. „Hat jede Tür ihren eigenen Code?", erkundigt er sich bei dem Hausherrn. „Wo werden die Codes eingegeben und wie oft wechseln Sie diese?"

„Es gibt drei, einen Code für meine Wohnung, einen zweiten für das Labor mit den zugehörigen Lagern und Kühlhäusern. Der dritte ist für die Garagen und die Lagerhallen, sowie den Verwaltungstrakt und das restliche Erdgeschoss."

„Das dachte ich mir schon. Haben Sie etwas dagegen, wenn ich einen Versuch starte, die Schaltung zu überbrücken?"

„Wenn es hilft, bestimmt nicht."

„In Ordnung. Wären Sie so freundlich, Herrn Meyer zu zeigen, wo die Verriegelung der Garage angebracht ist? Herr Meyer, warten Sie bitte drei bis vier Minuten, wobei Sie die Anzeige nicht aus den Augen lassen. Wenn meine Einschätzung korrekt ist, sollte sie gleich von rot auf grün wechseln."

„Ja, gut", stimmt Uwe zu, ohne eine Miene zu verziehen. „Wo ist denn das Ding?", erkundigt er sich bei Leander.

„Gleich hier drüben", weist der Hausherr dem vermeintlichen Chauffeur den Weg.

„Ruf Max an“, verlangt Gerd von dem Konzernchef. „Er soll die Garagen, die beiden Lagerhallen und das Erdgeschoss mit dem Verwaltungsgebäude freigeben, aber ohne das Labor. Möglichst schnell.“

„Verrätst du mir, was los ist?“, bittet Peter, der auf die Rückmeldung des Computerspezialisten wartet.

„Ich will mir nur etwas ansehen.“ Gerd beeilt sich, zu dem Gegenstand zu kommen, der seine Aufmerksamkeit erregt hat. Er erkennt das Armband sofort, das dem an Melissa Brauns Handgelenk zum Verwechseln ähnlich sieht.

„Was hast du da?“ Peters Blick landet auf dem Armband in Gerds Hand. Der Namenszug ist deutlich zu lesen. „Gehört das Melissa Braun? Die Abkürzung für ihren Namen ist eingraviert.“

„Ja, aber das trägt normalerweise Henry. An Melissa Handgelenk findest du das gleiche Armband, nur mit Henrys Namen darauf. Die Mädchen haben getauscht.“

„Ich verstehe. Dann war Henry wirklich hier!“

„Ja.“

„Es gibt weit und breit keinen einzigen Hinweis, außer dem Armband. Wie sollen wir sie finden?“

„Gar nicht“, gibt Gerd frustriert zu. „So wie es momentan aussieht, müssen wir die weitere Suche wohl Emma und ihren Kollegen überlassen.“

Nicht einmal zwei Minuten dauert es, bis sie die positive Bestätigung des Computerfachmanns erhalten. Die Anzeige in der Verriegelung leuchtet nun grün. Uwe und Leander von Weihrauch gesellen sich kurz darauf wieder zu ihnen.

Die kleine Demonstration überzeugt zudem den Hausherrn, dass er sich an die richtigen Leute gewandt hat. „Wie wollen Sie jetzt vorgehen?“, erkundigt er sich beim Eintreten in den Besprechungsraum. Allerdings wird Gerd erst einmal einer Antwort enthoben, da Fritz Kaspar seinen Boss umgehend zu sprechen wünscht.

„Tut mir leid, dass ich störe“, versichert der Laborleiter. „Wir haben da, unabhängig von den Anlagen, ein Problem, das dringend deiner Anwesenheit bedarf. Entschuldigen Sie bitte, wenn ich Ihnen meinen Chef für eine Weile entführe."

„Solange Sie ihn wiederbringen", lächelt Peter zustimmend.

Henry hält es nicht einmal fünf Minuten in der Wohnung aus, nachdem Leander verschwunden ist. Mit vor Aufregung pochendem Herz macht sie sich über die Treppe auf den Weg nach unten. Das Foyer hinter dem Haupteingang liegt vollkommen verlassen vor ihr, der Zugang ist verschlossen. Dass vor der Tür ein Fahrzeug der Firma *Staller* parkt, kann sie nicht erkennen. ‚Wo soll ich Gerd suchen? Und wenn ich ihn finde, wie kann ich ihn dann auf mich aufmerksam machen?', fragt sie sich gequält.

Gerade als sie sich davonschleichen will, wird sie am Kragen ihrer Jacke gepackt.

„Wen haben wir denn da?", staunt Fritz Kaspar. „Wie lange schleichst du schon hier herum? He?"

Da er sie böse anschnauzt, zuckt Henry ängstlich zusammen. „Ich ..., ich ...", stottert Henry, die sich darüber ärgert, dass sie keine Ausrede parat hat. „Draußen war es kalt, da bin ich hier hinein. Ich wollte nur einmal auf die Toilette. Ich mache bestimmt keinen Ärger."

„Die Geschichte kannst du der Märchenfee erzählen. Unsere Tür ist nämlich abgeschlossen. Aber wir kriegen schon noch heraus, wie du hereingekommen bist, beziehungsweise was du hier willst. Los, komm mit!", befiehlt der Laborleiter böse. Henry grob am Arm mit sich zerrend, begibt er sich in sein Büro, das unmittelbar neben dem Durchgang zum Labor anberaumt ist.

„Au, Sie tun mir weh", stöhnt das Mädchen.

„Längst nicht genug!", faucht Fritz Kaspar. ‚Ich kann Kinder nicht ausstehen', holt er sich seine Abneigung in Erinnerung.

In seinem Büro angekommen schaut er sich kurz um, ohne Henry loszulassen. Er zerrt das sich sträubende Mädchen zu einem in der Ecke stehenden Holzstuhl, von dem er die darauf liegenden Aktenordner mit seinem freien Arm herunterfegt. Henry auf den Stuhl drückend schnauzt er sie heftig an: „Bleib sitzen!"

Während er ihr immer wieder aufmerksame Blicke zuwirft, reißt er eine Schublade an seinem Schreibtisch auf, aus der er nach kurzer Suche eine Rolle stabiles Klebeband zu Tage befördert.

„Was haben Sie vor?“, fragt Henry mit entsetzt aufgerissenen Augen.

„Was wohl? Ich stelle dich ruhig!“

Henry hat trotz heftiger Gegenwehr keine Chance, dem brutalen Mann zu entkommen. Nicht nur, dass der Chemiker ihren Oberkörper und die Arme mit dem Klebeband fest am Stuhl fixiert, drückt er ihr auch noch einen dicken Streifen auf den Mund, so dass ihre Hilferufe gänzlich unterdrückt werden. Alles, was sie in ihren Taschen hat, nimmt er ihr ab, um es außer ihrer Reichweite auf dem Schreibtisch abzulegen.

„Nicht weglaufen“, verlangt er grinsend, ehe er, die Tür hinter sich ins Schloss ziehend, verschwindet, um seinen Arbeitgeber über den ungebetenen Gast zu informieren.

Erst als sie sicher weiß, dass der Mann sich entfernt hat, beginnt sie mit ihren Befreiungsversuchen, die aber gänzlich scheitern. Mittlerweile laufen ihr vor lauter Frust Tränen über die Wangen und auch das Atmen fällt ihr unter dem Klebestreifen schwer. ‚Ich habe mich so darum bemüht, nicht von denen bemerkt zu werden. So ein Mist! Wie soll ich Gerd jetzt auf mich aufmerksam machen? Bitte, Gerd, hilf mir‘, fleht sie still.

„Was soll das?“, staunt Leander, als er das Büro seines Laborleiters betritt. „Wo kommt dieses Kind her?“

„Gute Frage“, antwortet Fritz. „Vielleicht erzählt sie es dir. Mir wollte sie das jedenfalls nicht sagen. Sie lief frei hier im Haus herum. Ich habe keine Ahnung, was sie alles gesehen oder gehört hat. Auch nicht, wer sie ist. Das war alles, was sie bei sich hatte.“ Er zeigt auf ihre wenigen Habseligkeiten.

„Musstest du sie denn gleich so verschnüren? Sie kann dir doch wohl kaum gefährlich werden.“

„Ach ja? Wie hätte ich dich denn holen sollen?“, ereifert sich der Chemiker. „Meinst du, die Göre wäre freiwillig hier sitzen geblieben? Ich glaube auch nicht, dass es so sinnvoll wäre, wenn unser Besuch von ihrer Anwesenheit Notiz nimmt. Die Herren haben dazu bestimmt ein paar Fragen, die gar nicht erst aufkommen sollten. Oder was meinst du?"

„Du hast ja Recht", gibt Leander zu. Er wirft nur einen kurzen Blick auf Henrys Sachen, ehe er sich seinem Freund wieder zuwendet. Doch dann hält er mitten in der Bewegung inne, wendet sich wieder um und greift nach dem Apfel, den er gedankenversunken hin und her dreht. „Sie war oben, in meiner Wohnung", wird ihm bewusst.

„Wie bitte? Bist du sicher? Meinst du, sie hat uns belauscht?", will Fritz mit erschrocken aufgerissenen Augen wissen.

„Möglich", räumt Leander nachdenklich ein. ‚Wie lange schleicht sie schon im Haus herum?', überlegt er. ‚Wahrscheinlich ist sie nach dem Hackerangriff unbemerkt hier eingedrungen.' Die zerwühlten Papiere auf seinem Schreibtisch fallen ihm wieder ein. ‚Könnte dieses Kind damit zu tun haben? Ein Risiko darf ich mir auf keinen Fall erlauben. Was kann sie gesehen oder gehört haben?'

„Dann darf sie mit niemandem reden", unterbricht der Laborleiter seine Gedanken. „Das müssen wir verhindern!"

„Genau. Außerdem will ich wissen, wer sie geschickt hat. Sie ist wohl kaum von allein auf die Idee gekommen, uns zu bespitzeln. Irgendwer bezahlt sie dafür. Ich will wissen, wer!"

„Wie kriegen wir sie zum Reden?"

„Dazu lassen wir uns später etwas einfallen. Sie bleibt hier, bis ich weiß, wer hinter dieser Sache steckt. Entweder du entsorgst sie im Anschluss, oder du sperrst sie weg, bis du einen Probanden brauchst."

„Wieso ich?"

„Ich muss zurück zu unseren Gästen, du bist für sie verantwortlich. Richte dich danach."

„Na schön", stimmt Fritz missmutig zu. „Ich verfrachte sie zu den Tieren, sobald der Zugang für uns frei ist. So lange bleibt sie hier. Hilf mir mal, wir packen sie nebenan ins Archiv. Da gibt es kein Fenster und der Raum lässt sich, genau wie mein Büro, ganz altmodisch per Schlüssel absperren."

Mitsamt dem Stuhl heben sie Henry in den angrenzenden Raum von etwa vier Quadratmetern Größe.

„Mach es dir bequem", grinst der Chemiker. „Es kann eine Weile dauern."

„Was war da draußen los?", verhört Uwe seinen Boss, kaum dass Leander das Zimmer verlassen hat. „Du hast dieses Schauspiel bestimmt nicht umsonst inszeniert."

„Nein." Gerd informiert ihn im Kurzstil über seinen Fund. „Henry war definitiv hier. Bevor ich sie nicht gefunden habe, gehe ich hier nicht weg!", versichert er den Freunden. „Außerdem hat der Kerl reichlich Dreck am Stecken. Max muss unbedingt die vorhandenen Datenbänke durchsehen." Bevor der Hausherr wieder bei ihnen auftaucht, überlegen sie sich in aller Eile ihr weiteres Vorgehen.

„Entschuldigen Sie die Unterbrechung", fordert Leander freundlich. „Es ging tatsächlich nicht anders."

„Noch mehr Probleme?", verhört Peter ihn neugierig.

„Nicht wirklich, eher Meinungsverschiedenheiten in der Vorgehensweise bei einem unserer Aufträge. So etwas lässt sich meist schnell klären, aber bevor ich eingreife, warte ich ab, ob sich die betroffenen Parteien nicht selbst einigen", erklärt Leander sein angebliches Problem.

„So handhabe ich das auch", versichert Peter.

„Haben Sie sich schon überlegt, wie Sie mir helfen können?", erkundigt sich Leander ungeduldig.

„Ja, wir haben alles besprochen", gibt Gerd ihm die gewünschte Antwort. „Sobald unsere Computerspezialisten von dem Auftrag zurückkommen, den sie gerade bearbeiten, sind Sie dran. Wenn Sie mit unserem Plan einverstanden sind, werde ich gleich anrufen und meine Mannschaft hierherbeordern."

„Das ist besser als alles, was ich erwartet habe", freut sich Leander. „Wie wollen Sie vorgehen?"

„Ich werde direkt hierbleiben. Bis mein Team ankommt, möchte ich mit Ihnen festlegen, wo sich meine Leute einrichten können und von wo sie auf den Computer zugreifen dürfen. Ich nehme an, Sie haben spezielle Sicherheitskräfte, die uns über die Schulter schauen werden?"

„Das hatte ich nicht eingeplant", antwortet Leander verblüfft. Daran, diese Leute bei ihrer Arbeit zu überwachen, hat er zu keiner Zeit gedacht. ‚Allerdings scheint dieser Herr Bach eine solche Vorgehensweise gewohnt zu sein, wenn er mich so offen danach fragt. Es scheint ihm auch nichts auszumachen. Ich sollte jetzt besser eine professionelle Strategie parat haben.' Dass er nur das notwendigste Personal beschäftigt, um seine illegalen Einnahmequellen nicht publik zu machen, behält er für sich. „Ich möchte Sie bei Ihrer Arbeit nicht einschränken", beginnt er nachdenklich. „Wenn Sie jemanden benötigen, der Ihre Fragen beantwortet, stelle ich Ihnen gern den passenden Mann zur Verfügung, oder Sie wenden sich direkt an mich. Für alles andere sollten Sie mir eine Verschwiegenheitsklausel unterzeichnen und mir versichern, dass nichts, was Sie hier im Haus wahrnehmen, durch Sie nach draußen gelangt."

„Das ist überhaupt kein Problem", versichert Peter ihm.

„Im ersten Schritt sorgen wir dann dafür, dass der Angriff auf Ihr System gestoppt wird und der Wurm keinen Schaden mehr anrichten kann. Um das zu erreichen, muss die Anlage höchstwahrscheinlich komplett abgeschaltet werden. Ob meine Kollegen es bis dahin geschafft haben, alle fehlerhaften Eingaben zu löschen, hängt davon ab, wie weit der Prozess fortgeschritten ist."

„Ich verstehe."

„Wie der neue Aufbau aussehen wird, kann ich Ihnen noch nicht sagen. Da muss ich die Rückmeldung meiner Spezialisten abwarten, aber Sie benötigen mit hoher Wahrscheinlichkeit einen neuen Server", erklärt Gerd die anstehenden Arbeiten. „Ist das für Sie eine akzeptable Vorgehensweise?"

„Unbedingt", versichert Leander ihm. „So können meine Mitarbeiter weiterarbeiten, während Sie später die neue Anlage installieren. Hervorragend."

„Dann würde ich jetzt gerne meine Anrufe tätigen. Vorerst benötige ich nur meine Computerfachkräfte, aber kriegen Sie bitte keinen Schreck, wenn hier später ein großes Aufgebot an Menschen aufschlägt, immerhin haben Sie eine immens große Anlage, derer wir habhaft werden müssen."

„Kein Problem. Ich …" Erstaunt unterbricht der Hausherr seine Rede, da urplötzlich ein lautes Klappern aus dem Heizkörper zu hören ist. „Nanu, anscheinend spinnt jetzt auch noch die alte Heizanlage."

Schon nach den ersten Schlägen ist dem Projektleiter klar, worum es sich dabei handelt. „Ihre Heizungsanlage wird wohl bald ihren Dienst quittieren", lächelt er Leander an. „Das kennen wir aus dem letzten Winter auch. Erst begannen die Heizungsrohe sich allmählich zu verziehen, wodurch es dann zu den Schlägen kam, anschließend platzten die ersten Rohre auf."

„Fünf Tage Freizeit auf Firmenkosten", wirft Uwe fröhlich ein, da auch er versteht, worauf sein Boss aus ist.

„Und ich hatte die Rechnung am Hals", mault Peter, der sich fragt, was die beiden unternehmen wollen.

„Das fehlt mir gerade noch", stöhnt Leander. Er fragt sich, ob der Projektleiter der *Staller Werke* Recht haben könnte, oder ob jemand ganz anderes hinter diesen Klopfzeichen steckt, aber er ist froh, dass seine Besucher sich mit einer plausiblen Erklärung zufriedengeben, trotzdem muss er schnellstens handeln, wenn er mit seiner Vermutung richtig liegt.

„Ich würde gern die Vertraulichkeitserklärung für Sie bei einem meiner Mitarbeiter in Auftrag geben, dafür muss ich Sie noch einmal für ein paar Minuten allein lassen."

„Kein Problem", bestätigt Gerd. „Ich beordere in der Zeit meine Kollegen hierher."

Kaum dass Leander den Besprechungsraum verlassen hat, hängt Gerd am Handy, um seiner Freundin mitzuteilen, wie weit sie gekommen sind, was sie besprochen haben und was er gefunden hat.

„Bist du ganz sicher, dass es ihr Armband ist?", verhört ihn die Beamtin.

„Ja. Ich schicke dir ein Foto. Emma, du musst mit deinen Leuten hierherkommen. Wir müssen Henry suchen. Ganz offiziell, anders werden wir nicht fündig."

„Ich habe keine Ahnung, ob Herrn Kolberg ein Armband als Grundlage ausreicht. Auch nicht, wie wir ein Eindringen auf das Anwesen begründen sollen."

„Die hätte ich schon", behauptet Gerd, ehe er ihr seine Idee darlegt.

„Du bist verrückt!", lacht Emma auf. „Das könnte sogar funktionieren. Halt den Kerl noch ein bisschen hin. Erhalte ich die Freigabe, kommen wir zusammen mit Max und Tim. Und Gerd, geht bitte nicht allein auf die Suche nach Henry", ermahnt sie den Freund. „Das könnte auch für euch gefährlich werden, ohne dass ihr Henry mit eurer Aktion helfen würdet."

Derweil sucht Leander seinen Laborleiter auf, um ihn zur Rede zu stellen. „Was ist mit dem Kind? Hast du es im Auge?", schnauzt er Fritz Kaspar an.

„Natürlich, die Kleine gibt keinen Pieps von sich."

„Vergewissere dich besser davon! Sollte sie irgendwelche Mätzchen machen, müssen wir sie schnellstens entsorgen. Niemand darf das Kind hier zu sehen bekommen. Habe ich mich klar ausgedrückt?"

„Du willst sie umbringen?", verhört der Chemiker ihn mit weit aufgerissenen Augen.

„Ich nicht, du!" Damit lässt er den entsetzten Mann einfach stehen, um sich aus seinem Arbeitszimmer eine der vorgefertigten Vertraulichkeitserklärungen zu holen, mit denen er bei Bauarbeiten in seinen diversen Immobilien hin und wieder zu tun hat.

Fritz Kaspar starrt deprimiert vor sich hin. Sicher, er kann Kinder nicht ausstehen, aber sie umzubringen ist etwas ganz anderes. Ihm ist bewusst, dass er sich mit dem Diebstahl der Tiere strafbar gemacht hat, aber einen Mord zu begehen, das bekommt er nicht hin, will er auch gar nicht. ‚Ich warte, bis hier Ruhe einkehrt, dann bringe ich die Kleine weit weg und lasse sie laufen. Mit der passenden Drohung wird sich die Göre in Zukunft von uns fernhalten. Leander braucht gar nicht erfahren, dass ich seine Anweisung nicht ausgeführt habe', nimmt er sich vor. ‚Ich möchte wissen, warum der so auf einhundertachtzig ist', grübelt der Chemiker.

18

Henry will schon gefrustet aufgeben, als sie den Heizkörper entdeckt, der keine zwei Meter von ihr entfernt an der Wand installiert ist. Ihre Augen blitzen übermütig auf, bei der Idee, die ihr durch den Kopf schießt. Sie begutachtet noch einmal die Klebestreifen, mit denen sie an den Stuhl gefesselt wurde. Ob sie ihre Arme benutzen kann, hat sie schon ausgiebig probiert, ohne Erfolg. Um die Füße auf den Boden zu stellen fehlen ihr mehr als fünf Zentimeter, aber wenn sie sich mit dem Stuhl vornüberbeugt, kann sie die Füße abstellen und mit kleinen Schritten überall hingelangen. ‚Der Mann hat so etwas bestimmt noch nie gemacht', schätzt sie. ‚Sonst hätte er die Füße auch zusammengeschnürt.' Den Atem anhaltend lauscht sie den Geräuschen von draußen, doch es ist mäuschenstill. ‚Also los!', befiehlt sie sich selbst. Mehrfach rutscht sie auf ihrem Stuhl soweit es geht hin und her, kippt nach vorn und wieder zurück, bis sie sicher ist, dass sie ohne das Gleichgewicht zu verlieren mitsamt Stuhl vornüber kippen kann. Beim dritten Anlauf nimmt sie ihren ganzen Mut zusammen, reißt ihren Oberkörper weit nach vorn, sodass sie über die Sitzfläche kippt, streckt die Beine gerade aus und landet auf ihren Füßen. Mit dem Stuhl auf dem Rücken bewegt sie sich auf die Heizung zu, wobei die anfänglich kleinen Schritte nach und nach größer und sicherer werden. An der Heizung angekommen wendet sie sich um, damit sie mit einem Bein des Stuhls gegen die Heizung schlagen kann. Wie das Morsezeichen für einen Hilferuf geht, kennt sie schon lange, doch sie hätte nie gedacht, dass sie ein *SOS*-Zeichen einmal brauchen würde. Vorsichtig beginnt sie, das Stuhlbein gegen die Heizung zu schlagen, indem sie ihrem Körper von der Heizung wegdreht. Durch ihre Hin-und-Her-Bewegung in verschiedenen Geschwindigkeiten erzeugt sie ein gleichmäßiges Klopfen aus jeweils drei schnell hintereinander angeordneten Schlägen, dann dreimal mit mehr Abstand und zum Schluss wieder drei Schläge in schneller Folge. Das Ganze wiederholt sie mehrere Male, ehe sie hört, wie Fritz Kaspar hinter sich die Bürotür ins Schloss drückt. In aller Eile bewegt sie sich von der Heizung weg bis in die Mitte des Raumes, wo sie den Stuhl auf den Boden drückend zurückplumpst. Beinahe wäre sie mit dem ganzen Stuhl umgefallen, doch sie schafft es gerade noch rechtzeitig, ihr Gewicht zu verlagern. Als der Chemiker die Tür öffnet, um nach ihr zu sehen, sitzt sie an der gleichen Stelle, an der sie von den beiden Männern abgestellt wurde.

„Ich muss schon sagen, du bist überaus entgegenkommend", äußert Fritz Kaspar grinsend, ehe er die Tür wieder verschließt.

Henry atmet auf, während sie darauf hofft, dass ihr Hilferuf gehört wurde. ‚Wenn Gerd das mitbekommen hat, weiß er garantiert, was es zu bedeuten hat. Dann wird er nach mir suchen. Ganz sicher!'

Das Schlagen der Heizungsrohre soll nicht die letzte Störung an diesem Tag bleiben. Lautes Hämmern an der Haustür unterbricht wieder einmal die Gespräche des Hausherrn mit den Oberhäuptern der Firma *Staller.* Der Mann, der beim Öffnen vor seiner Tür steht, ist ihm gänzlich unbekannt, aber aufgrund seiner Ausstattung sofort als Beamter im Dienst der Polizei erkennbar. Viel erschreckender ist es allerdings, die Menschen zu sehen, die hinter diesem Mann darauf warten, in das Gebäude vordringen zu dürfen. Dass es sich hierbei um weitere Polizeibeamte handelt, ist nicht zu übersehen.

Sie alle sind vermummt, ausgestattet mit *großer Einsatzmontur,* wozu schwere ballistische Schutzwesten und Helme, Sturmhauben, Einsatzkombis aus dem feuerfesten Material *Nomex*, Einsatzwesten und Handschuhe, sowie robuste Einsatzstiefel gehören. Pistolen der Marken *Glock 17* oder *Sig Sauer P228* finden sich in den dazugehörigen Holstern, teilweise auch Maschinenpistolen des Typs *MP5* von *Heckler & Koch*.

„Herr von Weihrauch? Leander von Weihrauch?", verhört der Einsatzleiter Bodo Danberg den Hausherrn, der nur eingeschüchtert nicken kann. „Wir haben den Auftrag, Ihr Haus, die dazugehörigen Gebäude, sprich das gesamte Anwesen zu durchsuchen." Damit drückt ihm der siebenunddreißigjährige Chef der Spezialeinsatzkommandos das ausgestellte Schriftstück in die Finger. Der *1,85* Meter große durchtrainierte Beamte lässt mit seinen braunen Haaren und braunen Augen sowie einer ganz eigenen Mischung aus Charme und Arroganz so manch ein Frauenherz höher schlagen, was seiner beruflichen Professionalität jedoch nicht im Weg steht.

„Wieso durchsuchen?", stottert Leander perplex. „Weshalb?"

„Was ist denn hier los?", staunt der herbeieilende Fritz Kaspar ängstlich.

„Wir haben einen anonymen Tipp bekommen, dass sich in Ihrem Haus ein von den Behörden gesuchter Dieb aufhalten soll. Wenn Sie uns da nicht weiterhelfen können, müssen wir uns hier alles ansehen."

„Ein Dieb? Was für ein Dieb?", fragt der Chemiker erschrocken.

„Ein dreizehnjähriger Teenager, weiblich, *1,60* Meter groß, halblange braune Haare. Es gibt ein Fahndungsgesuch, auf das sich jemand gemeldet hat. Auch wenn derjenige seinen Namen nicht nennt, müssen wir einem solchen Hinweis nachgehen. Es wäre besser, Sie lassen uns freiwillig ein", beharrt der Einsatzleiter.

„Mach du das", fordert Fritz Kaspar von seinem Freund. „Ich warte in meinem Büro."

Noch während die Beamten in das Foyer des Hauses vordringen, erscheinen Max und Tim auf der Bildfläche. Die beiden wurden von Lutz Tappe, der die Überwachung des Polizeieinsatzes übernommen hat, genauestens instruiert, so dass sie zum richtigen Zeitpunkt auftauchen.

„Hallo", grüßt Tim fröhlich. „Hier geht es ja hoch her. Kommen wir ungelegen?"

„Wer sind Sie?", werden die Computerspezialisten von Bodo Danberg angeschnauzt, obwohl er genau weiß, wen er da vor sich hat.

„Uups." Tim weicht erschrocken ein Stück zurück. „Ich wollte mich nicht aufdrängen, unser Boss hat uns hierherbeordert. Wegen des Hackerangriffs", erklärt er.

„Sie kommen von der Firma *Staller?*“, freut sich Leander. „Auf diese Leute habe ich bereits gewartet“, versichert er dem Einsatzleiter. „Kommen Sie mit, Ihr Boss befindet sich gleich hier drüben.“

„Zwei Mann sichern den Ausgang“, befiehlt Bodo Danberg, ehe er mit den restlichen Männern dem Hausherrn folgt. „Was ist hier los?“ Nach einer kurzen Erklärung fordert er einen seiner Begleiter auf: „Ausweiskontrolle!“ Er wendet sich an den Geschäftsmann. „Begleiten Sie meine Männer und mich bitte in Ihre Privaträume.“

Ohne zu murren lässt sich Leander darauf ein, die Polizisten zu begleiten, in der Hoffnung, dass er seinem Freund genügend Zeit verschaffen kann, um das Mädchen verschwinden zu lassen. Doch daran hat er seine Zweifel, erst recht, als der leitende Beamte seine Männer aufzuteilen beginnt.

„Vier Mann kommen mit mir, vier Mann sichern die Korridore“, weist Bodo Danberg seine Leute an. „Zwei bleiben bei diesen Computerspezialisten, der Rest sieht sich im Erdgeschoss um.“ Ohne auf eine Zusage zu warten, begibt sich der Hauptkommissar zur Treppe, um dem Hausherrn nach oben zu folgen.

Indessen baut sich Stefan Wolf, der Truppenführer des zweiten Düsseldorfer Spezialeinsatzkommandos, vor Gerd auf. „Schieß los“, verlangt er.

„Stefan, gut, dass du da bist“, wird Emmas Bruder von Gerd begrüßt, wobei man die Sorge um das vermisste Mädchen aus seiner Stimme heraushören kann.

„Was hast du geplant?“ Auch Stefan weiß, welche Begabung Gerd zur Verfügung steht. Der neunundzwanzigjährige Elite-Polizist von *1,82* Meter Größe mit rotblonden Haaren und strahlend grünen Augen kapiert rasch, was seinem Freund vorschwebt. „Gute Idee.“

„Max, kannst du herausfinden, welche Räume eine Heizung besitzen, die mit dieser hier an einem Leitungsstrang befestigt sind?“, verlangt Gerd von seinem Computerspezialisten.

„Ich denke schon, dauert aber ein paar Minuten.“

„Gebt mir einfach Bescheid“, bittet Stefan. „Wir sehen uns in der Zeit das Erdgeschoss an.“

Fritz Kaspar, der seinen Freund mit den Polizisten allein gelassen hat, saust in sein Büro, wobei ihm vor lauter Panik der Schweiß auf der Stirn steht. ‚Was soll ich denn jetzt machen? Wenn die Bullen diese Göre bei uns finden, drehen die hier jeden Stein um und wenn nicht, machen sie das wahrscheinlich auch.‘ Mit dem Rücken lehnt er sich an seine Bürotür, während er versucht, seiner Gedanken Herr zu werden. ‚Ich muss mir dringend etwas einfallen lassen.‘ Die einzige Möglichkeit, die ihm einfällt, ist der Kofferraum seines Wagens. Aber erst einmal muss er das Mädchen ungesehen dort hineinbekommen. ‚Wenn ich in mein Labor käme, könnte ich ihr eine Spritze verpassen damit sie schläft, aber da gibt es momentan kein Herankommen. Dann muss es eben schnell gehen, bevor jemand auf mich aufmerksam wird.‘ Seinen Brieföffner vom Schreibtisch ergreifend stürzt er ins Archiv, wo Henry auf die Rettung durch Gerd und seine Freunde hofft.

Erschrocken starrt der Teenager auf den Dolch in der Hand des Chemikers. ‚Will er mich jetzt umbringen?‘

„Wenn du still bist, werde ich dir nichts tun“, verspricht Fritz Kaspar dem Mädchen. „Okay?“

Vorsichtig nickt Henry ihm zur Bestätigung zu, sodass der Chemiker aufatmend die Klebestreifen um ihren Körper herum entfernt. „Los, komm mit“, fordert er sie auf, das Mädchen bereits an ihrem Arm durch die Tür zerrend. Zu spät, um noch zu reagieren oder Henry in das Archiv zurückzudrängen, hört er das leicht quietschende Geräusch, durch das ihm seine Bürotür einen Besucher ankündigt.

„Lassen Sie umgehend das Kind los“, verlangt der erste der beiden vermummten Männer beim Eintreten. Statt darauf zu hören zieht der Chemiker Henry vor seinen Körper, wobei er ihr den Brieföffner an den Hals drückt.

„Zurück“, schreit er den beiden Elite-Kräften zu. „Zurück, oder sie ist tot!“

„Das hat doch keinen Sinn. Machen Sie es nicht noch schlimmer“, bittet ihn der erste Polizist, während sein Kollege über sein Kommunikationsgerät die Meldung leise weitergibt.

„Gehen Sie zurück“, beharrt der Chemiker wild entschlossen. „Lassen Sie mich vorbei.“

Als Gerd von Stefan erfährt, dass dessen Kollegen Henry gefunden haben, kann ihn niemand aufhalten, als er mit großen Schritten über den Flur stürmt.

„Gerd, bleib hier!“, ruft der Truppenführer ihm überrumpelt nach, um ihm eilends zu folgen. Seinen Freund zu stoppen, bevor dieser in das Büro von Fritz Kaspar stürmt, schafft er nicht mehr.

„Lassen Sie das Mädchen gehen!“, verlangt Gerd von dem Laborleiter.

„Auf keinen Fall. Sie ist meine Fahrkarte hier heraus. Verschwinden Sie! Alle! Sofort!“ In seiner Panik drückt er Henry den Brieföffner so fest gegen den Hals, dass aus einem ersten kleinen Schnitt Blut über ihre Haut herunterläuft.

„Zieht euch zurück!“, befiehlt Stefan seinen Männern, denen genau wie ihm klar ist, dass es nur eine Art geben wird, die Situation zu entschärfen. Da der Geiselnehmer nicht bereit ist aufzugeben und das Leben des Mädchens weiter gefährdet, befolgen die Männer unverzüglich den Befehl ihres Vorgesetzten, indem sie langsam rückwärtsgehend den Raum verlassen, um vor der Tür auszuharren bis sie neue Befehle erhalten.

„Gerd, raus hier!“, wendet sich Stefan burschikos an seinen Freund, dem er einen eindringlichen Blick zuwirft, während seine Hand den Griff der Pistole ertastet.

Gerd begreift augenblicklich, was Emmas Bruder vorhat, ihm ist auch bewusst, dass der als Präzisionsschütze ausgebildete Beamte nur eine Möglichkeit weniger Sekunden benötigt, um einen Feind auszuschalten. Langsam bewegt er sich rückwärts auf die Tür zu, wobei er Henry intensiv ins Auge fasst. „Hab keine Angst“, bittet er Henry. „Dir wird nichts geschehen. Du bist so tapfer, dich wirft so schnell nichts um.“

Henry starrt ihn verwirrt an. ‚Wieso sagt er das? Was meint er damit?‘ Sie lässt die beiden Männer nicht aus den Augen, nimmt jedes Detail genau auf, Gerd, der locker vor ihr steht, beide Arme herabhängend, und den vermummten Polizisten, der eine Hand leicht angewinkelt in Höhe seiner im Holster steckenden Pistole hat, um diese hervorzuziehen. Sie bemerkt auch Gerds leichtes Nicken auf ihren fragenden Blick hin. ‚Der Mann wird schießen', begreift sie. ‚Sobald ich ihm die Gelegenheit dazu verschaffe. Gerd vertraut diesem Mann, dann mache ich das auch!' Obwohl sie furchtbare Angst hat, verlagert sie ihr Gewicht auf das linke Bein, zieht das rechte nach oben und tritt mit viel Kraft gegen das Schienbein des Chemikers. Gleichzeitig rammt sie ihren freien Arm nach hinten in den Bauch des Mannes.

„Hey! Was …?" Fritz Kaspar, der nicht mit einer Reaktion des Teenagers gerechnet hat, wird komplett überrumpelt. Automatisch lockert er seinen Griff, während er verwundert zu Henry hinunter schaut, bevor er seinen angstvollen Blick auf den Polizisten richtet. Bevor er das Mädchen erneut an sich ziehen kann, dreht Henry ihren Oberkörper ein Stück von ihm weg.

Der Elite-Polizist weiß, dass nur ein genauer Treffer den Mann von weiteren Handlungen abhalten kann, zudem sind Kopf und Hals des Chemikers die einzigen freien Stellen für einen sauberen Schuss. Stefan braucht keine weitere Aufforderung. Sekundenschnell richtet er die *Sig Sauer P228* in seiner Hand auf Fritz Kaspar. Fast im gleichen Moment ertönt der Knall der abgefeuerten Kugel.

Der Laborleiter reißt entsetzt die Augen auf, ehe er hintenüberkippt, um anschließend auf dem Boden aufzuschlagen.

Schon beim ersten Knall stürzen die beiden Beamten, die vor der Tür stehen geblieben waren, umgehend herein. Allerdings ist unschwer zu erkennen, dass es keiner Eile mehr bedarf, da bei dem Laborleiter jede Hilfe zu spät kommt.

„Henry!" Gerd reißt das Mädchen in seine Arme. Ohne sie loszulassen führt er Henry aus dem Raum, bis sie im Flur den Konzernchef, Bodo Danberg und den Hausherrn erreichen.

„Schon gut, Gerd, du kannst jetzt aufhören mich zu erdrücken", versichert das Mädchen, dessen Worte ein Lächeln in Peters Gesicht zaubern. „Ich bin okay", behauptet Henry. Sie dreht sich zu Stefan um, dem sie ein bewunderndes Lächeln schenkt. „Danke, Sie haben mir das Leben gerettet."

„Vielleicht", hält Stefan dagegen. „Aber ich würde sagen, es war gut, dass ich da war."

„Henry, das ist Stefan", flüstert Gerd dem Teenager ins Ohr. „Er ist Emmas Bruder."

„Cool!", strahlt Henry auf.

„Wir sollten von hier verschwinden", empfiehlt der Konzernchef, der nicht bemerkt, wie Leander von Weihrauch erfreut aufatmet. ‚Dass Fritz das Mädchen in seiner Gewalt hatte, davon wusste ich nichts', überlegt er seine Vorgehensweise. ‚Sollte das Kind eine andere Aussage machen, wird man ihr kaum glauben, beweisen kann sie das jedenfalls nicht. Ich hatte keine Ahnung, was Fritz mit seiner Handlung bezweckte.' Er ist froh, wenn die Beamten verschwinden, ohne ihre Durchsuchung fortzuführen. So stoßen sie auch nicht auf seinen geheimen Zugang unter dem Labor. Doch als Henry aufgeregt zu Peter herumwirbelt, hält er bei ihrer Forderung erschrocken die Luft an.

„Nein, das geht nicht! Erst müssen wir die Tiere befreien! Bitte", fleht das Mädchen verzweifelt.

„Henry, hier gibt es keine Tiere, wir haben uns alles angesehen", widerspricht Peter.

„Was? Nein, sie sind da. Im Keller. Ich habe es doch gesehen!"

„Wir haben uns im gesamten Anwesen gründlich umgeschaut, es gibt keinen Keller", behauptet einer der Beamten.

Der Teenager wirbelt zu ihm herum. „Doch! Ich zeige es Ihnen. Kommen Sie mit." Schon läuft sie den Männern voran ins Labor, wo sie einen Moment überrascht stehen bleibt. „Gestern waren diese Räume alle leer", versichert sie den Elite-Kräften, die ihr gefolgt sind.

Bodo Danberg lässt seine Augen durch den Raum wandern, bis sie an Leander von Weihrauch hängen bleiben. Mit einem abschätzenden Blick mustert er den Grafen. „Sie haben sich viel Mühe gegeben, die Herren der Firma *Staller* von Ihrer Arbeit zu überzeugen", kommentiert er das Gehörte. Von dem Hausherrn erhält er daraufhin nur ein Schulterzucken.

‚Wenn sie den Eingang finden, ist sowieso alles vorbei', gesteht sich Leander resignierend.

Mitten im Raum vor ihnen befindet sich ein Besprechungstisch, der aus einer schweren Marmorplatte auf einem Sockel besteht, welcher auf einer großen Stahlplatte befestigt ist. Die Beamten sind sicher, dass niemand den schweren Tisch einfach zur Seite räumen kann. Zudem würde das Holzparkett des Bodens nach dem Verschieben enorme Kratzspuren aufweisen.

Fassungslos betrachtet Henry den großen Tisch. „Der stand viel weiter dort drüben", behauptet sie, mit ihrer Hand zur Seite deutend. „Genau hier gab es eine Treppe. Wirklich!"

Gerd schaut sich sorgfältig um, mustert den Tisch, fühlt an den Kanten entlang und bemerkt das ironische Blitzen in den Augen des Grafen. ‚Henry hat garantiert Recht', grübelt er. ‚Aber wie kommen wir weiter?' Er besieht sich den Boden, streicht mit der Hand über die Planken des Parketts, wodurch er erstmals einen Hinweis findet. „Raffiniert", rutscht es ihm anerkennend heraus. „Das Parkett hört hier auf, genau in der Fuge zwischen zwei Balken. In der Breite des Tisches liegt hier eine dicke PVC-Folie in Parkettoptik, die haargenau ins Bild passt. Mit bloßem Auge ist das kaum zu erkennen. Allerdings lässt sich an keiner Stelle darunter greifen." Er dreht sich zu seinen Computerspezialisten um, die sich ihnen bei der Suche angeschlossen hatten. „Max, Tim, könnt ihr herausfinden, ob es einen Öffnungsmechanismus gibt?"

„Habe ich schon", bestätigt Max, seinen Laptop auf einem Arm balancierend, während die Finger seiner anderen Hand über die Tastatur fliegen. „Ich überbrücke gerade die Sperrfunktion, dürfte nicht mehr lange dauern. So, jetzt. Sesam, öffne dich!" Zufrieden schaut er von seinem Laptop auf, als der Tisch in Bewegung gerät. Während das schwere Möbelstück zur Seite fährt, beginnt sich der PVC-Bodenbelag aufzurollen. Gleichzeitig schiebt sich eine Teilfläche des Fußbodens zur Seite, sodass vor ihnen die Sicht auf die Treppe in das Untergeschoss freigegeben wird.

„Nicht schlecht", freut sich Stefan.

Die Gruppe folgt den Stufen um die nächste Ecke nach unten, bis ihnen durch zwei große Stahltüren der Zugang zu dem geheimen Labor versperrt wird.

„Hier hört meine Unterstützung auf“, verkündet Max. „Die Verriegelungen sind zwar alle wieder aufgehoben, aber sämtliche Zugänge unterhalb des Labors sind mit einem Schlüsselcode gesichert, deren Verschlüsselungssoftware in einer *Cloud* abgelegt ist, die sich nicht auf dem Server befindet. Höchstwahrscheinlich gibt es dafür einen Mikrochip oder einen externen Datenträger, der im Normalfall mit dem Server verbunden wird. Doch zum jetzigen Zeitpunkt hat da jemand den Stecker gezogen. Um den zu entschlüsseln brauche ich schätzungsweise zwei bis drei Tage.“

„Zeigen Sie uns, wie wir da hineinkommen!“, verlangt Bodo Danberg von dem Hausherrn.

„Tut mir leid, das kann ich nicht“, behauptet Leander, einer Eingebung folgend. „Von dieser Einrichtung hatte ich keine Ahnung. Das muss Fritz Kaspar gemacht haben.“

Verblüfft starren alle den Geschäftsmann an.

„Wem wollen Sie denn das weismachen?“, platzt es aus Uwe heraus. „Das glauben doch noch nicht einmal Sie selbst.“

„Es ist aber so. Ich habe nichts damit zu tun und keine Ahnung, woher wir den passenden Code für diese Türen bekommen sollen.“

„Sie lügen!“, wirft Henry dem Grafen hitzköpfig vor. „Sie haben sich mit dem anderen Mann darüber unterhalten, über die Tunnel und die Arbeit, die Sie hier unten machen, auch über die Tiere.“

„Blödsinn!“, faucht Leander ungehalten. „Das stimmt nicht! Ich habe keine Ahnung, wie diese Göre darauf kommt!“

Henry reagiert gar nicht mehr auf den Mann, sondern tritt neben Stefan und Uwe, die vor dem Eingabefeld für die Türen stehen. „Ich habe den Code.“ Sie entblößt ihren Unterarm, auf dem die Zahlen *4-9-2-7-3-5* deutlich zu lesen sind.

„Wie bist du da heran gekommen?“, will Uwe wissen.

„Ich habe doch Augen im Kopf.“

„Das werde ich mir merken!“, beteuert Uwe lachend.

Nicht einmal eine Minute später gleiten die massiven Türen auf, sodass der Zugang frei ist.

„Herr von Weihrauch wird mich und meine Männer begleiten“, kommandiert Bodo Danberg. „Die anderen bleiben draußen!“ Auf seinen Wink hin beginnen die Elite-Polizisten, einen Raum nach dem anderen einzusehen und zu sichern. Kurz darauf sind sie aus dem Sichtfeld der wartenden Personen verschwunden.

Während sie warten, wendet sich Henry an Gerd: „Es tut mir leid. Ich weiß, dass du sauer auf mich bist, aber ich war die Einzige, die den Tieren helfen konnte.“

„Ich bin nicht sauer“, versichert Gerd ihr. „Nur hättest du dir deine Handlungen etwas besser überlegen sollen, bevor du ziellos auf Verbrecherjagd gehst. Das hätte für dich auch ganz anders ausgehen können.“

„Ja, ich weiß. Woher wusstet ihr so schnell, dass ich hier war?“

„Das verdanken wir Melissa. Sie hat mir euer Armband gezeigt“, berichtet Gerd ihr, Henrys zerrissenes Perlenarmband aus der Tasche ziehend. „Als wir dann das hier im Lager fanden, wussten wir Bescheid.“

„Das habe ich gar nicht bemerkt“, staunt Henry, die ihr Handgelenk mustert.

„Wir sind froh, dass du dein Abenteuer so unbeschadet überstanden hast“, erklärt Peter dem Teenager. „Deine Mutter wird sich freuen, dich gesund und munter in die Arme nehmen zu können.“

„Henry, du sagtest vorhin, dass du diese Männer belauscht hast“, erinnert sich Gerd. „Hast du dabei zufällig den Namen Hakim Rashan zu hören bekommen?“

„Nein, daran kann ich mich nicht erinnern.“ Henry schließt die Augen und überlegt, was bei dem Gespräch zwischen dem Geschäftsmann und seinem Laborleiter gesagt wurde. „Der Name ist nicht gefallen, aber sie sprachen von einem Kunden, der sauer ist, weil sie mit ihrer Arbeit so lange brauchen“, teilt sie Gerd mit. „Sie hatten beide vor diesem Mann Angst, da er ihnen gedroht hat. Er will in fünf Tagen hierherkommen, um sich die Unterlagen zu dieser Arbeit anzusehen.“

„Ich würde sagen, du hast wieder einmal voll ins Schwarze getroffen", urteilt Peter. „Es fällt wohl in den Aufgabenbereich der Polizei, diesem Mann seine terroristischen Absichten und Handlungen nachzuweisen."

„Ja", stimmt Gerd zu. „Aber wir können ihnen dabei doch ein wenig helfen. Oder was meint ihr?"

„Wie?", erklingt es gleichzeitig von Uwe, Peter und den beiden Computerspezialisten, sodass Gerd laut auflacht.

„Ganz einfach, Emma nimmt sich diesen Leander von Weihrauch vor. Sie soll ihm bei ihrem Verhör dermaßen zusetzen, dass er sich bereit erklärt, ihnen zu helfen. Wenn es stimmt, was ich vermute, ist dieser Hakim Rashan der Drahtzieher bei der ganzen Geschichte. Sollte Leander von Weihrauch genügend Angst vor diesem Mann haben, wird er froh sein, ihn mit Hilfe der Polizei loszuwerden. Willigt er in eine Zusammenarbeit ein, stellen wir diesem Kerl eine absolut wasserdichte Falle."

„Klingt ganz einfach", urteilt Uwe sarkastisch. „Davon wird Emma total begeistert sein. Wetten?"

„Sie schafft das", bekräftigt Gerd. „Wir sorgen dafür, dass sie die richtige Grundlage für ihr Verhör erhält."

Sie müssen über eine halbe Stunde warten, bis Bodo Danberg mit den ersten Männern seiner Einheit erscheint.

„Wie sieht es aus?", empfängt Uwe ihn.

„Wir haben zwei Lagerräume entdeckt, in denen rund einhundertzwanzig Tiere in Käfigen untergebracht sind. Ein Teil der Tiere ist definitiv krank. Zudem gibt es zwei Laborräume, ein Kühlhaus und ein Medikamentenlager. Überall dort haben wir beschriftete und nicht beschriftete Proben unbestimmten Ursprungs entdeckt. Wir müssen die Räumlichkeiten hier unten versiegeln. Danach können wir nur abwarten, bis unsere Spezialisten mit ihren Untersuchungen fertig sind. Keiner von uns darf dort hinein, ehe wir nicht eine Freigabe dafür erhalten."

„Was ist mit den Tieren?", erkundigt sich Henry entsetzt. „Sie können sie doch nicht einfach hierlassen. Ohne Wasser und ohne Futter in diesen engen Käfigen. Sie werden sterben!"

„Keine Angst, kleine Dame", beruhigt sie der Einsatzleiter lächelnd. „Ich sorge dafür, dass sie noch heute abgeholt werden. Sie müssen in eine Tierklinik gebracht werden, damit sie auf ihren Gesundheitszustand hin untersucht werden könne. Alle Tiere, die gesund sind und nicht mit dem Erreger in Kontakt waren, können im Anschluss in ihr Zuhause zurückkehren. Versprochen!"

„Henry, das geht nicht anders", erklärt Gerd dem Mädchen. „Du willst doch auch nicht, dass irgendjemand durch die Tiere krank wird. Außerdem brauchen deine vierbeinigen Freunde, wenn sie infiziert wurden, ganz schnell Hilfe."

„Ja, ich weiß", stimmt der Teenager zu. „Sie sollen nur nicht in diesem Loch hier eingehen."

„Das werden sie nicht", beteuert der Einsatzleiter, bevor er sich zu dem Hausherrn umdreht. „Herr von Weihrauch, Sie sind vorerst festgenommen, was Ihnen eigentlich bereits klar sein müsste. Meine Männer werden Sie jetzt in Gewahrsam begleiten, während wir jede einzelne Person auf diesem Grundstück für weitere Befragungen auf unsere Dienststelle verbringen werden."

Ergeben nickt Leander, der sich zu seiner Festnahme belehren lässt, ehe er ohne Widerspruch den Anweisungen der Beamten folgt. ‚Ich wusste, dass diese Geschichte nicht gut enden konnte', macht er sich klar.

Kaum, dass Henry durch die Haustür des Staller Anwesens getreten ist, schließt Helga Grossmann ihre Tochter überglücklich in die Arme. „Henriette, du hast mir einen unglaublichen Schrecken eingejagt."

„Tut mir leid, das wollte ich nicht, aber diese Männer hätten alle Tiere getötet. Das konnte ich doch nicht zulassen."

„Schon gut", lächelt ihre Mutter. „Ich verstehe dich ja, was aber nicht heißt, dass ich mir keine Sorgen um dich mache."

„Ich hab dich lieb", flüstert Henry, die sich in die Arme der Mutter kuschelt.

19

Während die Untersuchungen rund um das Anwesen des festgenommenen Grafen in vollem Gang sind, finden sich die Mitarbeiter der Firma *Staller* wieder einmal im Computerraum bei Max und Tim ein.

„Gerd, ich glaube, wir haben gefunden, was du haben wolltest“, wendet sich Tim an seinen Boss, dem er einen Packen an Ausdrucken entgegenhält. „Über den Sohn, der sich Linda Kettler als Kamal Rashan vorstellte, sind wir auf dessen Vater gestoßen. Hakim Rashan, vierundsechzig Jahre alt, Iraker, beziehungsweise Moslem, lebt in Bagdad, ist millionenschwer“, informiert der Computerspezialist seine Kollegen im Kurzstil. „Er ist dreifach verheiratet und hat acht Söhne. Kamal Rashan, achtunddreißig Jahre, ist sein Zweitgeborener.“ Der auffordernde Blick an seinen Kollegen lässt Max an seiner Stelle die weitere Berichterstattung übernehmen.

„So wie es aussieht begann Hakim Rashan *2003* mit dem Aufbau einer terroristischen Organisation, die sich ‚Staat der wahren Gläubigen‘, kurz *SWG*, nennt, für die er ganz gezielt gut ausgebildete Söldner aus agierenden salafistischen Milizen für Bürgerkriege sowie Terroranschläge abwirbt. Sein Reichtum verschafft ihm die Kontrolle über einige Teile des Landes, zudem wird er von einer Gruppe ehemaliger Geheimdienstoffiziere der irakischen Streitkräfte unterstützt, sodass er unter der Bezeichnung ‚Befehlshaber der wahren Gläubigen‘ an der Spitze seiner Mitstreiter steht. Von der Regierung Deutschlands wird die *SWG* offiziell als terroristische Vereinigung eingestuft und des Völkermordes, der Zerstörung von kulturellem Erbe der Menschheit sowie anderer Kriegsverbrechen beschuldigt.“

„Allerdings findest du in den öffentlich zugänglichen Netzwerken so gut wie keine Informationen darüber“, ergänzt Tim den Bericht. „Bisher können sie dem Mann nichts von alledem beweisen. Es stehen lediglich einige Anschuldigungen im Raum.“

„So in etwa hatte ich mir das vorgestellt“, bestätigt Gerd.

„Obendrein hat der Mann den Status eines Botschafters“, offenbart Max seinen Zuhörern. „Das heißt, er hat diplomatische Immunität.“

„Er kann sich also überall frei bewegen“, begreift auch Peter.

„Nicht so ganz“, korrigiert Max. „Die Immunität schützt ihn nur im Gastland, in diesem Fall also Deutschland, nicht aber in seinem Heimatland, da genießt er noch nicht einmal einen Sonderstatus und kann in jedem Fall strafrechtlich zur Verantwortung gezogen werden.“

„Ich verstehe“, nickt Peter. „Der Mann ist so arrogant, dass er die Waffen, die er gegen uns einsetzen will, in unserem Land herstellen lässt, da er hier nicht belangt wird, sich zudem frei bewegen kann.“

„Bingo!“, stimmt Tim zu.

„Den Zahn sollten wir ihm schnellstens ziehen“, empfiehlt Uwe.

„Genau das werden wir machen“, versichert Gerd.

„Wie?“

Die von Uwe und Peter gleichzeitig gestellte Frage lässt Gerd lächeln. „Sorgen wir dafür, dass dem Mann seine Verbrechen bewiesen werden können.“

„Und das soll helfen?“

„Sicher“, wirft Max ein. „Auch Diplomaten haben die Verpflichtung, sich an die Gesetze des Gastlandes zu halten. Sie können nicht verhaftet oder bei einem Verstoß vor ein hiesiges Gericht gestellt werden, allerdings sind sie nicht vor polizeilichen Zwangsmaßnahmen, wie zum Beispiel einer Festnahme, geschützt. Geregelt wird das alles im *WÜD*, dem ‚Wiener Übereinkommen über diplomatische Beziehungen‘. Diplomaten sind für das vertretende Land Repräsentanten für den Ausdruck der Wertschätzung gegenüber dem Gastland. Schon aus diesem Grund liegt es im eigenen Interesse der Botschaften, dass ihre Diplomatinnen und Diplomaten nicht durch Missachtung der örtlichen Gesetze negativ auffallen. Es gibt immer wieder schwarze Schafe, die wegen häufiger Verstöße zu Gesprächen in ihre Botschaften zitiert und belehrt werden. Schlimmstenfalls stellt das Außenministerium die Forderung, den betreffenden Diplomaten abzuziehen. So einer Bitte wird im Regelfall umgehend von den Botschaften Folge geleistet. Als letzte Konsequenz kann ein Diplomat zur ‚Persona non grata'[5] erklärt werden, was den Entsendestaat völkerrechtlich verpflichtet, ihn mit sofortiger Wirkung abzuberufen."

„Weil er dann keinen Diplomatenstatus mehr besitzt, kann er bei seiner nächsten Einreise wie ein ganz normaler Tourist behandelt werden. Er hat dann keine Möglichkeit mehr, sich einer strafrechtlichen Verfolgung zu entziehen", ergänzt Tim abschließend.

„Da ihm das bekannt sein dürfte, wird er sich danach bestimmt von unserem Land fernhalten", vermutet Gerd. „Gute Arbeit. Schickt die Daten bitte alle an Emma, damit sie sich auf ihr Gespräch mit Leander von Weihrauch vorbereiten kann."

Er hatte reichlich Zeit zum Nachdenken, doch ein zufriedenstellendes Ergebnis kam dabei nicht zustande. Zudem hat er keine Ahnung, wie die weiteren Abläufe sind oder was mit ihm geschehen wird. All das bereitet Leander von Weihrauch zwar reichlich Sorgen, aber viel schlimmer ist der Gedanke, dass er seinem Auftraggeber gegenüberstehen könnte, ohne akzeptable Ergebnisse vorzuweisen, denn das würde ihn garantiert sein Leben kosten.

Da sich in diesem Augenblick die Tür öffnet und Rechtsanwalt Cedric Graufuss von einem Polizisten hereinbegleitet wird, unterbricht er seine Grübelei, um sich mit seinem Rechtsbeistand abzusprechen.

5 Persona non grata = lateinisch für unerwünschte Person, deren Aufenthalt von der Regierung des Gastlandes per Notifikation nicht mehr geduldet wird

Sie lassen dem Anwalt ausreichend Zeit, sich ein Bild von den Gegebenheiten zu machen sowie sich mit seinem Mandanten auszutauschen. Doch trotz alledem findet Leander keine Vorgehensweise, die ihm auch nur annähernd zusagt. Als die beiden ihm bekannten Polizeibeamten in Begleitung des Oberstaatsanwaltes den Raum betreten, atmet er beinah auf, weil dadurch das endlose Warten und sein Kopfzerbrechen ein Ende haben.

Mark Sievers platziert das Aufnahmegerät mittig auf dem Tisch, an dem sie sitzen, wobei er sich fragend an alle Beteiligten wendet: „Wenn Sie einverstanden sind, werden wir das Gespräch aufnehmen. So sparen wir uns das Mitschreiben. Außerdem lässt es sich einfacher reden. Ist das für Sie in Ordnung?“

Nicht nur Leander, sondern auch der Anwalt nicken zustimmend, woraufhin Mark es übernimmt, die Personalien des Festgenommenen abzugleichen, ihn zu seinen Rechten und Pflichten zu belehren und ihm klarzumachen, wessen er beschuldigt wird. „Herr von Weihrauch“, beendet er seine Erklärung. „Ich nehme an, Sie haben Herrn Graufuss umfangreich über Ihre momentane Situation in Kenntnis gesetzt?“

„Ich bin über die Hausdurchsuchung bei meinem Mandanten unterrichtet“, antwortet der Anwalt anstelle seines Mandanten. „Auch über die Gründe, die dazu führten. Aber ich habe keine Ahnung, wie das alles miteinander zusammenhängt. Was hat dieses Mädchen mit der ganzen Geschichte zu tun? Woher kam die überhaupt? Und welche Rolle spielt die Firma *Staller* dabei?“

„Die Mitarbeiter der Firma *Staller* helfen der Polizei nicht zum ersten Mal bei einem Einsatz. Wir greifen gern auf fähige Spezialisten zurück“, antwortet Mark.

„Das Mädchen“, fügt Emma erklärend hinzu. „Sie heißt Henriette Grossmann, arbeitet im Tierheim in Düsseldorf-*Vennhausen*. Sie war gerade dort, als Mitarbeiter von Herrn von Weihrauch einbrachen. Sie entwendeten einen Großteil der Tiere, die sie auf das Anwesen Ihres Mandanten brachten. Henriette versteckte sich in dem Fahrzeug dieser Männer, um die Spur der Tiere nicht zu verlieren. Im Anschluss informierte sie uns über den Raub, ohne dass sie eine Adresse benennen konnte.“

„Sie war nur wegen der Tiere da?“, staunt Leander. ‚Auf diese Idee wäre ich nie gekommen.‘

„Ja. Allerdings sind wir dadurch auf Sie aufmerksam geworden“, erklärt Mark.

„Inwiefern?“, will der Anwalt wissen.

Da Mark sie auffordernd ansieht, beginnt Emma mit ihrem Gespräch, sie konfrontiert den Geschäftsmann mit ihrem Wissen darüber, wer Hakim Rashan ist und wofür sie ihn halten, auch darüber, dass sie Kenntnis über seine Geschäfte mit diesem Mann haben, dabei legt sie ihm ein Foto des Mannes vor.

Schon die ersten Worte lassen Leander von Weihrauch die Augen vor Erstaunen weit aufreißen. Je länger er der Beamtin zuhört, umso größer wird sein Entsetzen. ‚Wieso war mir das nicht bekannt?‘, fragt er sich. ‚Ich habe in allen Ecken nach diesem Mann gegoogelt, aber ich habe weder einen Namen gefunden, noch kam dabei heraus, dass er ein Terrorist sein soll. Es fand sich auch kein Foto von diesem Mann.‘ Auf dem Bild, das die Beamtin ihm vorgelegt hat, kann er ganz klar seinen Auftraggeber erkennen. „Woher haben Sie diese Informationen?“, platzt es aus ihm heraus.

„Wollen Sie wirklich behaupten, dass Sie das nicht wussten?“, staunt Mark.

„Ich hatte keine Ahnung“, beteuert Leander. „Bis jetzt wusste ich nicht einmal seinen Namen.“

„Sie haben geschäftlich mit diesem Mann zu tun“, beharrt Emma. „Und das nicht erst seit gestern. Als Sie sich am *26.* September, während der *Hogatec*, in den Ausstellungsräumen auf dem Düsseldorfer Messegelände trafen, waren Sie sehr vertraut miteinander.“

„Woher wissen Sie das?“, wundert sich Leander, erntet aber nur ein Lächeln.

Einen Moment überlegt er, ob er sich äußern soll, dann gibt er sich einen Ruck. „Leider kann ich nicht abstreiten, dass ich mit diesem Mann Geschäfte mache, aber ich hatte keine andere Wahl.“ Die zustimmende Kopfbewegung seines Anwalts sorgt dafür, dass er den Beamten bereitwillig erzählt, wie er Hakim

Rashan erstmalig begegnete, wie er von dessen Männern behandelt wurde und mit welchen Beweggründen der Mann ihn von einer Zusammenarbeit überzeugte.

„Er hatte definitiv handfeste Argumente“, urteilt Emma. „Viele Möglichkeiten sind Ihnen da nicht geblieben, um heil aus dieser Klemme herauszukommen.“

„Warum haben Sie sich denn nicht an uns gewandt, nachdem Sie wieder zuhause waren?“, erkundigt sich Horst Kolberg.

„Auch dort wurde ich regelmäßig kontaktiert. Sie haben mich sicherlich überwacht. Daran ließen sie keinen Zweifel aufkommen. Die kannten jeden Schritt, den ich unternahm. Meine Schwester lebt mit ihrer Familie in meinem Haus in der Schweiz. Sie haben mir gedroht, dass im Falle einer Weigerung meinerseits nicht nur ich das Nachsehen hätte. Darauf wollte ich es nicht ankommen lassen“, gesteht Leander.

„Was ist mit den Drogen, die wir in Ihren Laboren gefunden haben? Sind die ebenfalls für diesen Iraker?“, verhört Mark ihn.

„Dazu werde ich mich nicht äußern. Ich werde mich in keiner Weise selbst belasten“, erklärt Leander demonstrativ, da ihm sein Anwalt dies geraten hatte.

„Und die Tiere?“

„Das Gleiche!“

„Herr von Weihrauch“, mischt sich Emma ein. „Wenn ich das richtig verstehe, wurden Sie von Hakim Rashan bedroht und erpresst, Sie müssten doch eigentlich ziemlich schlecht auf diesen Mann zu sprechen sein. Stimmt’s?“

„Das können Sie laut sagen. Ich lebe Tag für Tag in der Angst, eines Morgens mit einem Messer im Rücken aufzuwachen“, räumt Leander ein.

„Was ist mit Ihren Mitarbeitern? Was haben Sie denen erzählt? Kennen die Ihren Geschäftspartner?“

„Nein, nur Fritz kannte ihn. Ich meine Fritz Kaspar, mein Laborleiter. Er wurde bei der Durchsuchung heute Morgen erschossen. Hakim Rashan stellte sich ihm als Regierungsbeauftragter vor, ohne seinen Namen zu nennen.“

„Und das hat er geglaubt?“, staunt Mark.

„Ja, … nein, … ich denke, er wollte es einfach glauben. Fritz hat schon lange auf eine solche Aufgabe gewartet, damit er sich beweisen kann. Ich habe nie Zweifel von ihm zu hören bekommen. Zu meinem Leidwesen muss ich hinzufügen, dass ich froh darüber war. So konnte ich die Forderungen dieses Mannes erfüllen. Doch wie es jetzt aussieht, kann ich mich glücklich schätzen, wenn ich dem Mann nicht in die Hände falle. Wie ich meine Familie schützen soll, weiß ich nicht.“

„Dann helfen Sie uns, Hakim Rashan unschädlich zu machen“, fordert Emma ihn auf.

„Was? Das geht doch gar nicht. Dieser Mann kann hier ein- und ausgehen, wie er will. Der Mann besitzt diplomatische Immunität, das hat er zumindest behauptet“, erwidert Leander. „Allerdings habe ich darüber keinen Eintrag im Internet gefunden, als ich nach dem Mann suchte.“

„Er besitzt tatsächlich den Status eines Botschafters“, stimmt Horst Kolberg zu. „Aber dass er hier machen kann, was er will, ist nicht ganz richtig. Können wir diesem Mann terroristische Absichten nachweisen, besteht die Möglichkeit, ihm durch seine Regierung innerhalb von achtundvierzig Stunden den Diplomatenstatus aberkennen zu lassen und ihn dauerhaft auszuweisen. Je nachdem, wie gut die Beweiskette ist, bleibt er bis zu diesem Zeitpunkt in Gewahrsam der Behörden. Das bedeutet, dass er in das Generalkonsulat in Frankfurt überstellt wird, wo er bis zu seinem Abflug verweilen muss.“

„Was hindert den Mann daran, das nächste Flugzeug hierher zurück zu nehmen?“

„Sie können getrost davon ausgehen, dass er dazu keine Gelegenheit mehr bekommt“, versichert der Oberstaatsanwalt dem Grafen. „Heutzutage sind alle Regierungen daran interessiert, sich mit ihresgleichen gutzustellen. Da ist auch der Irak keine Ausnahme. Hakim Rashan wird sich garantiert vor seiner Regierung verantworten müssen.“

„Wie sieht es aus?“, verhört Emma den Geschäftsmann. „Ist unser Angebot eine Option für Sie?“

„Es könnte sich für Sie lohnen“, empfiehlt Oberstaatsanwalt Horst Kolberg ihm.

„Das hat keinen Sinn. Sie kennen diesen Mann nicht.“

„Doch“, widerspricht Emma. „Ich bin ihm bereits begegnet, nachdem er, oder vielmehr sein Sohn versucht hat, Linda Kettler, zu entführen, um sie mit in sein Heimatland zu nehmen.“

„Linda Kettler?“

„Das ist die Frau, der Sie auf der Messe geholfen haben, als Kamal Rashan sie bedrängte“, schildert Emma dem maßlos erstaunten Grafen.

„Woher wissen Sie das alles? Wie lange beschatten Sie mich schon?“, will Leander wissen.

„Gar nicht“, beteuert Mark. „Frau Kettler wandte sich an uns, als Kamal Rashan begann, sie zu stalken. Dabei erfuhren wir erstmalig, dass es Sie gibt.“

„Ich verstehe.“

„Nachdem wir diese Entführung verhindert hatten, standen wir Frau Kettler bei, als sie Vater und Sohn gegenübertrat“, erklärt Emma dem Grafen. „Ich habe Hakim Rashan klar gemacht, dass sein Sohn hier nicht mehr willkommen ist. Sollte es zu einem erneuten Besuch in unserem Land kommen, wird er von uns im Auge behalten. Beide, Vater und Sohn, wurden von meinen Frankfurter Kollegen zu ihren Sitzplätzen in dem Flugzeug begleitet, das sie nach Hause bringen sollte. Erst als der Pilot die Startgenehmigung erhalten hatte, verließen die Beamten die Maschine, deren Türen sich direkt hinter ihnen schlossen.“

„Ich verstehe. Sie haben ihn in seine Schranken verwiesen. Das wird dem Mann nicht gefallen“, begreift Leander.

„Sicher nicht. Helfen Sie uns, Hakim Rashan endgültig loszuwerden“, fordert Emma ihn auf.

„Was soll ich tun?“

„Stellen Sie sich diesem Mann noch einmal. Locken Sie ihn in eine Falle.“ Emma hebt die Hand, um den Anwalt zu stoppen, der sich gerade zu ihrer Forderung äußern will. „Ich kann nicht behaupten, dass das ein Kinderspiel ist. Ganz im Gegenteil birgt dieser Einsatz für Sie eine Menge Gefahren. Wir kennen den Mann nicht genug, um einschätzen zu können, wie er auf unbekannte Situationen reagieren wird, aber wir werden einen Plan ausarbeiten, bei dem wir alle nur erdenklichen Eventualitäten berücksichtigen, doch eine hundertprozentige Sicherheit gibt es nicht."

„Was springt für meinen Mandanten dabei heraus?", will Cedric Graufuss wissen.

Der Oberstaatsanwalt schaut Leander eine Weile nachdenklich an. „Ich kann Ihnen keine Straffreiheit gewähren, dafür haben Sie zu viele offene Baustellen. Ich bin mir aber ziemlich sicher, dass der Vorwurf des Terrorismus dadurch vom Tisch wäre. Sie wurden bedroht, erpresst, trotzdem helfen Sie uns. Das wird seine Wirkung auf den Richter nicht verfehlen."

„Das reicht nicht aus!", meckert der Rechtsanwalt. „Mein Mandant hilft Ihnen, obwohl er weiß, dass er im Gefängnis landen wird. Schrauben Sie das Strafmaß herunter auf eine Bewährungsstrafe."

„Das liegt nicht in meinem Ermessen", entgegnet Horst Kolberg. „Das wissen Sie auch. Ich bin aber bereit, Herrn von Weihrauch bestmöglich entgegenzukommen, wenn er uns hilft, zudem seine Straftaten zugibt. Alle!"

„Wir kümmern uns auch um Ihre Familie", ergänzt Mark versprechend.

Bevor Cedric Graufuss eine Entgegnung parat hat, legt ihm Leander die Hand auf den Arm. „Ich werde Ihnen helfen", beteuert er. „Egal was mit mir ist, habe ich nur dann die Gewissheit, dass meiner Schwester und ihrer Familie nichts geschieht."

„Sie tun das Richtige!", versichert Emma ihm.

Im Büro von Mark Sievers und seiner Mannschaft gibt es keinen freien Platz mehr, da nicht nur Gerd und der Konzernchef anwesend sind, sondern auch der Oberstaatsanwalt, seine beiden Mitarbeiter sowie die leitenden Polizeibeamten bei diesem Einsatz, von denen sich niemand diese Besprechung entgehen lassen möchte.

„Glauben Sie wirklich, dass dieser Mann unbedacht in eine Falle tappen wird?", verhört Horst Kolberg den Projektleiter der *Staller Werke*.

„Wenn wir das richtig anstellen, ja", beteuert Gerd.

„Wie sieht denn Ihr Plan aus?", will auch Lutz Tappe erfahren.

„Wir sollten dem Mann genau das geben, was er erwartet, also Leander von Weihrauch als Ansprechpartner. Die anderen Personen kennt er nicht, sie interessieren ihn auch nicht, deshalb können wir sie austauschen, selbst wenn er den einen oder anderen zu Gesicht bekommen hatte. Viel wichtiger sind die direkten Ansprechpartner. Wir müssen ein Team zusammenstellen, das als Chemiker und Biologen durchgeht, damit wir Hakim Rashan und seinen Begleitern offene Fragen gezielt beantworten können. Hinzu kommt, dass wir einen Mann brauchen, der den erschossenen Laborleiter glaubhaft ersetzt. Als *IT*-Personal werden sich Leute aus meinem Team einbringen. Herr Sievers, Emma und ich können diesmal nicht dabei sein, da Hakim Rashan uns bereits gesehen hat. Alles in allem sollten die Mitglieder dieser Gruppen aus gut geschulten Polizisten bestehen, die im Bedarfsfall zugreifen können. Ich werde nicht unsere *Staller*-Mitarbeiter einem solchen Risiko aussetzen."

„Auf keinen Fall", stimmt Peter ihm zu.

„Wie stellen Sie sich die Geschichte vor, die Leander von Weihrauch den Irakern auftischen soll?", will der Oberstaatsanwalt wissen, der froh darüber ist, dass Gerd Bach sich mit seinen Leuten freiwillig aus den gefährlichen Aktivitäten heraushält.

„Sie sollte so einfach wie möglich gestrickt sein, das ist am glaubhaftesten und wird garantiert funktionieren. Herr von Weihrauch wird seinen Besuchern schildern, dass sein ehemaliger Laborleiter eine der Erregerampullen fallen ließ, das Gift einatmete und daran starb, so dass sie ihn mitsamt den toten Tieren entsorgen mussten. Mittlerweile haben sie zwar den passenden Impfstoff entwickelt, aber das war für Fritz Kaspar zu spät."

„Die Idee ist gut", gibt Emma ihre Meinung ab. „Aber Hakim Rashan will mit Sicherheit seine Erreger haben, zudem das Impfserum. Wie willst du das bewerkstelligen?"

„Zuerst einmal bekommt er einen dermaßen dicken Packen an Unterlagen, dass er absolut keine Lust verspüren wird, sich diese durchzulesen. Natürlich muss ersichtlich sein, dass es sich um Dateien des Forschungsprojekts handelt, die wir aber hinreichend überarbeiten, damit er sie nie verwenden kann, selbst wenn diese Unterlagen in falsche Hände geraten. Es wird auch ein paar Ständer geben, in denen sich Ampullen mit einem Serum befinden. Ich denke da allerdings an ein starkes Schlafmittel."

„Was heckst du schon wieder aus?", verhört Emma ihn misstrauisch, da er sein Grinsen nicht vor ihr verheimlichen kann.

„Die Idee müssen wir mit Herrn von Weihrauch abstimmen, aber ich denke, er könnte es schaffen, dass sich seine Besucher selbst schlafen legen."

Die Augen von Bodo Danberg blitzen amüsiert, während er laut auflacht. „Ich kann mir schon denken, was Ihnen da vorschwebt. Eine hervorragende Idee!"

„Hätten Sie die Güte, uns aufzuklären?", bittet Horst Kolberg. „Irgendwie fehlt mir der rote Faden."

„Herr von Weihrauch lässt vor den Füßen der Iraker aus Versehen eine Erregerampulle fallen", behauptet Bodo Danberg. „Habe ich Recht?"

„Ja", bestätigt Gerd. „Ich könnte mir vorstellen, dass die Iraker sich das Serum schnappen, um selbst schnellstens eine Injektion für sich zu nutzen. Im Anschluss werden sie sämtliche Unterlagen zusammenpacken, bevor sie verschwinden. Den hustend und röchelnd zusammenbrechenden Geschäftspartner werden sie nicht anrühren."

„Das ist gar nicht so dumm", überlegt Lutz Tappe. „Die gehen davon aus, dass der Mann stirbt. Damit ist er vor ihren Nachstellungen sicher."

„Nicht nur das", wirft Gerd ein. „Sie kommen nicht weit, dann wird ihnen schlecht, es dreht sich alles und sie brechen zusammen. Sie werden wohl kaum an ein Schlafmittel denken, sondern eher daran, dass das entwickelte Impfserum keine Wirkung zeigt. Wenn sie dann in einem Krankenzimmer aufwachen, teilen Sie ihnen mit, dass sie vor einem qualvollen Tod durch diese Abart des eingeatmeten Erregers mit vorhandenen Medikamenten gerettet wurden. Damit wird der Erreger als Biowaffe für sie uninteressant."

„Das ist genial", freut sich Mark mit strahlenden Augen. „So liebe ich das Ende einer Spionagegeschichte."

„Dann sollten wir wohl unsere Aufgaben in Angriff nehmen", empfiehlt der Konzernchef. „Es kommt viel Arbeit auf uns zu und wir haben nicht einmal fünf Tage Zeit."

„Moment noch", bittet Gerd. „Es gibt bei der Geschichte eine Vielzahl von Punkten, die zu berücksichtigen sind. Die sollten wir nicht außer Acht lassen."

„Welche Punkte wären das?"

„Gehen wir einmal davon aus, dass Herr von Weihrauch seinen Besuchern glaubhaft versichern kann, dass ein fertiger Impfstoff vorliegt, dann haben diese Männer ihr Ziel erreicht. Ich glaube nicht, dass sie für diese Arbeit bezahlen wollen. Vielmehr wird es in ihrer Absicht liegen, alle Zeugen zu beseitigen."

„Worauf willst du hinaus?", verhört Emma ihn.

„Ich bin mir ziemlich sicher, dass die Iraker alle vorhandenen Personen umbringen wollen. Das schaffen sie aber nicht allein. Da wartet irgendwo versteckt eine *Killerbrigade* auf den Befehl zum Losschlagen."

„Das Argument ist nicht von der Hand zu weisen", stimmt Lutz Tappe zu. „Da wir nicht wissen, wie viele Gegner auf uns warten, brauchen wir ein ziemliches Aufgebot zur Unterstützung."

„Nicht unbedingt." Gerd ist sich sicher, dass seine Idee den erwünschten Erfolg bringen wird. „Aber lassen Sie mich einen Schritt nach dem anderen machen. Also, Punkt eins, Herr von Weihrauch bricht im Labor zusammen. Damit er wirklich für tot gehalten wird, sollte er gut sichtbar nach draußen gebracht werden. Der Notarzt stellt seinen Tod fest, dann wird er in einem Sarg abtransportiert. Punkt zwei, die Iraker müssen mit Krankenwagen abtransportiert und das Gebäude von Spezialisten angeblich durchsucht werden. Punkt drei, Sie müssen das Versteck dieser Killertruppe ausfindig machen. Sobald die ihren Posten aufgeben, müssen Sie denen folgen."

„Woher wissen Sie, dass die ihren Beobachtungsposten aufgeben, statt ihren Mordauftrag auszuführen?", will Lutz Tappe wissen.

„Die beiden Iraker werden den Befehl dazu erst geben, wenn sie genau wissen, dass sie ihr Ziel erreicht haben. Bevor sie nicht den Impfstoff mit den dazugehörigen Unterlagen in Händen halten, wird es keinen Übergriff geben. Erst wenn sie selbst das Haus verlassen haben, gibt einer von ihnen den Befehl weiter. Dazu kommt es aber nicht. Zudem sind viel zu viele Polizisten vor Ort, als dass sich die Beobachter mit denen anlegen wollen. Sie müssen sich neue Order holen. Es könnte auch sein, dass ein paar dieser Leute ihren Bossen folgen. Wenn Sie diese Männer nicht aus den Augen lassen, finden Sie das Domizil der in Düsseldorf ansässigen Terroristen, sprich den Ausgangspunkt der hiesigen Helfer der beiden Iraker."

„Helfer?", staunt der Oberstaatsanwalt.

„Sicher", beteuert Bodo Danberg. „Das war von langer Hand vorbereitet. Dafür brauchten die hier die nötigen Kontakte."

„Ich verstehe."

„Dann sollten wir uns schleunigst vorbereiten", empfiehlt Mark.

Als eine Einrichtung der Landespolizei sind die Dezernate der *Landeskriminalpolizei Düsseldorf* unter anderem zuständig für die innere Sicherheit des Landes, wobei sie als Landesoberbehörde mit ihren Organisationen, Aufgaben und Befugnissen dem *Ministerium des Innern des Landes Nordrhein-Westfalen* untersteht. Zu den Aufgaben der Landeskriminalämter gehören umfangreiche Ermittlungstätigkeiten in organisierter Kriminalität, Rauschgiftdelikten und Sexualstraftaten. Zudem dienen sie als Bindeglied zwischen den einzelnen Polizeibehörden und dem Bundeskriminalamt. Ihre Hauptaufgabe ist die Gewährleistung der öffentlichen Sicherheit und Ordnung, sowie die Gefahrenabwehr im Bereich der inneren Sicherheit, wozu auch die Bedrohung gehört, mit der es das Team rund um Mark Sievers zu tun hat. Der leitende Hauptkommissar stößt mit seiner Anforderung nicht auf taube Ohren, sondern erhält umgehend Unterstützung für sich und seine Kollegen.

Achtzehn Botaniker, Biologen und Chemiker aus den diversen Büros und Laboren der Polizeibehörden melden sich zu diesem

Einsatz. Sie teilen sich in drei Teams auf, die gemeinsam von der Staatsanwaltschaft, den leitenden Beamten und dem Projektleiter der *Staller Werke* instruiert werden. Zusätzlich zu diesen Leuten stehen in der gleichen Anzahl Elite-Polizisten aus den Spezialeinsatzkommandos der Düsseldorfer Polizei zur Verfügung, die die drei Teams unterstützen werden.

Mittlerweile wurden von Henry auch die drei Diebe in einer Gegenüberstellung identifiziert, sodass sie in ihren Zellen die weiteren Maßnahmen abwarten müssen. Vorsichtshalber hat man selbst für diese Männer Ersatz aus den Reihen der Elite-Kräfte besorgt.

Im Beisein seines Anwalts wird Leander von Weihrauch durch die ihm bekannten Kriminalbeamten und den Oberstaatsanwalt über die geplante Vorgehensweise bei dem bevorstehenden Einsatz aufgeklärt. Zudem erfährt er, welche Rolle ihm dabei zugedacht wurde. Nachdem ihm im Anschluss erklärt wurde, wie er sich zu verhalten hat bestätigt er: „Ein guter Plan. Ich bin dabei!“ Erstmalig keimt in Leander die Hoffnung auf, der Bedrohung durch den gefährlichen Mann doch entgehen zu können.

„Sind Sie sich absolut sicher, dass Sie Ihre Aufgabe bewerkstelligt kriegen?“, verhört Horst Kolberg ihn.

„Darauf können Sie sich verlassen“, verspricht Leander. „Aber es bleibt dabei, Sie sorgen für die Sicherheit meiner Schwester und ihrer Familie.“

„Dafür haben wir bereits alles in die Wege geleitet“, versichert der Oberstaatsanwalt ihm. „Ihre Familie befindet sich bis zur Beendigung unseres Einsatzes in einer sicheren Unterkunft der Schweizer Behörden, die auf unsere Anfrage um Unterstützung äußerst entgegenkommend reagierten. Wir entscheiden gemeinsam mit Ihnen im Anschluss die weiteren Maßnahmen. Einverstanden?“

„Ja. Danke.“

20

Ziemlich kleinlaut nimmt Paul Grossmann seine Habseligkeiten an sich, die der diensthabende Polizist ihm aushändigt, nachdem sie ihn an diesem Vormittag aus der Sicherheitsverwahrung entlassen.

Nach seiner Festnahme war er vor dem Schreibtisch eines Polizeioberkommissars gelandet, der ihm ausführlich zu erklären versuchte, welcher Vergehen sich Paul schuldig gemacht hatte. Doch der uneinsichtige Mann zeigte sich von seiner aggressiven Seite, hörte nicht zu und verlangte zudem, eine Anzeige wegen Polizeischikane aufzugeben.

Obwohl er gestern den ganzen Abend über lautstark krakeelte, sich zudem über seine Festnahme beschwerte, reagierten die Polizisten gelassen. Sie ignorierten sein Gezeter so lange, bis er von allein ruhiger wurde. Irgendwann gab er auf, machte es sich auf der harten Pritsche so bequem wie möglich und schlief übergangslos ein.

Sie versorgten ihn mit reichlich Mineralwasser und zu essen bekam er auch. Nach den ganzen Billigeintöpfen, die er die letzte Zeit über zuhause verzehrt hatte, schmeckte es ihm nicht einmal so schlecht. Das Einzige, was seiner Meinung nach fehlte, war ein gekühltes Bier, oder auch mehrere, doch diesen laut ausgesprochenen Wunsch überhörten die Gesetzeshüter geflissentlich.

Bevor sie ihn nun endgültig entlassen, muss er sich anhören, was passiert, wenn er noch einmal aufgegriffen wird oder sich weiterer Straftaten schuldig macht. Der Polizist erklärt ihm wiederholt, wie es weitergeht. Auch dass er schriftlich zu einer Anhörung aufgefordert wird. Dieser muss er unbedingt nachkommen, indem er pünktlich zum anberaumten Termin erscheint. Wenn er sich freiwillig in eine Entziehungskur begeben würde, könnte sich dies positiv auswirken, versichert ihm der Uniformierte.

‚Als ob ich eine Entziehungskur brauchen würde!', denkt Paul. ‚So ein Quatsch! Mir geht es gut.' Er bleibt ruhig und höflich, bis er draußen vor der Tür steht, dann ändert sich sein Verhalten schlagartig. Seiner Meinung nach verdankt er den ganzen Schlamassel nur seiner Frau, die nicht in der Lage ist, sich gegen einen aufmüpfigen Teenager durchzusetzen. Zu allem Übel lässt sie sich dann auch noch von den Bullen beeinflussen. „Und so etwas nennt sich Ehefrau", flucht er wütend vor sich hin.

Der lange Fußmarsch zerrt an seinen Nerven, was nicht dazu beiträgt, seine Laune zu steigern. Noch bevor er die Treppe zu seiner Wohnung gänzlich erklommen hat, fällt ihm der Brief, der zwischen Tür und Rahmen feststeckt, ins Auge.

„Was will der denn?", meckert Paul, als er die Adresse seines Vermieters erkennt.

Desinteressiert wirft er das ungeöffnete Schreiben auf den Berg mit der übrigen Post. Viel wichtiger ist es, eine der beiden im Kühlschrank verbliebenen Bierflaschen zu öffnen und sie mit wenigen Schlucken hinunterzuspülen.

„Ja", freut sich Paul. „So ist das schon viel besser."

Er nimmt sich Zeit, darüber nachzudenken, was er zu erledigen hat. Als Erstes sollte er vielleicht die leeren Flaschen einsammeln und zum Laden bringen. Mit dem Geld, das sich noch in seiner Brieftasche befindet, kommt er garantiert über das Wochenende, aber viel weiter reicht es bestimmt nicht. Sein Blick fällt auf den Berg mit der ungeöffneten Post. Viele Schreiben lassen schon von außen erkennen, dass es sich um Mahnungen oder Rechnungen handelt.

‚Das ist alles Helgas Schuld', redet er sich wieder einmal ein. ‚Sie lässt mich einfach im Stich, obwohl ich alles für sie getan habe. Aber so leicht entkommt sie mir nicht, ich werde sie finden! Dann muss sie geradestehen für das, was sie mir antut!' Er spürt, wie die Wut gegen Frau und Tochter erneut in ihm hochkocht. ‚Ich muss sie finden!', ermahnt er sich selbst.

Entschlossen beginnt er mit seinen Aufgaben. Ohne Bier kann er sich nicht richtig konzentrieren, also schnappt er sich einen Müllsack, in den er die leeren Pfandflaschen stopft. Anschließend verfrachtet er den Sack in den, vom Supermarkt geklauten Einkaufswagen.

Eine Stunde später verlässt er mit zwei vollen Kisten Bier das Geschäft. ‚Früher konnte ich mir die guten Sorten holen', erinnert er sich. ‚Helga verdanke ich, dass ich jetzt nur noch auf den Preis achten kann, um die billigste Ware zu kaufen. So nicht! Nicht mit mir!' Konserven hat er noch genug zuhause, aber Brot, Käse und Salami musste er neu kaufen, sodass sein Bargeld auf ein Minimum zusammengeschrumpft ist. Bis spätestens zum nächsten Wochenanfang sollte er Helga gefunden haben.

„Hallo Paul", wird er von der Seite angesprochen. „Dich habe ich schon eine ganze Weile nicht mehr gesehen. Wo warst du?"

„Henning", begrüßt Paul seinen Kumpel. „Wo kommst du denn her?" Sein Freund trägt einen schicken Anzug, weißes Hemd und Krawatte, womit er vollkommen anders wirkt als in seiner üblichen Schmuddeljacke und Jeans.

„Ich war beim Anwalt, meine Frau hat die Scheidung eingereicht und verlangt, dass ich innerhalb von einer Woche ausziehe. Mein Anwalt sagt, das kann sie nicht verlangen, sondern muss abwarten, bis ich eine Bleibe gefunden habe. Sie verlangt von mir Unterhalt für ihre Blagen, aber da hat sie sich geschnitten. Drei von ihren vier Kindern hat sie mit in die Ehe gebracht. Ich habe sie aber nie adoptiert, also brauche ich auch nicht zahlen, nur für meinen Sohn. Die hundert Euro, die da anfallen, zahle ich freiwillig, aber keinen Cent mehr. Verlass dich darauf."

„Da hast du aber ziemlichen Ärger am Hacken", beurteilt Paul das Gehörte.

„Ach, Quatsch, das ist heute alles sehr gut für mich gelaufen. Meine Frau ist stinkwütend abgezogen und mein Anwalt hat mir versichert, dass sie keine Chance hat, sich auf meine Kosten zu bereichern." Hennings Augen blitzen erfreut auf. „Du, hör mal, ich habe da eine super Idee. Hast du nicht Lust, mit mir zusammenzuziehen? Wir haben uns doch immer gut verstanden."

„Wie willst du denn das hinbekommen? Meine Wohnung können wir nämlich vergessen. Ich glaube, heute Morgen kam die Kündigung von meinem Vermieter an, ich habe den Brief noch nicht geöffnet."

„Deine Kündigung? Das ist großartig, dann kannst du jederzeit ausziehen ohne Zusatzkosten. Pass auf, ich habe eine tolle Wohnung gefunden, gar nicht weit weg, auf der *Marschallstraße*. Drei Zimmer, achtundsiebzig Quadratmeter. Leider ist sie zu groß für mich allein, da spielt das Amt nicht mit. Aber wenn wir uns die Wohnung teilen würden, sozusagen als Wohngemeinschaft, dann wäre das machbar. Jeder von uns hätte ein Zimmer, das Wohnzimmer, Küche und Bad teilen wir uns. Was sagst du?"

Paul hat dem Kumpel staunend zugehört. „Im Ernst? Das willst du machen? Für mich?"

„Wieso für dich?", grinst Henning. „Für mich!"

Paul fällt erleichtert in das Gelächter des Freundes ein.

„Wie stellst du dir das Ganze denn vor?", erkundigt sich Paul neugierig. „Glaubst du, wir kriegen das hin?"

„Klar, wir besuchen als Erstes meinen Sachbearbeiter beim Amt, dann deinen. Anschließend unterschreiben wir den Mietvertrag. Dann sind wir im November schon in der neuen Wohnung. Das Amt hilft auch beim Umzug, da habe ich mich bereits erkundigt. Also, was sagst du? Bist du dabei?"

„Liebend gern. Du bist ein echter Freund."

„Dann lass uns doch in deine Wohnung gehen und alles planen. Ein paar Anrufe müssen wir auch machen."

„Klar, komm mit."

Mit neuem Elan gehen die beiden Männer ihr Vorhaben an, das von allen Seiten als positiv bewertet wird, wodurch sie mit der Unterstützung rechnen können, die sie von den zuständigen Ämtern benötigen. Am späten Nachmittag haben sie alles vorbereitet, ihre Termine für den nächsten Morgen stehen fest, sodass sie sich zufrieden der ersten Kiste Bier widmen können.

„Eigentlich hatte ich für heute und morgen gänzlich andere Pläne", erinnert sich Paul an sein Vorhaben. Er schildert dem Kumpel, welche Gedanken er in Bezug auf seine Frau hegt, wobei er nicht vergisst, Helga die Schuld an seiner Misere in die

Schuhe zu schieben. Dass ihm die zuständigen Behörden eine Kontaktsperre zu seiner Frau ausgesprochen haben, erwähnt er nicht, da ihm dies nicht in Erinnerung geblieben ist. Er hat weder den Polizisten zugehört, noch hat er die entsprechende Post geöffnet, nach dem Motto ‚was man nicht weiß, kann man auch nicht vorgeworfen bekommen'.

„Sie hat dich mit euren Schulden einfach sitzen lassen?", verhört ihn der Freund.

„Ja", beteuert Paul. „Wahrscheinlich hat sie durch ihren Umzug noch mehr Schulden gemacht, was ich dann ausbaden darf", behauptet er seinem Freund gegenüber.

„Glaubst du, sie hat einen anderen?"

„Was?" Perplex starrt Paul seinen Freund an. „Wie kommst du darauf?"

„Sie hatte doch ein gutes Leben bei dir. So etwas gibt eine Frau nicht auf, es sei denn, sie findet jemanden, der ihr das auch bieten kann."

„Die wird mich kennenlernen!", faucht Paul, dem nun klar wird, warum Helga es so eilig hatte, von ihm wegzukommen. „Ich muss sie finden."

„Dann sollten wir das in Angriff nehmen."

„Wir?"

„Klar, du bist mein Kumpel. Außerdem kann ich es nicht leiden, wenn unsere Frauen auf uns herumtrampeln, nachdem sie genug von uns haben. Also helfe ich dir."

„Mensch, Henning, du bist klasse."

„Ich weiß", grinst der Freund. „Lass uns mal alles durchsprechen."

Henning sorgt dafür, dass Paul frisch geduscht in seinem guten Anzug pünktlich bei seinem Sachbearbeiter erscheint. Da beide Männer überaus höflich bleiben, zudem allen Auflagen zustimmen, erhalten sie die versprochene Unterstützung. Bereits um zwölf Uhr ist der Mietvertrag für die neue Wohnung unterschrieben. Genüsslich vertilgen die beiden ihre Currywurst, die Henning zur Feier des Tages spendiert.

„Sag mal, wie kannst du dir so etwas leisten?“, will Paul neugierig wissen. „Ich komme mit der bisschen Knete vom Amt nicht sehr weit.“

„Tja, weißt du, ich bekomme zwar auch nur *Hartz IV*, aber ich habe da ein paar Rücklagen, von denen niemand weiß. Auch das Amt nicht, sonst würden die mir ganz schnell die Zahlungen kürzen. Mein Bruder hilft mir dabei. Das Konto läuft auf ihn, ist aber mein Geld. Es ist genug da, dass wir die nächsten Jahre nicht hungern müssen. Und ganz ehrlich, ich gebe mein Geld lieber zusammen mit einem guten Kumpel aus, statt mit einer Frau, die sich für jeden Mann hinlegt und mir die Kinder unterschiebt“, beendet er abwertend.

„Verständlich“, freut sich Paul.

Was seine Tochter in den letzten Tagen durchzustehen hatte, weiß Paul Grossmann nicht. Es würde ihn aber auch nicht interessieren. Sein vorrangiges Ziel ist es, seine Frau für die Schmach, die sie ihm angetan hat, büßen zu lassen. Dafür ist ihm jedes Mittel recht, auch wenn das heißt, seine Tochter für seine Zwecke auszunutzen.

Unter dem Vorwand, für seinen Sohn ein Haustier zu suchen, findet sich Henning pünktlich zur Öffnungszeit um vierzehn Uhr in dem Tierheim in Düsseldorf-*Vennhausen* ein, wo Carmen ihm bereitwillig die Einrichtung zeigt.

„Wie alt ist denn Ihr Sohn? Hatte er schon einmal ein Haustier?“, erkundigt sich die Tierpflegerin bei dem Mann, der ihr nicht wirklich sympathisch ist.

„Er ist sechs. Ein Tier hatte er noch nicht. Meine Frau und ich sind beide berufstätig, was uns bisher davon abgehalten hat, ein Tier zu kaufen. Wenn man sich richtig darum kümmern will, entstehen zusätzliche Belastungen, die wir bisher nie wollten. Aber für Tommy wäre es gut. Einen Hund wollen wir nicht, es muss schon etwas pflegeleichter sein. Eine Katze vielleicht. Mit der braucht man nicht drei- bis viermal am Tag vor die Tür gehen.“

„Da haben Sie Recht“, stimmt Carmen ihm zu. „Sehen wir uns die Bewohner unseres Katzenhauses doch einmal an. Kommen Sie.“

Im Katzenhaus treffen Henning und Carmen auf Maike, die gerade die kleinsten der hier ansässigen Vierbeiner versorgt.

„Hallo Maike, ist Henry heute nicht da?“, wundert sich Carmen.

„Sie war heute Morgen hier, ist aber vorhin gegangen, da sie um fünfzehn Uhr einen Termin im Polizeipräsidium am *Jürgensplatz* wahrnehmen muss. Sie kommt erst morgen wieder hierher.“

Henning ist begeistert, als er die Antwort der Tierpflegerin vernimmt. ‚Besser geht es gar nicht‘, freut er sich. Möglichst schnell verabschiedet er sich, um zu seinem Kumpel zu fahren, mit dem er sich in aller Eile auf den Weg zum Präsidium macht.

„Was jetzt?“, will Paul wissen.

„Wir warten. Es ist jetzt kurz nach fünfzehn Uhr. Wenn sie pünktlich war, ist sie schon drinnen. Irgendwann wird sie herauskommen, dann folgen wir ihr, bis wir sie uns greifen können. Vielleicht ist deine Frau auch da, dann folgen wir direkt ihr.“

„Gute Idee.“

Ohne zu wissen, mit welchen hinterhältigen Plänen sich ihr Vater und sein Kumpel gerade beschäftigen, spricht Henry im Beisein ihrer Mutter im Polizeipräsidium mit dem zuständigen Sachbearbeiter. Ungeduldig wackelt sie auf ihrem Stuhl hin und her, da ihr die Zeit ewig lang vorkommt. Am liebsten würde sie ins Tierheim fahren, damit sie schnellstens wieder an die Arbeit gehen kann. Zu gern möchte sie dabei sein, wenn die gestohlenen Tiere zurückgebracht werden. Dass sie heute hier ihre Aussage wiederholen und den Ausdruck unterschreiben muss, versteht sie ja, aber nicht, dass die dafür so lange brauchen. ‚Das war doch alles schon geklärt‘, ärgert sie sich.

Ihre Mutter will gleich im Anschluss noch das Auto vom Sammelplatz des Abschleppunternehmens abholen, damit die Kosten für das Einlagern nicht noch höher werden. Henry ist froh, dass der *Fiesta* auf ihre Mutter angemeldet ist, weil sie den Wagen nun mitnehmen darf und ihr Vater keinen Zugriff mehr darauf hat. ‚So kann er niemanden gefährden‘, überlegt Henry erleichtert. ‚Mir aufzulauern wird für ihn dadurch auch erschwert.‘

Während Helga Grossmann sich um das Fahrzeug bemüht, verschafft Emma, die ihr heute zur Seite stand, dem begeisterten Teenager die Gelegenheit, sich noch einmal bei dem Truppenführer des Spezialeinsatzkommandos für ihre Rettung zu bedanken. Dafür platzen sie prompt in das kräftezehrende Training der Elite-Polizisten.

„Cool!", strahlt Henry, als sie sieht, wie die komplett vermummten, mit schwerer Ausrüstung bestückten Männer ihr Nahkampftraining absolvieren. Fasziniert schaut sie zu, wie Stefan, den sie anhand seiner strahlend grünen Augen wiedererkennt, seinen Kollegen gekonnt auf die Matte befördert.

Die willkommene Unterbrechung durch das Mädchen nutzen alle Elite-Kräfte als Verschnaufpause, bevor sie durch ihren Truppenführer von Neuem zu Höchstleistungen angetrieben werden.

Mittlerweile hat sich Henry von der Beamtin und ihrem Bruder verabschiedet, um vor dem Eingang des Polizeipräsidiums darauf zu warten, dass ihre Mutter sie mit dem Auto abholt. Der Mann, der ihr gegenüber am Rand des Parkplatzes steht, macht ihr Angst. Es scheint, als sei er nur an ihr interessiert, was sich dadurch zeigt, dass er sie keine Minute aus den Augen lässt. Immer wieder mustert er sie von oben bis unten mit bösem Blick. Zudem hat sie das Gefühl, dass sie ihn schon irgendwo gesehen hat, aber erinnern kann sie sich nicht.

Als zwei Streifenpolizisten, die an ihr vorbei das Gebäude betreten, sie freundlich anlächeln, ist sie für einen Moment abgelenkt. Allerdings sieht sie früh genug zu dem Mann hin, um den Wink zu bemerken, den er einem weiteren Mann schickt. Dieser hat sich auf der anderen Straßenseite in eine Türnische gedrückt, anscheinend um sich vor ihr zu verbergen.

‚Was wollen diese Männer von mir?', überlegt Henry. ‚Wieso habe ich das Gefühl sie zu kennen?' Plötzlich reißt sie entsetzt die Augen auf, als sie in dem halb verborgenen Mann durch dessen Bewegungen ihren Vater erkennt. Im gleichen Moment begreift sie auch, woher ihr der zweite Mann bekannt ist, den sie des Öfteren zusammen mit ihrem Vater am Kiosk stehen sah.

Panisch überlegt sich das Mädchen, was es machen soll. Sie ist sich sicher, dass ihr Vater und sein Freund keine guten Absichten hegen, sondern vielmehr daran interessiert sind, ihr und ihrer Mutter zu schaden. ‚Mutter!', begreift sie. ‚Die wollen Mutter etwas antun. Was kann ich dagegen unternehmen?' Ihr erster Gedanke ist, Emma aufzusuchen. ‚Sie wird mir helfen', weiß der Teenager. ‚Aber was passiert, wenn Mutter in der Zwischenzeit hier ankommt? Sie werden ihr auflauern, sie vielleicht sogar verletzen. Das darf nicht geschehen!' Henrys Gedanken überschlagen sich fast, während sie nach einer Lösung sucht. ‚Ich muss sie von hier weglocken.' Ihre Augen blitzen entschlossen auf, als ihr die passende Idee in den Sinn kommt.

Ihren ganzen Mut zusammenfassend zückt sie ihr Handy, das sie sich ans Ohr hält. Während sie scheinbar in ihr Gespräch vertieft ist, geht sie so nah an Henning vorbei, dass der Mann jedes Wort hören kann. „Mutter? Hallo, wo bist du jetzt? Ja, ich weiß, wo das ist. Gut, dann komme ich zu dir. Ja, ich beeile mich. Bis gleich." Sie steckt das Handy in die Hosentasche und läuft los.

Um das Präsidium herum, unter der *Rheinkniebrücke* hindurch zum *Hofgarten,* sind es im Laufschritt nur wenige Minuten, allerdings achtet sie darauf, dass die beiden Männer ihr folgen können. Nachdem sie die *Haroldstraße* überquert hat, benötigt sie über die *Berger Straße* nur noch drei Minuten bis zum Stadtmuseum *Spee'sches Palais.*

In aller Eile reißt sie die Eingangspforte auf, bremst ihren Lauf aber nicht ab, sondern winkt dem Museumsangestellten am Ticketschalter nur kurz zu, um in das kleine Büro zu stürzen, in dem sich Karl Brennecke gerade aufhält.

„Henry?", staunt der Wachmann, als er das atemlose Mädchen vor sich sieht. „Was ist los?"

„Mein Vater verfolgt mich. Er hat noch einen Freund dabei. Sie dürfen mich nicht finden. Bitte!", fleht das Mädchen.

„Schon gut. Hab keine Angst", beruhigt Karl den Teenager. „Weißt du, was dein Vater von dir will?"

„Er sucht nach meiner Mutter, weil wir ihn verlassen haben, nachdem er sie geschlagen hat."

„Ich verstehe. Wir sollten deinen Vater endgültig aus dem Verkehr ziehen. Pass auf, du gehst ins Obergeschoss, die *Bürgerliche Revolution 1848*, du weißt, wo das ist, such den Informationsraum auf und wirf den Rechner an, den wir immer zum Aufzeichnen der Gespräche benutzen. Was du machen musst, um ihn zu starten, ist dir bekannt. Sorge dafür, dass das Gerät dauerhaft aufnimmt. Wenn dein Vater kommt, versuche ihn zum Reden zu bringen. Wir passen auf dich auf. Versprochen!"

„Gut!" Henry flitzt los, gerade noch rechtzeitig, damit ihr Vater sie nicht vorzeitig stoppen kann.

Karl Brennecke kümmert sich um den notwendigen Vorsprung, indem er den beiden Männern entgegentritt und sie auffordert, für die Besichtigung eine Eintrittskarte zu erwerben.

Während Paul und Henning mürrisch je vier Euro für die Tickets begleichen, um im Anschluss auf die Suche nach Henry zu gehen, mobilisiert der Wachmann in aller Eile seine Kollegen. Obendrein fordert er Unterstützung von der Polizei an.

Noch vor ihren Verfolgern trifft Karl mit einem seiner Kollegen bei Henry im Computerraum ein. Schnell informiert er das Mädchen über seinen Plan. „Die Polizei ist auch gleich hier", beendet er seine Erklärung. „Glaubst du, dass du das schaffst?"

„Ich habe Angst vor meinem Vater", gibt Henry zu. „Aber ich kriege das hin. Ganz bestimmt", beteuert sie in Gedanken an die letzten durchgestandenen Tage, die ihr viel abverlangt hatten. Doch sie hat zu keiner Zeit aufgegeben, und das wird sie auch jetzt nicht machen.

„Gut. Raymond versteckt sich in der Nähe und passt auf dich auf, bis ich mit der Polizei hier bin", erklärt Karl ihr. „Halt die Ohren steif", spricht er dem Mädchen Mut zu. „Das kriegen wir hin!"

„Ja." Henry ist fest entschlossen, sich ihrem Vater zu stellen.

Als Henning den Teenager in dem Informationsraum erblickt, winkt er Paul rasch zu sich. „Ich bleibe am Eingang stehen und passe auf, dass sich niemand einmischt“, versichert er seinem Freund. „Schnapp dir die Kleine.“

Begeistert tritt Paul seiner Tochter entgegen. „Sag mal, was soll der Quatsch? Was machst du hier? Wo ist deine Mutter?“, faucht er Henry an.

„Wieso Mutter?“, fragt Henry möglichst erstaunt. „Sie ist nicht hier. Ich muss für ein Schulprojekt lernen.“

„In den Ferien? Versuch nicht, mich anzulügen! Das könnte dir schlecht bekommen. Du hast ja gesehen, wie es deiner Mutter ergangen ist, als sie mir nicht gehorcht hat.“

„Du meinst, als du sie zusammengeschlagen hast, wobei du ihr Gesicht als Zielscheibe benutzt hast? Sie hatte Glück, dass ihr Auge heil geblieben ist“, faucht Henry.

„Selbst schuld!“, beteuert Paul gefühlskalt. „Sie hätte sich mir nicht widersetzen dürfen. In unserer Familie treffe immer noch ich die Entscheidungen.“

„Und das gibt dir das Recht, sie zu verprügeln?“

„Das wird ihr noch öfter passieren, wenn sie sich mir weiter widersetzt.“

„Du brauchst doch nur jemanden, der dir die Wohnung sauber hält und die Post verwaltet, damit du dich nicht bemühen musst. Es ist schon ein Wunder, dass du dir dein Bier selbst kaufen gehst“, wirft Henry ihm vor. „Außerdem fehlt dir das Geld, das Mutter mit ihrer Arbeit verdient. Wie ist es, musst du dir dein Bier jetzt einteilen?“, erkundigt sie sich spöttisch.

„Spar dir deine Vorwürfe!“, schnauzt Paul seine Tochter an. „Ohne dich wäre es gar nicht so weit gekommen. Du weißt dich absolut nicht zu benehmen, aber sei versichert, um deine Erziehung werde ich mich zukünftig intensiver kümmern. Es wird Zeit, dass du lernst zu gehorchen. Die Zeiten, als du deiner Mutter und mir auf der Nase herumtanzen konntest, sind endgültig vorbei, jetzt werden andere Saiten aufgezogen.“

„Ach, heißt das, dass du mich auch bei jeder Kleinigkeit verprügeln wirst?“, ereifert sich der Teenager.

„Das liegt nicht an mir. Du willst es ja nicht anders. Und jetzt bringst du mich zu Helga, sonst erhältst du eine Tracht Prügel, die sich gewaschen hat, dann kannst du dich gleich auf dein neues Leben einstellen."

„Du hast es immer noch nicht begriffen", stellt Henry kopfschüttelnd fest. „Mutter will nichts mehr mit dir zu tun haben. Du hast sie die letzten Jahre wie einen Sklaven behandelt. Dass du sie verprügelt und schwer verletzt hast, ließ das Fass überlaufen. Was hast du vor, wenn du sie findest?"

„Sie wird zu mir zurückkommen", faucht Paul. „Oder sie lernt mich kennen!", droht er. „Vergeude nicht meine Zeit. Wir gehen jetzt. Los, komm!" Er streckt den Arm aus, um Henry, die vor dem Computer auf einem Stuhl sitzt, zu ergreifen, doch dazu kommt es nicht.

„Lassen Sie das Kind sofort in Ruhe!", ertönt hinter ihm eine befehlende Stimme.

Verblüfft starrt er auf die Situation, die sich ihm beim Umdrehen bietet. Ein Streifenpolizist hat Henning im Schwitzkasten, da sich dieser heftig gegen den Gesetzeshüter zu wehren versucht. Sein Kollege steht keine zwei Schritte von ihm entfernt, eine Hand drohend auf seinem Pistolenholster, wobei er durch die Anwesenheit eines entschlossen wirkenden Karl Brennecke unterstützt wird.

Auch Raymond kommt aus seinem Versteck hervor, um sich schützend neben Henrys Stuhl aufzubauen. „Versuchen Sie es gar nicht erst!", droht er Paul, als dieser trotzdem nach seiner Tochter greifen will.

Im gleichen Moment wird er auch schon ergriffen, seine Arme werden auf den Rücken gezerrt, dann spürt er die Handschellen, die sich schmerzhaft um seine Gelenke schließen.

„Au! Was soll das?", wütet er aufgebracht. „Wieso wollen Sie mich festnehmen? Ich habe nichts gemacht."

„Das hörte sich aber gänzlich anders an", behauptet der Polizist. „Kann es sein, dass Sie Ihre Tochter gerade massiv bedroht haben?"

„Das haben Sie vollkommen falsch verstanden. Wir haben uns nur unterhalten."

Ohne sich von ihrem Vater einschüchtern zu lassen startet Henry die Aufnahme, sodass alle das Gespräch von Anfang an zu hören bekommen.

„Das reicht für eine vorläufige Festnahme", entscheidet der Polizist. „Sie beide werden uns begleiten", bestimmt er, wobei er den recht kleinlauten Paul mit sich zum Ausgang zieht.

„Augenblick bitte", fordert Henry, die sich von ihrem Stuhl erhebt und vor ihren Vater tritt. „Früher dachte ich, es gibt keinen besseren Vater als meinen. Ich habe dich geliebt, dein ansteckendes Lachen genossen und mich gefreut, wenn du von der Arbeit nach Hause kamst. Dann hat sich alles verändert. Du hast dich und uns aufgegeben, wurdest zu einem Säufer, vor dessen Wutausbrüchen ich Angst hatte. Doch jetzt tust du mir nur noch leid. Sieh dich an! Was ist aus dir geworden? Ein mittelloser krimineller Säufer!" Als Paul ihr widersprechen will, hebt sie energisch die Hand. „Spar dir deinen Kommentar. Ich will ihn nicht hören. Du bist derjenige, der alles kaputt gemacht hat. Aber weißt du was? Ohne dich würde es mich nicht geben, dafür bin ich dankbar. Ich werde mich immer an einen Vater erinnern, der mich die ersten zehn Jahre meines Lebens liebevoll beschützt hat. Um diesen Vater werde ich trauern, da es ihn nicht mehr gibt. Dich will ich nie wieder sehen!" Weinend stürzt sich das Mädchen in die Arme von Karl Brennecke, der sie liebevoll an sich zieht und aus dem Raum führt.

Helga, die vergebens ihre Tochter am Polizeipräsidium gesucht hat, erfährt gemeinsam mit Emma von den Machenschaften ihres Mannes.

„Ihr Mann hat definitiv gegen die Kontaktsperre verstoßen", erklärt ihr der mit dem Vorgang betraute Sachbearbeiter. „Erstatten Sie eine erneute Anzeige gegen Ihren Mann, dann wird er auf jeden Fall die nächsten vierundzwanzig Stunden in einer Zelle verbringen. Sobald Sie eine neue Wohnung bezogen haben, stellen Sie einen Antrag auf Auskunftssperre, dann werden Sie bei Anfragen von Privatpersonen oder Firmen angeschrieben und gefragt, ob Ihre Adresse weitergegeben werden darf oder ob durch die Weitergabe an die anfragenden Personen eine Gefahr für Sie entstehen könnte. In den Unterlagen, die Sie gleich von mir bekommen, finden Sie alle Kontakte, die Sie benötigen, um

Ihre Angelegenheiten zu regeln. Lesen Sie sich alles gründlich durch. Bei Fragen können Sie sich gern melden."

„Das ist sehr freundlich von Ihnen", bedankt sich Helga.

„Sie sollten umgehend dafür sorgen, dass das Sorgerecht auf Sie allein übertragen wird", empfiehlt er der Mutter.

„Den Antrag hatte ich schon gestellt", bestätigt Helga ihm. „Doch das dauert wohl eine ganze Weile, bis da eine Entscheidung getroffen wird."

„Vielleicht können wir das etwas beschleunigen", überlegt der Sachbearbeiter. „Ich werde Ihnen eine Abschrift des Protokolls zukommen lassen mit der Empfehlung, das Sorgerecht bis zur Gerichtsverhandlung auf Sie allein zu übertragen. In den meisten Fällen hilft das."

„Wirklich? Vielen Dank", freut sich Helga.

Bis zum nächsten Tag wird Paul Grossmann in einer Zelle des Polizeigebäudes untergebracht, darf aber nach einer anschließenden Belehrung nach Hause gehen. Da er einen festen Wohnsitz vorweisen kann, an dem er gemeldet ist und dort keinen Zugriff auf seine Frau und seine Tochter hat, sieht die Staatsanwaltschaft von einem Haftantrag ab. Dass sie damit den Fehler begehen, dem gewaltbereiten Mann die Möglichkeit zu weiteren Straftaten zu geben, können sie im Vorfeld nicht erahnen.

21

Schon vom ersten Moment an, als Hakim Rashan und sein Sohn Kadir einen Fuß auf deutschen Boden setzen, werden sie von ausgewählten Mitarbeitern der zuständigen Behörden überwacht. Um so wenig wie möglich aufzufallen, reist das Oberhaupt der *SWG* lediglich mit seinem erstgeborenen Sohn, einem Chauffeur und einem weiteren Begleiter, denen die Sicherheit der beiden Befehlshaber obliegt. Durch die Unterstützung seiner Mitstreiter stehen ihm sowohl in Frankfurt als auch in Düsseldorf ausreichend Handlanger zur Verfügung.

Noch ehe die Iraker das Flugzeug betreten haben, sind die deutschen Behörden über sämtliche Reisedaten informiert. Zudem erhalten sie umgehend zu jeder der genannten Personen eine umfangreiche Akte.

„Das Flugzeug, eine *Boeing 777* der *Qatar Airways* von Doha, landet am Freitag, also heute, um dreizehn Uhr in Frankfurt", liest Emma aus der Akte vor. „Das Hotel in Düsseldorf ist vom gleichen Tag an gebucht. Vorerst bis Montag, mit einer Option auf Verlängerung."

„Was ist mit der Anschlussmaschine nach Düsseldorf?", will Mark wissen.

„Es gibt keinen Anschlussflug, auch keine Hotelbuchung in Frankfurt." Sie blättert die Akte weiter durch. „Aber hier, auf Hakim Rashan wurde ein Leihwagen angemietet, von Freitag bis Montag. Das glaubst du jetzt nicht!", behauptet Emma ehrfürchtig. „Der Herr reist nur vom Feinsten. Ein *Maybach 57 S*, *6* Liter Hubraum, *450* kW, *20*-Zoll-Felgen, Edelstahlblenden am Auspuff und Karbonlook im Innenraum, die Höchstgeschwindigkeit ist bei zweihundertfünfundsiebzig Stundenkilometern abgeregelt, Neupreis schlappe vierhundertfünfzigtausend Euro. Die Limousine von Mercedes ist mehr als fünf Komma sieben Meter lang."

„Nicht schlecht, da kann man glatt neidisch werden", gibt auch Mark zu. „Dahinter kann sich selbst dein Luxuscoupé verstecken."

Der freche Kommentar mit Hinweis auf Emmas ganzen Stolz, nämlich ihr Luxuscoupé aus der *CL*-Klasse von *Mercedes* mit *368* kW Leistung, lässt diese eine Schmollschnute ziehen. „Bei einer Verfolgungsjagd kann ich aber mithalten", meckert sie. „Und du?", fügt sie im Anschluss grinsend hinzu.

„Ich warte einfach hier ab, bis du ihn geschnappt hast", lenkt Mark lächelnd ein, da ihm bewusst ist, dass kein Polizeibeamter eine Verfolgung mit etwas anderem als einem Dienstfahrzeug unternehmen würde.

Der Blick auf das Foto von Kadir Rashan lässt Emma erschaudern. „Sieh dir die Augen dieses Kerls an", fordert sie Mark auf. „Absolut kalt, grausam und einschüchternd."

„Das passt zu seiner Akte", stimmt der Vorgesetzte zu. „Für seine Ziele geht der Kerl über Leichen. Bisher hat er sich auf deutschem Boden noch nichts zu Schulden kommen lassen. Er war eher im ‚Nahen Osten' tätig. Laut unserer Akte macht er seinem Namen alle Ehre. Er bezeichnet sich selbst als ‚der Mächtige' oder ‚der Diener Allahs'. Wo er auftaucht, stehen Raub, Plünderung, Verwüstung und Mord auf der Tagesordnung."

„Ist ja ein nettes Früchtchen", urteilt Emma sarkastisch. „Hat er diplomatische Immunität?"

„Nein, er ist lediglich als Begleitschutz für seinen Vater angemeldet. Er besitzt einen Diplomatenausweis mit den Kennbuchstaben ‚DP', womit er dem Dienstpersonal des Botschafters gleichgestellt wird. Er genießt zwar die diplomatischen Vorrechte und Befreiungen, aber eingeschränkt, da die Befreiung von der Straf-, Zivil- und Verwaltungsgerichtsbarkeit nur in Bezug auf Handlungen gilt, die in Ausübung der dienstlichen Tätigkeit wahrgenommen werden. Das lässt uns den Freiraum, ihn in Haft zu nehmen und vor ein Gericht zu bringen, wenn wir ihm terroristische Machenschaften nachweisen können. Dass er das weiß, wage ich zu bezweifeln. Er denkt bestimmt, dass ihn sein Pass vor allem schützt. Immerhin musste er kurzfristig für seinen Bruder einspringen, da dieser hier nicht erwünscht ist."

„Logisch. Das Letzte, was die gebrauchen können, ist, die Aufmerksamkeit der Polizei auf sich zu ziehen." Emma schaut noch einmal auf das Foto. „Du, Mark, mir wäre es wirklich lieb, wenn wir Linda und Andreas ein paar Aufpasser an die Seite stellen. Ich könnte mir vorstellen, dass sich dieser Kadir um die Schmach kümmert, die seinem Bruder widerfahren ist."

Nachdenklich mustert der leitende Beamte seine Kollegin, lässt seine Augen über das Foto wandern, bis hin zu der Akte. „Zutrauen würde ich ihm das. Gut, kümmere dich darum!"

„Ja, mache ich sofort. Danke."

„Ich habe da auch noch eine Idee", äußert Mark nachdenklich. „Du sagst, Hakim Rashan hat sein Hotelzimmer in Düsseldorf ab heute gebucht. Weißt du wo?"

„Im *Steigenberger* an der *Königsallee*. Aber Zimmer ist nicht der richtige Ausdruck, dem Herrn stehen eine achtzig Quadratmeter Deluxe-Suite, eine fünfzig Quadratmeter Junior-Suite und ein sechsunddreißig Quadratmeter großes Deluxe Zimmer zur Verfügung."

„Nicht schlecht! Warum besuchen wir den Mann nach seiner Ankunft nicht in seinem Hotel? Schließlich sollte man so hochrangige Gäste doch begrüßen. Oder, was meinst du?"

„Die Idee ist klasse", stimmt Emma ihrem Vorgesetzten zu. „Das machen wir."

„Ich schätze, er braucht von Frankfurt aus mit dem Auto rund zweieinhalb Stunden. Das erledigen wir noch heute, kurz vor Feierabend."

Das *Steigenberger Parkhotel Düsseldorf* in Düsseldorfs Stadtmitte grenzt unmittelbar an den südwestlichen Rand des Hofgartens, nicht weit entfernt von der berühmten Düsseldorfer Altstadt. Für Hakim Rashan und sein Gefolge hat das *5-Sterne-Hotel* mit seinen luxuriösen Suiten genau den Komfort zu bieten, den er sich erwünscht. Sein Blick gleitet durch die bodentiefen Fenster der achtzig Quadratmeter großen Suite über den *Kö-Bogen*. In der angrenzenden Suite mit ihren fünfzig Quadratmetern hat sich sein Sohn bereits eingerichtet, während ein weiteres Deluxe Doppelzimmer mit zwei separaten Betten seine Untergebenen aufnimmt.

„Ist alles zu deiner Zufriedenheit?", erkundigt sich Kadir schon beim Eintreten, wobei er sich abschätzend umschaut, ehe er zufrieden auf das gemütliche Sofa im Wohnraum seines Vaters sinkt, die Arme bequem auf der Lehne ausgestreckt.

„Ja", antwortet Hakim Rashan ohne sich umzudrehen.

„Wie willst du vorgehen? Du hast deine Abläufe sicher gut geplant?"

Der oberste Befehlshaber lässt sich mit seiner Antwort Zeit. „Ich bin nicht gewillt, länger auf die Ergebnisse zu warten. Wenn unser Mann diesmal keine zufriedenstellenden Fakten vorweisen kann, werde ich die Zusammenarbeit mit sofortiger Wirkung beenden."

„Wie dieses Ende auszusehen hat, kann ich mir denken", behauptet Kadir. „Hast du mich deshalb mitgenommen?"

„Auch. Kamal ist durch seine eigene Schuld in die Ungnade der hiesigen Behörden gefallen. Das können wir uns zum jetzigen Zeitpunkt am wenigsten leisten. Du wirst seine Aufgaben übernehmen. Doch ich warne dich, in der Öffentlichkeit halten wir uns an unsere Auflagen, akzeptieren die hiesigen Gesetze und bleiben jederzeit freundlich."

„Das ist mir bewusst", versichert Kadir. „Kamal hat sich durch die Schönheit einer Frau vom Wesentlichen ablenken lassen", äußert er verächtlich. „Ein solcher Fehler wird mir nicht passieren."

„Gut. Unser Kontaktmann hat bereits dafür gesorgt, dass mein Geschäftspartner über unsere Ankunft informiert ist. Er wird uns übermorgen um elf Uhr auf seinem Anwesen erwarten, bis dahin musst du alles vorbereitet haben."

„Kein Problem. Ich habe alle notwendigen Schritte sauber geplant. Es kostet mich nur einen Anruf, um unsere Mitstreiter auf ihre Posten zu entsenden. Sie werden zur richtigen Zeit für uns bereitstehen."

„Ausgezeichnet. Sobald wir alle vorhandenen Unterlagen und Proben erhalten haben, werden wir uns zurückziehen. Dann können unsere Gefolgsleute dort aufräumen. Nichts darf auf unsere Beteiligung an diesen Handlungen hinweisen."

„Keine Sorge, es wird niemand übrig sein, der auf uns hinweisen könnte. Die Labore werden dem Erdboden gleich gemacht", versichert Kadir, ohne eine Regung von sich zu geben. „Es wird keinen Menschen geben, der dann noch erkennen kann, was dort entwickelt wurde."

Mit einem Klopfen an der Tür meldet sich einer der Untergebenen des Befehlshabers an, um ihm seine Besucher anzukündigen, ehe Mark und Emma die Suite betreten dürfen.

„Sie?", staunt Hakim, sich der Beamtin zuwendend. „Was wollen Sie hier?"

„Da wir von Ihrer Ankunft unterrichtet wurden, wollten wir Sie in dieser Stadt herzlich willkommen heißen", antwortet Emma freundlich. „Immerhin haben Sie mir ja versprochen, dass Sie sich an unsere Gesetze halten werden." Ihr Blick wandert zu seinem Sohn hinüber. „Wie ich sehe, haben Sie auf Ihren Sohn Kamal als Begleitung verzichtet. Dafür möchte ich mich bedanken."

„Ich halte meine Versprechen grundsätzlich", beteuert Hakim. „Mein Sohn Kadir wird die Aufgaben von Kamal übernehmen. Seien Sie versichert, dass er nicht den gleichen Fehler machen wird wie Kamal."

Emma muss sich das Lachen, das bei der Spitzfindigkeit des Mannes in ihr aufkeimt, verkneifen. „Wie dem auch sei", entgegnet sie abschließend. „Wir werden Sie im Auge behalten."

Schon beim Eintreten der Beamten richtet sich Kadir auf dem Sofa in eine aufrechte Position auf, um aufmerksam dem Gespräch zu folgen. ‚Diese Frau hat das Aussehen einer Göttin und die Ausstrahlung einer Kriegerin', stellt er fasziniert fest, auch bemerkt er bei seinem Vater eine Art von Respekt ihr gegenüber. Als sie sich jetzt verabschiedend umdreht, steht er mit zwei Schritten vor ihr, sodass sie stehen bleiben muss.

‚Ihr Blick wirkt kein bisschen ängstlich', bemerkt Kadir. ‚Eher herausfordernd. Eine bemerkenswerte Frau!' Tief verbeugt er sich vor Emma, während er ihr versichert: „Ich verspreche Ihnen, dass ich nichts tun werde, was Ihnen Schaden zufügen könnte." Dann lächelt er ihr beim Aufrichten freundlich zu, wobei er ihre Hand sanft an seine Lippen hebt. „Ich bin Kadir, Erstgeborener im Hause Rashan, wodurch meine Gemahlin zur zweithöchsten Frau unseres Landes würde. Geben Sie mir die Chance, Ihnen zu beweisen, dass Sie genau die Richtige dafür wären."

Emma starrt den Iraker einen Moment verblüfft an, dann reißt sie ihre Hand los. „Noch einer!", stöhnt sie auf. „Halten Sie Ihre Söhne im Zaum", fordert sie von dem Familienoberhaupt. „Und Sie", faucht sie Kadir an, „lassen mich besser in Ruhe, wenn Sie nicht in einer Gefängniszelle landen wollen." Damit rauscht sie aus dem Raum, gefolgt von Mark, der sich schweigend im Hintergrund gehalten hat, da er keine Notwendigkeit für einen Eingriff sah. Emma hatte die Situation voll unter Kontrolle, sie benötigte seine Unterstützung zu keiner Zeit.

„Was haben die Kerle nur immer mit unseren Frauen?“, will er auf dem Weg nach draußen wissen. „Jetzt müssen wir schon auf zwei aufpassen.“

„Du glaubst doch wohl nicht, dass mir dieser Kerl gefährlich werden kann?“, wütet Emma. „Kommt der mir nur einen Schritt zu nah, dann lernt er mich kennen.“

„Unterschätze diesen Mann bitte nicht“, verlangt Mark.

Sich an seinen Untergebenen wendend befiehlt Kadir: „Folge ihr, ich will wissen, wo ich sie finde.“ Während sich der Diener verbeugend entfernt, um dem Befehl nachzukommen, fährt er selbst zu seinem Vater herum. „Wer ist diese Frau?“

„Sie hat sich mir mit dem Namen Wolf vorgestellt“, erinnert sich Hakim.

„Überaus passend“, urteilt Kadir. „Gefährlich, stolz und geheimnisvoll. Perfekt!“

„Ich kann dieser Frau nur zustimmen“, äußert sein Vater besorgt. „Mach nicht den gleichen Fehler wie dein Bruder.“

„Das habe ich nicht vor. Ich werde um sie werben. Sie wird mich erhören!“

„Und wenn du dich irrst?“

„Dann lasse ich sie in Ruhe. Vorerst. Unsere Geschäfte sind wichtiger als eine Frau.“

Zufrieden nickt sein Vater ihm zu.

„Fahr noch einmal zum Präsidium“, bittet Emma ihren Vorgesetzten.

„Warum denn das? Ich dachte, wir würden jetzt Feierabend machen und ich setze dich vor deiner Haustür ab.“

„Ja, das war auch geplant, aber ich habe keine Lust, unserem Verfolger meine Privatanschrift preiszugeben.“

„Was?“, staunt Mark, während er im Rückspiegel nach einem Fahrzeug Ausschau hält, das sich auffällig verhält. „Wen meinst du?“

„Das Taxi folgt uns, seit wir das Hotel verlassen haben. Ich bin mir ziemlich sicher, dass einer der Iraker darin sitzt.“

„Und dann bleibst du so ruhig?"

„Mark, das sind auch nur Menschen."

„Ja, gefährliche Menschen, sehr gefährliche Menschen!"

Mark lässt es sich nicht nehmen, seiner Kollegin Gesellschaft zu leisten, solange sie im Büro bleiben will. Allerdings brauchen sie nicht übermäßig lange warten. Kadir Rashan hat von seinem Bediensteten umgehend Emmas Aufenthaltsort erfahren, sodass nicht einmal eine Stunde später der *Maybach 57 S* vor dem Haupteingang des Gebäudes vorfährt, was den erstaunten Pförtner die Augen aufreißen lässt.

Kadir stört sich nicht an dem verwunderten Gesichtsausdruck des Wachmannes, sondern spricht ihn ohne Umschweife an. „Ich möchte zu Frau Wolf."

„Frau Wolf?", hakt der Pförtner nach, wobei er bereits seine Tastatur bearbeitet, um nach der Kollegin zu suchen. „Wissen Sie, in welcher Abteilung sie tätig ist?"

„Nein."

„Na, sehen wir einmal, was wir finden", antwortet der Mann freundlich. „Ah, ja, hier haben wir sie. Ich kann Ihnen aber nicht versprechen, dass Sie noch im Hause ist."

„Doch, das ist sie", beteuert Kadir dem überraschten Polizisten, der daraufhin schulterzuckend nach dem Telefon greift, um Emmas interne Rufnummer einzugeben. „Würden Sie mir bitte Ihren Namen verraten, damit ich Sie anmelden kann."

„Kadir Rashan."

„Lassen Sie den Mann nicht allein herumlaufen", verlangt Mark, der das Gespräch angenommen hat. „Ordern Sie zwei Mann, die den Herrn heraufbegleiten sollen", weist er den Pförtner an. „Danke."

Kadir wurmt es enorm, wie ein Verbrecher behandelt zu werden. Er käme nie auf die Idee, dass Emma bereits seine Akte gelesen hat und ihn genau in diese Kategorie einstuft. Als er ihr dann endlich gegenübersteht, ihr tief in die Augen sehen kann, beruhigt das seine angespannten Nerven. „Ich möchte mich dafür bedanken, dass Sie mich empfangen", beginnt er freundlich, wobei er ihr den wunderschönen Strauß langstieliger roter Rosen überreicht. „Seit ich Sie gesehen habe, kann ich nicht mehr aufhören, an Sie zu denken“, gesteht er.

„Das tut mir leid“, entgegnet Emma ernst. „Dann werden Sie wohl eine schlaflose Nacht vor sich haben. Seien Sie versichert, dass es mir nicht so gehen wird.“ Die Blumen legt sie auf dem nächsten Schreibtisch ab, ohne sie zu beachten.

Kadirs Augen blitzen einen Moment wütend auf, doch er hat sich schnell im Griff. „Sie haben mich verzaubert, von der ersten Sekunde an. Bitte lassen Sie mich Ihnen beweisen, dass ich der richtige Mann für Sie bin. An meiner Seite werden Sie zu einer der größten Frauen, die es gibt. Eine Kriegerin, von der man mit Ehrfurcht spricht, eine Göttin, der man Achtung erweist.“

„Das hört sich ja ganz gut an“, behauptet Emma. „Meinen Zukunftsplänen kommt das allerdings nicht entgegen. Nicht einmal annähernd. Es tut mir für Sie leid, aber ich werde Ihr Angebot nicht annehmen. Sie müssen leider weiter nach der passenden Frau für sich suchen.“

„Nein. Ich habe sie gefunden, nur muss ich sie erst überzeugen“, erwidert Kadir freundlich, obwohl er innerlich zu kochen beginnt. ‚Wie kann sie es wagen, mir zu widersprechen? Keine Frau widersetzt sich ihrem Mann. Das muss auch sie lernen!‘ „Auf Dauer können Sie mir nicht widerstehen.“

Emma kann nicht anders, sie lacht laut auf. „Selbstbewusstsein haben Sie jedenfalls, das muss man Ihnen lassen. Aber Sie beißen sich die Zähne aus, also lassen Sie es lieber gleich sein. Ihr Bruder konnte sich auch nicht zurückhalten. Was hat er nun davon? Machen Sie das jetzt genauso? Ich versichere Ihnen, dass ich mir das nicht gefallen lassen werde, wenn Sie mir nachstellen sollten“, fügt sie drohend hinzu.

Obwohl er wütend wegen ihres Verhaltens ist, kann er sich der Hochachtung für diese Frau, die es wagt, ihm zu trotzen, nicht erwehren. „Ihre Drohung ist unnötig. Ich bin nicht mein Bruder. Einer Frau nachzustellen habe ich nicht nötig. Sie werden sich auch so für mich entscheiden. Denken Sie über meine Worte nach.“

„Nicht nötig, vergessen Sie’s. Meine Kollegen begleiten Sie nach draußen.“ Sie winkt den beiden uniformierten Polizisten, die den Iraker zu ihr geführt hatten. „Meine Herren, begleiten Sie Herrn Rashan zum Ausgang. Danke."

„Keine Frau widersetzt sich mir", behauptet Kadir noch einmal. „Dafür müsste sie mich im Kampf besiegen."

„Fordern Sie mich lieber nicht heraus", faucht Emma mit gefährlich blitzenden Augen. „Verschwinden Sie!"

Mark hat dem Gespräch ohne Unterbrechung zugehört, wobei er sich seine eigenen Gedanken zu diesem Mann macht. „Ich werde dir ein paar Wachhunde verpassen", äußert er an seine Kollegin gewandt, nachdem der Iraker das Büro verlassen hat.

„Auf keinen Fall, das würde ihm nur den Weg zu mir nach Hause weisen. Nein, bitte lass das!"

Frustriert schaut Mark sie an, dann blitzen seine Augen begeistert auf. „Na schön, aber nur unter einer Bedingung. Du schnappst dir deinen Freund und ziehst so lange zu der Familie Staller, bis diese Iraker das Land verlassen haben." Als Emma empört den Mund zu einer Erwiderung öffnet, schnauzt er sie an: „Such dir aus, welche Variante dir lieber ist. Ich lasse dich nicht ohne Rückendeckung hier herumlaufen. Basta!"

„Meinetwegen", gibt Emma nach. „Ich rede mit Gerd, dann sehen wir weiter."

„Das kenne ich! Du spielst die Situation garantiert herunter. Ich rufe deinen Freund selbst an. Verlass dich darauf!", schnauzt Mark sie an. „Und jetzt bringe ich dich nach *Kalkum* zu den Stallers. Komm!"

Schmollend gibt Emma nach, schließlich macht sich der Freund Sorgen um sie.

Leander von Weihrauch sieht seinen Gästen, die zu viert vor seinem Anwesen aus der geliehenen Luxuslimousine steigen, mit gemischten Gefühlen entgegen. Die Ankündigung seines Besuches ließ Hakim Rashan ihm per schriftlicher Kurzmitteilung auf dem Postweg zukommen. Er denkt darüber nach, ob er sich mit seiner Aufgabe nicht zu viel zugemutet hat, doch dann reißt er sich zusammen. Damit er keinen Argwohn erregt, bemüht er sich darum, seine Ängste zu verdrängen, ehe er seinen Besuchern für eine höfliche Begrüßung entgegentritt.

„Ich freue mich, dass Sie sich mein Angebot überlegt haben", gesteht er dem Iraker. „So kann ich Ihnen genau zeigen, wie wir mit Ihrem Auftrag umgehen. Bitte, kommen Sie." Er begleitet seine Gäste in den Raum, in dem er auch schon seine Verhandlungen mit den Oberhäuptern der *Staller Industrie Werke* geführt hat. Mit der Hand deutet er auf den Tisch, der speziell für die heutigen Besucher mit einer Auswahl an Getränken und Speisen bestückt wurde. Immerhin sollen sich diese Männer willkommen fühlen, ohne den geringsten Argwohn zu verspüren. „Darf ich Ihnen eine Erfrischung anbieten, bevor wir beginnen?"

„Danke, das ist nicht nötig", wehrt Hakim Rashan ab. „Lassen Sie uns lieber gleich zu dem geschäftlichen Teil kommen. So haben wir es schneller hinter uns."

„Wie Sie wünschen", nickt Leander ergeben. „Bitte." Mit der Hand weist er auf die bequemen Sitzmöbel, die von Hakim Rashan und seinem Sohn dann auch genutzt werden, während ihre beiden Begleiter aufmerksam beobachtend hinter deren Plätzen stehen bleiben.

„In diesem Karton sind die Unterlagen zu den Versuchen meines Laborleiters Fritz Kaspar", behauptet Leander und greift in eine Archivkiste, von der zwei Stück auf seinem Schreibtisch stehen. Mit dem ersten Ordner in den Händen tritt er an Hakim Rashan heran. „Sie hatten ihn ja bereits kennengelernt. Er hat umfangreiche Studien zu dem Erreger durchgeführt. Die Auflistung finden Sie ebenfalls bei diesen Unterlagen, genauso wie die Ergebnisse der Tierversuche. Die letzten Tage machte er gewaltige Fortschritte, sodass wir sicher waren, in Kürze unser Ziel zu erreichen."

Hakim Rashan blättert den Ordner lustlos durch, da er absolut kein Verlangen danach hat, sich mit der Unmenge an Papieren zu befassen, aber er kann die chemischen Formeln und Grafiken erkennen, die im Verlauf der Testreihen erstellt wurden.

„Und? Haben Sie es erreicht?", verhört auch Kadir den Geschäftsmann ungeduldig.

„Ja und nein", kommt die ausweichende Antwort. „Ja, weil wir tatsächlich einen wirksamen Impfstoff entwickeln konnten, und nein, weil Fritz Kaspar das nicht mehr miterleben konnte."

„Was ist passiert?"

„Kurz nachdem wir uns auf der Messe begegnet sind, passierte im Labor ein Unglück. Fritz Kaspar ließ eine der Erregerampullen fallen, die vor seinen Füßen zerbrach. Er war innerhalb von Sekunden tot, da wir kein wirksames Mittel dagegen hatten."

„Wo ist der Mann jetzt?", will Kadir wissen. Es behagt ihm kein bisschen, in einem Haus zu Gast zu sein, das womöglich durch einen Erreger verseucht ist, der in kürzester Zeit zum Tode führt.

„Was sollten wir denn machen?", erkundigt sich Leander aufgebracht. „Wir konnten wohl kaum einen Arzt zur Leichenbeschau rufen, um ihn beerdigen zu lassen. Er wurde noch am gleichen Tag zusammen mit den Tierkadavern verbrannt."

„Gut." Aufatmend lehnt sich Kadir in seinem Sitz zurück. ‚So ist das schon viel besser', macht er sich klar.

„Sie können sich sicher vorstellen, dass meine Mitarbeiter nach diesem Vorfall hoch motiviert waren", erklärt Leander zur Zufriedenheit der Iraker. „Drei Tage später hatten wir das passende Serum. Seit nunmehr acht Tagen überleben sämtliche Probanden und zeigen weder Krankheitssymptome noch Allergien."

„Haben Sie den Impfstoff auch an Menschen getestet?", verlangt Kadir zu wissen. „Wie sind die Auswirkungen dort?"

‚Was für ein Mistkerl', denkt Leander und ballt in der Hosentasche eine Faust. Am liebsten würde er diesem Verbrecher zeigen, was er von ihm hält, doch er nimmt sich zurück, da das den ganzen Plan zunichtemachen würde. Stattdessen beeilt er sich, dem Mann eine zufriedenstellende Antwort zu geben. ‚Gut, dass dieser Herr Bach mich darauf vorbereitet hatte, sonst wüsste ich jetzt nicht weiter', gesteht er sich ein. „Ich habe mir erlaubt, an drei hintereinander folgenden Tagen warme Mahlzeiten an Obdachlose auszugeben, was diese gern annahmen. Dass das Essen mit dem Erreger verseucht war, habe ich ihnen allerdings nicht auf die Nase gebunden", lügt er gekonnt. „Wir behielten unsere Probanden im Auge und sorgten an den drei darauffolgenden Tagen für den passenden Impfstoff. Keiner von ihnen ist gestorben."

„Ein hervorragender Schachzug“, freut sich Hakim. „Ich würde mir jetzt gern Ihr Labor ansehen.“

„Selbstverständlich. Bitte, folgen Sie mir.“

„Haben Sie keine Schwierigkeiten mit der Polizei?“, will Kadir auf dem Weg zum Labor wissen. „Wie umgehen Sie die Überwachung durch diese Behörden?“

„Solange man nicht auffällt, schauen die einem gar nicht erst auf die Finger“, erwidert Leander. „Ich bin im Hotelgewerbe ein angesehener Geschäftsmann, der ohne Begründung nicht belästigt werden darf.“ Er überlegt sich, wie er die für später geplanten Handlungen in das Gespräch einfließen lassen kann, um ein Misstrauen der Männer von vornherein zu unterbinden. Seine Idee lässt ihn lächeln, was für Kadir den Anschein von Arroganz hervorruft. „Sicher“, stimmt Leander ihm zu. „Man versucht natürlich immer wieder, auf dieses Grundstück vorzudringen, aber dafür gebe ich ihnen keine Handhabe. Also, wenn Sie nicht im Visier der Polizei aufgetaucht sind, sprich sie hierhergeführt haben, brauchen wir nichts zu befürchten.“

Bei der Ansprache des Hausherrn starrt Hakim Rashan bedenklich vor sich hin. Er erinnert sich an eine schöne junge Frau mit langen roten Haaren und kriegerisch blitzenden Augen, die ihn darauf hinweist, dass er und sein Sohn im Fokus ihrer Behörde aufgetaucht sind. ‚Sie können getrost davon ausgehen, dass wir auch Ihre Schritte genauestens verfolgen werden‘, erinnert er sich an ihr Versprechen. ‚Könnte es sein, dass ich diese Leute hierhergeführt habe? Möglich wäre das. Wir sollten uns nicht länger als nötig auf diesem Anwesen aufhalten.‘

Leander kann die Bedenken des Irakers an seiner Mimik ablesen, was ihm ein ironisches Lächeln ins Gesicht zaubert. ‚Da habe ich wohl den wunden Punkt getroffen‘, freut er sich.

Vor seinen Gästen betritt er den ersten Raum des Laborgebäudes, wo mitten im Zimmer der große Besprechungstisch anberaumt ist. Es bedarf nur eines einzigen Knopfdrucks an der Schalttafel neben der Tür, damit sich der Tisch in Bewegung setzt, während sich der PVC-Boden aufzurollen beginnt.

„Ich bin beeindruckt“, gibt Kadir anerkennend zu, als die Treppe in das geheime Untergeschoss sichtbar wird.

„Diese Einrichtung hilft noch einmal mehr, meine Arbeit vor den Augen der Polizei zu verbergen“, beteuert der Hausherr fröhlich.

„Das glaube ich gern“, versichert Kadir.

„Nur eine Handvoll ausgewählter Mitarbeiter kennt diesen Zugang“, berichtet Leander den Besuchern, zeigt ihnen die Räumlichkeiten, die Lager und Kühlräume bis hin zu den Arbeitsplätzen der vier anwesenden Mitarbeiter.

„Meine Mitarbeiterin Frau Doktor Körner hat nach dem Tod von Fritz Kaspar die Laborleitung übernommen, was sie zu meiner äußersten Zufriedenheit erledigt“, behauptet Leander und lächelt die Biochemikerin des Landeskriminalamtes freundlich an. Hinter dem ausgemachten Pseudonym Alexa Körner verbirgt sich die gut ausgebildete Maja Künstler aus der Abteilung der Kriminaltechnik, die mit ihren drei Kollegen zur Unterstützung des Hausherrn eingeteilt wurde.

„Herzlich willkommen“, begrüßt die Biochemikerin die Besucher. „Ich freue mich darüber, unsere Auftraggeber endlich einmal kennenlernen zu dürfen. Wenn Sie bei Ihrer Besichtigung auf Unklarheiten stoßen, oder anderweitig Fragen haben, scheuen Sie sich bitte nicht, mich darauf anzusprechen. Ich werde Ihnen zu allen Vorgängen hier im Labor Auskunft geben.“

„Danke, das ist überaus entgegenkommend“, bekundet Hakim Rashan. „Ich komme bei Gelegenheit darauf zurück.“

„Dann würde ich sagen, Frau Doktor Körner, Sie und Ihre Mitarbeiter machen eine Stunde Pause, während ich meinen vier Gästen erkläre, wie der aktuelle Stand aussieht.“

„Aber natürlich“, stimmt die Doktorin zu. „Wir lassen Sie vorerst allein.“ Mit einem leichten Kopfnicken verabschiedet sie sich von den Männern, bevor sie ihre Kollegen zusammenruft, um mit ihnen das Labor zu verlassen. „Wir brauchen vier!“, flüstert sie dabei in ihr Kommunikationsgerät.

Keine zwei Minuten danach versammeln sich die Mitarbeiter der Kriminaltechnik im angrenzenden Raum, wo die Überwachung der Iraker durch die Computerspezialisten der *Staller Industrie Werke* durchgeführt wird.

„Wie sieht es aus?“, erkundigt sich Maja Künstler.

„Bis jetzt alles wie geplant“, antwortet Tim Hoffmann. „Ihr Kollege hat nach Ihrer Information das Etui mit der passenden Anzahl an Spritzen bestückt und es an der abgesprochenen Stelle platziert. Damit ist der erste Schritt getan. Als Nächstes müssen wir genau aufpassen, wann wir das Gas aufdrehen müssen.“

„Vorher muss der Alarm losgehen“, wirft Max ein.

„Richtig! Also, alle aufpassen!“, befiehlt Tim, woraufhin die Anwesenden still den weiteren Gesprächen lauschen.

„Ich denke, es ist auch in Ihrem Sinne, dass niemand erfährt, was Sie aus diesem Labor mitnehmen werden“, vermutet Leander. „Deshalb dachte ich, für das Erste wäre eine ungestörte Atmosphäre wohl am besten.“ Natürlich wird er die beiden Iraker nicht auf die gut versteckten Kameras und Mikrofone hinweisen, die sich nicht nur in allen Räumen, sondern auch an seiner Kleidung befinden, was ihm dazu verhilft, diesen Männern gegenüber seine Anspannung im Griff zu halten. Äußerlich vollkommen gelassen absolviert er die Führung durch seine geheime Einrichtung.

Beide Iraker nicken ihrem Gastgeber bestätigend zu, um ihm schleunigst in das angrenzende Lager zu folgen. An dem geöffneten Durchgang dreht sich der oberste Befehlshaber zu seinen Untergebenen um. „Ihr wartet hier! Seid wachsam!“

Kommentarlos bauen sich die beiden Bediensteten zu beiden Seiten des Eingangs auf, ohne eine Miene zu verziehen. Sie brauchen ihrem Herrn nicht zu bestätigen, dass sie seine Befehle hundertprozentig befolgen werden, da er nichts anderes von ihnen erwartet. Mit einem leisen Zischen schließt sich die Schiebetür hinter ihren obersten Befehlshabern von allein.

Mehrere Kühlschränke mit abschließbaren Milchglas-Schiebetüren weisen auf die diversen Arbeiten der Laborkräfte hin. Überall kann man Ständer mit Reagenzgläsern entdecken. Ein deckenhohes Regal beherbergt unzählige Ordner, die die Dokumentation zu den hier lagernden Proben und Testreihen darlegen. Auf den Arbeitsplatten lassen sich die verschiedensten Gebrauchsgegenstände und Arbeitsmaterialien der Chemiker finden.

„Bei einer Verseuchung, egal welcher Art, schließen sich die Zugangstüren zu den Lagerräumen und Laboren innerhalb von dreißig Sekunden", berichtet der Graf. „Zu diesem Zeitpunkt sollten Sie sich nicht mehr hier aufhalten, weil danach niemand mehr hinein oder heraus kommt. Die Türen verriegeln sich automatisch und dichten hermetisch gegen ein ausströmendes Gas ab. Das war auch bei Fritz Kaspar der Fall. Nachdem wir die Absaugung gestartet hatten, konnte der Mann problemlos durch meine Wissenschaftler entfernt werden. Allerdings nur in der passenden Schutzbekleidung, da das Gift auch durch den Toten übertragen werden konnte."

„Sie scheinen wirklich an alles gedacht zu haben", äußert Kadir zufrieden.

„Das hoffe ich doch. Ich möchte meine Laborversuche schließlich überleben", entgegnet Leander überaus ernst. Mit festen Schritten durchquert er den Raum, bis er an der gegenüberliegenden Wand vor einem Kühlschrank stehen bleibt. Ohne zu zögern ergreift er nacheinander sechs Aufnahmegestelle aus transparentem Plexiglas, die er nebeneinander auf der Arbeitsfläche abstellt. Die Reagenzglasgestelle für den allgemeinen Laborbedarf dienen zur Aufnahme von bis zu zwölf Reagenzgläsern mit einem Durchmesser von circa achtzehn Millimetern und einer Länge von einhundertfünfzig Millimetern.

„Das ist der Impfstoff, den wir nach unserer Erprobungsphase übrighatten. In jedem dieser Gläser befindet sich eine Einzeldosis des Impfstoffs", erklärt Leander seinen Besuchern.

Auf dem obersten Ablagefach des Kühlschranks liegt ein Etui, welches der Geschäftsmann jetzt an sich nimmt, öffnet und Hakim Rashan vor sie Nase hält, sodass er die vier darin enthaltenen, fertig aufgezogenen Spritzen sehen kann. „Das sind die letzten Spritzen, die wir auf Vorrat haben, aber neue Vorräte für einen Großauftrag von Ihnen zu besorgen dürfte das kleinste Problem sein", behauptet Leander. „Wir können jederzeit mit der Produktion des Impfstoffes beginnen. Sobald wir uns über die Menge und den Preis einig geworden sind." Ganz bewusst ignoriert er den wissenden Blick, den Vater und Sohn miteinander tauschen. ‚Gerd Bach hat Recht', macht er sich klar. ‚Diese Männer haben nicht vor, sich von Mitwissern abhängig zu machen. Wenn es nach denen ginge, würde ich den nächsten Morgen nicht mehr erleben.'

„Sind Sie gegen den Erreger geimpft?", verhört Kadir seinen Gastgeber.

„Noch nicht. Frau Doktor Körner und ich wollten das heute Abend erledigen. Das Etui mit den vier Spritzen ist für sie und mich gedacht und zudem für meine beiden Mitarbeiter, die die Probanden entsorgen. Die anderen Mitarbeiter sollten zu einem späteren Zeitpunkt geimpft werden. Ich wollte nicht alles aufbrauchen, bevor ich mit Ihnen gesprochen hatte." Er holt noch zwei weitere Reagenzglasgestelle, gefüllt mit jeweils sechs Gläsern, hervor. „Das hier ist der Erreger. Fritz Kaspar war damals erstaunt, wie aggressiv sich diese Abart verhält."

„Wie konnte es zu dem Unfall kommen, dem der Mann seinen Tod verdankt?", will Kadir wissen.

„So wirklich kann ich Ihnen das nicht erklären. Frau Doktor Körner war der Meinung, dass die Reagenzgläser aus einem minderwertigen Material bestanden, das schneller bricht. Am ersten Tag, als sie hier anfing, tauschte sie alle Gläser aus. Überzeugt hat sie mich damit nicht, aber es gab bisher keinen solchen Vorfall mehr. Diese Gläser sind jedenfalls vollkommen in Ordnung", behauptet Leander, während er anscheinend wahllos eines der Röhrchen ergreift, welches er zu einer Begutachtung vor seine Augen hebt. Ganz bewusst hat er genau das Röhrchen aus dem Halter genommen, das von Maja Künstler mit einem kleinen blauen Punkt markiert wurde. Dieses Reagenzglas wurde so bearbeitet, dass es nur eines festen Drucks bedarf, damit es auseinanderbricht. Mit Daumen und Zeigefinger hält er das Glas augenscheinlich locker in der Hand, während er insgeheim den Druck erhöht.

Alle Männer reißen erschrocken die Augen auf, als sie das leise Knacken vernehmen, welches ihnen das Unheil ankündigt. Doch keiner von ihnen kann verhindern, dass das Ende des Reagenzglases unterhalb von Leanders Fingern entzweibricht.

Bevor einer der Iraker reagieren kann, schlägt das Röhrchen auf den Fliesen auf, wodurch es dann endgültig zerschellt. Sie verfolgen geschockt, wie die gekühlte Flüssigkeit heraussickert, über der sich beim Verdampfen kurzzeitig eine kleine Rauchwolke bildet.

„Du meine Güte“, stöhnt Leander, wobei er bereits zu husten beginnt. „Das war einer der Erreger.“ Er hustet kräftiger, und obwohl er sich sofort von den beiden Düsen wegdreht, die das Gas in den Raum pusten, beginnen seine Augen zu tränen. Allerdings freut er sich darüber, dass seine Gäste genau an der richtigen Stelle stehen, um in den Genuss der passenden Dosis Tränengas zu kommen.

Durch sein Verhalten weitgehend abgelenkt, bemerken die Iraker nicht, dass das Gas aus zwei in Augenhöhe angebrachten Düsen herausströmt. Panik keimt in ihnen auf, während sie sich mit entsetzten Gesichtern ratlos ansehen.

Im gleichen Augenblick setzt ein lauter Alarmton ein, der vor einem austretenden Gas warnen soll.

Das *CS-Gas*[6], das über zwei verdeckt angebrachte Düsen genau zum richtigen Zeitpunkt von den Computerspezialisten in den Raum gesprüht wird, wirkt auf die Schleimhaut des Auges und auf die oberen Atemwege, wobei zunächst Augenreizungen sowie starker Nasenfluss einsetzen, kurz darauf auch Husten und ein brennendes Gefühl auf der Zunge.

„Wir müssen hier raus“, fordert Leander, der auf die Auswirkungen des Gases vorbereitet ist, bricht aber in die Knie ein. „Helfen Sie mir, bitte“, verlangt er röchelnd. Er stürzt erstmalig zu Boden, versucht aber, sich wieder aufzurichten, seine Hand hilfesuchend in Richtung seiner Besucher ausgestreckt. Mittlerweile geht sein Husten in ein angestrengtes Keuchen und Röcheln über.

---

6 Chlorbenzylidenmalodinitril ist strenggenommen kein Gas, sondern ein Aerosol.

Auch Hakim Rashan und seinem Sohn stehen Tränen in den Augen, doch die beiden Männer reagieren unverzüglich. „Wir müssen sofort hier hinaus, die Türen verriegeln gleich“, erinnert sich Hakim, der die Hand des Grafen abschüttelt.

„Warte.“ Kadir greift nach dem Etui mit den vier Spritzen in genau dem Moment, als seine Untergebenen zur Tür hineinstürzen, ihre Pistolen in den Händen. Schon beim ersten Umschauen treten den Wachmännern die Tränen in die Augen, da die Gaskonzentration in dem Raum mittlerweile hoch genug ist, um auch sie zu erreichen.

„Raus hier!“, ruft Kadir allen zu.

Unmittelbar hinter ihnen schließt sich die dicke Stahltür, sodass sie nicht erkennen können, wie sich Leander die Gasmaske aufzieht, die vorher für ihn in einem der Schränke abgelegt wurde. Für ihn heißt es jetzt, ein paar Minuten abzuwarten, bis ausreichend Frischluft in den Raum gepumpt wurde. Obwohl seine Augen tatsächlich brennen, ist er zufrieden mit dem bisherigen Verlauf der Handlungen sowie seinem eigenen Einsatz.

Die Iraker kommen nur ein paar Schritte weit, bevor ihr Husten sie stoppt.

„Vater, warte“, fordert Kadir. „Wir brauchen den Impfstoff. Jetzt!“ Er öffnet das Etui und reicht jedem eine der Spritzen, die sie sich umgehend injizieren.

Hakim atmet mehrmals kräftig ein, wodurch sein Husten langsam schwindet und er sich erleichtert aufrichtet. „Wir müssen von hier fort, ehe jemand auf den Alarm aufmerksam wird.“

„Ja“, stimmt sein Sohn zu, den Blick auf den Weg zum Labor gerichtet. „Um diesen Mann brauchen wir uns keine Sorgen zu machen, der lebt längst nicht mehr. Holt die zwei Kisten aus dem Büro“, befiehlt er den beiden Bediensteten. „Wir treffen uns am Wagen.“

Sofort stürmen die Angesprochenen durch die Labore in Richtung Büro davon.

Indessen läuft Kadir seinem Vater voran durch die Labore, die Treppe hinauf zum Ausgang, vor dem der *Maybach 57 S* auf sie wartet. ‚Wir müssen uns beeilen', macht sich Kadir bewusst. ‚Sollte das Labor auch nur das kleinste Leck aufweisen, ist hier im Handumdrehen alles verseucht.' Doch genau wie dem Familienoberhaupt wird auch ihm auf dem Weg immer mulmiger, seine Sicht beginnt zu verschwimmen, seine Glieder fühlen sich an, als seien sie aus Gummi und aufrecht halten kann er sich auch nicht.

„Glaubst du, dass das Serum unwirksam ist?", fragt Hakim Rashan seinen Sohn.

„Die Impfung kam wohl nur etwas spät, das dauert noch eine Weile, dann geht es uns besser", behauptet Kadir. Er mag sich nicht vorstellen, wie das ausgeht, wenn sein Vater mit seiner Vermutung Recht hat. „Vater!", ruft er entsetzt aus, als dieser erstmalig zu Boden stürzt. Mit einem großen Schritt ist er bei dem gefallenen Mann, dem er rasch auf die Beine hilft. Unterstützend fasst er seinem Vater unter die Arme.

Langsam stolpernd versuchen die beiden Männer zu ihrem Fahrzeug zu gelangen, brechen aber noch bevor sie den Gebäudeausgang erreicht haben auf ihrem Weg dorthin einfach zusammen, dann wird ihnen schwarz vor Augen. Dass es ihren Untergebenen genauso ergeht, bekommen sie nicht mehr mit.

22

Das Erste, was er wahrnimmt, als er zu sich kommt, sind die weißen Wände, die einfachen Bettlaken, das unbequeme Krankenbett und der kalte Luftzug, der durch den Raum weht. Auf einem Stuhl dem Bett gegenüber sitzt ein uniformierter Polizist, der ihm gelangweilt beim Aufwachen zuschaut. ‚Was ist passiert?', fragt sich Kadir benommen. Als er den Kopf langsam wendet, kommt die Frau in sein Blickfeld, die er noch vor kurzem für sich gewinnen wollte.

„Da sind Sie ja wieder", begrüßt Emma ihn ernst. „Wie fühlen Sie sich?"

„Benommen, müde", antwortet Kadir. „Was ist geschehen?"

„Können Sie sich nicht erinnern?"

Auf sein Kopfschütteln hin beginnt Emma mit ihrer Erklärung: „Der Alarm, der in Leander von Weihrauchs Haus ausgelöst wurde, war weithin zu hören. Die aufgeschreckten Nachbarn riefen meine Kollegen zu Hilfe, die sich auf der Suche nach dem Grund für den Alarm ausgiebig auf dem Grundstück umsahen. Anhand Ihrer Pässe konnten Sie eindeutig identifiziert werden. Da mein Büro bereits eine Akte zu Ihrem Vater hatte, wurden wir darüber informiert, dass man während des Einsatzes ihn und drei weitere bewusstlose Personen fand, die dringend medizinisch versorgt werden mussten. Ihr Vater und auch Ihre beiden Begleiter liegen in den angrenzenden Krankenzimmern."

„Wie geht es meinem Vater?"

„Ich bin kein Arzt, aber ich würde sagen, ähnlich wie Ihnen. Sie hatten Glück, dass wir in den sichergestellten Unterlagen so schnell fündig wurden. Ohne zu wissen, weshalb Sie in dem aufgefundenen Zustand waren, machte es den Ärzten fast unmöglich, Ihnen zu helfen, aber nachdem wir herausfanden, was da in Ihren Blutkreislauf gelangt war, konnten Sie gezielt behandelt werden."

„Sie kennen den Grund für meine Krankheit?"

„Ja, sicher. Bedanken Sie sich bei dem toten Fritz Kaspar, der alles sauber dokumentiert hatte."

„Sie wissen also, worum es ging?"

„Wieder ja. Ihnen sollte klar sein, dass wir das nicht auf sich beruhen lassen. Die Papiere, die uns vorliegen, geben uns ein klares Bild davon, wie Herr von Weihrauch in diese Geschichte verwickelt wurde. Sie haben ihn erpresst, ihn gezwungen, für Sie zu arbeiten. Seine Schwester benutzten Sie, um den nötigen Druck auf ihn auszuüben. Durch das im Gebäude installierte Alarmsystem wurden sämtliche Gespräche zwischen Ihnen aufgezeichnet. Alle Unterlagen und Präparate haben wir vorerst beschlagnahmt."

„Ich verstehe." Auch wenn es ihm noch nicht allzu gut geht und er am liebsten sofort die Augen zu machen möchte, braucht er unbedingt mehr Informationen. „Wie geht es jetzt weiter?"

„Sie sind vorerst festgenommen, das sollte Ihnen klar sein. Zur jetzigen Zeit ist ein ganzes Team von Staatsanwälten gemeinsam mit unserer Sonderkommission dabei, Ihnen Ihre terroristischen Absichten nachzuweisen. Sowohl Ihr Vater als auch Sie werden sich dafür verantworten müssen."

„Wir haben diplomatische Immunität", erwidert Kadir schwach.

„Nein, nur Ihr Vater, aber auch das sicher nicht mehr allzu lange. Ihr eigener Status ist lediglich der eines Bediensteten im Umfeld des Diplomaten, was Ihnen nur für die Handlungen in Bezug auf Ihre Arbeit Immunität gewährt. Ich glaube kaum, dass das Herstellen und Vertreiben von Biowaffen zu diesen Aufgaben gehört. Was hatten Sie mit dem Erreger vor? Wollten Sie ihn wirklich als Kampfstoff einsetzen? Wozu? Sie sehen ja selbst, wie einfach es war, Sie ins Leben zurückzuholen."

‚War der Aufwand wirklich umsonst?', fragt sich Kadir. ‚Allem Anschein nach ja. Vaters Informationen sind wohl vollkommen veraltet. Jetzt müssen wir den Kopf dafür hinhalten. Aber so leicht gebe ich nicht auf!' Seine Augen blitzen gefährlich, als er

Emma herausfordernd anschaut. „Wir haben nichts verbrochen, daher werden Sie nichts finden, was Sie uns anlasten könnten", behauptet er.

„Darüber unterhalten wir uns später noch einmal", verspricht die Beamtin ihm. „Erholen Sie sich erst einmal, sonst brechen Sie bei Ihrer Vernehmung noch zusammen", stichelt sie angriffslustig. „Ach, sollte es Ihnen in den Sinn kommen, zu fliehen, lassen Sie sich gesagt haben, dass vor jedem Krankenzimmer bewaffnete Wachposten stehen, die ein Entkommen verhindern werden." Damit erhebt sie sich von ihrem Stuhl, wobei sie ihm versichert: „Wir sehen uns wieder."

„Ja, in der Hölle", flüstert Kadir wütend, um im Anschluss mit geschlossenen Augen nachdenklich in sein Kissen zu sinken. ‚Was können wir tun?' Noch weiß er das nicht. ‚Aber mit einem hat die Polizistin Recht. Ich muss mich schnellstens erholen, um hier herauszukommen', begreift er.

Mark wartet auf dem Flur, mit dem Rücken an die Wand gelehnt, bis seine Kollegin bei ihm erscheint. „Gute Arbeit."

Emma nimmt das Kommunikationsgerät aus dem Ohr. „Der Mann ist so vorhersehbar wie ein Hamster im Laufrad."

Mark muss über ihren Kommentar lauthals lachen. „Er wäre bestimmt nicht begeistert, wenn er hört, womit du ihn vergleichst."

„Du hast Recht", stimmt Emma belustigt zu. „Ich werde mich bei dem Hamster entschuldigen."

„Lass uns loslegen", erwidert Mark immer noch lachend. „In ein paar Stunden werden die vier Männer wieder fit sein, dann müssen wir genügend in der Hand haben, um sie festhalten zu können. Sehen wir, was Herr Kolberg bisher gefunden hat."

Zur gleichen Zeit läuft Salim Ammar in seinem privaten Büro auf und ab, wobei er hin und her überlegt, wie er seinen Leuten helfen kann, kommt aber nicht zu einer Lösung für seine Probleme. Er war es, der für seinen obersten Befehlshaber Hakim Rashan den Termin bei Leander von Weihrauch einforderte, auch die zur Verstärkung für die geplante Säuberungsaktion bereitstehende Kampftruppe mobilisierte er. Dass diese ihn nun mit einer solchen Hiobsbotschaft kontaktieren würden, hätte er sich nie im Leben vorstellen können.

Mit einem lauten Fluch haut er seine Faust auf den Schreibtisch. „Was soll ich machen?“, fragt er sich selbst. Für einen kurzen Augenblick kommt ihm in den Sinn, nichts zu unternehmen und allem seinen Lauf zu lassen, doch dann schüttelt er energisch den Kopf. „Nein, das kommt überhaupt nicht in Frage!“ Sicher, als Kulturattaché mit Diplomatenstatus hat er ein angenehmes Leben in diesem Land, ein Haus, ein Fahrzeug der gehobenen Mittelklasse und ein gutes Auskommen, aber trotz allem vergisst er nicht, wer er ist, was er ist, oder wofür er zu kämpfen bereit ist.

Als sein Bediensteter ihm den Mann ankündigt, der seine geheime Kampftruppe befehligt, atmet er regelrecht auf. „Chalid, was kannst du mir mitteilen?“

Der Mann berichtet seinem Auftraggeber, was er von seinem Posten außerhalb des Anwesens in Düsseldorf-*Gerresheim* beobachten konnte. „Nachdem der Alarm in dem Haus losging, dauerte es nur ein paar Minuten, bis die ersten Polizisten eintrafen. Kurz darauf brachten sie einen Mann heraus, der anschließend in einem Sarg abtransportiert wurde. Anhand meiner Unterlagen, die ich von Ihnen bekam, konnte ich in ihm den Hausherrn ausmachen. Er war definitiv tot. Hakim Rashan, sein Sohn und seine Diener wurden aus dem Gebäude getragen. Die Besatzung der Krankenwagen kümmerte sich schon vor Ort umgehend um unseren Führer und seine Begleiter, ehe sie mit den Rettungsfahrzeugen fortgebracht wurden. Daher konnten wir davon ausgehen, dass sie noch am Leben sind. Auf dem Gelände kamen immer mehr Polizisten an, sodass wir unseren Beobachtungsposten aufgeben mussten. Um nicht aufzufallen habe ich meine Männer in unser Quartier zurückgeschickt, bis auf zwei, mit denen ich unserem Gebieter zum Krankenhaus gefolgt bin, nachdem wieder Ruhe eingekehrt war“, beendet er seine Schilderung.

„Hervorragend“, versichert Salim Ammar ihm. „Sag, was weißt du über dieses Krankenhaus, wie sieht es dort aus? Noch wichtiger, wie geht es unserem Führer und seinem Sohn?“

„Ohne aufzufallen konnten wir nicht zu ihnen vordringen. Sie werden sehr gut bewacht. Einer meiner Leute fand einen Krankenpfleger, der sich für das nötige Kleingeld hergab, uns zu berichten, was er wusste. Sie werden getrennt gehalten, haben keinen Kontakt zueinander, zudem befinden sich vor und in den Zimmern, die in der vierten Etage liegen, Wachposten der Polizei."

„Ein Entkommen ist also nicht möglich?"

„Das habe ich nicht gesagt. Aber es wird schwierig", erwidert Chalid. „Wir brauchen jemanden, der dort nicht auffällt. Das ist schon in Arbeit. Einer meiner Männer ist mit einer Krankenschwester aus diesem Hause befreundet. Er hat ihr einen Besuch abgestattet, sie mit Blumen und der Einladung zu einem teuren Abendessen umgarnt und sie gebeten, ihm zu helfen. Sie liebt ihn zwar nicht so sehr, wie er gehofft hatte, aber der fünfstelligen Summe konnte sie sich dann doch nicht entziehen", grinst er. „Wichtig für uns war, dass sie keine Landsmännin von uns ist."

„Ja, ich verstehe. Wann hören wir von der Frau?", erkundigt sich der Kulturattaché ungeduldig.

„Sie ist schon aktiv. Während der Essensausgabe will sie versuchen, unseren Führer oder seinen Sohn zu kontaktieren. Das müssen wir abwarten."

„Nein, wir arbeiten in der Zwischenzeit einen sauberen Plan aus, um unsere Herrscher aus den Händen dieser Ungläubigen zu befreien."

„Wie stellen Sie sich das vor?"

„Das dürfte gar nicht so schwer sein. Hakim Rashan ist Botschafter, was ihm durch seine diplomatische Immunität Straffreiheit gewährt. Er darf weder festgenommen noch verhört werden, sondern muss an seine Botschaft überstellt werden. Sorgen wir für die notwendigen Papiere. Wofür haben wir unsere Computerspezialisten in der Truppe? Die Dokumente müssen absolut echt sein und aus den richtigen Quellen kommen."

„Kein Problem, das ist für unsere Leute nichts Neues."

„Ich weiß."

Kadir schaut noch nicht einmal auf, als die Krankenschwester mit dem Essenstablett an sein Bett tritt, umso erstaunter ist er, als sie ihn anspricht.

„Heute Mittag gibt es leider nur Schonkost für Sie“, teilt ihm die Frau freundlich mit. „Aber heute Abend sieht das schon anders aus. Soll ich Ihnen beim Essen behilflich sein, oder schaffen Sie das allein?“

„Es wird gehen“, versichert Kadir, wobei er die Frau aufmerksam betrachtet.

„Sie sollten auf jeden Fall Ihre Serviette benutzen, das hilft. Ich hole das Tablett nachher wieder ab“, verabschiedet sie sich.

Kadir setzt sich vorsichtig auf, hebt die Haube von seinem Gedeck und besieht sich das unappetitlich wirkende Essen. Versonnen greift er nach der Serviette, die sich erstaunlich fest anfühlt. Als er das Handy ertastet, das in den Stoff eingewickelt ist, atmet er erleichtert auf. ‚Wie soll ich das an mich nehmen, ohne dass es dem Wachmann auffällt?‘, grübelt er.

Langsam beginnt er zu essen, wobei er den Polizisten nicht aus den Augen lässt. Die Idee ist so einfach, dass er bei dem Gedanken sein Grinsen unterdrücken muss. Es ist einer der letzten Bissen, bei denen er sich augenscheinlich dermaßen verschluckt, dass ihm die Tränen kommen. Auch das heftige Husten lässt sich nicht aufhalten.

Umgehend springt der Wachmann auf. Mit zwei großen Schritten steht er neben dem Nachttisch, von dem er sich die Wasserflasche greift. Er gießt etwas von der Flüssigkeit in das bereitstehende Glas, das er Kadir reicht. „Hier, trinken Sie.“

„Danke.“ Es waren nur ein paar Sekunden, in denen der Polizist ihm den Rücken zudrehte, aber das reichte aus, um das Handy unter der Bettdecke verschwinden zu lassen. Kadir fiebert regelrecht danach, sich nach seiner Mahlzeit für eine Mittagsruhe auszustrecken, wobei er, unter der Bettdecke verborgen, eine erste *SMS* an die eingespeicherte Nummer versendet. Kurz darauf ist er über die geplanten Handlungen informiert und weiß, dass auch sein Vater diesen zugestimmt hat. Er erhält klare Instruktionen, wie er sich zu verhalten hat, bis sie ihn abholen werden.

Äußerst zufrieden legt er sich zurück und schließt entspannt abwartend die Augen.

Derweil berichten Horst Kolberg und seine Mitarbeiter den Beamten, welche Ergebnisse sie bisher erzielt haben. Allerdings sind sie nicht begeistert davon, wie wenig sie den beiden Irakern nachweisen können.

„Wenn die Männer ihre Mitwirkung an diesen Handlungen abstreiten, haben wir nicht viel in der Hand", mutmaßt der Oberstaatsanwalt. „Wir können ihnen nur die Geschäftsbeziehung zu Leander von Weihrauch nachweisen. Sicher, ein Teil der aufgenommenen Gespräche weist auf eine Beteiligung an diesen terroristischen Machenschaften hin, aber ohne Herrn von Weihrauch fehlt die ausschlaggebende Aussage. Genau diese Immunität habe ich ihm jedoch zugesagt, damit er auch weiterhin für tot gehalten wird."

„Sie haben also nicht genug in der Hand, um diese Iraker ausweisen zu lassen?", verhört Mark ihn ungläubig.

„Ich denke, es reicht noch nicht einmal dafür, dass das *Auswärtige Amt* die irakische Regierung auffordert, ihnen den Diplomatenstatus abzuerkennen. Immerhin leben diese Männer zurzeit nicht dauerhaft in unserem Land, sodass sie sich weitgehend unter der Kontrolle ihrer eigenen Regierung befinden."

„So ein Mist!", mault Mark.

„Mit seinen Vermutungen lag Herr Bach jedenfalls vollkommen richtig", äußert Beate Winzer. „Unsere Einsatzkräfte konnten rund ein Dutzend dunkel gekleideter Gestalten ausmachen, die anscheinend alle schwer bewaffnet darauf warteten, auf das Anwesen vorzudringen, was sie aber aufgegeben haben, als immer mehr Einsatzwagen vor dem Gebäude vorfuhren. Unsere Leute folgten ihnen bis zu ihrem Quartier, das sich auf der *Mindener Straße* in Düsseldorf-*Oberbilk* in einem sechsstöckigen Mehrfamilienhaus befindet. Sie haben dort ihre Beobachtungsposten bezogen und werden diese Leute nicht mehr aus den Augen lassen. Bis jetzt hat sich von denen niemand gerührt."

„Da kommen wir also auch nicht weiter", erkennt Mark gefrustet. „Was können wir noch unternehmen?" Als er beim

Aufschauen bemerkt, dass Emma leise in ihr Handy spricht, muss er grinsen. Seine Kollegin ist ihm wieder einmal zwei Schritte voraus. „Emma?“, erkundigt er sich neugierig bei ihr, nachdem sie das Gespräch beendet hat.

„Ich habe die Mitarbeiter der Firma *Staller* kontaktiert“, erklärt Emma den Anwesenden. „Wenn es in den diversen Netzen etwas zu entdecken gibt, werden sie es für uns finden. Lassen wir ihnen dafür die notwendige Zeit. Währenddessen sollten wir uns sämtliche Unterlagen noch einmal ansehen. Einverstanden?“

„Viel anderes können wir sowieso nicht machen“, mault Rocco Piontek.

Sie sind noch nicht weit gekommen, als sich Gerd bei seiner Freundin meldet.

„Gerd, was hast du für mich?“, forscht Emma direkt nach, wobei sie ihr Handy auf die Mithörfunktion umschaltet.

„Ich würde sagen, genau das, was ihr jetzt braucht“, versichert er. „Tim und Max mussten ziemlich tief graben, aber letztendlich haben sie einiges zu diesen Männern und auch zu der Organisation herausgefunden. Es gibt ein offizielles Forum für die Anhänger der *SWG*, darauf können die Mitglieder weltweit zugreifen. Sowohl Hakim Rashan als auch seine beiden Söhne Kadir und Kamal äußern sich darauf fremdenfeindlich und kriegsbereit. Sie scheuen nicht davor zurück, ihren Hass dem deutschen Volk gegenüber in schriftlicher Form auszudrücken und rufen ihre Anhänger für einen baldigen Kampf zur Bereitschaft auf.“

„Wie sind Sie da herangekommen?“, will der Oberstaatsanwalt wissen. „Diese Seite ist doch bestimmt nicht frei zugänglich.“

„Nein, ganz sicher nicht. Aber wir haben in Maximilian Schreiber und Tim Hoffmann die richtigen Mitarbeiter, um einer solchen Aufgabe gerecht zu werden. Zudem besitzen wir einen leistungsstarken Quantencomputer, der uns genau für solche Anforderungen von der Regierung zur Verfügung gestellt wurde.“

„Ich verstehe.“

„Allerdings begreife ich nicht, warum Sie diese Recherche in Auftrag gegeben haben, wenn doch die Ausweisung bereits in vollem Gang ist.“

„Wie meinen Sie das?“, staunt Horst Kolberg verblüfft. „Wir haben noch gar keinen Antrag dafür gestellt. Ich wollte erst die Auswertung aller Daten abwarten, ehe ich mich an das *Auswärtige Amt* wende.“

„Leute, das stinkt zum Himmel“, wirft Mark aufgeschreckt ein.

„Da hast du Recht“, stimmt Emma zu. „Gerd, kannst du herausbekommen, wie da die nächsten Schritte sind?“

„Das hat Tim schon gemacht. Angeblich gibt es einen Antrag auf Aberkennung der diplomatischen Immunität aus Ihrem Büro, Herr Kolberg. Dazu fanden wir eine Erklärung des *Auswärtigen Amtes*, das die Iraker zu ‚*Personae non gratae*‘[7] erklärt, sowie eine Aufforderung zur Ausweisung innerhalb von achtundvierzig Stunden. Es sind zwei amtliche Dokumente aus der zuständigen Botschaft vorhanden, die zum einen die sofortige Herausgabe der Iraker an den Überbringer des Dokumentes, zum anderen das Einstellen aller strafrechtlichen Ermittlungen gegen sie fordern. Außerdem wurde von der Staatsanwaltschaft eine Genehmigung ausgegeben, die die sofortige Übergabe an den Abholer zulässt. Beide Dokumente der Staatsanwaltschaft wurden von Ihnen unterzeichnet, Herr Kolberg.“

„Solche Schreiben habe ich nie in Auftrag gegeben“, versichert der Oberstaatsanwalt.

„Ich würde sagen, die Patienten sind dabei, das Krankenhaus auf eigenen Wunsch zu verlassen“, bemerkt Gerd trocken. „Übrigens sind die Anträge erst seit ein paar Minuten genehmigt, also, schnappt euch die Kerle, bevor sie abhauen.“

„Ich kümmere mich um unsere Einsatzkräfte“, versichert Mark, das Telefon am Ohr.

Während sich die Verbindung zu dem Chef der Spezialeinheiten aufbaut, fordert seine Kollegin Horst Kolberg auf: „Und wir beide rufen jetzt in Berlin an.“

„In Berlin?“, staunt dieser.

„Ja, ohne weitere Ohren.“

7 Personae non gratae = Plural von Persona non grata (unerwünschte Person)

„Gehen wir nach nebenan.“ Horst Kolberg hat zwar keine Ahnung, worum es bei dem Anliegen der Beamtin geht, aber dass es wichtig für ihr weiteres Vorgehen ist, begreift auch er. „Was haben Sie vor?“

„Ein paar hilfreiche Quellen kontaktieren“, erklärt Emma, die auf die Rückmeldung des gewünschten Gesprächspartners wartet. „Hallo Konrad, schön deine Stimme zu hören“, begrüßt sie anschließend den Patenonkel ihres Bruders.

Konrad Schrader, stellvertretender Leiter der Bundesnachrichtendienste, gehört seit sie denken kann zu ihrer Familie. Der zweiundvierzigjährige Staatsbeamte, mit an den Schläfen ergrauten dunkelbraunen Haaren, war der beste Freund ihres vor circa einem Jahr ermordeten Vaters. Als Emma sechs Jahre alt wurde, übernahmen Konrad und seine Frau Brigitte die Patenschaft über die Kinder von Richard und Cornelia Wolf. Allein durch die Arbeit der beiden jungen Beamten wird es dem Ehepaar Schrader nicht immer leicht gemacht, ihrer Aufgabe nachzukommen.

„Emma, was hast du ausgefressen?“, erkundigt sich Konrad auch prompt.

„Du glaubst immer gleich das Schlechteste von mir“, gibt Emma fröhlich zurück. „Nein, ich war ganz artig“, beteuert sie. „Aber wir könnten hier deine Hilfe gebrauchen.“ Ausführlich schildert sie dem Staatsbeamten unter den Ohren des staunenden Oberstaatsanwalts, womit sie zu kämpfen haben.

„Ich verstehe, ihr müsst schnellstens handeln und wenn nötig mit der rechtlichen Handhabe.“

„Genau. Kannst du uns helfen?“

„Schick mir alle Unterlagen, die ihr habt. Ich setze mich mit dem *Auswärtigen Amt* in Verbindung. Du hörst von mir.“

„Verraten Sie mir, was beziehungsweise wer das war?“, verlangt Horst Kolberg nach dem Telefonat.

Emma gibt ihm bereitwillig Auskunft zu Konrad Schrader und seiner Position im Bundeskanzleramt.

„Beeindruckend“, versichert Horst Kolberg. „Wie kommen Sie so schnell an die Verbindung zu dem stellvertretenden Leiter der Bundesnachrichtendienste?“

„Konrad Schrader ist der Patenonkel meines Bruders, seine Frau meine Patentante“, erklärt Emma kurz angebunden. Dass sie selbst noch vor knapp zwei Monaten als Geheimagentin für Konrads Vorgesetzten, den Ministerialrat Wolfgang Keller, tätig war, verschweigt sie bewusst.

„Ich verstehe, das macht Ihnen die Tür auf. Die Bedrohung, der wir durch diese Terroristen ausgesetzt sein könnten, sorgt dann für den Rest.“

„Ganz genau.“

„Lutz Tappe übernimmt die Einsatzleitung“, informiert Mark die beiden beim Eintreten. „Bodo Danberg ist mit zwei Einheiten zum Krankenhaus unterwegs. Wir sollten uns auch auf den Weg dorthin machen.“

„Ich komme mit!“, bestimmt Horst Kolberg.

Während die Personen rund um Emma und Gerd damit beschäftigt sind, ihren Maßnahmen eine ausreichende Begründung zu verschaffen, tauchen gleich drei Botschafter des ausländischen Konsulats im Krankenhaus auf.

Anhand ihrer gut gefälschten Ausweise bringen die Polizisten vor Ort Chalid und seinen beiden Begleitern in ihren teuren maßgeschneiderten Anzügen kein Misstrauen entgegen. Eskortiert werden die angeblichen Botschaftsabgeordneten von fünf Bediensteten, die anscheinend dafür Sorge tragen sollen, dass die abzuholenden Personen ohne Widerstand an ihrem Zielort ankommen. Die Diplomaten bestehen darauf, dass ihnen Hakim Rashan, sein Sohn und seine Begleiter unverzüglich übergeben werden.

„Sie haben kein Recht, diese Männer gegen ihren Willen hier festzuhalten“, behauptet einer der Botschafter.

„Das mag ja alles stimmen“, versichert der Polizist, der für die Bewachung von Kadir Rashan zuständig ist. „Aber ich habe meine Instruktionen, an die ich mich halten werde. So leid es mir tut, Sie müssen warten, bis ich eine Bestätigung erhalten habe.“

Kadir verfolgt aus seinem Bett heraus gespannt, wie das Gespräch ausgehen wird. Dass die Dokumente nicht echt sind, ist ihm von vornherein klar, also darf es dazu auch keine Rückfragen geben.

„Warten?", schnauzt der angebliche Botschafter. „Schon wieder? Wissen Sie, wie oft wir warten mussten? Ihr Oberstaatsanwalt Herr Kolberg musste sich letztendlich auch unseren Forderungen beugen. Niemand von Ihnen darf sich gegen die geltenden Gesetze stellen, selbst wenn diese Männer Schwerverbrecher wären. Ihre diplomatische Immunität fordert eine sofortige Herausgabe an die zuständige Botschaft, sprich an uns. Alle dafür notwendigen Papiere liegen hier vor Ihnen. Ich bin nicht bereit, länger zu warten, ohne entsprechende Vergeltungsmaßnahmen in die Wege zu leiten!", droht er den Polizisten.

Wie solche Maßnahmen aussehen könnten, wissen die zur Bewachung eingeteilten Streifenpolizisten nur zu gut. Als Retourkutsche ist es ein gängiges Verfahren, deutsche Botschaftsangehörige in gleichen oder ähnlichen Positionen zu *Personae non gratae* zu bestimmen und nach Deutschland ausweisen zu lassen. Darauf wollen sie es nicht ankommen lassen, sondern überprüfen lieber noch einmal sämtliche Dokumente. Es ist klar zu erkennen, dass die Unterschrift des Oberstaatsanwaltes mit der Signatur übereinstimmt, die sie bei ihren Instruktionen finden.

„Na schön", stimmt einer der Wachmänner zu. „Sie haben alle notwendigen Papiere. Sie können die Männer mitnehmen."

„Was geschieht denn dann weiter mit diesen Personen?", erkundigt sich ein zweiter.

„Wir bringen sie zu unserer Botschaft, wo sie unter Aufsicht verweilen müssen, bis ihnen der Diplomatenstatus entzogen wurde. Bis dahin dürfen sie die Botschaft nicht mehr verlassen. Erst wenn sie in ein Flugzeug auf den Weg in ihre Heimat verfrachtet werden."

Zufrieden nicken die Polizisten zu seiner Aussage, da die Iraker dann niemandem mehr schaden können. Beruhigt sehen sie zu, wie die Männer aus ihren Betten klettern, sich ankleiden und mit bedrückten Mienen in die Obhut der Botschaftsabgesandten übergeben werden.

Auf dem Flur treffen Vater und Sohn erstmalig wieder zusammen, gehen aber schweigend mit gesenkten Häuptern weiter, um sich nicht zu verraten. Erst als sie den Ausgang erreichen, hebt Hakim Rashan den Kopf. „Gute Arbeit“, lobt er seine Gefolgsleute.

Kadirs Blick wandert derweil durch die Glastüren nach draußen, wo er die dort versammelten Elite-Polizisten bemerkt. „Vater!“, ruft er entsetzt, reagiert aber umgehend, indem er seinen Vater aus der Schusslinie zieht, um ihn in die Sicherheit des Gebäudes zu bringen.

„Zurück!“, befiehlt auch Chalid. Sein wachsamer Blick mustert erst die vermummten Einsatzkräfte, anschließend sondiert er die Umgebung. Der hervorragend geschulte Söldner stellt sich schnell auf die neue Situation ein. „Ich bringe unsere Herrscher von hier fort, zwei Mann kommen mit mir, ihr anderen haltet uns den Rücken frei.“

Der Anordnung folgend stellen sich seine Männer den Gegnern mit ihren Waffen in den Händen, um so ihren Befehlshabern die Möglichkeit zur Flucht zu verschaffen.

„Kommt“, fordert Chalid. „Wir nehmen den Ausgang an der Krankenwagenzufahrt.“ Damit läuft er den beiden voraus.

23

Sie sind noch nicht am Krankenhaus eingetroffen, als der erhoffte Anruf von Konrad Schrader bei Emma eingeht.

„Konrad, wie sieht es aus?", fragt Emma sofort. „Kannst du uns helfen?"

„Wie man's nimmt. Die Mitarbeiter im *Auswärtigen Amt* fühlen sich durch die gefälschten Papiere ziemlich auf den Schlips getreten. Allerdings werden sie eine Weile brauchen, um alles zu klären und sich mit der entsprechenden Regierung auszutauschen. So lange besteht offiziell auch die diplomatische Immunität für Hakim Rashan. Genauso wie die Immunität seiner Bediensteten, also auch die seines Sohnes."

„Das heißt, wir müssen sie gehen lassen?"

„Theoretisch, ja. Aber was, wenn ihr nicht wisst, dass die Dokumente gefälscht sind? Sie wurden euren Kollegen vorgelegt und für echt befunden. Niemand zweifelt an ihrer Echtheit. Ihr übergebt die Diplomaten an die abholenden Botschafter, die daraufhin das Krankenhaus zusammen verlassen. Klar soweit?"

„Sicher, aber wie soll uns das helfen?"

„Ich gehe davon aus, dass ihr bereits zwei Einsatzteams vor Ort habt. Oder?"

„Schon möglich", räumt Emma ein, während sie schmunzelt. ‚Konrad ist schließlich nicht dumm', holt sie sich in Erinnerung. ‚Ihm ist schon klar, was wir vorhaben.'

„Dann würde ich sagen, ein Team deckt die Ausgänge, das andere Team wartet am Haupteingang auf diese Leute, um ihnen Unterstützung auf dem Heimweg anzubieten. Wenn ich mit meiner Einschätzung richtig liege, können es sich diese Kerle gar nicht leisten, ein solches Angebot anzunehmen. Schließlich wollen die ihre Botschaft gar nicht aufsuchen, sondern sich irgendwo verkriechen. Deshalb werden sie entweder fliehen, oder beginnen, sich den Weg freizuschießen.“

Die Augen der Hauptkommissarin blitzen begeistert auf. „Nicht schlecht, deine Idee beinhaltet eine gute Strategie.“

„Nicht wahr?“, freut sich Konrad. „Wenn du mich nicht hättest! Ach, übrigens, um nicht für einen diplomatischen Zwischenfall und ein jahrelanges Ermittlungsverfahren zu sorgen, solltet ihr niemanden erschießen.“

„Irgendeinen Haken musste das Ganze ja haben“, meckert Emma. „Wir werden das berücksichtigen. Danke, Konrad.“

Sie haben nach ihrer Ankunft gerade noch Zeit, den *SEK*-Chef Bodo Danberg über die neuen Erkenntnisse zu informieren, bevor die Iraker in Begleitung ihrer Abholer am Ausgang erscheinen.

„Trupp eins, je zwei Leute an die Seiteneingänge“, weist der Einsatzleiter seine Elite-Kräfte an. „Der Rest rückt bis zum Haupteingang vor. Trupp zwei, rückwärtige Ausgänge sichern! Kein Schusswaffengebrauch!“

Obwohl die Spezialeinsatzkräfte wissen, welche Gefahren dieser Befehl für sie beinhaltet, kommen sie ihm ohne weiteren Kommentar nach.

Während der Oberstaatsanwalt und Mark Sievers mit Bodo Danberg den Einsatz überwachen, gesellt sich Emma zu dem zweiten Einsatztrupp. Ein inneres Gefühl sagt ihr, dass diese Männer ihre obersten Befehlshaber umgehend aus der Gefahrenzone bringen werden, was sie in die entgegengesetzte Richtung fliehen lässt. Sie erinnert sich an die kalten Augen, die ihr regelrecht befehlen wollten, Kadir nicht zu widersprechen. ‚Er ist es nicht gewohnt, zu verlieren. Dass man ihm die Stirn bietet, kennt er nicht‘, begreift sie. ‚Ich werde ihn nicht entkommen lassen!‘, nimmt sie sich vor.

Entschlossen tritt Simon Berg, der Truppenführer des ersten Spezialeinsatzkommandos, den irakischen Personen mit erhobenen Händen entgegen. „Wir sind nicht hier, um Sie zu behelligen, sondern um Sie zu unterstützen. Meine Vorgesetzten haben mir den Auftrag erteilt, Ihnen mit unserer Eskorte zu einer sicheren Heimkehr zu verhelfen."

Verblüfft mustern sich die Iraker, die nie mit einem solchen Angebot gerechnet hätten. Unschlüssig, wie sie sich verhalten sollen, führen sie leise eine kurze Diskussion, nach der sich alle einig sind.

„Wir danken Ihnen für diese Hilfe", versichert einer der angeblichen Botschafter. „Aber mit unserer Aufgabe haben Sie nichts zu tun. Ihre Begleitung würde nur zu Streitigkeiten führen, die wir vermeiden möchten. Nicht jeder wird Ihre Einmischung als Unterstützung ansehen, daher verzichten wir auf Ihr Angebot."

„Mit der öffentlichen Meinung können wir umgehen", behauptet Simon Berg. „Wir haben den Befehl, Sie zu eskortieren."

„Vergessen Sie's", brüllt der Mann ihm entgegen. Er begreift, dass dieser Polizist seinen Befehlen unter allen Umständen Folge leisten wird, genau wie er selbst es tun würde. Deshalb reißt er seine Pistole, eine *Glock 17* mit neunzehn Schuss Stangenmagazin vom Kaliber *9 x 19* Millimeter, hoch und beginnt wild zu feuern.

Auch seine Kameraden decken die Elite-Kräfte umgehend mit Kugeln aus ihren Waffen ein, doch Treffer landen sie keine, da mit dieser Reaktion gerechnet wurde. Ehe die Geschosse ein Ziel finden konnten, sind die Polizeikräfte schnellstens in Deckung gegangen.

Auf Befehl von Bodo Danberg halten einige der Elite-Spezialisten die Iraker mit ungezielten Schüssen über deren Köpfe hinweg in ihrer Deckung, während ihre Kollegen über die Feuerleiter ins Gebäude eindringen und den Männern in den Rücken fallen. Ohne dass ein einziger gezielter Schuss auf die Iraker abgefeuert wurde, können alle Personen bis auf weiteres festgenommen werden.

Indessen erreicht Chalid mit seinen Befehlshabern im Gefolge die Tür am hinteren Ausgang. Sie vorsichtig öffnend schaut er sich in alle Richtungen wachsam um, ohne eine Gefahr zu spüren. Es ist kein einziger Mensch zu entdecken, der ihnen auch nur ansatzweise in die Quere kommen könnte.

„Diese Bullen sind doch zu dämlich“, freut sich der Söldner. „Wartet hier, ich hole den Wagen“, bietet er seinen Herrschern an.

Mit der Waffe in der Hand, sich nach allen Seiten umdrehend geht er Schritt für Schritt auf die geparkte Limousine zu, die keine zehn Meter vom Ausgang entfernt auf einem Parkstreifen abgestellt ist. Ungehindert erreicht er das Fahrzeug, dessen Verriegelung er durch Betätigung des Schlüssels aufhebt. Noch einmal schaut er sich um, bevor er erleichtert nach dem Griff der Fahrertür tastet.

Die sich verborgen haltenden Elite-Kräfte aus der zweiten Truppeneinheit haben nur darauf gewartet, dass sie zugreifen können. Sobald der Befehl durch ihre Kommunikationsgeräte schallt, springen sie auf ihre Zielperson zu. Sie benötigen nur Sekunden, um Chalid, der von ihnen umringt wird, zu Boden zu drücken. Seine Hände werden mit Kabelbindern auf dem Rücken fixiert, ehe man ihn wieder aufrichtet. Bei seiner Durchsuchung finden die Beamten nicht nur die Pistole, sondern zudem ein ganzes Arsenal an Waffen zur Unterstützung bei einem eventuellen Kampf.

„Was soll das? Lasst mich los!“, brüllt Chalid laut. „Ich bin irakischer Botschafter und besitze diplomatische Immunität“, beginnt er zu pokern.

„Das können Sie ja dann gleich mit unseren Vorgesetzten klären“, versichert ihm einer der Spezialisten. Seinen Leuten gibt er den Befehl: „Bringt ihn weg!“

Entsetzt beobachten die beiden Oberhäupter der Familie Rashan, wie der Anführer ihrer Truppe festgenommen wird. Die vier vermummten Elite-Kräfte zerren ihren Gefangenen zu einem heranfahrenden Polizeitransporter, der unmittelbar vor ihnen anhält.

„Wir müssen schnellstens hier weg“, fordert Hakim. „Bevor diese Männer hier eindringen.“

„Ja, Herr, Ihr müsst fliehen“, stimmt einer der Begleiter seinem Befehlshaber zu. „Wir werden diese Männer von euch ablenken. Lauft bis ans südliche Ende des Gebäudes“, empfiehlt er seinem Herrscher, mit der Hand in die passende Richtung deutend.

„Dort gibt es im Verwaltungstrakt einen weiteren Ausgang, der für das Personal gedacht ist. Von dort sind es nur ein paar Schritte bis zu den schützenden Bäumen und der Zaun ist leicht zu überwinden. Ihr könnt zwischen den Bäumen hindurch in den Häuserreihen der Stadt untertauchen, dann habt ihr es geschafft. Salim Ammar wird auf euch warten." Er drückt seinem obersten Befehlshaber seine Zweitwaffe mitsamt seinem Kampfmesser in die Hände, genauso wie es sein Kamerad bei Kadir macht.

„Ich werde eure Loyalität nicht vergessen", beteuert Hakim Rashan. „Egal was passiert, eure Familien können sich meiner Fürsorge immer gewiss sein."

Während Vater und Sohn dem Ausgang entgegenrennen, stellen sich ihre beiden Begleiter den Elite-Kräften entgegen. Sie hoffen darauf, ihre Feinde durch gezielte Schüsse von der Flucht ihrer Herrscher abzulenken. Doch lange können auch sie sich der großen Übermacht durch weitere zur Unterstützung ihrer Kollegen herbeieilende Polizisten nicht widersetzen.

Die beiden Oberhäupter der *SWG* verschwenden keinen weiteren Blick auf ihre Untergebenen, sondern folgen in aller Eile den Hinweisschildern bis zum Personalausgang der Verwaltung, welcher im ersten Stock auf der Rückseite des Gebäudes liegt. Es dauert nur wenige Minuten bis sie den beschriebenen Weg nach draußen finden. Da der Ausgang auch als Fluchtweg dient, ist die stählerne Brandschutztür von innen jederzeit ohne Schlüssel zu öffnen.

Kadir, der vor seinem Vater hinaustritt, sieht sich auf der oberen Plattform einer Außentreppe stehend. Seine Augen suchen aufmerksam die gesamte Umgebung ab. ‚Immerhin konnten unsere Gegner selbst Chalid überrumpeln. Dabei ist er ein hervorragender Kämpfer mit sehr guten Instinkten', geht es ihm durch den Kopf. ‚Sie haben sich unsichtbar gemacht, hervorragend getarnt. Das könnte hier genauso der Fall sein.' Die Pistole schussbereit in der Hand beginnt er mit dem Abstieg über die Treppe, wobei er seinen Vater vorsichtshalber warnt: „Sei auf der Hut!"

Ungehindert erreichen sie den Fuß der Treppe. Ihr weiterer Weg führt sie über einen kleinen Parkplatz hinweg in Richtung

Grünbewuchs. Die Bäume und Büsche, die hier zu einem kleinen Park angeordnet wurden, bieten genau den richtigen Sichtschutz, um sich unbemerkt zu entfernen. Sie haben die ersten Bäume schon fast erreicht, als sich ihnen zwei Polizeibeamte, die die Kleidung der Elite-Kräfte tragen, entgegenstellen. Allerdings haben die beiden auf Sturmhauben und Helme verzichtet, sodass die Iraker ihre Gesichter erkennen können.

„Sie?“, staunt Kadir, als er die Frau erkennt, die in der schwarzen Einsatzbekleidung vor ihm steht.

„Ich habe Sie gewarnt, mich nicht herauszufordern“, erinnert Emma ihn. „Aber anscheinend haben Sie das nicht ernst genommen.“

„Und jetzt wollen Sie mich aufhalten?“

„Wenn Sie sich nicht freiwillig ergeben, ja.“

Kadirs überhebliches Lächeln zeigt bei Emma keine Wirkung.

Vater und Sohn tauschen nur einen amüsierten Blick, um sich anschließend dem unvermeidbaren Kampf zu stellen. Allerdings sind sie beide der Meinung, dass ihre Gegner ihnen nichts entgegenzusetzen haben. Schließlich trainieren sie seit ihrer Kindheit, wie man sich im Zweikampf zu behaupten hat.

Doch so unbedarft sind die Geschwister Wolf, die noch vor ein paar Monaten zu den besten Agenten des Berliner Geheimdienstes gehörten, nicht. Die Ausbildung und das harte Training, das die beiden auf ihrem Weg absolvieren mussten, erweist sich nun wieder einmal als nützlich.

Gleichzeitig stürzen sich Vater und Sohn auf ihre Feinde, um diesen Kampf schnellstens hinter sich zu bringen, wobei sie vollkommen außer Acht lassen, dass sich mehrere Elite-Kräfte abwartend hinter den beiden einfinden.

Um ihrem Ziel, die beiden Iraker in ihre Schranken zu verweisen, möglichst nah zu kommen, braucht Emma den Sieg über Kadir, weshalb sie bereit ist, sich diesem Zweikampf zu stellen. Mit ihrem Bruder an ihrer Seite weiß sie, dass sie das schaffen werden. Aus diesem Grund erhielten die Spezialisten von ihrem Truppenführer den Befehl, noch nicht in den Kampf einzugreifen.

Hakim Rashan steht kampfbereit vor Stefan, in einer Hand die *Glock 19*, eine selbstladende Pistole mit Kaliber *9 x 19* Millimeter, in der anderen das Kampfmesser, doch ehe er einen Schuss abfeuern kann, tritt der Elite-Polizist dem Mann die Schusswaffe aus der Hand. Unmittelbar danach wirbelt er dem Messer ausweichend zur Seite herum. Dadurch erreicht er die richtige Position um ansatzlos zuzuschlagen.

Der gut gezielte Schlag landet am Kinn des Irakers, der, nach hinten geschleudert, sich nur mit Mühe vor einem Sturz bewahren kann. Ehe er sich zu seiner vollen Größe aufrichtet, packt Stefan mit beiden Händen das Handgelenk der Messerhand. Der Elitepolizist verdreht Hakim Rashans Hand so fest, dass dieser mit einem schmerzhaften Aufschrei die Waffe fallen lässt.

Ohne den Mann loszulassen dreht sich der Elite-Polizist von dem Iraker weg, wobei er sich schwungvoll nach vorn beugt.

Hakim Rashan wird von den Beinen gerissen. Sein Gleichgewicht verlierend fliegt er seitlich über Stefans Schulter. „Ahh!“, schreit er überrascht auf, bevor er mit dem Rücken auf dem Asphalt landet. Er schafft es nicht mehr, sich von dem Sturz zu erholen, sondern wird von Stefan auf den Bauch gedreht, mit einem Knie gegen den Boden gedrückt und mit Kabelbindern gefesselt an weiteren Kampfhandlungen gehindert.

‚Wie konnte dieser junge Mann mich so schnell besiegen?‘, staunt Hakim Rashan. ‚Das ist doch vollkommen unmöglich.‘ Zur Untätigkeit verdammt, schaut er hoffnungsvoll dem Kampf seines Sohnes zu, dessen Sieg jetzt die einzige Rettung für ihn ist.

Kadir starrt verblüfft auf seinen am Boden liegenden Vater, der nicht einmal drei Minuten gegen seinen Feind bestehen konnte. ‚Der Mann ist absolut nichts Besonderes‘, urteilt er. ‚Wieso hat mein Vater ihn nicht gestoppt? Er hat sich täuschen lassen‘, begreift er. ‚Er hat diesen Mann unterschätzt, das war sein Fehler.‘ Sein irritierter Blick wandert zu Emma, die ihm mit einem arroganten Lächeln entgegensieht.

„Überrascht?“, fragt sie stichelnd.

„Das war nur Glück!“, behauptet Kadir arrogant. „Bei mir wird dir das nicht gelingen!“

„Sind Sie sich da so sicher?“, erkundigt sich Emma herausfordernd. „Geben Sie auf“, bittet sie Kadir. „Noch gibt es eine friedliche Lösung.“

‚Sie hat Angst‘, glaubt er zu erkennen. ‚Nur weil sie eine Einsatzuniform trägt, wird sie mich nicht einschüchtern.‘ Spöttisch grinsend antwortet er ihr: „Nein, die gibt es nicht. Aber ich stehe zu meinem Wort. Folge mir, dann kann ich dich verschonen!“

„Meine Antwort darauf haben Sie schon.“

„Dann wirst du den heutigen Abend nicht überleben!“, verspricht er ihr.

„Sie greifen dem Ziel schon wieder voraus“, behauptet Emma gelassen.

„Nun gut, wir werden sehen“, beendet er das Gespräch. Sich dem Kampf stellend nimmt er eine Position ein, die ihm hilft, auf jeden ihrer Angriffe spontan zu reagieren. Dann wartet er ruhig ab, was seine Gegnerin zu tun gedenkt.

Emma lächelt ihn immer noch herausfordernd an, während sie sich zur Seite dreht, was den Anschein hat, als ob sie aufgeben will.

Siegessicher strahlen Kadirs Augen auf. ‚Ich wusste, dass sie Angst hat!‘

Stattdessen presst die Beamtin ihr Standbein fest auf den Boden, um ihm mit einem schwungvollen Dreh ihres Körpers die Pistole, eine *Glock 17* mit Kaliber *9 x 19* Millimeter, aus der Hand zu treten.

Er ist von dem Angriff zwar überrascht, reagiert aber gar nicht erst auf diesen Tritt, sondern lässt die Pistole fallen, um das Messer zum tödlichen Stoß gegen sie zu erheben. Allerdings verwundert es ihn sehr, als Emma diesem Stich so locker auszuweichen versteht. Ihre feste Handkante auf seine Messerhand sorgt dafür, dass er wütend aufschreiend zurückweicht, während das Messer über den Asphalt scheppert.

Emma bleibt ruhig, ganz auf den Kampf konzentriert. Um ihm möglichst keine Verschnaufpause zu gönnen, springt sie ihn mit beiden Beinen an, sodass Kadir nach hinten geschleudert wird. Während sie nach dem Sprung sauber auf ihren Füßen aufkommt, kann er sich nur knapp auf den Beinen halten.

Für einen kurzen Augenblick verliert er die Fassung. ‚Das habe ich nicht erwartet', gesteht er sich. ‚Wie kann es sein, dass eine Frau mehr als ein paar Sekunden gegen mich besteht? Mich, den besten Kämpfer meiner eigenen Truppen?'

Das mitleidvolle Lächeln der Beamtin sorgt dafür, dass sich die Wut in ihm ausbreitet, wie in einem Kessel, der überzukochen beginnt.

„Na schön, ganz wie du willst!", droht er seiner Gegnerin. „Du verlangst also nach der harten Tour. Na, komm schon!" Mit beiden Händen winkt er sie auffordernd heran.

Emma ist bewusst, dass er ihr rein körperlich haushoch überlegen, zudem gut ausgebildet ist. Doch sie weiß auch, dass Männer eher plump auf ihre Kraft setzen, wodurch sie einen Vorteil erhält. In ihrer Ausbildung hat sie gelernt, dass sie schneller, geschickter sein muss als er, ihm keinen Treffer erlauben darf, denn dann hat sie verloren.

Wie zwei Ringer umkreisen sie sich, aufmerksam jede Bewegung des anderen verfolgend.

Mit einem großen Schritt steht Kadir vor ihr, die geballte Faust zum Schlag erhoben.

Emma pariert den Hieb anscheinend mühelos, dreht sich halb an ihm vorbei und lässt ihren Ellbogen kraftvoll in seine Rippen krachen.

„Ahh!" Der Schlag macht ihm zwar nicht allzu viel aus, steigert aber seine Wut auf diese Frau enorm. ‚Wieso schafft sie es, gegen mich zu punkten? Sie ist doch nur eine Frau.' Schnell wirbelt er zu ihr herum, um ihr nicht seinen Rücken als Angriffsfläche zu bieten.

Die Beamtin hat nur darauf gewartet, dass Kadir sich ihr zuwendet. Ihr Fuß trifft so hart vor seine Brust, dass er sich nur durch einen großen Ausfallschritt abfangen kann.

Emma erkennt neidlos an, dass er außergewöhnlich gut trainiert ist. Die meisten ihrer Gegner wären bei diesem Tritt mit dem Rücken auf dem Boden gelandet.

„Mehr hast du nicht zu bieten?", faucht er sauer, wobei er seine Faust ohne Vorwarnung in ihrem Gesicht platzieren will.

Der hinterhältige Angriff überrascht sie keineswegs, sodass sie, ihren Oberkörper nach hinten biegend, weit genug in die Knie geht, um seinen Arm zu unterlaufen. Sich seitlich wegdrehend packt sie mit beiden Händen seinen ausgestreckten Schlagarm. Beim Aufrichten gelangt sie mit ihrer linken Schulter unter seine Armbeuge. Ihre kurze Drehung um ihre Achse ohne seinen Arm loszulassen bewirkt, dass er seinen festen Stand verliert. Aus dem Gleichgewicht gerissen fliegt er durch ihren Schwung nach vorn.

Kadir landet auf seinen Knien, springt aber blitzartig wieder auf, während er mit einem wütenden Aufschrei bereits zu ihr herumwirbelt.

Trotzdem ist er nicht schnell genug, um ihrer linken Faust auszuweichen, die nun unter sein Kinn knallt, gefolgt von ihrer Rechten, die seinen Wangenknochen mittig erwischt.

Kadir stöhnt auf, sein Kopf schießt zur Seite und für einen Moment sieht er Sterne, doch er hat gelernt, mit Schmerzen umzugehen, mögen sie auch noch so stark sein.

Während er den Kopf schüttelt, um wieder klarer zu werden, nutzt die Beamtin den Augenblick, um in ihn hineinzurennen. Mit ihrem Körper bringt sie ihn zu Fall, wobei sie der Länge nach auf ihm landet. Allerdings ist sie schnell genug wieder auf den Beinen, um sich vor einer Reaktion seinerseits zu schützen.

Ehe Kadir sich von dem Angriff erholen kann, liegt er bäuchlings auf dem Boden, ihr Knie in seinem Rücken. Der Kabelbinder schließt sich bereits um sein erstes Handgelenk. Verzweifelt bemüht er sich darum, sie durch seine Gegenwehr zu behindern.

„Bleiben Sie liegen!", befiehlt Emma ihm. „Reicht es nicht, dass Sie von einer Frau besiegt wurden? Muss ich Sie auch noch *KO* schlagen?"

Besiegt lässt er sich auf den Boden sinken, ohne weitere Befreiungsversuche zu unternehmen. Dabei bemerkt er den erstaunten Blick seines Vaters, der achtungsvoll auf die Beamtin gerichtet ist. Er kann es seinem Vater nicht verdenken, denn auch in ihm keimt der Respekt vor dieser Frau auf.

Stefan, der seinen Gefangenen bereits an die Elite-Kräfte seiner Truppe übergeben hat, hilft seiner Schwester, Kadir auf die Beine zu ziehen. Das immer noch erstaunte Gesicht des Irakers treibt ihn zu der spöttischen Frage: „Musstest du mit dem Kerl so lange herumspielen?"

Emma verkneift sich die Antwort genauso wie das aufkeimende Lachen. ‚Männer', denkt sie wieder einmal. ‚Die ticken echt anders!'

Als zwei Männer aus Stefans Einheit Kadir ergreifen, um ihn zu dem wartenden Transporter zu begleiten, zerrt dieser seinen Arm fest zurück, sodass die Spezialisten mit ihm für einen Moment neben Emma stehen bleiben.

„Ich wusste von Anfang an, dass Sie genau die Richtige sind", versichert er der Hauptkommissarin anerkennend.

„Ja, um Sie in Ihre Schranken zu verweisen", beteuert Emma fest. „Lassen Sie sich nie wieder in unserem Land blicken!"

Die Elite-Polizisten sorgen dafür, dass Vater und Sohn in Gewahrsam verbracht werden.

Der Besprechungsraum im Polizeipräsidium kommt Emma vor wie eine überfüllte Sardinenbüchse, da nicht nur die Sonderkommission für diesen Fall, sondern auch alle leitenden Beamten und Beteiligten der Firma *Staller* den Erklärungen des Oberstaatsanwaltes lauschen.

„Sie alle haben gestern hervorragende Arbeit geleistet", versichert Horst Kolberg. „Nur durch das äußerst gute Zusammenspiel aller Abteilungen konnten wir die Bedrohung abwenden. Das *Auswärtige Amt* ließ mir bereits mitteilen, dass die diplomatische Immunität von Hakim Rashan und seinem Gefolge umgehend aufgehoben wird. Sie werden in wenigen Tagen durch beauftragtes Personal der irakischen Regierung in einer privaten Maschine nach Bagdad überführt. Allerdings dürfte der Flug in Handschellen und Fußketten bestimmt nicht sehr angenehm für die Herren werden. Diejenigen, die nicht durch die Immunität geschützt sind, werden hier verweilen, bis ihre Strafe in einem Gerichtsverfahren vom zuständigen Richter festgelegt wurde.

Allerdings wird wohl keiner von ihnen an einer Gefängnisstrafe vorbeikommen. Zur Abbüßung dieser Haft werden sie dann in ihr Heimatland überstellt. Hakim Rashan und sein Sohn müssen sich vor dem irakischen Gericht verantworten. Die Regierung dort ist alles andere als begeistert von den Machenschaften dieser Männer, die mit ihren Handlungen einen dicken Keil in die Friedensbemühungen der Länder hätten treiben können. Die zuständigen Regierungsbeamten haben bereitwillig einer Inhaftierung der Terroristen bis zur Abholung zugestimmt. Meine Mitarbeiter sind gerade dabei, eine saubere Akte für den Richter zu erstellen, damit dieser ein Einreiseverbot für die gesamte Familie Rashan erlässt und zudem Haftbefehle für Hakim und Kadir Rashan ausstellt. Das dürfte den beiden die Lust an einem erneuten Besuch unseres Landes hinreichend verleiden."

„Glauben Sie wirklich, das reicht aus, um diese Männer dauerhaft aus unserem Land herauszuhalten?", wirft Uwe staunend ein.

„Das allein bestimmt nicht", gibt Horst Kolberg zu. „Aber sie landen auf unseren Fahndungslisten, da es einen offenen Haftbefehl gibt. Jedes Land, das mit uns ein Auslieferungsabkommen unterhält, wird dem nachkommen. Ich denke schon, dass dadurch eine gewisse Abschreckung gewährleistet ist."

„Darüber hinaus haben wir dem gut aufgebauten Netz an Gefolgsleuten einen gehörigen Schaden zugefügt", freut sich Lutz Tappe. „Angefangen mit einem gezielten Zugriff auf das Versteck dieser Killertruppe, die sich in Düsseldorf-*Oberbilk* befand. Wir konnten eine große Ansammlung an illegalen Waffen und Sprengstoff beschlagnahmen. In den Räumlichkeiten hielt sich ein gutes Dutzend fast ausschließlich irakischer Söldner auf, die wir allesamt festgenommen haben. Darunter fand sich dann auch der eine oder andere, gegen den es schon offene Haftanträge gab", informiert der Polizeiführer die anderen. „Die Unterlagen, die uns Herr Bach zukommen ließ, führten uns zu Salim Ammar, einem Iraker, der als Kulturattaché durch diplomatische Immunität geschützt wurde. Wir konnten den Auftrag für die gefälschten Dokumente eindeutig diesem Mann zuordnen. Er wird das Schicksal seiner Befehlshaber teilen."

„Wahrscheinlich ist jedem hier im Raum klar, dass die Gefahr dadurch nicht dauerhaft abgewendet wurde“, teilt der Polizeipräsident den Anwesenden mit. „Aber es ist ein gewaltiger Schritt in die richtige Richtung, auch wenn wir weiterhin Augen und Ohren offenhalten müssen.“

„Was ist mit Leander von Weihrauch?“, erkundigt sich Gerd bei dem Oberstaatsanwalt.

„Offiziell ist er tot. Das bleibt er auch. Die enorme Gefahr, der er sich aussetzte, um uns zu helfen, ließ den Richter einlenken. Zudem hat er sich weder an dem Schmuggel noch an dem Verkauf der gefundenen Drogen beteiligt, sondern sie lediglich für seinen Auftraggeber bearbeitet. Sicher, auch das ist eine Straftat, aber das Strafmaß dafür ist relativ gering. Die Diebstähle der Tiere liefen ganz klar über den Laborleiter Fritz Kaspar. Die drei Männer, die von Henriette Grossmann als Diebe identifiziert wurden, sagten übereinstimmend aus, dass sie ihre Aufträge von ihm erhielten, allerdings kam ihre Bezahlung von Herrn von Weihrauch. Die drei führten uns auch zu einem Mann namens Mikolaj Salewski, der die Tierkadaver in einem privaten Bestattungsunternehmen illegal mit den Leichen zusammen verbrannte.“

„Damit sind alle losen Fäden abgeschnitten“, stimmt Lutz Tappe zu.

„Ganz recht. Aus allen Unterlagen, die wir erhalten und gesichtet haben, ging hervor, dass Herr von Weihrauch sein Labor nach dem Kauf des alten Klinik-Geländes in Düsseldorf-*Ludenberg* im Rahmen der Renovierungsarbeiten im Jahr *2003* errichtete. Das bedeutet, dass er seine gesamten Immobilien und Hotels erworben hat, bevor er mit seinen illegalen Machenschaften anfing. Er darf sie also behalten, während alles Barvermögen, das er durch seine illegalen Aufträge erhielt, beschlagnahmt wird.“

„Da bleibt ihm trotzdem genug, um sorgenfrei zu leben“, rechnet Mark nach.

„Ja, schon. Aber er ist tot“, kontert Gerd.

„Sie haben Recht, Herr Bach“, bestätigt Horst Kolberg. „Seine Schwester wird in einigen Wochen das Erbe antreten. Herr von Weihrauch erhält eine neue Identität, mit der es ihm möglich sein wird, seinen Lebensabend auf seinem Anwesen in der Schweiz zu verbringen. Allerdings hat er vorher seine Strafe abzubüßen, die aus fünf Jahren Haft besteht, auf die sich Herr von Weihrauch mit seinem Anwalt und dem Richter geeinigt hat. Dafür wird er in die Schweiz überführt, wo er seine Haftstrafe unter seinem neuen Namen antreten wird."

„Er beginnt sein neues Leben also mit einer Vorstrafe in seiner Akte", stellt Bodo Danberg fest.

„Ja. Ein bisschen Gerechtigkeit greift also auch hier", versichert der Oberstaatsanwalt. „Bevor wir jetzt die Besprechung beenden, möchte ich an dieser Stelle noch eins loswerden: Ohne die gute Kommunikation zu Herrn Peter Staller, seinen Mitarbeitern und vor allem seinem Projektleiter Herrn Gerd Bach wäre uns dieser Schlag niemals gelungen. Für Ihre überaus wertvolle Unterstützung können wir uns nur bedanken, auch wenn aus Sicherheitsgründen nie jemand davon erfahren wird, was Sie für unser Land getan haben. Seien Sie versichert, dass wir diese Hilfe nie vergessen werden."

„Es ist gut, dass wir helfen konnten", beteuert der Konzernchef unter dem Nicken seiner Mitarbeiter.

24 Epilog

Henry und Melissa fiebern dem Zeitpunkt entgegen, an dem die gestohlenen Tiere zum Tierheim zurückgebracht werden, bis es dann an dem letzten Freitag in den Ferien so weit ist.

„Keines Ihrer Tiere war dem Erreger auch nur annähernd ausgesetzt", versichert der mit der Überführung der Tiere beauftragte Experte. „Sie wurden von Kopf bis Fuß untersucht, sind alle gesund und sehnen sich bestimmt nach Ihrer liebevollen Betreuung."

Die beiden Mädchen helfen fleißig mit, ihre vierbeinigen Freunde in die Unterkünfte zu bringen und mit allem zu versorgen, was sie jetzt benötigen.

„Senta!", schreit Melissa erfreut auf, als die Hündin von einem der Männer aus dem Transporter geführt wird. Mit einem Satz steht sie vor der Schäferhündin, schlingt ihre Arme um deren Hals, als ob sie sie nie wieder loslassen will. Dabei schmiegt sie ihre Wange an die weiche Schnauze. Die Hündin bekundet ihre Freude mit einem frohen Bellen, ehe sie das Gesicht der Freundin ausgiebig ableckt.

Henry, die Artemis streichelnd im Arm hält, schaut den beiden glücklich lächelnd zu.

Das ganze Wochenende über sind die Teenager im Tierheim und helfen, die Tiere zu versorgen, sie zu beruhigen und ihnen die Liebe angedeihen zu lassen, die sie jetzt nötig haben, bevor es am Montagmorgen wieder in die Schule geht.

Für Melissa hat sich viel verändert, da sich mittlerweile bei den Klassenkameradinnen herumgesprochen hat, dass der Vater arbeitslos ist. Ihre Clique lässt sie fallen wie eine heiße Kartoffel. Zudem nehmen ihre ehemaligen Freundinnen ihr übel, dass sie ihre Zugehörigkeit in die untere Schicht nicht sofort gebeichtet hat. Schließlich beeinträchtigt sie damit das Niveau der ganzen Gruppe. Melissa hingegen hat in Henry eine Freundin, die ihr in diesen Zeiten den Rücken stärkt, zu ihr hält und sich mit ihr gegen die immer wiederkehrenden Attacken der anderen Schülerinnen zur Wehr setzt. Trotzdem macht ihr die Feindseligkeit zu schaffen. „Ich weiß nicht, wie du das so lange aushalten konntest“, äußert sie Henry gegenüber deprimiert. „Ich fühle mich hundeelend dabei. Am liebsten würde ich auf eine andere Schule wechseln und neu anfangen.“

„Mensch, das ist klasse!“ Henrys Augen blitzen begeistert auf. „Du hast tolle Ideen. Pass auf, wir wechseln zusammen. Heute Nachmittag setzen wir uns ans Internet und schauen uns die Gymnasien in Düsseldorf an. Wenn wir etwas finden, was uns zusagt, bitten wir unsere Eltern um ihre Zustimmung. Wobei ich nur meine Mutter fragen muss, seit sie das vorläufige alleinige Sorgerecht bekommen hat. Dadurch darf mein Vater bis zur Gerichtsverhandlung erst einmal nicht mitreden.“

Gesagt, getan! Schon am nächsten Tag finden die Teenager eine Gelegenheit, sich die ausgewählte Schule anzuschauen. Erstaunt darüber, dass die Mädchen den angefragten Termin ohne ihre Eltern wahrnehmen, spricht der Schulleiter Udo Stegmaier sie darauf an. Freizügig schildern Melissa und Henry dem Mann, was sie zu einem Schulwechsel bewegt, auch wie es dazu gekommen ist. Sie legen ihm ihre überaus guten Zeugnisse vor, ehe sie beginnen, von ihren Nebenjobs im Tierheim zu berichten. Diese möchten sie unter keinen Umständen aufgeben, erfährt der Schulleiter.

„Wisst ihr denn auch, ob diese Schule für euch die richtige ist?“, erkundigt sich Udo Stegmaier bei den Freundinnen. „Welche Fächer wollt ihr denn belegen? Schließlich müssen wir prüfen, ob eure Wünsche mit unserem Lehrprogramm übereinstimmen, da ihr in die Jahrgangsstufe acht einsteigen würdet.“

„Wir haben uns schon informiert“, beteuert Henry. „Melissa und ich möchten gemeinsam weitergehen. Wir wissen, dass es ab der achten Klasse eine neue Klassenleitung gibt, der Klassenverband aber bestehen bleibt, um die soziale Kontinuität während der Persönlichkeitsentwicklung zu erhalten. Die Wahlpflichtbereiche wollen wir aber nach unseren Interessen getrennt wählen, Melissa ist mehr an Biologie und Chemie interessiert, da sie liebend gern Tierärztin werden möchte, aber ich würde Deutsch und Geschichte bevorzugen, um später Jura zu studieren."

„Alle Achtung", staunt Udo Stegmaier. „Ihr habt euch ein hohes Ziel gesetzt, allerdings, die Noten dafür habt ihr." Einen Augenblick schaut er auf die vor ihm liegenden Unterlagen, dann erhebt er sich entschlossen. „Also gut, ihr sollt eure Chance kriegen! Ich sage euch, was wir machen. Wenn ihr eure Eltern überreden könnt zuzustimmen, werde ich euch nicht im Weg stehen. Kommt alle zusammen zu mir, dann klären wir die Einzelheiten." Er reicht den beiden Mädchen zum Abschluss seine Visitenkarte. „Hier findet ihr meine Telefonnummer. Ruft mich an, wenn ihr einen Termin vereinbaren wollt."

Strahlend bedanken sich die Teenager zum Abschluss bei dem Schulleiter, der ihnen lächelnd nachsieht, ehe er Angelika Pietschmann kontaktiert, um von ihr mehr über die zwei äußerst entschlossenen jungen Damen zu erfahren. Was er von der Direktorin zu hören bekommt, stärkt ihn in dem Entschluss, den beiden zu helfen.

Während sich die Mädchen durch ihren Schulalltag kämpfen, sitzt Lothar Braun dem Konzernchef Peter Staller in dessen Büro gegenüber. Obwohl sich der Neununddreißigjährige durch den großen Firmenkomplex mit seinen rund achthundert Mitarbeitern eingeschüchtert fühlt, begegnet er dem Unternehmer offenherzig und freundlich, wodurch das Gespräch über seine bisherige Arbeit zu Peters Zufriedenheit ausfällt.

„Ich mache Ihnen einen Vorschlag", eröffnet Peter dem Materialwissenschaftler. „Noch bin ich nicht sicher, ob sich meine Idee für die Firma als lohnend herausstellen wird, aber ich würde es gern versuchen. Dazu biete ich Ihnen Folgendes an: Sie bekommen einen Arbeitsvertrag, befristet für ein Jahr. In dieser Zeit durchlaufen Sie die gesamte Firma, machen sich ein Bild von unserer Arbeit und lernen die Routine kennen. Es ist Ihre

Aufgabe, mir zu zeigen, wo Sie sich einbringen können, um die Wirtschaftlichkeit oder die Qualität unserer Produkte zu verbessern. Ich denke da an eine Unterstützung unserer betriebseigenen Labore und Werkstätten. Gefällt mir, was ich zu sehen bekomme, unterhalten wir uns in einem Jahr über unsere weitere Vorgehensweise und einen Anschlussvertrag."

Lothar Brauns Augen leuchten entschlossen auf. „Diese Chance würde ich liebend gern in Anspruch nehmen. Aber, nehmen Sie mir die Frage bitte nicht übel, wieso ich?"

Peter lacht fröhlich auf. „Ich habe mit Henry über Sie gesprochen. Sie hat eine gute Auffassungsgabe und ist sehr einfühlsam. Sie glauben gar nicht, wie viel der Zuspruch dieses Mädchens bewirkt hat."

„Sie können sich nicht vorstellen, wie sehr Sie mir damit helfen."

„Wenn es funktioniert, helfen wir uns gegenseitig", lächelt Peter. „Wir haben bereits Mitte Oktober, ich würde sagen, wir treffen uns nächsten Montag hier wieder, dann liegt der Arbeitsvertrag vor. Wir klären die Einzelheiten bevor wir ihn beide unterschreiben. Dann können Sie am 2. November mit Ihrer Arbeit anfangen. Was halten Sie davon? Ach ja, Ihnen sollte klar sein, dass zumindest am Anfang eine gewisse Reisebereitschaft dazu gehört, um die Abläufe während der Bauphasen kennenzulernen."

„Prinzipiell bin ich dazu gern bereit", beginnt Lothar Braun vorsichtig. „Es ist nur so, dass ich meine Wohnung, die ich erst vor ein paar Jahren gekauft hatte, wieder veräußern musste, bevor mich die Raten aufzufressen begannen. Der Kaufpreis für die Vier-Zimmer-Wohnung mit sechsundneunzig Quadratmetern auf der *Kaiserstraße* in Düsseldorf war extrem hoch, aber die Alternative wäre gewesen, von jetzt auf gleich auszuziehen. Das wollte ich meiner Familie nicht antun und mein Verdienst war gut genug dafür. Der neue Eigentümer lässt mir ein halbes Jahr Zeit, um eine andere Wohnung zu finden, aber das ist gar nicht so einfach, da ich mich an die Auflagen des Arbeitsamtes halten muss, was Miete oder Quadratmeterzahl angeht. Bevor ich nicht fündig geworden bin, kann ich es mir wohl nicht erlauben, länger zu verreisen." Er zuckt bedauernd mit den Schultern. „Es wird noch einmal schwieriger dadurch, dass ich meiner Tochter die Freundschaft zu Henriette Grossmann nicht zerstören möchte, indem wir zu weit weg ziehen."

Es bleibt so lange still zwischen den beiden Männern, dass Melissas Vater schon Angst hat, der Konzernchef würde sein Angebot nach dem Gehörten wieder zurückziehen, doch nichts dergleichen geschieht.

„Würden Sie einen Moment hier auf mich warten?", bittet Peter ihn. Ohne ein weiteres Wort verlässt er sein Büro, um sich fünf Minuten darauf wieder hinter seinem Schreibtisch einzufinden. „Mir ist bei Ihrer Aussage über die Freundschaft der Mädchen eine Idee durch den Kopf gegangen, die ich Ihnen gern mitteilen möchte. Sagen Sie mir im Anschluss, was Sie davon halten." Er legt ein Dossier vor Lothar Braun auf den Tisch. „Eigentlich hatte ich dieses Haus zum Verkauf angeboten", berichtet er. „In Düsseldorf-*Vennhausen*, auf der *Friedrich-Engels-Straße*. Es ist ein Zweifamilienhaus. Ich würde Ihnen die untere Etage vermieten, die aus einer Fünf-Zimmer-Wohnung mit hundertzweiundzwanzig Quadratmetern Wohnfläche zuzüglich Garten besteht. Ich überlasse Ihnen die Entscheidung, ob Sie zur Miete dort wohnen oder das Haus irgendwann kaufen wollen. Sie könnten aus Ihrem Wohnungsverkauf auch eine Anzahlung auf das Haus tätigen und einen Mietkauf vereinbaren. Lesen Sie sich das Dossier durch, rechnen Sie sich Ihre Möglichkeiten in Ruhe aus und machen mir anschließend ein Angebot. Alle Daten finden Sie in den Unterlagen. Dieses Angebot ist unabhängig davon, ob Sie einen Arbeitsvertrag bei mir unterschreiben oder nicht. Allerdings habe ich eine Bedingung", fordert der Unternehmer die Aufmerksamkeit seines Gesprächspartners.

„Was für eine Bedingung?", erkundigt sich Lothar Braun skeptisch. ‚Es hätte ja auch zu schön sein können', überlegt er niedergeschlagen. ‚Jetzt kommt der Haken bei der Geschichte.'

„Ich möchte die obere Wohnung, die aus einer achtundneunzig Quadratmeter großen Vier-Zimmer-Wohnung mit Balkon besteht, an Helga Grossmann vermieten", eröffnet Peter dem erstaunten Mann. „Sie soll ihre Wohnung auch dann behalten können, wenn Sie das Haus erwerben sollten. Ohne dass ein Aufpreis auf die Miete erhoben wird, versteht sich. Auf eine Übernahme dieser Klausel in den Kaufvertrag würde ich bestehen."

Lothar Braun, dem die Kinnlade heruntergeklappt war, starrt den Konzernchef verdattert an. „Ich glaube, ich bin im Himmel gelandet", behauptet er. „Das kann doch alles gar nicht wahr sein."

„Das heißt dann wohl, dass Sie einverstanden sind?"

„Und wie!"

Am gleichen Abend stochert Melissa, die mit ihren Eltern am Tisch sitzt, in ihrem Essen herum, statt es sich schmecken zu lassen, da sie vor lauter Nervosität keinen Bissen herunterkriegt. Henry und sie haben abgesprochen, den Eltern an diesem Abend zu beichten, was sie vorhaben, doch sie hat keine Ahnung, wie sie das anfangen soll.

„Was ist mit dir, Melissa?", fragt ihre Mutter. „Du schaufelst doch sonst dein Essen in aller Eile in dich hinein. Geht es dir nicht gut?"

„Doch, es ist nur …" Sie muss den dicken Kloß herunterschlucken, der ihren Hals blockiert, aber dann sprudelt es nur so aus ihr heraus, während die Eltern der Tochter immer erstaunter zuhören. Melissa berichtet ihren Eltern von der miesen Behandlung Henrys durch die Klassenkameradinnen, dass auch sie dazu beigetragen hatte, mittlerweile aber einsieht, wie falsch das war. Sie schildert den Eltern, welchen Schikanen sie ausgesetzt war, wie Henry ihr zur Seite stand, ihr geholfen und sie beschützt hat. Sie informiert ihre Eltern auch darüber, dass sie gemeinsam mit ihrer Freundin auf eine andere Schule wechseln will, was sie dafür bereits unternommen haben und wie der Schulleiter auf ihren Wunsch reagiert hat. „Bitte", bettelt sie abschließend. „Henry und ich wollen zusammenbleiben. Es würde mir …, nein, … uns viel bedeuten." Das Lächeln der Eltern nimmt sie vor lauter Aufregung nicht wahr.

„Das sind allerhand aufregende Neuigkeiten", schmunzelt der Vater. „Wenn wir schon dabei sind, sollte ich wohl auch meine beisteuern." Er berichtet von dem Angebot, das ihm Peter Staller gemacht hat, dass er sich entschlossen hat, dieses anzunehmen, auch dass sie umziehen müssen. Auf den entsetzten Blick seiner Tochter hin beeilt er sich, seiner Familie von dem Haus zu erzählen, das ihm der Konzernchef angeboten hat. Er beendet seinen Bericht mit der Bedingung, die der Unternehmer an ihn stellte, woraufhin seine Tochter freudestrahlend aufspringt.

„Das ist super!“, ruft sie aus. „Ich kann mit Henry im gleichen Haus wohnen? Machst du das, Papa? Nimmst du das Angebot an? Bitte!“

„Das habe ich schon“, lacht der Vater, der von seiner Tochter fast umgeworfen wird, als sie sich wild in seine Arme wirft.

„Weiß Henry es schon?“

„Sie wird es wahrscheinlich gerade erfahren“, vermutet Lothar Braun. „Was euren Schulwechsel betrifft, werde ich mich mit Henrys Mutter absprechen, ehe ich einen Termin mit dem Schulleiter vereinbare, aber von unserer Seite gibt es dazu keine Einwände.“

„Ich hab euch lieb!“, beteuert das glückliche Mädchen.

An diesem Abend liegt noch ein weiteres glückliches Mädchen in seinem Bett, nachdem es erfahren hat, was die Zukunft für sie bereithält. Wieder einmal muss Henry daran denken, dass all das nie geschehen wäre, wenn sie Gerd und Emma nicht kennengelernt hätte. ‚Morgen soll Mutter den Mietvertrag für die neue Wohnung unterschreiben‘, holt sich Henry in Erinnerung. ‚Sie hat gestrahlt, weil die Kaltmiete geringer ist als in der alten Wohnung, obwohl die neue viel größer ist. Zudem bekommt Mutter ein eigenes Büro, damit sie einen Teil der Arbeiten von zuhause aus erledigen kann und ich darf zusammen mit Mel die Schule wechseln. Großartig! Kann man eigentlich noch glücklicher sein?‘

Kurz denkt sie an ihren Vater, der so viel kaputt gemacht, aber am meisten sich selbst damit geschadet hat. Noch weiß sie nicht damit umzugehen, aber ihre Mutter und sie haben lange darüber gesprochen. Ihre Mutter hat einen Antrag auf Härtescheidung eingereicht, der laut ihrem Anwalt garantiert eine ausreichende Grundlage beinhaltet. Sie selbst hat es abgelehnt, ihren Vater in der nächsten Zeit zu sehen. Ob sich das je ändern wird, weiß sie nicht.

Nachdem er aus dem polizeilichen Gewahrsam entlassen wurde, führte ihn sein erster Weg zu seinem Lieblingskiosk, wo es beim Streit um seinen geliebten Alkohol zu Handgreiflichkeiten kam. Er verletzte den Kioskbesitzer und einen zu Hilfe eilenden Passanten, widersetzte sich im Anschluss den Streifenpolizisten, die ihn beruhigen wollten, schlug auf sie ein und floh. Weit kam er nicht, bevor sie ihn ergriffen. Erneut landete er in einer Gewahrsamszelle, aus der er dieses Mal jedoch nicht so schnell entlassen wurde.

Der zuständige Staatsanwalt revidierte den vorangegangenen Fehler, indem er dem Richter einen Haftantrag vorlegte. Mit der Begründung, dass der gewalttätige Mann sich nicht zurückhalten kann, zudem in den vergangenen Tagen nach seinem mehrfachen Polizeigewahrsam in kürzester Zeit wieder straffällig wurde. Darüber hinaus wird von dem Festgenommenen, der klar erkennbar unter Alkoholmissbrauch leidet, eine Entziehungskur abgelehnt.

Der Haftrichter nahm sich die Zeit, alle eingereichten Dokumente gründlich zu prüfen. Die Aufnahmen der Verletzungen von Helga Grossmann sowie die wilden Anschuldigungen und Drohungen, die Paul Grossmann Frau und Tochter gegenüber ausgesprochen hatte, tragen dazu bei, dass er bis zu seiner Verhandlung in Untersuchungshaft bleiben wird.

Henry holt sich die Worte des Anwalts ins Gedächtnis. „Es kann durchaus sein, dass Ihr Mann für fünf Jahre oder mehr ins Gefängnis wandert“, erklärte er ihrer Mutter. „Da er nicht nur Ihnen geschadet hat, sondern zudem den Kioskbesitzer schwer verwundet, einen weiteren Mann geschädigt und die beiden Polizeibeamten durch seine Schläge verletzt hat, wird er nicht mit einer Bewährungsstrafe davonkommen. Allerdings gehe ich davon aus, dass der Richter in der Hauptverhandlung eine Entziehungskur anordnet, bevor Ihr Mann seinen Strafvollzug antreten wird.“

Sie begreift, dass ihr Vater mittlerweile ganz unten angekommen ist. Das Amt wird nicht für einen Gefängnisinsassen aufkommen. Eine Wohnung wird man ihm garantiert auch nicht freihalten, sodass er nach seiner Entlassung zu einem Obdachlosen, einem Menschen ohne festen Wohnsitz und ohne Geld, wird. ‚Vielleicht wird ihn diese Erfahrung ändern', überlegt Henry. Doch ob sie ihm noch eine Chance geben wird, weiß sie nicht. ‚Wohl eher nicht', schätzt sie.

Henry schließt die Augen, erinnert sich daran, als sie mit zehn Jahren ihren Vater anbettelte, ihr den Besuch auf dem Gymnasium zu erlauben, wie er sie anlächelte und zustimmend nickte. Noch immer kann sie sein ansteckendes Lachen hören. ‚Daran werde ich mich erinnern', versichert sie sich. ‚Nur an die schönen Zeiten.'

Zwei Tage später stehen die beiden Familien vor dem Gebäude des *Goethe-Gymnasiums*, das sie sich gerade ausgiebig angesehen haben. Das Gespräch mit Udo Stegmaier verlief für alle überaus zufriedenstellend. Der Schulleiter freut sich darauf, die beiden Mädchen ab der nächsten Woche in seiner Schule begrüßen zu dürfen. Während sie sich auf den Weg zu seinem Wagen machen, hält Lothar Braun die Freundin seiner Tochter zurück. „Henry, warte bitte."

„Was ist denn?"

„Ich wollte mich bei dir bedanken."

„Wofür? Ich habe doch gar nichts gemacht."

„Das sehe ich anders. Zuerst einmal bist du meiner Tochter eine großartige Freundin", zählt er an seinen Fingern ab. „Dann habe ich es dir zu verdanken, dass ich einen neuen Arbeitsplatz bekommen konnte, und zu guter Letzt sind wir nur dadurch an eine neue Wohnung gelangt. Wenn ich dir einen Wunsch erfüllen kann, würde ich das gern machen."

„Wirklich?", staunt Henry, während ihre Augen schalkhaft aufblitzen. „Im Augenblick bin ich für Wünsche viel zu glücklich, aber eine Bitte hätte ich schon." Mit dem Zeigefinger winkt sie ihn zu sich herunter, um ihm ihr Anliegen ins Ohr zu flüstern.

Verblüfft hört ihr Lothar Braun zu. Er hatte keine Ahnung, was seine Tochter dazu bewegte, regelmäßig im Tierheim zu arbeiten. Nachdenklich richtet er sich auf, lässt den Blick von Henry zu seiner Tochter wandern, bevor er anfängt zu lächeln. ‚Warum eigentlich nicht?‘, überlegt er. „Ich glaube, das lässt sich machen“, stimmt er Henry zu. „Aber bis dahin bleibt das unser Geheimnis. Einverstanden?“

Die strahlenden Augen und das heftige Nicken des Teenagers reichen ihm als Bestätigung aus.

Schon am darauffolgenden Wochenende können die beiden Familien in ihre neuen Wohnungen umsiedeln, wobei ihnen Gerd und Emma mit einer Vielzahl an Freunden helfen, sodass der Umzug reibungslos über die Bühne geht.

Unter großem Gelächter schnappt sich Uwe die Dreizehnjährige, wirft sie über seine Schulter und schleppt sie die Treppe hinauf.

„Wo soll ich denn das hier abstellen?“, erkundigt er sich bei der lachenden Helga Grossmann, während Henry zappelnd versucht, den starken Männerhänden zu entkommen.

Die beiden Mütter lassen es sich nicht nehmen, am Abend für das leibliche Wohl ihrer Helfer zu sorgen, wofür sich die neue Terrasse der Familie Braun regelrecht anbietet. Lustige Geschichten der *Staller*-Mitarbeiter sorgen für einen fröhlichen Abschluss dieses Abends.

„Wo sind denn Gerd und Emma?“, wundert sich Henry. „Die waren doch gerade noch hier.“

„Die haben noch etwas zu erledigen“, erklärt Uwe kurz angebunden. Mit übermütig blitzenden Augen schaut er dem Mädchen, das sich traurig zurückzieht, hinterher.

‚Gerd und Emma sind schon gegangen? Ohne sich zu verabschieden?‘, grübelt Henry. Bekümmert stellt sie ihren Teller ab, um ihrer Mutter in der Küche zu helfen.

„Was ist denn mit dir los?“, wird sie von Helga Grossmann verhört. „Du bläst ja regelrecht Trübsal.“

„Ach, nichts. Es ist nur …, Gerd und Emma sind schon weg.“

„Aha“, mehr sagt Helga nicht, doch sie muss sich bei dem zerknirschten Gesicht ihrer Tochter das Lächeln verkneifen.

„Hey, Henry“, ruft Melissa plötzlich laut durch das Treppenhaus. „Komm herunter, du wirst hier gebraucht!“

Neugierig läuft das Mädchen zu ihrer Freundin, die sie am Arm mit sich zerrt. „Los, komm!“

Mitten auf dem großen Gartentisch steht ein Karton, der zwar in Geschenkpapier eingepackt und mit einer großen Schleife verziert ist, aber mehrere kleine Löcher rundum aufweist.

„Was ist das?“, will Henry wissen.

„Für dich! Mach schon auf!“ Melissa wibbelt neugierig auf ihren Beinen vor und zurück. Lächelnd beobachten die Umstehenden, wie Henry den großen Karton öffnet, aus dem die kleine Katze sofort fauchend ihren Kopf herausstreckt.

„Artemis?“ Verwundert zieht der Teenager die heißgeliebte Katze an seine Brust, wo sich das Tier sofort friedlich zusammenrollt. Beim Aufsehen erblickt sie Gerd und Emma, die zufrieden lächelnd, beladen mit zwei großen Tüten, vor ihr stehen.

„Frau Rudloff sagt, du sollst dich gut um sie kümmern“, erklärt Gerd ihr. „Wir haben alles mitgebracht, was du fürs Erste brauchst.“

„Vielleicht kannst du Uwe überreden, den Kratzbaum mit dir aufzubauen“, schlägt Emma vor.

„Ich darf sie wirklich behalten?“, vergewissert sie sich. „Ganz bestimmt?“

„Ja“, lächelt ihre Mutter. „Ganz bestimmt!“

„Das warst du!“, behauptet Henry an Gerd gewandt. „Du hast so viel für mich getan. Emma auch.“

„Das haben wir gern gemacht.“ Gerd nimmt sie in die Arme. „Pass auf dich auf“, bittet er verabschiedend.

„Wartet, ich habe noch etwas für euch.“ Aus ihrem Zimmer holt sie ein kleines Paket. „Das habe ich für euch gebastelt. Mel hat mir dabei geholfen.“

Beim Auspacken kommt ein handgemachter Traumfänger zum Vorschein, der aus einem Ring besteht, in den ein Geflecht aus Wolle und Perlen eingearbeitet ist, das ihm das Aussehen einer Sonne verleiht. Fünf Bänder, die mit bunten Perlen bestückt sind, hängen in verschiedenen Längen von dem Ring herab. Unterbrochen werden die Perlenschnüre in unterschiedlichen Höhen durch kleine Gebilde wie Sterne, Schneeflocken oder Monde aus blauen, weißen und silbernen Perlen. Dazwischen finden sich immer wieder vierblättrige Kleeblätter aus schattiertem, grünem Glas, die sich mit gläsernen Marienkäfern abwechseln. An jedem Ende baumelt eine weitere Figur aus Glas. Eine schwarze Katze, ein Schornsteinfeger, ein Hufeisen, ein Fliegenpilz und ein Würfel. An den vielen Details kann man erkennen, mit wie viel Liebe dieser Glücksbringer gefertigt wurde.

„Er soll auf euch aufpassen und euch Glück bringen", wünscht Henry den Freunden, die sie liebevoll in den Arm nehmen.

„Danke", freut sich Emma, die vorsichtig mit dem Finger über das zarte Gebilde streicht. „Es bekommt einen Ehrenplatz. Versprochen."

„Du kommst bei Gelegenheit vorbei und schaust es dir an", ergänzt Gerd lächelnd.

Nicht einmal zwei Wochen danach erscheint Lothar Braun im Tierheim, um die beiden Mädchen, die ihm bereits entgegenkommen, abzuholen.

„Du hast es gut", teilt Mel ihrer Freundin mit. „Du hast deine Katze jetzt dauerhaft bei dir zuhause, kannst dich ständig um sie kümmern. Ich wünschte, das könnte ich auch." Ihr sehnsuchtsvoller Blick ist auf das Gebäude gerichtet, in dem sie Senta untergebracht weiß. Als sie die hintere Tür des Wagens öffnet um einzusteigen, hält der Vater sie auf.

„Hast du nicht etwas vergessen?"

Überlegend dreht sie sich zurück, erblickt Denise Rudloff, die mit Senta an der Leine lächelnd hinter ihr steht, Henry, die grinsend neben ihrem Vater abwartet, sowie alle Mitarbeiter des Tierheims, die Senta in ihr neues Zuhause verabschieden wollen.

„Das glaube ich jetzt nicht!", ruft Mel aus. „Darf ich Senta etwa mit nach Hause nehmen?", staunt sie immer noch. „Das ganze Wochenende?"

„Nur ein Wochenende?", fragt Lothar Braun sie. „Ich dachte da an etwas länger."

„So etwa zehn bis fünfzehn Jahre“, wirft Henry fröhlich ein. „Vielleicht auch länger, wenn du sie gut pflegst.“

„Hurra!“, schreit Melissa glücklich, ehe sie flink in das Auto klettert. „Hey, Senta, willst du mitkommen?“, ruft sie der Hündin zu. „Komm, komm her.“

Dass die Tierheimleiterin die Hundeleine einfach fallen lässt, ist für Senta Aufforderung genug. Mit einem fröhlichen Bellen springt sie auf den Sitz, wo sie sich liebevoll an Melissa schmiegt.

Vorschau auf den nächsten Band ...

... Gerade als er, die letzte Stufe erreichend, nach seiner *SIG Sauer P6* greift findet eine weitere Kugel ihr Ziel. Aufschreiend landet er auf dem oberen Treppenabsatz, unfähig sich zu bewegen. Ihm ist klar, dass er in circa zwei Minuten das Schicksal seiner Kollegin teilen wird. In diesem Moment greifen zwei Hände nach seinen Schultern, Hände, die ihn durch den Flur bis in sein Zimmer ziehen. „Was machen Sie hier?", faucht er Dietmar leise an. „Verschwinden Sie. Schnell!"

Statt auf den Befehl zu reagieren, öffnet Dietmar das Hemd des Oberkommissars. „Die Verletzungen sind schlimm, aber nicht tödlich", verspricht er dem Angeschossenen. „Allerdings müssen wir schnellstens hier weg."

„Nein. Das werde ich nicht schaffen. Das ist auch gar nicht nötig. Sehen Sie zu, dass Sie wegkommen. Ich werde die Kerle aufhalten, solange ich kann." Thomas greift nach Dietmars Handgelenk. „Ich muss das tun! Das ist meine Aufgabe! Lassen Sie mich nicht zum Versager werden", bettelt er flehend.

Hochachtung vor Thomas Wendland keimt in Dietmar auf, da er begreift, was ihm der Polizist damit zu verstehen gibt.

„Hören Sie", flüstert Thomas. „Das da draußen sind Polizisten. Gekaufte Polizisten. Sie sind nirgendwo sicher. Tauchen Sie unter, verstecken Sie sich. Anders geht es nicht. Denken Sie an Ihre Tochter. Viel Glück."

Noch einmal betrachtet er den Mann, der sein Leben für ihn opfern wird. Es fällt ihm unglaublich schwer, dem Wunsch des Polizeioberkommissars nachzukommen, doch dann reißt er sich zusammen, richtet sich auf und stürzt nach einem letzten festen Händedruck auf die Terrasse. Bis unten sind es mehr als drei Meter.

Jetzt kommt es ihm zugute, dass er sich immer fit gehalten hat. Er klettert über die Brüstung nach außen, umfasst das obere Geländer und lässt sich langsam an der Wand herabgleiten, sodass er, sich mit den Händen an der Brüstung festhaltend, ausgestreckt an der Mauer herabhängt. Noch einmal atmet er durch, dann lässt er los.

Der Aufprall auf dem Boden hinter der Garage ist hart, aber er verletzt sich nicht. ‚Soll ich versuchen, in die Garage zu gelangen, um den *Mercedes* zu nehmen? Besser nicht!'

Als Dietmar die Schüsse hört, wirbelt er auf dem Absatz herum und rennt in Richtung Silbersee. Er weiß, was in dem Zimmer oberhalb von ihm gerade passiert, auch dass ihm nur noch Sekunden bleiben, bis sie ihn finden.

„Dann schieß los“, bittet Gerd Nadine. „Wo drückt der Schuh?“

Sie berichtet ihm von ihrer Freundin Andrea, dass diese den Leuchtturm geerbt, das Lokal errichtet und in Betrieb genommen hat. Dann schildert Nadine ihm, mit welchen Problemen sie zu kämpfen haben.

Emma, die mittlerweile hinzugekommen ist und schweigend Andreas Worten lauscht, blickt interessiert auf. „Habt ihr euch schon an die Polizei gewandt?“

„Ja. Aber da sind wir auf taube Ohren gestoßen“, behauptet Nadine. „Ihr müsst wissen, da oben im Norden herrschen andere Regeln als hier. Es wird seit jeher behauptet, dass es in dem Leuchtturm spukt. Seit diese Schwierigkeiten anfingen, meiden uns die Leute. Niemand will in dem Lokal essen. Sie behaupten, der Turm und alles, was damit zusammenhängt, sei verflucht. Die Rede ist von einem *Klabautermann.*“

„Im Ernst?“ Gerds Augen blitzen amüsiert auf.

„Das ist nicht lustig“, meckert Nadine.

„Finde ich schon“, entgegnet Gerd fröhlich, bevor er ernst wird. „Du sagst also, es verschwinden regelmäßig Sachen und ihr habt mit Sabotagen und Beschädigungen zu kämpfen ...“

Die Autorin

P. R. Mosler, geboren 1960 als zweites von vier Kindern, schließt ihren beruflichen Werdegang mit der Ausbildung zur staatlich geprüften Maschinenbautechnikerin ab. Bis zur Scheidung der ersten Ehe arbeitete sie als selbstständige Konstrukteurin. Von da an nahm die Tätigkeit als Hausfrau und Mutter neben der Halbtagsarbeit den größten Teil ihrer Zeit in Anspruch. Seit 2005 arbeitet sie Vollzeit in ihrem erlernten Beruf für einen System- und Anlagenbaubetrieb im Raum Düsseldorf. Ihren zweiten Ehemann lernte sie 1998 kennen. Nach gemeinsamen siebzehn Jahren heirateten sie im Dezember 2015. Ihr Mann verstarb nach schwerer Krankheit im Februar 2016. Parallel zu ihrem Beruf begann sie mit dem Schreiben und widmete das erste Buch ihrem Mann. Aus diesem einen Buch wurden im Laufe der Zeit mehrere, die sich zu einer Serie von Abenteuerromanen ergänzen. Für ihren Ruhestand nimmt sich die begeisterte Schreiberin vor, weitere Bücher zu verfassen.

P. R. Mosler

Kampf um die Loreley

ISBN 978-3-95840-753-4
374 Seiten

Ein Mann auf der Spur eines Killers. Ein Mann, der sein Leben aufs Spiel setzt. Der in die Falle seiner Gegner läuft. Er verirrt sich in einem Labyrinth, bei dem es keinen Ausgang zu geben scheint …

P. R. Mosler

Die Vergeltung der Nemesis

ISBN 978-3-948379-36-0
396 Seiten

Zwei Männer im Kampf gegen ein Drogenkartell. Korrupte Polizisten, Bombenattentate und Gefangenschaft stehen auf der Tagesordnung. Kann Gerd Bach den gut getarnten Drogenschmuggel aufdecken? Wird er seinen Freund vor der kaltherzigen Verbrecherin retten?

P. R. Mosler

Mörderische Hinterlassenschaft

ISBN 978-3-99107-141-9
406 Seiten

Neonazis fordern von Andreas Staller den gefundenen Schatz im Austausch gegen seinen entführten Vater. Kann Gerd Bach seinem Freund helfen, das Gold aus der Bank zu holen, um Peter Staller zu befreien? Erkennen sie alle lauernden Gefahren früh genug?